로어 I

ALEXANDRA BRACKEN

신을 죽인 여자
로어 I

알렉산드라 브라켄 지음
최재은 옮김

LORE

이덴슬리벨

나의 그리스 가족에게 바칩니다.

Σας αγαπώ όλους (모두 사랑합니다.)

생존 가문

· 카드모스 가문 ·

가문의 상징 문장 : 뱀

아레스가 환생한 래스에 의해 가문 승격(그리스신화의 영웅 카드모스는 제우스에게 납치된 여동생 에우로페를 찾으러 모험을 떠났다가 집으로 돌아오지 못하고 델포이 신탁에서 받은 장소에 테베라는 도시를 건설하는데, 그곳에서 카드모스가 처치한 괴물이 뱀이었다.-역주)

· 오디세우스 가문 ·

가문의 상징 문장 : 트로이 목마

아프로디테가 환생한 하트키퍼에 의해 가문 승격(트로이의 왕자 파리스가 스파르타의 왕비 헬레네를 납치하며 트로이전쟁이 벌어지자 오디세우스는 목마를 고안해 그리스군을 승리로 이끈다.-역주)

· 테세우스 가문 ·

가문의 상징 문장 : 미노타우로스

(아테네가 크레타에 공물로 보낸 젊은 남녀 중 한 명으로 미궁 속에 들어가 황소 머리의 괴물 미노타우로스를 처치하고 크레타 공주가 건네준 실을 따라 미궁 속을 빠져나온다.-역주)

· 아킬레우스 가문 ·

가문의 상징 문장 : 전사

(그리스신화 트로이전쟁의 영웅, 불사의 운명이었으나 유일한 약점인 발뒤꿈치에 화살을 맞아
사망한다.-역주)

· 페르세우스 가문 ·

가문의 상징 문장 : 고르곤(메두사)

포세이돈이 환생한 타이드브링어에 의해 가문 승격(그리스신화의 영웅 페르세우스는 여신
아테나가 빌려준 방패 아이기스를 이용하여 고르곤 세 자매 중 메두사의 목을 베고 메두사의 머리는
방패와 함께 아테나에게 바친다. 아테나는 메두사의 머리를 아이기스의 장식으로 삼는다.-역주)

멸족 가문

· 멜레아그로스 가문 ·
가문의 상징 문장 : 칼리돈의 멧돼지

(그리스신화의 영웅 멜레아그로스는 칼리돈의 왕자였다. 칼리돈의 왕이 심기를 불편하게 하자 아르테미스는 칼리돈에 괴물 멧돼지를 보내 해를 입히는데, 멜레아그로스는 멧돼지 사냥대회를 열어 수많은 영웅들이 참가한 가운데 본인이 멧돼지를 죽인다.-역주)

· 벨레로폰테스 가문 ·
가문의 상징 문장 : 페가수스

(그리스신화의 영웅 벨레로폰테스는 천마 페가수스를 타고 키마이라 등 많은 괴물을 물리치지만 나중에 마음이 오만해져 신들의 영역을 노리다 제우스의 분노를 사고 비참한 최후를 맞는다.-역주)

· 이아손 가문 ·
가문의 상징 문장 : 숫양

(그리스신화의 영웅 이아손은 빼앗긴 왕권을 되찾기 위해 아르고호 원정대를 결성하여 온갖 역경을
헤치고 황금 양털을 찾아오지만 왕권을 되찾지 못한다. 이에 이아손의 아내 메데이아가
늙은 숫양으로 마법을 부려 왕의 딸들이 자기 아버지를 죽이게 만든다.-역주)

· 헤라클레스 가문 ·
가문의 상징 문장 : 네메아의 사자

디오니소스가 환생한 레블러에 의해 가문 승격(헤라클레스는 자신에게 부과된 열두 가지 과업 중
첫 번째인 불사의 네메아 사자를 죽이고 그 가죽을 갑옷처럼 걸치고 다닌다.-역주)

하늘의 신은 어스름한 황혼 속에 홀로 서서 빛을 발하며 말씀하셨다.

들어라, 지난날 어둠 속으로 뛰어들어

수많은 괴물과 왕을 해치운 자랑스러운 전사들의

피를 물려받은 후예들아.

너희에게도 영원한 영광을 차지할 기회를 주기 위해

내가 너희를 마지막 아곤으로 부르노라.

아홉 신이 나를 배반했으니, 이제 그들에 대한 잔인한 복수를 명한다.

일곱 해에 한 번씩 일곱 날 동안

그들도 너희 인간들처럼 필사의 몸으로 땅을 걷게 될지니,

너희의 혈통을 이어받은 후예 중 누구든

너희에게 지워진 운명의 길을 깨뜨리고

너희의 생명줄을 불멸의 황금실로 바꿀 수 있을 것이다.

너희의 힘과 능력을 펼쳐라. 너희의 용맹한 검을 신의 피로 물들여라.

그러면 그 신의 지위와 불사의 능력을 너희에게 상으로 내릴 것이다.

이러한 행운에 대해 너희에게 응분의 대가를 요구하니,

그날이 오면, 세상의 배꼽이 지명하는 곳에 모여 너희의 사냥을 시작하라.

끝까지 살아남는 자가 새로운 존재로 재탄생할 그날이 올 때까지

사냥은 끝나지 않을 것이다.

올림피아에서 제우스

오디세우스 가문의 크레온 번역

차례

1권

그는 자신의 몸 아래 느껴지는 울퉁불퉁한 바닥과 인간에게서나 풍기는 피비린내에 정신이 들었다.

정신과 달리 몸은 회복이 더뎠다. 그의 피부가 방금 불에 달궈진 점토처럼 조여들자 불쾌한 느낌이 온몸을 뜨겁게 관통했다.

파란색 얇은 옷 속으로 스며든 풀밭의 이슬이 등을 적셨고 맨다리와 맨발을 뒤덮은 흙먼지가 느껴졌다. 굴욕감으로 머리에서 발뒤꿈치까지 온몸에 전율이 일었다. 7년 만에 처음으로 그는 오한을 느꼈다.

이 순간 그의 몸속을 흐르는 인간의 피는 태양빛 액체인 이코르에 비하면 흙탕물처럼 질척질척했다. 이코르는 지난 7년간 그의 몸에서 인간의 모든 흔적을 불태워 버렸다가 이제 다시 그를 세상 속으로 돌려보냈다. 7년 동안 그는 가까운 곳 먼 곳을 가리지 않고 온 땅을 휩쓸며, 살인자들의 포악한 심장에 불을 지피고 작은 불씨에 지나지 않았던 갈등을 활활 타오르는 불길로 키웠다. 그는 분노의 화신이었다.

육신의 한계를 다시 느끼는 것은, 이 상처 입기 쉬운 껍데기 속으로 다시 빨려 들어가는 것은 너무 고통스러워서 그는 옛 신들에게 연민마저 느꼈다. 그들은 이 만행을 어떻게 212번이나 겪으며 살아왔단 말인가.

그는 그럴 생각이 없었다. 이번이 그가 인간의 육신을 맛보는 마지막이 될 것이다.

감각이 아직 완전히 돌아오진 않았지만 그는 이 도시와 도시가 품고 있는 거대한 공원을 알아봤다. 희미한 하수구 냄새와 뒤섞인 잔디의 풀 내음이 났다. 근처를 지나가는 자동차 소리가 들렸다. 땅속 깊이 도시의 정맥을 타고 분주하게 흐르는 전기신호들이 느껴졌다.

그의 양 입가는 미소 짓는 법을 기억해내라고 강요라도 당한 듯 어색하게 올라갔다. 이곳은 한때 그의 도시였다. 그가 인간이었을 때, 이 도시의 거리는 그에게 부를 안겨주었고 도시의 탐욕가들은 그에게 권력의 파편을 떼어 팔았다. 한때 맨해튼은 인간인 그의 앞에 무릎을 꿇었다. 이제는 신이 된 그의 앞에 무릎을 꿇게 되리라.

그는 몸을 뒤집어 웅크렸다. 그리고 팔다리의 감각이 완전히 돌아왔다는 확신이 들어서야 천천히 몸을 일으켜 우뚝 섰다.

검붉은 피가 그의 주위로 강을 이루듯 흘렀다. 얼굴에 쓴 마스크가 찢겨 나간 어린 소녀가 구덩이 가장자리에서 초점 없는 눈으로 그를 바라보았다. 소녀의 목에는 여전히 칼이 꽂혀 있었다. 한 남자의 몸통에서 떨어져나간 머리에 말 문양의 마스크가 씌어 있었고 손가락이 잘려나가 늘어진 손안에는 단검이 반듯이 놓여 있었다.

오른쪽에서 희미한 발소리가 들려왔다. 그는 옆구리로 손을 뻗었지만 그의 검은 거기에 없었다. 근처의 나무 그림자 아래에서 세 사람의 형체가 나타나더니 앞을 가로지르는 돌길을 건너왔다. 그들의 얼굴은 뱀 머리 문양의 청동 마스크 뒤에 가려져 있었다.

그의 인간 후예들이다. 카드모스 가문. 그들이 그를, 자기들의 새로운 신을 모시러 온 것이다.

그들이 가까이 다가오는 것을 지켜보며 그는 우두둑 소리가 날 때까지 목을 스트레칭했다. 경외심으로 가득 찬 헌터들의 눈빛을 보자 흐뭇했다. 지난번 뉴아레스였던 그의 전임자는 전쟁의 신이라는 지위를 맡을 자격이 없는 존재였다. 7년 전, 전임자를 죽이고 그의 신권을 차지하면서 말로 형용할 수 없는 후련함을 느꼈다.

세 명 중 가장 키 큰 헌터가 앞으로 나섰다. 벨런이다. 그 젊은이가 무자비한 사냥에 쓰러진 시체들 몸에서 화살을 뽑는 동안 새로운 신은 재미있다는 표정으로 지켜보았다.

살아 있는 유일한 자식이 서자라니 얼마나 안타까운 일인가. 녀석은 아리스토스 카드모스의 후계자가 될 수 없다. 아리스토스 카드모스는 바로 이 새로운 신이 인간이었을 적 이름이다. 그런데도 그는 녀석의 모습을 보자 은근한 자부심을 느끼며 입꼬리가 올라갔다.

벨런은 마스크를 들어 올리고 존경을 표하듯 시선을 내리깔았다. 신은 손을 뻗어 녀석의 얼굴선을 더듬었다. 아이의 얼굴선은 자신과 거의 비슷하다. 수십 년 동안 그의 껍데기에 자국을 남겼던 세월의 흔적들은 그가 신으로 승격하면서 모두 벗겨져 나가고 이제 그의 몸은 다시 젊어져 있었다. 앞으로 영원히, 가장 빛나던 시절의 몸으로 살게 되리라.

"우리 중 가장 영예로운 분이시여." 벨런이 무릎을 꿇으며 말했다. 아이는 등 뒤 가방에서 둘둘 말린 꾸러미를 꺼내 새로운 신에게 내밀었다. 신이 지금 입고 있는 흉측한 하늘색 튜닉을 대신할 다홍색의 실크 튜닉이었다. "잘 돌아오셨습니다. 우리의 영원한 충성의 표시로 성하의 이름을 받들기 위해 적들의 피를 바칩니다. 성하께서 다시 신의 힘을 되찾는 날이 올 때까지 목숨 바쳐 성하를 보호하기 위해 저희가 왔습니다."

새로운 신이 말을 하려고 하자 마치 자갈이 자신의 목을 긁는 것 같았다. "그건 그쯤 하고."

"네, 성하." 벨런이 대답했다.

벨런의 뒤로 더 많은 헌터들이 다가왔다. 모두 검은색 헌터 망토를 두르고 있었다. 그리고 새로운 신과 마찬가지로 하늘색 튜닉을 입은 누군가가 헌터들에게 끌려왔다.

"그자를 내게 데려오라." 새로운 신이 벨런에게 명령했다.

그때 인근 도로에서 검은색 SUV 두 대가 나타나더니 라이트를 끄고 잔디밭을 그대로 가로질러 다가왔다. 카드모스 헌터들이 본격적으로 움직이기 시작했다. 그들은 센트럴파크의 풀밭 위에 방수포를 펼치더니 그 위로 죽은 헌터들의 시체를 굴려 올리고 땅을 뒤집어엎어 피투성이 잔디를 숨겼다. 마지막으로 나타난 세 번째

SUV의 트렁크에는 참혹하게 학살당한 시체들을 실었다.

공원 건너편에서 다른 가문들도 똑같은 일을 치르는 중일 것이다.

포로는 앞으로 끌려 나오면서 다시 악을 써대고 미친 짐승처럼 바로 옆에 있는 헌터들을 자기 머리로 마구 갈겼다. 헌터들은 포로가 자신의 능력을 사용해 빠른 속도로 도망가는 것을 차단하기 위해 포로의 발목 힘줄을 양쪽 모두 잘라놓은 상태였다. 완벽하다.

헌터들은 그를 무릎 꿇은 자세로 일으켜 세웠다. 새로운 신은 손을 뻗어 포로의 머리에서 두건을 벗겼다.

그를 노려보는 포로의 황금빛 눈이 활활 타오르며 분노의 불꽃이 이글거렸다. 이마의 상처에서 쏟아지듯 흐르는 피가 한때 광채를 내뿜었던 그의 피부와 튜닉을 붉게 물들였다.

"니는 이제 쓸 만한 힘은 모조리 빼앗겼다." 새로운 신은 옛 신의 갈색 곱슬머리를 손으로 움켜쥐고 그의 머리를 뒤로 핵 젖히며 옛 신의 시선을 억지로 들어 올렸다.

"신 살해자, 네가 뭘 원하는지 알고 있다." 옛 신이 고대어로 말했다. "하지만 네놈은 절대 그것을 찾을 수 없을 것이다."

하지만 새로운 신은 그것이 파괴되지 않았다는 사실을 알게 된 것만으로 충분했다. 새로운 신의 분노는 그 자체가 또 다른 형태의 희열이었다. 그는 옛 신의 연약한 인간 육신의 살갗 위에 날카로운 칼끝을 갖다 댔다.

그리고 미소 지었다.

"사기꾼. 메신저. 여행자. 도둑." 새로운 신은 포로를 이렇게 부르고는 그의 척추가 지나가는 등줄기에 칼을 힘껏 꽂았다. "그리고 이제, 무용지물."

칼이 박힌 자리에서 피가 솟구쳤다. 새로운 신은 옛 신이 서서히 힘을 잃어가면서 그의 마음속에 차오르는 두려움과 고통, 충격을 깊이 들이마셨다. 옛 신의 그 모든 힘을 새로운 신이 자신의 능력으로 차지할 수 없다니 이보다 더 아쉬운 일이 있을까.

"세상사가 다 그렇게 돌아가는 것 아닌가?" 새로운 신은 몸을 굽혀 옛 신의 눈에서 마지막 생명의 빛이 사라지는 것을 지켜보며 말을 이었다. "네 아버지, 그리고 그의 아버지의 방식 말이야. 그들 역시 옛 신들이 죽어야 새로운 신들이 떠오르지 않았던가."

그들을 둘러싼 공원은 조용했다. 오로지 새로운 신이 칼날을 슥삭거리는 축축한 소리와 그가 마침내 옛 신의 몸에서 머리를 잘라 내는 순간 '툭' 하는 경쾌한 소리만이 허공을 울릴 뿐이었다. 새로운 신은 자신의 추종자들이 볼 수 있도록 헤르메스의 머리를 하늘 높이 쳐들었다.

희열에 들뜬 헌터들은 모두 거친 숨을 내뿜으며 주먹으로 가슴을 두들겼다. 새로운 신은 헤르메스의 머리통을 마지막으로 한 번더 바라보고는 다른 시체들이 쌓여 있는 방수포 위로 던져버렸다. 아침이 밝으면, 밤사이 센트럴파크 안에서 불꽃처럼 나타났던 여덟 명의 신과 그 신들을 죽이려다 무수히 쓰러져 간 헌터들이 남긴 흔적은 씻은 듯이 사라져 있을 것이다.

도시는 간신히 수습된 혼란으로 고통스럽다는 듯 그를 둘러싸고 툭탁툭탁 신음했다. 도시는 곧 닥쳐올 공포의 노래를 불렀다. 물론 그는 도시의 열망을, 속박에서 풀어달라는 간절한 외침을 알아들었다.

"나는 분노의 신, 래스다." 새로운 신은 무릎을 꿇고 피를 흠뻑 머금은 진흙 속에 손을 담갔다. "내가 너희의 주인이다." 그리고 진흙을 퍼 올려 양쪽 빰에 문질렀다. "너희의 존엄이 바로 나다."

그를 둘러싼 헌터들도 마스크를 얼굴 위로 들어 올렸다. 그리고 자기들의 신을 따라 각자의 의욕 충만한 얼굴에 축축한 흙을 문질렀다.

새로운 시대가, 바로 저기 손만 뻗으면 닿을 곳에서, 감히 용기를 내어 손을 뻗을 강력한 자가 얼른 자신을 붙잡아주기만을 기다리고 있었다. 새로운 신이 말했다. "자, 이제, 시작한다."

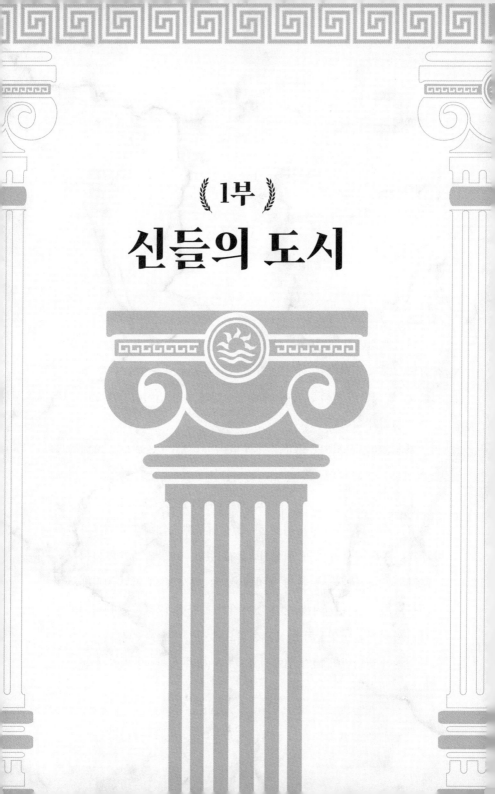

1부

신들의 도시

1

예전에 엄마가 그랬다. 사람의 진짜 모습을 알려면 그 사람과 싸워보는 수밖에 없다고. 하지만 실제 경험해보니 싸움에서 알 수 있는 건 그 사람의 진짜 모습이 아니라 상대가 가장 얻어터지기 싫어하는 부위가 어디인지였다.

지금 로어가 맞붙은 상대의 그 부위는 보아하니 새 타투를 새기고 반창고도 떼지 않은 왼쪽 가슴팍이었다.

로어는 양손을 들어 올려 400그램짜리 글러브로 상대의 허접한 펀치를 온전히 받아냈다. 뒤로 한 발 물러서자 그녀의 스니커즈가 푸르스름한 싸구려 깔개 위에서 끽끽거렸다. 링을 급조해서 그리느라 바닥에 붙여놓은 은색 접착테이프는 다섯 번의 격투 시합을 치르고는 습기와 열기에 점점 벗겨지기 시작했다. 로어는 바닥의 테이프 접착선을 뒤꿈치로 짓이겨 밟으며 사납게 으르댔다.

얼굴이 땀범벅이 되자 입에서 온통 짠 내가 났다. 땀 때문에 눈이 따가웠지만 로어는 굳이 닦아내지 않았다. 오히려 그 따가움이 좋았다. 덕분에 집중이 더 잘됐다.

이건, 그러니까 이 싸움은 그냥 최근에 생긴 나쁜 습관일 뿐 그 이상도 이하도 아니었다. 여섯 달 전 길버트 할아버지가 돌아가신 뒤로 어떻게든 감정을 발산할 구실이 필요했던 로어에게 싸움이 그 역할을 해준 것뿐이었다. 원래는 *딱 한 번만 하고* 그만두려고 했지만, 너무도 낯익은 느낌, 온몸을 휩싸는 아드레날린을 느끼자 한 번뿐이라던 처음의 다짐은 온데간데없이 사라져버리고 말았다.

처음 싸웠을 때만 해도 머리를 비우고 몸의 움직임에만 집중하다 보니 사무치는 슬픔에서 벗어나기엔 충분했다. 두 번째 싸움에선 심장을 후벼 파던 고통이 말끔히 사라지더니 세 번째부터는 돈이 꽤 짭짤하게 들어왔다.

그렇게 몇 주가 지났다. 오늘 밤은 특히 딴 데 정신을 팔지 않고는 견딜 수 없어서 로어는 열다섯 번째 싸움을 치르고 있었다.

언제든 마음만 먹으면 그만둘 수 있다는 것이 로어가 스스로에게 들이대는 구실이었다. 아무리 싸워도 더 이상 속이 후련해지지 않으면, 싸울수록 가슴속 깊이 묻어둔 것까지 너무 많이 파헤친다 싶으면 그때 그만두겠다고 말이다.

하지만 지금은 아니다. 아직 부족하다.

중식당인 레드드래곤의 비좁은 지하실은 후덥지근했다. 바닥의 깔판 둘레로 흥분한 몸뚱이들이 북새통을 이뤘다. 파이터들의 움직임을 따라 관중들이 함께 움직이자 바닥의 링도 끊임없이 자리를 옮겼다. 다들 일회용 컵에 가득 담긴 술을 흘리지 않으려고 안간힘을 썼다. 여기저기서 걷힌 판돈이 사람들의 손에서 손을 거쳐 시합 매니저인 프랭키에게 건네졌다. 로어가 흘긋 보니 프랭키는 다음 두 시합을 위한 주문과 내기 장부를 정리하고 있었다. 프랭키는 항상 승리자보다는 판돈에 더 신경 썼다.

위층 주방에서 계단을 따라 흘러 내려오는 연기 때문에 지하의 공기가 부드럽게 흐늘거리는 것 같았다. 격투장과 나이트클럽으로 번갈아 쓰이면서 지하 공간에 찌든 오랜 토사물과 맥주 냄새에 위층에서 내려오는 쿵파우 치킨 냄새가 더해져 묘한 악취를 풍겼다.

사람들은 악취가 그렇게 거슬리지 않는 모양이었다. 무엇이든 흥분의 한계를 맛볼 수 있도록 부추기는 것이라면 악취인들 무슨 상관이랴. 프랭키의 '특별한' 초대 목록도 요즘 들어선 그렇게 특별한 것 같지 않았다. 처음엔 모델들이나 사업가들, 그림에나 나올 법한 애들이 와서 하얀 가루약을 주고받으며 놀더니 요즘엔 자기 부모가 어디까지 무관심할 수 있는지 시험이라도 해보려는 듯 사립학교 애들까지 종종 몰려왔다.

로어와 또래인 듯한 격투 상대는 온통 말랑말랑하고 멀끔한 피부에 거저 물려받은 자신감뿐인 남자애였다. 남자애는 조금 전 프랭키의 파이터 목록에서 선택한 로어를 향해 손가락을 까딱거리며 웃었다. 로어는 술 취한 녀석이 자신에게 '이쁜이'라고 헛소리를 지껄이며 여유작작 손키스를 날리기도 전에 순식간에 녀석을 박살낸 다음 혹시라도 남아 있을 놈의 마지막 자존심 쪼가리마저 무참히 짓밟아줄 작정이었다.

"안 봐도 뻔하네." 로어는 녀석의 가슴께에 새로 새겨 반창고로 고이 감싼 타투를 턱으로 가리키며 마우스피스를 낀 입으로 말했다. *"살며, 사랑하며, 웃으며? 아니면 먹고 죽자라고 새긴 건가?"*

구경꾼들이 웃어대자 남자애는 미간을 찡그리며 눈을 부릅뜨더니 곧 온몸의 힘을 쥐어짜듯 끙끙대며 로어의 머리를 향해 펀치를 날렸다. 맥없는 몸놀림에 녀석의 가슴이 그대로 드러났다. 훤히 드러난 목표 지점을 포착한 로어는 타투가 아물지 않은 남자애의 가슴을 향해 주먹을 날렸다.

남자애는 눈알이 튀어나올 것 같은 표정으로 숨을 헐떡거리며 무릎을 꿇고 주저앉았다.

"얼른 일어나지? 네 친구들 쪽팔리게 하지 말고." 로어가 말했다.

"너, 이 개 같은 녀─" 녀석은 마우스피스 때문에 말을 끝맺지 못했다. 시합이 막 시작되면서 로어는 얼마 만에 놈을 완전히 뭉개버릴 수 있을지 계산해봤다. 답이 나온 것 같다. 5분.

"설마 나한테 개 같다고 하는 건 아니지? 지금 네 발로 엎어져 있는 게 누굴까?" 로어가 그의 주위를 돌며 말했다.

녀석은 잔뜩 약이 올라서는 안간힘을 쓰며 다시 일어섰다. 로어는 비웃듯 눈을 굴렸다.

아까처럼 하하호호 해보지 왜?

길버트 할아버지가 봤다면 멍청한 놈들이랑 엮이지 말고 그냥 피하라고 말씀하셨겠지. 항상 할아버지는 싸움이 붙었다고 다 싸워야 하는 건 아니라고 말씀하시며 조금의 비난도 섞이지 않은 인자한 어투로 재빨리 로어를 타이르곤 했다. 그래, 그분은 지금의 상황을 싫어했을 것이다. 로어는 그 죄책감, 길 할아버지를 실망시키고 있다는 죄책감 때문에 괴로웠다.

당연히 다른 방법도 써봤다. 그런데 효과가 없었다. 무자비한 상실의 파도를 뚫고 나아가는 데는 한바탕 쌈박질만 한 게 없었다. 그리고 지금 로어가 벗어나려고 하는 것은 길 할아버지의 죽음뿐만이 아니었다. 또 다른 공포가 로어의 살갗 밑을 긁어대고 있었다.

8월, 이번 사냥 시즌은 바로 이 도시 차례였다.

로어는 한때 자신이 속했던 어둠의 세계를 떠나 모든 것을 잊고 양지바른 곳, 새롭고 더 나은 세계로 들어가려고 애썼다. 하지만 새 출발을 하려고 그렇게 노력했음에도 로어의 가슴 한구석에선 아직도 자신의 의지와 상관없이 날짜가 찬찬히 카운트다운되고 있었다. 앞으로 다가올 그 무언가에 대비라도 하듯 로어의 몸은 바짝 긴장되었고 본능은 그 어느 때보다 날카로워졌다.

2주 전부터 도시 여기저기에서 낯익은 얼굴들이 보이기 시작했다. 그들은 오늘 밤을 위해 마지막 준비 작업을 하고 있었다. 그들을 발견했을 때 로어가 받은 충격은 칼날에 폐부를 찔린 것처럼 숨이 멎을 정도였다. 그들이 눈에 띌 때마다 로어가 소망했던 모든 것이, 마음속으로 간절히 애원했던 모든 것이 물거품이 되었다는 게 더욱 분명해졌다. 제발. 지난 몇 달 동안 그렇게 빌고 또 빌었는데. *제발 이번엔 런던이 되라고. 제발 도쿄가 뽑히라고.*

제발 아무 데라도 좋으니 뉴욕만은 아니길 바랐다.

사냥 첫날엔 특히 광란의 살육이 극도로 치닫는다. 오늘 밤만은 싸돌아다니면 안 된다는 것을 로어도 알고 있었다. 단 한 명의 헌터에게라도 걸렸다간 모든 가문이 달려들어 그들이 그렇게 좋아하

24

는 신들만 잡아 족치는 게 아니라 로어의 살가죽까지 벗기려고 눈에 불을 켜고 찾아다닐 게 뻔했다.

로어의 시야 한쪽 끝에 프랭키가 그 우스꽝스러운 회중시계를 확인하며 '*마무리 신호*'를 주는 게 보였다. 로어가 보기에 프랭키의 얼굴엔 돈 셀 생각, 어디 갈 생각뿐이었다.

"계속 질질 끌 거야?" 로어가 상대 소년에게 물었다.

보아하니 녀석은 이제야 한꺼번에 취기가 올라오는 게 분명했다. 점점 더 커지는 관중들의 비웃음 소리에 더욱 화가 난 녀석은 어설프게 주먹을 휘두르며 로어를 쫓아 매트 위를 어슬렁거렸다.

로어가 상대의 주먹을 피하려고 몸을 돌리는 순간 티셔츠 속에 고이 넣어두었던 목걸이가 밖으로 휭 하고 모습을 드러냈고 목걸이에 매달린 금색 깃털 모양의 펜던트가 희미한 조명을 받아 반짝 빛났다. 남자아이가 휘두른 글러브가 펜던트를 때렸다. 가느다란 목걸이 줄이 소년의 글러브 어딘가에 걸렸는지 로어가 다시 움직이자 목걸이 이음새가 찰칵 끊어지면서 황금 깃털 펜던트는 어느새 로어의 발밑에 떨어져 있었다.

이로 찍찍이를 풀고 글러브를 벗은 로어는 상대의 펀치를 피하며 몸을 숙여 재빨리 바닥에서 목걸이를 주워 들었다. 또 잃어버리지 않게 목걸이를 청바지 뒷주머니에 집어넣고 다시 글러브를 끼는 로어의 몸은 새롭게 북받친 분노로 활활 타올랐다.

목걸이는 길 할아버지에게 받은 선물이다!

로어는 몸을 돌려 소년을 마주 보며 저 자식을 죽이면 안 된다고 마음을 다잡았다. 하지만 녀석의 어여쁜 코 정도는 부러뜨려도 되겠지.

그리고 관중들의 환호에 응답이라도 하듯, 로어는 그렇게 해줬다.

욕지거리를 퍼붓는 소년의 얼굴에서 피가 뿜어져 나왔다.

"*꼬맹이 왕자님*, 꿈나라로 갈 시간이 지난 것 같은데요." 로어는 남자아이에게 말하며 프랭키가 경기 종료를 선언하지 않을까 그쪽을 슬쩍 돌아봤다. "사실은—"

그때 로어는 시야 가장자리로 주먹이 날아오는 것을 알아채고 가까스로 고개를 돌려 눈 대신 옆통수로 아이의 주먹을 받았다. 눈 앞이 깜깜해졌다가 순식간에 형형색색으로 깜빡거렸지만 로어는 용케 두 발로 버텼다.

소년은 코에서 여전히 피를 쏟으면서도 두 팔을 공중으로 치켜 들고 승리의 함성을 지르더니 비틀거리며 로어를 향해 다가왔다. 로어가 무슨 일인지 알아차린 순간 그걸로 끝이었다.

로어는 가슴을 보호하기 위해 본능적으로 글러브를 앞으로 들어 올렸지만 소년이 쫓는 건 그게 아니었다. 소년은 팔로 로어의 목을 휘감더니 자기 입술로 로어의 입술을 짓눌렀다.

순간 섬광이 터지듯 폭발한 공포가 로어의 살갗을 덮치며 온몸이 얼어붙었다. 정신이 잠깐 빠져나갔다가 다시 몸 안으로 들어올 길을 잃어버린 것 같았다. 관중들이 두 사람을 둘러싸고 광란의 환호성을 질러대는 가운데 소년은 로어에게 몸을 완전히 밀착하고는 자기 혓바닥으로 로어의 혀를 서투르게 더듬었다.

로어의 내면에서 무언가 쩍 갈라지며 지난 몇 주 동안 가슴속에 쌓이기만 했던 무거운 응어리가 분노의 울부짖음과 함께 풀려났다. 그녀는 무릎을 치켜들어 소년의 사타구니를 힘껏 후려쳤다. 녀석은 마치 목 잘린 시체마냥 바닥으로 떨어지며 내내 까아악 비명을 질러댔다. 로어는 그런 그에게 곧바로 덤벼들었다.

잠시 후 로어가 정신을 차렸을 땐 누군가 그녀를 남자애한테서 떼어놓고 있었다. 공중으로 몸이 들리는 중에도 로어는 여전히 고함을 치며 발길질을 하고 있었다. 그녀의 글러브는 온통 피범벅이었고 녀석은 그나마 남은 얼굴조차 알아보기 힘들 정도였다.

"그만해!" 프랭키의 어깨 중 한 명인 빅 조지가 로어의 몸을 가볍게 흔들며 말했다. "괜히 힘 뺄 가치도 없는 놈이라고!"

빠르게 날뛰는 심장이 갈비뼈를 뚫고 나올 것 같았다. 로어는 숨을 고를 수조차 없었다. 빅 조지가 로어의 발을 땅에 내려놓는 동안에도 그녀의 몸은 계속 떨렸고, 마침내 로어가 괜찮다는 신호로 고개를 끄덕일 때까지 빅 조지는 그녀를 붙잡고 있었다. 그러고는 자기 임무를 다하는 시늉이라도 하듯 빅 조지는 매트 위에서 신음하고 있는 소년에게 다가가 발로 툭툭 찔렀다.

로어의 귀에서 쿵쿵 울리던 소리가 사라지자 주변의 공간이 완전히 고요해진 것 같았다. 들리는 소리라곤 위층 주방에서 나는 칼질 소리와 달가닥거리는 소리뿐이었다.

공포가 느릿느릿 로어의 몸을 훑고 지나가며 심장 주위를 옭아맸다. 로어는 글러브 속에서 아플 정도로 손을 움켜쥐었다. 그녀는 통제력만 잃은 게 아니었다. 수년 전 자신이 이미 죽여 없애버렸다고 생각했던 그 모습으로 다시 빨려 들어간 것이었다.

이건 내가 아니야, 로어는 코 밑에 맺힌 땀을 닦아내며 생각했다.

더 이상은 안 돼.

삶에는 이것보다 더 중요한 것들이 있는데.

그래도 오늘 밤의 보수는 받아내야 한다는 일념으로 로어는 목구멍으로 치미는 신물을 다시 삼키고 바닥에서 낑낑거리는 쓰레기 자식에게 쏠렸던 날카로운 증오심을 억눌렀다. 그리고 얼굴에 수줍은 듯한 미소를 지어 보이며 양손을 들어 올려 어깨를 으쓱했다.

구경꾼들도 환호성으로 응답하며 저마다 컵을 공중으로 치켜들었다.

"너 이긴 거 아니야. 속임수를 썼잖아." 소년이 어쩌고저쩌고하고 있었다. "이건 불공평해, 이 사기꾼아!"

저런 남자애들은 항상 그랬다. 지금 이 순간 저 아이가 느끼고 있는 저 '분노'는 세상이 자기 위로 무너져 내렸기 때문이 아니었다. '넌 모든 걸 가질 자격이 있어. 네가 그냥 존재해주는 것만으로도 세상은 너에게 빚을 진 거야'라고 말해주던 그 환상이 산산조각 난 것일 뿐이다.

로어는 글러브를 잡아 빼고 소년 위로 몸을 굽혔다. 구경꾼들은 숨을 죽이고 배고픈 까마귀마냥 간절한 표정으로 두 사람을 지켜봤다.

"다음 타투는 '아무리 해도 못 이기다'로 하는 게 어때?" 로어는 이제 맨손으로 소년의 타투에 붙여놓은 반창고를 세게 누르며 다정한 목소리로 말했다. 소년이 내지르는 분노의 고함 소리 위로 경기 종료를 알리는 종이 울렸고 빅 조지는 옹기종기 모여 있는 그의 친구들 쪽으로 소년을 끌어다 놨다.

로어는 프랭키 쪽을 돌아봤다. 오늘 밤 여기 온 것은 실수였다. 심지어 지금도, 그녀는 자기 몸이 스스로에게 도망치라고 하는 건지 소리를 지르라는 건지 잘 분간이 되지 않았다.

로어가 막 링의 경계선에 다다랐을 때 프랭키가 외쳤다. "다음 경기는 골드 대 도전자 제미니."

로어는 그에게 짜증스러운 표정을 지어 보였지만 프랭키는 늘 그렇듯 침착한 미소로 응답했다. 그는 로어에게 다섯 손가락을 펼쳐 보였다. 로어가 고개를 젓자 프랭키는 세 손가락을 더했다. 구경꾼들이 내기에 돈을 거느라 몰려들면서 꼬깃꼬깃한 지폐들이 공중을 나부끼듯 펄럭거리며 전달됐다.

그냥 집으로 가야 하는데. 그래야 한다는 건 로어도 잘 알고 있었다. 하지만….

로어는 손가락 열 개를 모두 펼쳐 들었다. 프랭키는 얼굴을 찡그리면서 로어에게 링으로 들어가라고 손짓했다. 그녀는 다시 글러브를 끼고 링으로 향했다. 이번 상대가 아까 그 녀석의 친구라면 최소한 기분 풀이라도 할 수 있겠지.

하지만 아니었다.

로어는 뒤로 휘청거렸다. 상대는 머리 위 조명에서 내리쬐는 빛무리 바로 바깥에 서서 온몸으로 어둠을 받아들이고 있었다. 남자가 한 걸음 나서자 그의 얼굴을 덮은 청동 마스크가 희미한 불빛에 간신히 드러났다.

로어는 폐 속으로 가쁜 숨을 몰아쉬었다.

헌터다.

2

마음속에 총알처럼 단어 하나가 스쳐 지나갔다. *도망가.*

하지만 로어의 본능이 원하는 건 달랐다. 로어의 몸도 본능을 따랐다. 그녀는 즉시 방어 자세를 취하며 입안을 깨물어 피 맛을 느꼈다. 두려움과 흥분에 동시에 감전된 것처럼 온몸 구석구석이 전율하는 것 같았다.

이 바보 멍청아, 로어는 스스로를 책망했다. 이 모든 사람들 앞에서 저놈을 죽이거나, 아니면 어떻게든 이 싸움을 밖으로 끌고 나가 그곳에서 처리할 방법을 찾아야 한다. 로어가 자신에게 허락할 수 있는 선택안은 오로지 이 두 가지뿐이었다. 마파두부조차 팔지 않는 중식당 지하에서 술에 흠뻑 찌든 매트 위에 쓰러져 죽을 생각은 조금도 없으니까.

상대 남자는 로어를 내려다볼 정도로 키도 덩치도 컸다. 로어는 그의 체구에 겁먹지 않은 척 애써야 했다. 로어 역시 작은 키가 아닌데도 상대는 최소 15센티미터 이상의 이점을 갖고 있었다. 남자가 입고 있는 민무늬 회색 셔츠와 운동복 바지는 탄탄한 몸매를 타이트하게 감싸고 남자의 몸을 뒤덮은 근육은 로어가 오래전 아빠의 골동품 화병에서 봤던 남자들처럼 완벽한 윤곽을 갖추고 있었다. 그가 쓰고 있는 마스크에는 돌격의 함성을 지르는 맹렬한 전사의 얼굴이 그려져 있었다.

아킬레우스 가문의 상징이다.

이런, 로어는 어렴풋이 생각했다. *젠장.*

"나는 자기 얼굴도 못 내미는 겁쟁이하고는 안 싸워." 로어가 차갑게 말했다.

웃음을 참는 듯한 저음의 따뜻한 목소리가 대답했다. "그 정도는 예상했지."

그는 마스크를 벗어 링 가장자리로 던졌다. 그러자 그를 제외한 나머지 세계가 불에 타버린 듯 사라졌다.

너, 죽었잖아.

하지만 말은 밖으로 나오지 못하고 로어의 목구멍에 걸렸다. 숨이 막혔다. 마치 공기가 어딘가로 다 사라져버리기라도 한 것처럼 미친 듯이 숨을 쉬어보려고 안간힘을 쓰는 와중에 로어가 자꾸만 뒤로 물러서는데도 구경꾼들은 자꾸만 로어를 매트 위로 떠밀었다. 시야 주변으로 떠오르는 수많은 얼굴들이 흐릿하게 뭉개지며 어둠 속으로 스며들었다.

너는 죽은 몸이어야 하는데, 로어는 생각했다. *이미 죽었는데.*

"놀랐어?" 그의 목소리에선 희망 섞인 어조가 묻어났지만 그의 눈동자는 불안한 빛으로 로어를 열심히 살피고 있었다.

카스토르.

그의 얼굴에선 어린 시절의 둥글둥글함이 모두 사라지고 그만의 특징들이 성장하여 날렵하게 자리 잡고 있었다. 그의 목소리도 놀랍도록 깊었다.

로어는 순간적으로 자신이 끔찍한 꿈을 꾸고 있는 거라고 확신했다. 부모님과 어린 동생들이 여전히 살아 있는 꿈을 꿀 때처럼 이 꿈도 그렇게 끝나 버릴 거라고 생각했다. 구역질이 나오려는 건지 울음이 터지려는 건지 헷갈렸다. 이 충격으로 무슨 환장할 쾌감이라도 느껴보겠다는 것인지 두개골 속에서 뇌가 부풀어 오르는 것 같았다. 로어는 몸을 움직일 수도, 숨을 쉴 수도 없었다. 하지만 카스토르 아킬레우스는 그대로 있었다. 좀 전의 격투에서 맞은 자리도 여전히 욱신기렸다. 술 냄새와 튀김 냄새도 여전히 공기 중에 맴돌았고 자신의 피부에 달라붙어 얼굴과 등으로 흘러내리는 땀방울 하나하나까지 전부 느껴졌다. 이건 꿈이 아니다.

하지만 로어는 여전히 움직일 수 없었다. 그의 얼굴에서 눈을 뗄 수 없었다.

그는 진짜야.

살아 있다.

그리고 마침내 무감각을 뚫고 터져 나온 감정의 정체는 로어 자신도 예상치 못한 것이었다. 바로 분노였다. 이성을 잃고 날뛰는 분노가 아니라, 오래전 자신들의 훈련용 검처럼 날카롭고 무자비한 분노였다.

이렇게 살아 있으면서, 7년 동안이나 로어가 슬픔에 빠져 지내게 만들다니.

로어는 몸이 곧 녹아내릴 것 같은 기분에도 정신을 다시 집중해 보려고 한 손을 얼굴 앞으로 휘둘러봤다. 이건 싸움이다. 그가 먼저 첫 주먹을 날렸다. 하지만 상대는 한때 로어의 가장 친한 친구였다. 로어는 그를 공격하는 가장 좋은 방법을 알고 있었다.

"내가 놀라긴 왜 놀라?" 로어는 간신히 말을 내뱉었다. "네가 누군지도 모르는데."

반신반의하는 표정이 카스토르의 얼굴 위를 얼핏 스쳤지만 그는 곧 눈썹을 치켜올리며 로어에게 다 알겠다는 듯 싱긋 웃어 보였다. 그녀 옆으로 구경꾼들 몇 명이 몰려들어 쑥덕대기 시작했다.

법석을 떨지 않고는 그를 밖으로 내보낼 방법이 없다는 건 둘째 치고, 지금까지 있었던 일들을 생각하니 그를 멀쩡한 몸으로 보내 줄 마음도 싹 가셨다. 로어는 고개를 돌려 프랭키에게 신호를 보냈다. 제발 자신의 쿵쾅거리는 심장이 가슴 밖으로 터져 나오려는 걸 아무도 눈치채지 못하길 빌고 또 빌면서.

종이 울렸다. 관중들은 곧바로 환호했고 로어는 싸움 자세로 몸을 낮췄다.

꺼져버려, 로어는 글러브 위로 카스토르를 노려보며 생각했다. *날 그냥 내버려두라고.*

지난 7년 동안 찾지도 않다가, 아무 신경도 쓰지 않다가 이제 와서 뭘 어쩌겠다는 거야? 로어를 놀리려고? 로어를 다시 그 세계로 끌고 가려고?

저놈이 퍽이나.

"제발 살살 해줘." 카스토르는 양손을 들어 올리더니 빌려 낀 글러브 한쪽의 찢어진 부위를 흘끗 내려다봤다. "나 스파링 안 한 지 꽤 됐어."

그러니까 멀쩡히 살아 있을 뿐만 아니라, 원래 계획대로 힐러 훈련까지 다 끝마쳤단 말이지. 로어라는 방해꾼도 없이 그의 삶은 애초 정해진 대로 순조롭게 흘러왔다는 뜻이렷다.

게다가 그는 그녀를 한 번도 찾으러 오지 않았다. 그녀가 그를 가장 필요로 했을 때조차.

로어는 발을 가볍게 움직이며 그의 주위를 돌았다. 두 사람 사이에 7년이라는 세월이 마치 검붉은 바다처럼 펼쳐져 있었다.

"걱정 마. 금방 끝날 거니까." 그녀가 차갑게 말했다.

"너무 금방은 아니면 좋겠는데." 그는 또다시 입가에 환한 미소를 지으며 말했다.

그의 검은 눈동자가 머리 위에서 흔들리는 조명 빛을 받아 반짝이자 홍채에서 마치 불꽃이 튀는 것 같았다. 어린 시절 대련을 하면서 여러 번 부러졌던 그의 코는 여전히 길고 곧았고 턱선은 완벽한 각도로 굴곡져 있었으며 광대뼈는 칼날처럼 날카로웠다.

로어가 펀치를 날리자 카스토르는 옆으로 몸을 기울여 그녀의 주먹을 피했다. 로어의 기억보다는 재빨랐지만 그의 몸은 휘청거렸다. 겉보기엔 강해 보였지만 그는 훈련을 안 한 지 오래였다. 녹슨 채 멈춰 있던 기계가 예전의 관성을 회복하려고 애쓰는 장면이 로어의 머릿속을 스쳤다. 그 의심을 확인시켜주듯 그는 옆으로 지나치게 피했다가 비틀거리지 않으려고 몸의 균형을 잡아야 했다.

"싸우겠다는 거야, 말겠다는 거야?" 그녀는 으르렁거렸다. "나 경기마다 돈 받는 거니까 내 시간 낭비하지 마."

"그런 건 감히 꿈도 못 꾸지." 카스토르가 대답했다. "그런데 너 아직도 오른쪽 어깨가 처진다."

로어는 그의 지적에 자세를 바로잡고 싶은 충동을 억누르면서 그를 노려봤다. 구경꾼들이 슬슬 참을성을 잃고 있었다. 사람들이 어떻게든 싸움의 흐름을 바꿔보려고 빠른 비트로 발을 굴러대자 지하실 바닥이 마구 울렸다.

카스토르는 방 안의 분위기를 제대로 읽은 것 같았다. 아니면 마구 튀는 술을 충분히 뒤집어써서 그런지 얼굴에 다시 초점이 잡혀 있었다. 천장에 체인으로 연결된 전구는 계속 흔들리면서 그림자를 만들어냈고, 카스토르는 마치 스스로 어둠이 되는 비밀을 알고 있기라도 한 것처럼 조명이 만들어내는 그림자 안팎으로 이리저리 움직였다.

그리고 마침내 오른쪽으로 움직이는 척하더니 로어의 어깨에 성의 없는 펀치를 날렸다.

로어의 가슴속에서 분노가 치밀었다. 살이 데일 듯 눈앞이 새하얗게 변했다. 그가 얼마나 그녀를 존중하지 않는지 확연히 보여주는 행동이었다. 로어를 대적할 만한 적수로 인정하지 않는다는 뜻이었다. 그는 그녀를 장난거리로 여겼다.

로어는 주먹으로 그의 아랫배를 강타하고 그가 몸을 웅크리자 왼손으로 그의 귀를 때렸다. 카스토르는 비틀거리다가 발을 제대로 가누지 못하고 결국 무릎을 꿇었다.

로어는 다시 펀치를 날렸다. 이번에는 그의 얼굴을 정면으로 겨냥했다. 하지만 카스토르는 정신이 조금 남아 있었는지 로어의 주먹이 얼굴을 때리기 전에 막아냈고 그 충격에 대한 반동으로 로어의 팔이 진동했다.

"계속 날 가지고 놀아봐. 그러다 네가 어떤 꼴이 될지는 나도 장담 못 하니까." 로어는 그에게 경고했다.

카스토르는 눈앞으로 마구 흘러내린 짙은 머리카락 사이로 그녀를 응시했다. 그의 상앗빛 피부가 발갛게 달아올랐다. 로어도 그의 시선을 맞받았다. 로어의 턱에서는 땀이 뚝뚝 떨어졌고 안에서 폭풍이라도 끓어오르는 것처럼 그녀의 몸은 여전히 고동치고 있었다. 천장에서 흔들리는 조명은 거의 최면이라도 걸 것처럼 그의 눈동자 속에서 다시 춤을 춰댔다. 이제 카스토르의 얼굴엔 웃음기가 조금도 남아 있지 않았다. 마치 로어가 그의 얼굴에서 싹싹 긁어내기라도 한 것처럼.

그는 앞으로 돌진하더니 한쪽 팔로 로어의 무릎을 휘감아 잡아당겼다. 방금까지 멀쩡히 서 있던 로어는 바로 다음 순간 숨을 헐떡거리며 바닥에 쓰러졌다. 구경꾼들이 환호했다.

그녀는 카스토르를 떼어버리려고 발을 올렸다가 '발차기 금지!'라고 외치는 프랭키의 유쾌한 잔소리만 들었다.

아, 그랬지.

로어는 왼쪽으로 힘차게 몸을 굴려 매트 가장자리에서 다시 일어섰다. 카스토르에게 강펀치를 날려봤지만 이번엔 그도 준비되어 있었다. 카스토르는 로어의 주먹을 주먹으로 맞받았다. 그녀는 몸을 낮추고 위아래로 재빨리 움직이며 싸움의 흐름 속으로 빠져들었다. 입술은 자기도 모르게 미소 짓고 있었다.

그때 지하실 계단 꼭대기에서 누군가 내려오는 움직임이 로어의 시야에 잡혔다. 한눈판 것이 크나큰 대가로 돌아왔다. 카스토르는 팔을 휘둘러 그녀의 복부를 거세게 강타했다.

로어는 몸을 웅크리지 않으려고 안간힘을 쓰며 숨을 헐떡거렸다. 카스토르의 눈이 거의 공포에 질린 듯 커졌다.

"너 괜찮─?" 카스토르가 막 입을 여는데 로어가 머리를 낮추고 그대로 그의 가슴으로 돌진했다. 마치 시멘트 벽을 들이받은 느낌이었다. 몸 안의 모든 관절이 한순간 삐걱거렸고 눈앞엔 검은 점이 어른거렸다. 하지만 어쨌든 카스토르는 쓰러졌다. 그리고 로어도 그의 몸 위로 쓰러졌다.

카스토르는 재빨리 전세를 뒤집어 로어 위에 걸터앉아 그녀를 매트 위에 밀어붙이면서도 자기 무게로 로어를 짓누르지 않으려고 조심했다. 로어는 자기만큼이나 거칠게 몰아쉬는 카스토르의 숨소리에 그나마 통쾌한 기분이 들었다.

"너 죽었잖아." 로어는 그의 몸 아래서 벗어나려고 몸부림을 치면서 가까스로 말을 내뱉었다.

"나 시간이 별로 없어." 그가 대꾸했다. 그러더니 고대어로 말하기 시작했다. "네 도움이 필요해."

로어가 그렇게 잊어버리려고 애썼던 언어로 그가 말하자 로어의 피가 다시 차갑게 식었다.

"무슨 일인가 벌어지고 있는데," 카스토르가 계속 말했다. 싸움으로 달아오른 그의 몸은 만지기만 해도 거의 데일 정도로 뜨거웠다. "누구를 믿어야 할지 모르겠어."

로어는 얼굴을 돌리며 말했다. "그게 나랑 무슨 상관이야? 난 *떠났어*."

"나도 알아. 하지만 너한테 경고해줄 것도 있어서…, 제길." 카스토르는 숨을 들이쉬더니 기왕 한 김에 고대어로도 다시 욕을 내뱉었다. 그는 자세를 바꿔 로어를 자기 위에 올라타게 했다. 구경꾼들이 정해진 숫자인 8까지 카운트하는 소리가 어렴풋이 들렸다. 그제야 로어는, 너무 늦게, 카스토르가 그녀에게 져주고 있다는 걸 알아차렸다.

"이 나쁜 자식." 로어가 다시 입을 열었다.

하지만 그의 시선은 계단에 있는 누군가에게 고정되어 있었다. 로어가 좀 전에 한눈팔았던 장본인이다. 에반드로스. 카스토르의 친척이자 가끔 로어와도 함께 놀았던 어린 시절 친구다.

에반드로스는 단조로운 검은색 헌터 망토를 두르고 가슴에는 반짝거리는 금색 물체가 꽂혀 있었다. 그의 뒤에서 계단을 따라 흘러내려오는 연기 때문에 짙은 피부가 마치 흑진주처럼 차가운 색조로 어슴푸레 빛났다. 짧게 깎은 스포츠머리는 지나치게 잘생긴 그의 얼굴을 더욱 두드러지게 할 뿐이었다. 그는 날카로운 눈빛으로 카스토르에게 뭔가 신호를 보냈다.

"시간 다 됐다." 카스토르가 말했다. 격투 시간이 다 되었다는 것인지 다른 걸 뜻하는 것인지 로어는 헷갈렸다.

"잠깐." 로어는 왜인지도 모른 채 일단 입을 열었다. 하지만 카스토르는 이미 그녀를 자기 몸에서 일으켜 세웠고, 두 당사자는 전혀 인식하지 못했지만 카스토르의 손은 아주 잠깐 로어의 허리 위에서 맴돌았다.

"그자가 무언가를 찾고 있는데, 그게 너인지는 잘 모르겠어." 카스토르가 로어에게 말했다. 그게 무슨 뜻인지 완전히 깨닫는 순간 로어의 머릿속이 새하얘졌다. 자신과 상관 있는 '그자'는 단 한 사람뿐이다. 로어는 숨을 쉬려고 애썼다. 점점 더 크게 귀를 울리는 이명에 기를 쓰고 저항했다.

"너는 아곤을 떠났는지 몰라도 내 생각엔 아곤이 너를 놔준 것 같지 않아. 그러니까 조심해." 그가 몸을 숙여 로어의 귀에 속삭이는 동안 그의 눈빛도 강렬해졌다. "그리고 너, 엄청 살벌하게 싸우는 건 여전하네."

카스토르는 뒤로 물러나 허리 숙여 인사하며 사람들이 퍼붓는 야유를 받았다. 그리고 누군가 그에게 내민 빨간 플라스틱 술잔도 받아 들고는 사람들을 헤치며 곧바로 계단 쪽으로 향했다. 에반드로스는 카스토르의 팔을 움켜쥐고 함께 계단을 올라가 후끈후끈한 주방으로 사라졌다.

승리의 선언이라도 하려는 듯 누군가 로어의 손목을 잡아 팔을 공중으로 들어 올리려고 했지만 로어는 이미 어깨로 구경꾼들을 헤치며 어딘가로 향하고 있었다.

대체 뭘 하려고? 그녀의 마음이 그녀를 향해 소리쳤다. *그냥 가게 내버려둬!*

하지만 로어는 계단 초입부터 누군가와 세게 부딪혔고 로어에게 튕겨 나간 상대는 비틀거리며 벽에 부딪혔다. 그녀가 사과하려고 몸을 휙 돌려 미안하다는 말을 하려는 찰나, 로어의 두 눈이 상대를 알아봤다.

젠장.

뼈처럼 허연 피부, 거의 만화에 나오는 것처럼 휘둥그렇게 뜨고 로어를 바라보는 검은 눈동자, 살짝 힙스터 풍의 날카로운 까까머리, 깡마른 체형을 더 깡말라 보이게 하는 스키니진, 말 꼬리를 땋아 만든 목걸이.

마일스였다.

믿을 수가 없군, 로어는 생각했다. 오늘 밤이 대체 얼마나 더 나빠질 수 있는지 한번 해보자는 건가?

"여기서 기다려!" 로어가 마일스에게 명령하듯 말했다.

놀란 듯 고개를 끄덕이는 마일스를 두고 로어는 주방으로 뛰어올라가 장애물처럼 서 있는 요리사들과 음식에서 뿜어 나오는 연기의 장막을 헤치고 장애인용 비상구를 통해 어두운 거리로 뛰쳐나갔다.

빠르게 멀어지는 SUV의 후미등이 밤공기를 붉게 물들였다. 로어의 발밑으로 굴러온 빨간 플라스틱 컵에 짙은 색 얼룩이 묻어 있었다.

잉크다.

그녀는 비상구 위에 붙어 있는 희미한 불빛 쪽으로 컵을 들어 그 위에 구불구불하게 쓰인 알파벳 하나하나를 읽어보려고 낑낑댔다.

그리고 마침내 관자놀이에서 맥박이 미친 듯이 뛰기 시작했다.

아포디드라스킨다.

어린 시절 놀이, 숨바꼭질이다.

이건 도전장이다. *'자기를 찾아보라'*는.

로어는 근처 쓰레기통에 컵을 던져 넣고 다시 식당으로 향했다.

3

로어가 다시 지하로 내려갔을 즈음에는 몸속을 달궜던 열기도
가라앉아 있었다. 로어는 다시 사람들 사이를 헤치고 들어가 배낭
을 가지고 오늘 밤 치른 대전료를 받으러 프랭키에게 가면서 주변
을 둘러봤다. 하지만 마일스의 모습은 보이지 않았다. 프랭키에게
돈을 받아 든 로어는 그가 다음 주 시합 장소에 대해 열심히 설명
하는 소리를 귓등으로 흘려들으며 열심히 지폐를 셌다. 혹시 프랭
키가 슬쩍 떼먹었을 수도 있으니까. 그 와중에도 온몸의 혈관은 여
전히 쿵쿵거리며 뛰었고 로어는 그 울림을 애써 모른 척했다.

그자가 무언가를 찾고 있는데, 그게 너인지는 잘 모르겠어.

갑자기 로어의 몸에 전율이 일었다. 그녀는 카스토르의 목소리
와 얼굴을 머릿속에서 지워버리고 앞으로 닥쳐올 일을 준비라도
하겠다는 듯 고개를 흔들었다.

마일스는 밖에서 기다리고 있었다. 로어가 다시 밖으로 나오는

몇 분 사이에 대체 혼자 뭘 하고 있었는지 숨이 가빠 보였다. 아마 서성거리고 있었거나 아니면 로어에게 무슨 말을 할지 연습하고 있었던 거겠지. 로어가 문밖으로 나오는 순간 마일스는 갑자기 움직임을 멈추더니 내내 핸드폰을 보고 있었던 척했다.

대체 무슨 잔소리를 할지 은근히 걱정하고 있던 로어에게 마일스는 전혀 뜻밖의 말을 했다. "마르타네 식당에 가서 뭐 좀 먹을래?"

로어는 망설였다. 지금 머릿속엔 빨리 집에 가서 씻고 앞으로 6일 내내 퍼질러 자고 싶은 생각뿐이었다. 그렇게 자고 일어나면 이 진저리 나는 사냥이 모두 끝나고 새로운 7년이 시작되어 있을 테니까. 하지만 마일스에게는 그녀를 안정시키는 힘이 있었다.

"그러지, 뭐. 좋아." 그녀는 애써 태연하게 대답했지만 아직도 살갗 안쪽은 마치 번개가 치는 것처럼 따끔거렸다.

마일스는 눈썹을 치켜올리며 말했다. "이번엔 진짜로 네가 쏘는 거야."

"내가 쏘다니?" 로어는 두 사람의 평소 대화 리듬에 자연스레 몸을 맡겼다. "내 어여쁜 속눈썹을 마구 깜박거리면 공짜밥을 얻어먹을 수 있을지 혹시 알아?"

"도대체 네 평생에 언제," 마일스가 진짜로 궁금하다는 듯 말을 이었다. "그런 술수가 먹힌 적이 있기나 하냐?"

"어머, 이보세요. 나도 완전 사랑스럽게 구워삶을 수 있거든요."

로어는 속눈썹을 마구 깜박거리며 말했지만 아까 격투장에서 맞은 얼굴이 아프고 퉁퉁 부어오르기까지 해서 잘 움직여지지 않았다.

마일스는 뭔가 다른 말을 하려고 입을 열었지만 마음이 바뀌었는지 금방 입을 다물었다.

"뭔데?" 그녀가 물었다.

"아니야, 아무것도." 마일스가 구름 낀 하늘을 올려다보며 대답했다. "소나기 퍼붓기 전에 얼른 가자. 비 맞아서 효과 볼 사람은 한 사람뿐인 것 같은데."

습기를 가득 머금고 무겁게 내려앉은 공기 중엔 다음 날 아침 수거를 위해 봉지째 쌓아놓은 쓰레기 냄새까지 맴돌았다. 택시가 쏜살같이 지나가며 배수로에 고여 있던 물을 튀겼다. 지난 며칠간 비가 오락가락했고, 로어는 비가 더 내릴 거라는 걸 알고 있었다.

"무슨 말씀? 내가 지금 중국집 냄새에 땀내까지 가미된 최고급 향수를 온몸에 뒤집어쓰고 있는데 그걸 몰라주는 거야? 아무리 개인 취향 시대라고 해도 분발 좀 하시지?"

물론 이건 정말 말도 안 되는 비난이다. 마일스는 자기 몸을 예술 작품 다루듯 했고 자신의 모든 것을 몸으로 표현했다. 그의 기분, 관심사 그리고 그가 마음속에 담고 있는 사람들까지. 그의 피부는 온갖 타투로 칠해져 있었다. 마일스의 상체에는 몸을 휘감은 아름답고 화려한 꽃과 덩굴들 외에도 그가 직접 디자인한 현대미술풍의 얼굴들과 우뚝 솟은 산, 여러 개의 눈동자, 그리고 혼자만 의미를 아는 여러 가지 모양의 타투가 뒤덮여 있었다. 로어가 제일 좋아한 건 마일스의 목에 새겨진 단순한 한글 타투였다. 그 문장에 얽힌 이야기 때문이었다. 마일스가 매주 일요일 그의 고향인 플로리다에 계신 부모님과 할머니에게 전화를 걸 때마다 할머니가 그에게 해주던 말이라고 했다. *새로운 해가 떠오를 때마다 널 더 많이 사랑한단다.* 마일스가 할머니에게 그 타투를 보여줬을 때 할머니는 또 타투를 했다고 꾸짖으며 손가락에 침을 묻혀 타투를 문질러 지우려고 애쓰는 척하셨지만, 그날 밤 내내 자랑스러워하며 행복해하셨다고 했다.

두 사람은 125번가까지 A선을 타고 가기로 하고 커널스트리트 지하철역까지 걸어갔다. 지하철역 계단을 반쯤 내려갔을 때 전철이 들어오는 소리와 함께 기차의 접근을 알리는 전령처럼 한바탕 공기 돌풍이 역 안을 휘저었다. 로어는 그대로 내달리면서 바지 뒷주머니에서 교통카드를 꺼내 개찰구를 통과했다. 완전히 무방비 상태였던 마일스는 숨넘어가는 소리와 함께 쩔쩔매며 지갑을 뒤적거렸다.

"잠깐만, 인식이— 안—." 마일스가 다시 교통카드를 찍어봤지만 오류 메시지가 나타났다.

한산한 시간대엔 지하철 운행도 더딘지라 새벽 3시 30분인데도 열차 안은 만원이었다. 로어가 닫히는 문 사이로 팔뚝을 밀어 넣어 열차를 붙잡고 있는 동안 마일스가 거의 다이빙하다시피 안으로 들어왔다.

열차가 덜컹거리며 출발하자 마일스가 로어의 어깨를 찰싹 때렸다.

"마르타네 식당, 배고파." 로어가 말했다.

"택시, 편하잖아." 마일스가 말했다.

"택시비, 쓸데없는 낭비야." 그녀가 말했다.

콜럼버스 서클 역에서 사람들이 우루루 내리자 두 사람 앞에 빈 자리가 났다. 마일스는 자리에 앉자마자 핸드폰을 꺼냈다. 로어는 깊은 숨을 들이쉬며 손으로 이마를 문질렀다. 몸은 잠자코 있었지만 머릿속에선 온통 난리가 벌어지고 있었다.

그자가 무언가를 찾고 있는데, 그게 너인지는 잘 모르겠어.

그렇잖아도 도시에서 헌터들이 눈에 띄어 불안하던 차였다. 로어는 아리스토스 카드모스가, 혹은 그가 지금 무슨 신이 되었든 아무튼 그가 자신을 찾고 있다면 두려워할 일이라는 것을 잘 알고 있었다. 로어는 그 어느 때보다 더 조심하고 일단 오늘 늦게라도 도시를 떠나 이 싸움판과 카드모스를 피해 있어야겠다고 생각했다. 이 모든 난장판에서 벗어나야겠다고.

하지만 로어가 느끼는 가장 큰 감정은 공포가 아니었다. 그녀는 자신이 잘 숨을 수 있다는 걸 알고 있었다. 지난 3년 동안 잘 해냈지 않은가. 그보다는, 머릿속에 자꾸 카스토르의 얼굴이 떠오르면서 가슴이 불안하게 조여들고 몸에서 느껴지는 초조함도 떨쳐지지 않았다.

살아 있었다니, 이 생각을 하는 것만으로도 이상하게 얼떨떨한 기분이 들었다.

마일스가 옆에서 실망한 듯한 소리를 냈다. 로어는 그가 휴대폰에서 데이팅 앱을 막 닫는 모습을 흘깃 쳐다봤다.

"금요일에 데이트한 남자랑은 어떻게 됐는데?" 로어는 머리를 식힐 구실이 생겨 반갑게 물었다. "그 사람이랑 잘될 것 같았는데. 닉이었던가?"

"노아." 마일스는 마치 힘이라도 끌어모으듯 눈을 감고 깊게 숨을 들이쉬며 말했다. "그 사람 아파트까지 갔는데 거기서 햄스터를 네 마리나 만났어."

로어가 마일스를 돌아보며 말했다. "헐, 말도 안 돼."

"햄스터마다 자기가 제일 좋아하는 영부인들 이름을 지어줬더라고." 마일스의 목소리가 고통스럽게 들렸다. "재키(재클린 케네디)는 펠트 천이랑 매니큐어로 만든 필박스 모자(재클린 케네디가 즐겨 썼던 모자-역주)를 쓰고 있었어. 게다가 나한테 햄스터 먹이까지 주라고 했어. 잘게 채 썬 상추 조각들 말이야. *상추라고*, 로어. *상추*."

"제발 상추라는 말 좀 그만해. 저기, 마일스, 데이트 좀 잠깐 쉬는 게 어때?"

"그러는 너야말로 좀 해보는 게 어때?" 마일스가 지적했다. 그는 앉은 자리에서 몸을 약간 들썩거리더니 다시 말했다. "내가 너무 간섭하는 것 같아서 지금까지는 이런 거 안 물어봤는데."

"그런데…?"

"아까 그 사람 말이야. 네가 그 사람을 대하는 게 어쩐지…."

로어는 배낭 끈을 움켜쥐었다.

"그 자식이 나한테 그딴 식으로 행동하는데 그럼 내가 어떻게 반응했어야 한다는 거야? 그 자식은 얼굴 좀 묵사발을 당해도 싸. 앞으로는 다른 여자애들한테 또 그딴 짓을 하기 전에 다시 한 번 생각해보겠지."

"아, 아니, *그 자식*은 당연히 그래도 싸지." 마일스가 재빨리 덧붙였다. "최소한 30초는 더 꽉꽉 채워서 얻어터졌어야 해. 내가 말한 건 그 자식이 아니라 다른 사람."

"다른 사람?" 그녀는 마일스의 말을 반복했다. 가슴속에선 벌써 심장이 쿵쾅거렸다.

"어릴 때 내 환상 속의 이상형을 다 합쳐서 조각상으로 만들어놓은 것처럼 생긴 사람." 마일스가 아주 제대로 묘사하는 바람에 로어는 모른 척할 수도 없었다.

카스토르의 목소리가 로어의 마음속에서 따뜻하게 울렸다. *엄청 살벌하게 싸우는 건 여전하네.*

"그 사람이 왜?" 로어가 물었다.

"네가 아는 사람인 것 같던데?"

"아냐, 몰라." 로어가 날카롭게 대답했다. *이젠 모르는 사람이지.*

마일스가 또 질문할까 봐 로어는 그의 어깨에 머리를 기댔다. 그대로 기차의 덜컹거림에 몸을 맡기며 마음이 진정되자 로어는 그날 밤 처음으로 숨을 깊이 들이쉬었다.

빠르게 달리던 지하철이 125번가로 들어서자 그때부터는 역을 지날 때마다 덜컹거리며 정차, 출발의 평소 리듬으로 전환했다. 하지만 로어는 눈을 감기가 두려웠다. 눈을 감으면 카스토르의 밝고 희망찬 얼굴이 나타나 로어를 자신이 버리고 떠나온 세상의 기억 속으로 다시 끌고 갈 것 같았다.

마침내 두 사람이 지하철역에서 나온 곳은 한적한 외곽 동네였다. 두 사람은 마르타네 식당 쪽으로 발걸음을 옮겼다.

로어가 120번가에 있는 아늑한 브라운스톤으로 이사했을 당시엔 할렘이 마치 외국처럼 느껴졌다. 오래전 그녀의 가족은 내내 헬스키친에서만 살았고 그땐 96번가 위쪽으로는 한 번도 올라갈 일이 없었다. 하지만 할렘에 살러 왔을 땐 이미 가족이 죽은 지 4년이 지난 후였고 그동안 대부분 외국에서 지냈다. 뉴욕으로 다시 돌아오는 것은 마치 예전에 누군가에게 줬던 오래된 옷을 돌려받는 느낌이었다. 이제는 전혀 맞지 않는 옷을. 모든 게 예전과 똑같았지만 어쩐지 모든 것이 달라진 것 같았다.

하지만 그 후 3년은 로어에게 아주 소중한 시간이었다. 여섯 달 전, 하고많은 사람 중에 하필이면 길 할아버지가 길을 건너다 차에 치어 죽은 그 비극적 순간까지는 말이다. 사건 직후 가장 먼저 든 생각은 얼른 짐 싸서 떠나야겠다는 거였지만 상황이 그렇게 간단하지 않다는 것을 곧 깨달았다. 길버트 할아버지는 브라운스톤과 그 집 안에 있는 모든 것을 로어에게 남기고 떠났으니까.

물론 생각해볼 것도 없이 당장 집을 팔아버리고 어딘가로 떠날 수도 있었다. 뉴욕에서 살 집을 새로 구하는 게 골치 아픈 일이긴 하지만 마일스 역시 그럭저럭 괜찮았을 것이다. 하지만 로어가 이 결정을 진지하게 고민할 때마다 주변의 거리가 그녀를 에워싸는 것 같았다. 익숙한 동네 상점들, 두 집 건너 아랫집 현관 앞에서 뛰어노는 아이들, 매주 월요일 아침 10시에 호스로 물을 뿌려 인도를 청소하는 마크스 부인…. 그런 것들이 로어의 마음을 차분하게 했다. 그 모든 것들 덕분에 로어는 충격과 슬픔의 무게를 버티지 못하고 스스로의 구덩이 속으로 무너져 내릴 것 같은 기분을 떨쳐버릴 수 있었다.

그래서, 로어는 떠나지 않았다. 아무리 피곤할 정도로 복잡하고 사람들이 수없이 북적대도 이 도시는 항상 로어의 보금자리였다. 그녀는 도시의 까다로운 성격을 이해했고, 도시가 자신에게도 그 성격을 나눠준 것이 고마웠다. 그 까칠함이 가진 회복력 덕분에 로어는 자기 인생의 가장 어두운 시기를 지나면서도 살아남을 수 있었으니까.

한편으론 이 낯선 동네가 그녀를 선택한 게 아닌가 싶었다. 그 반대가 아니라. 마치 누구라도 나타나 로어라는 유실물을 찾으러 와주길 기다리고 있었던 로어 앞에 이 동네가 떡하니 나타나 준 것이 아닐까? 정말로, 뉴욕이라는 도시는 모든 사람에게 그런 곳이었다. 뉴욕은 누구에게나 해줄 수 있는 이야기를 품고 있었고, 참고 기다리는 사람들에겐 때가 되면 그들이 가야 할 곳까지 안내해 줬다.

새벽 4시인데도, 심지어 이 한적한 8월에, 낯익은 얼굴이 평소와 다름없이 마르타네 식당에서 이른 아침을 즐기고 있었다.

"안녕하세요, 에레라 아저씨." 로어가 낡은 발판에 발을 문지르며 남자에게 인사했다.

"그래 너구나, 로렌 퍼쏘." 그는 아침밥으로 먹고 있던 샌드위치를 한입 가득 물고 대꾸했다.

로어가 로렌 퍼쏘라는 이름을 사용한 지도 벌써 몇 년째이지만 아직도 이 이름으로 불릴 때마다 속수무책으로 당혹스러웠다. "멜 아줌마, 안녕하세요?"

"물이라도 털고 들어와라." 멜이 계산대 뒤에서 말했다. 그녀는 금전출납기의 돈을 세다가 두 사람을 올려다보며 물었다. "둘 다 만날 먹는 거 싸주면 되지?"

"습관이 어디 가겠어요?" 마일스가 대답했다. "혹시 디카페인 커피 만들어놓으신 거 있어요?"

"금방 만들어주마." 멜이 대답했다. "팬케이크엔 휘핑크림도 올리고?"

마일스는 매번 식사 때마다 디저트를 꼭 먹어야 하는 초딩 입맛이었다. "초콜릿 가루도요."

"오냐, 곧 만들어주마." 멜이 두 사람의 요리를 시작하려고 허리를 숙여 주방 쪽으로 들어갔다. 로어의 단골 메뉴는 트리플 럼버잭 세트 하나, 마일스는 휘핑크림을 곱빼기로 추가하고 메이플시럽을 뿌린 초콜릿 칩 미키마우스 팬케이크였다.

"웬일로 잔소리가 없어? 만날 내 설탕 흡입을 가지고 놀리더니?" 마일스가 말했다.

몇 초 후에야 로어는 마일스가 자기에게 얘기하고 있다는 것을 깨달았다. 그녀는 바닥에 고정되어 있던 시선을 들었다.

"네가 먹는 걸 보기만 해도 배가 아플 지경이야." 로어가 비닐 커버가 씌워진 부스 좌석 옆으로 등을 기대며 말했다. 마치 하지 말아야 할 일을 하다가 들킨 사람처럼 맥박이 빠르게 뛰었다.

마일스는 잠깐 그녀를 지그시 쳐다봤지만 여전히 가벼운 목소리로 말했다. "삼인분을 혼자 다 먹는 사람 주제에 어처구니가 없네."

"식성이 좋은 거지." 에레라 아저씨가 돈을 내며 말했다. "튼튼한

여장부야."

"제 말이 그 말이에요." 로어가 에레라 아저씨에게 억지로 관심을 기울이며 말했다. "우리 잘생긴 보는 잘 있어요?"

잡화점 고양이 보는 2년 전 갑자기 나타나 에레라 아저씨의 상점을 자기 왕국으로 찜하고는 그대로 눌러앉았다. 로어가 보를 처음 봤을 땐 엄청나게 큰 쥐로 착각했다. 그 녀석이 저 지하세계에서 발톱만으로 기어 올라온 것은 아닐까 정말로 진지하게 의심했다. 하지만 이제는 일요일마다 아침 느지막이 에레라 아저씨의 상점 앞 벤치에 앉아 성질 더러운 친구와 함께 베이글 속 연어를 나눠 먹는 일이 로어의 가장 즐거운 취미가 되었다.

"그 녀석이 초콜릿 바를 열두 개나 먹었지 뭐야. 그러고는 제품들 위에 다 토해놓고 진열대에 있던 종이 타월까지 다 망가뜨려 놨어." 에레라 아저씨가 문 쪽으로 향하며 말했다. "그래서 이제 그 악당 놈을 동물병원에 데려가 보려고."

"그동안 제가 가게 봐드릴까요?" 로어가 물었다. 그녀는 그 일이 좋았다. 특히 사람들이 아침에 커피를 사러 한바탕 몰려왔다 떠나고 난 뒤부터 점심시간에 다시 우루루 몰려와 가공 샌드위치와 스시를 모조리 초토화하기 전까지, 그 중간 시간엔 조용히 앉아 책을 읽을 수 있었다.

"이번엔 괜찮다. 우리 조카 놈이 와 있어. 너 우리 조카 한번 만나볼 테냐? 너보다 한 살 어린데, 아주 똑똑한 녀석이야."

"빨래는 잘해요?" 마일스가 진지하게 물었다. "요리는요? 로어는 인생의 중요한 기술을 수행하느라 바빠서 자기 뒤치다꺼리를 해줄 사람이 필요하거든요."

에레라 아저씨는 마일스에게 손사래를 치며 웃고는 잡화점 문을
열러 식당 문을 나섰다.

로어는 오늘 도시를 떠나겠다고 마음먹어 놓고 대체 왜 에레라
아저씨에게 돕겠다고 제안했는지 이해가 되지 않았다. 카스토르의
경고를 들을 것까지도 없이 그를 보자마자 즉시 도망쳤어야 했다.
이것저것 챙기고 할 것도 없이 말이다.

로어는 카스토르가 잡았던 팔 부위를 문질러보았다. 온몸을 훑
고 지나가는 냉기에도 그 부분은 놀랍게도 따뜻했다. 자기 앞에 그
무엇이 나타난다 해도, 카스토르만은… 전혀 뜻밖의 일이었다. 그
의 모든 것, 낯익은 부드러운 눈동자와 훤칠한 키, 그의 몸에서 뿜
어 나오던 강인함, 살면서 그를 다시 마주하게 될 줄이야.

카스토르가 자신에게 미소 짓던 모습도.

"로어…, 로어!" 마일스가 이번엔 좀 더 힘주어 불렀다.

로어는 다시 시선을 올렸다. "왜?"

"돈 때문이냐니까?"

로어는 무슨 말인지 몰라 그를 빤히 쳐다보며 물었다. "뭐가 돈
때문이냐는 거야?"

마일스는 나무라는 듯한 표정을 지으며 말했다. "그런 거면 내가
월세를 낼게. 그런데 길버트 할아버지가 너한테 돈 좀 남겨주신 줄
알았는데…?"

항상 놀래는 걸 좋아하고 짜증 날 정도로 친절했던 그분의 성격
대로, 길 할아버지는 자신의 두 '명예 손주'들에게 상당한 유산을

물려줬다. 하지만 로어는 브라운스톤을 유지 보수하는 용도 외에는 그 돈을 아직 건드리지 않았다. 다른 곳에 그 돈을 쓰는 것이 어쩐지 옳지 않은 일 같았다.

"그건 길버트 할아버지 돈이잖아." 로어가 대답했다.

마일스도 로어의 마음을 이해하는 것 같았다. "아니면 너도 다른 사람들처럼 그냥 커피숍 아르바이트를 구할 수도 있잖아. 말 그대로 다들 꼭 한 번씩은 해보는 일인데. 아니면 호신술 가르치는 데에서 돈을 받든가."

로어는 제멋대로 얽히고설켜 지쳐버린 감정과 생각을 떨치고 마일스와의 대화 한 가닥에만 집중하려고 고개를 힘껏 저으며 나지막이 말했다.

"나는 스스로 보호하는 법을 배우려는 사람들한테 돈 받을 생각은 없어." 날씨가 너무 추워 바깥에서 달릴 수 없는 날엔 로어는 125번가에 있는 헬스클럽 사장님의 배려로 그곳에 있는 운동 기구를 이용하는 대신 호신술 무료 강습을 해주었다. 그것만으로 로어는 감지덕지했다. "그리고 어쨌든 돈 때문은 아니야."

"정말이야? 그런데 왜 1년 내내 그 더러운 지퍼백 세 개만 번갈아 쓰는 거야?" 마일스가 물었다.

로어는 손가락을 하나 쳐들었다. "깨끗이 씻어서 하나도 안 더럽거든? 그러는 너는 환경 보호를 위해 대체 뭘 하는데?"

마일스가 눈썹을 치켜떴다. 마일스는 컬럼비아 대학에서 '지속 가능한 도시개발'에 대해 공부하고 있었고 이번 여름엔 시의회에서 인턴 활동까지 하고 있었다.

"대답하지 마." 로어가 말했다.

마일스는 로어가 딱 싫어하는 그 행동을 하고 있었다. '네 마음다 알아' 하는 완전히 연민 어린 표정으로 로어가 뭐든 털어놓길 기다리는 태도.

"게다가 나도 엄연히 직업이 있어. 내가 집 관리인인 거 잊었어?"

로어가 원래 길버트 할아버지를 위해 일하기로 했던 것은 입주 간병인 자격이었지만, 그녀가 연기 탐지기의 배터리를 갈아 끼운 후부터 역할 범위가 넓어졌다. 그때 그 집에선 배터리 교체 기술이 기계를 다룰 줄 아느냐 모르느냐를 나누는 전부였다.

"저기요, 관리인님, 겨울이 오기 전에 내 방 창문 좀 고쳐주실 수 있을까요?"

로어는 빗물 덕분에 부풀어 오른 곱슬머리를 손으로 쓸어 넘겨 차분히 가라앉히며 못마땅한 얼굴을 했다.

"그래 뭐, 사실 돈 때문이기도 해. 하지만 다른 이유도 있어." 로어는 인정했다.

"길버트 할아버지?" 마일스는 적당히 넘어가지 않을 작정인 듯 보였다.

로어는 주머니에서 목걸이를 꺼내 끊어진 고리를 자세히 살펴봤다. 목걸이가 없으니 목이 허전했다. 3년 전 뉴욕으로 돌아온 뒤 로어의 첫 번째 생일에 길버트 할아버지가 선물로 준 목걸이였다. 이후로 로어가 목걸이를 뺀 적은 딱 한 번뿐이었다.

날개에서 떨어진 깃털은 버려진 게 아니라 자유로워진 거야, 하고 길버트 할아버지는 말했다. 목걸이를 볼 때마다 로어는 길 할아

버지를 위해 일하겠다고 제안한 이후로 자신이 얻은 수많은 것들이 떠올랐다. 할아버지가 심하게 다쳐서 혼자 생활할 수 없게 되자 로어가 할아버지를 돌보기 위해 간병인으로 고용되었지만, 실상은 로어가 할아버지에게 받은 것이 훨씬 더 많았다. 그분은 친구이자 멘토였다. 아울러 세상의 모든 남자들이 로어가 자라면서 겪었던 사람들처럼 냉혹하고 잔인한 것은 아니라는 사실을 깨닫게 해준 분이기도 했다.

"몇 달이나 지났는데ㅡ."

"여섯 달이야." 마일스가 말을 꺼내자마자 로어가 날카롭게 쏘아붙였다.

"그래 여섯 달." 그가 고개를 끄덕이며 말했다. "그리고 우리는 그 일에 대해 거의 얘기한 적이 없고ㅡ." 로어가 마일스의 말을 막으려고 입을 열었지만 마일스는 손을 들어 올리며 말을 이었다. "내가 하고 싶은 말은, 네 옆에는 항상 내가 있다는 거야. 그리고 난 매일 할아버지 얘기를 하고 싶어."

"난 아니야." 로어가 말했다. 길 할아버지도 말했다. 가끔은 나쁜 것들이 내게서 영원히 꺼져줄 때까지 그냥 그것들을 멀리 밀쳐놔야 할 때도 있는 거라고. 언젠가는 할아버지의 죽음도 그렇게까지 아프지 않을 날이 오겠지.

"있잖아…" 마일스가 만날 하던 소리를 또 하려는 말투였다.

"학교 가는 건 관심 없어." 로어가 이렇게 말하는 것도 거의 백 번째였다. "너도 공부를 별로 안 좋아하는 것 같은데 뭐."

"해야 하는 거랑 좋아하는 거랑 꼭 같을 필요는 없지." 마일스가 꼬집어 말했다.

"좋아하지도 않는 일을 꼭 해야 하는 것도 아니지." 로어도 맞받아쳤다.

마일스는 코로 한숨을 푹 쉬었다. "나는 그냥…, 과거에 무슨 일이 있었든 네 미래도 좀 생각해봐. 안 그러면 과거가 계속 네 발목을 붙잡을 거니까."

로어는 침을 꿀꺽 삼켜봤지만 목구멍의 긴장감은 가시지 않았다. "격투 시합은 어떻게 알았어? 설마 나를 따라다니거나 뭐 그런 거야?"

"어젯밤에 학교 친구랑 놀러 나갔는데 그 친구가 완전 비밀리에 열리는 광란의 격투장에 눈에서 턱까지 흉터 난 여자애가 있다는 거야. 그래서 내가 말했지. '와, 내 친구 로어랑 완전 비슷하네'…."

로어는 무심코 그쪽 얼굴을 어깨에 문질렀다. 흉터는 가늘었지만 세월이 지난 만큼 흐려지지는 않았다.

"내가 때려눕힌 애가 네 친구는 아니지? 그냥 확인차 물어보는 거야."

"당연히 아니지. 그런데 겁나게 무서우면서 동시에 그렇게 흥분 넘치는 경험은 내 평생 완전 처음이었어." 마일스가 말했다.

그때 그의 휴대폰이 날카롭게 울부짖자 둘은 깜짝 놀라 펄쩍 뛰었다.

"그거 알람이야?" 로어는 손을 그대로 가슴에 얹은 채 물었다. 둘이 같이 산 지 몇 년이나 되었는데 로어는 지금까지 그런 소리를 한 번도 들어본 적이 없다.

"뭐, 그런 셈이지." 마일스가 전화를 받았다. "네 엄마, 안 자고 뭐 하세요? 지금 새벽 4시잖아요…. 그 서류를 프린트하는 게 지금 이 시각에 할 만한 일은 절대 아니에요. 정상적인 시간에 할 수 있게 메모를 해두세요. 그리고…, 아니, 엄마야말로 얼른 다시 주무세요. …뭐, 내가 안 깨어 있었더라도 엄마 전화 때문에 깼을 거예요. … 엄마! 얼른 주무세요!"

전화기에서 들리는 윤 아주머니의 목소리에는 그 누구도 이렇게 이른 아침에는 가질 수 없는 에너지가 넘쳤다. 로어는 마일스가 화를 참기 위해 눈을 감고 숨을 들이쉬는 모습을 지켜봤다.

"어. 알았어. 전선은 다 확인했어요?" 그가 물었다. "연결 부위가 제대로 꽂혀 있는지도요?"

마일스는 로어에게 미안하다는 표정을 지었지만 로어는 전혀 개의치 않았다. 아니 오히려 좋았다. 잠깐이나마, 다른 건 몰라도 마일스가 플로리다의 밝은 파스텔 빛깔과 야자수 사이에서 아기 고스족으로 자라는 모습을 상상해볼 수 있었다. 그는 외동이고 가끔은, 예를 들면 지금처럼, 그게 너무 확연히 티가 날 때가 있었다.

마일스는 또다시 깊은 숨을 들이쉬었다. "프린터 전원을 켜긴 하셨어요? 전원 버튼에 불이 들어와 있어야 하는데."

윤 아주머니가 대답 대신 멋쩍게 웃으며 사랑스럽게 '마이클 고맙다'라고 말하는 소리가 전화기 너머에서 들렸다.

마일스는 자기 엄마의 어이없는 용건 때문인지 아니면 가족들만 사용하는 자신의 원래 이름이 불려서 그런지는 몰라도 격분한 표정을 짓더니 한 손으로 얼굴을 누르고 엄마에게 한국어와 영어로 사랑한다고 말하고 전화를 끊었다.

"지난달 집에 갔을 때 엄마가 억지로 전화벨 소리를 바꾸라고 해서…. 내 벨 소리가 너무 조용해서 내가 엄마 전화를 못 받는 거라고 생각하셨나 봐. 근데 이제는 내가 너무 죄책감이 들어서 벨 소리를 못 바꾸겠어."

로어는 가슴 깊은 곳에서 무언가 뒤틀리는 기분이 들었지만 웃어 보였다. 그런 전화를 다시는 못 받아봐야 그게 얼마나 그리운지 아는 법이다. "너희 엄마는 그냥 네 목소리가 듣고 싶으신 거야."

네가 엄마를 기억해주길 바라는 거야, 로어는 생각했다. 그녀의 마음이 고삐 풀린 것마냥 허공을 맴돌았다. 갑자기 눈앞이 캄캄해지더니 카스토르의 얼굴이 나타나면서 어둠이 그의 얼굴을 어루만지는 모습이 떠올랐다.

"야," 마일스가 갑자기 말했다. "너 괜찮은 거지?"

"응 괜찮아." 로어가 우기듯 대답했다.

괜찮아야지. 그를 위해. 자기 자신을 위해.

그리고 길버트 할아버지를 위해.

"이제 갈까?" 멜 아주머니가 주방에서 자신들의 음식을 포장해 나오는 걸 보고 로어가 말했다.

"무사하겠다고 약속해." 로어가 미처 손을 잡아 빼기도 전에 마일스가 그녀의 손을 붙잡으며 말했다. "네가 계속 싸워야 한다면 그건 어쩔 수 없지만, 그냥 네가 다치지만 않으면 좋겠어."

그러기엔 이미 늦었다, 로어는 속으로 생각했다.

둘은 각자의 아침밥과 커피를 챙겨 들고 희미한 불빛이 비추는 거리로 다시 나섰다. 쏟아지던 폭우가 옅은 안개 장막으로 바뀌어 있었다. 뉴욕은 희한하게도 비가 내린 다음에 더 더러워 보이는, 세계에서 몇 안 되는 곳 중 하나였지만, 로어는 그게 오히려 좋았다.

마일스에게는 며칠 여행이나 다녀오겠다고 말해야지. 비록 그 여행이란 것이 아무 버스나 잡아타고 아무도 그녀를 찾을 수 없는 곳으로 가서 숲속 아무 데서나 자다 오는 꼴이 되겠지만.

하지만 동시에, 남은 일요일 아침을 잠으로 때우는 것만큼 더 좋은 일이 있을까 싶은 생각도 들었다. 로어는 잠에서 덜 깬 거리를 따라 걸어가면서 마일스의 팔에 팔짱을 꼈다. 마일스는 그녀가 모르는 노래를 흥얼거리고 있었다. 그래, 제발 다른 생각은 아예 하지 말자.

브라운스톤까지 한 블록쯤 남았을 때 마일스가 갑자기 걸음을 멈추더니 로어를 뒤로 한 걸음 잡아당겼다.

"왜 그래?" 그녀가 물었다.

마일스는 마틴스 델리―로어가 그들의 베이글이 망신스러울 정도로 신선하지 않다고 불평한 것 때문에 출입 금지당한 식당―의 벽 가까이 얼굴을 들이대더니 벽에 묻어 있는 짙은 색 물질을 손가락으로 문질렀다. 로어는 기겁해서 마일스를 뒤로 잡아당겼다.

"마일스, 너 뉴욕 생활 규칙에 대해 재교육 좀 받아야겠다. 첫째, 타임스퀘어에서 누군가 너에게 뭘 주려고 하면 절대 받지 마라. 둘째, 땅이나 벽에 묻어 있는 알 수 없는 물질을 만지지 마라…."

"이거 피 같아." 마일스가 불쑥 말했다.

로어는 마일스를 봐줬다.

마일스가 돌아서서 땅바닥을 살펴봤다. "젠장. 여기 피가 겁나 많아…."

진짜 그랬다. 로어는 시멘트 위에 물방울이 튄 자국이 빗물이라고 생각했는데, 알고 보니 폭우가 본격적으로 시작되면서 식당 벽에 묻은 검은 피가 씻겨 내려가 배수로까지 흘러간 자국이었다.

마일스는 앞으로 달려가 고개를 이리저리 돌리며 피 흘리는 사람이 어디 있는지 열심히 두리번거렸다. 로어는 마일스의 셔츠 뒤를 잡아 멈춰 세우고는 그에게 자기 음식과 커피를 넘겨주고 열쇠고리에 달려 있는 주머니칼을 꺼내 들었다.

"내 뒤에 붙어 있어." 로어가 명령하듯 말했다.

흡사 상처를 입고 도망간 사냥감을 추적하는 것 같았다. 피해자는 비틀거리며 가로등, 난간, 주차된 차들까지 손으로 짚을 수 있는 것은 뭐든 가리지 않고 붙잡으며 움직인 것 같았다. 자신들이 브라운스톤 방향으로 향하고 있다는 사실을 깨닫자 로어의 가슴속에 공포감이 점점 더 크게 차올랐다.

집으로 가까이 갈수록 로어는 자신의 뭉툭한 칼을 더 바짝 움켜쥐었다. 핏자국은 브라운스톤의 대문을 지나 길버트 할아버지가 현관 계단 칸칸마다 놓아둔 생기 넘치는 화분 쪽으로 이어져 있었다.

마일스의 숨넘어가는 소리에 로어도 그의 시선이 향하는 곳으로 눈을 돌렸다.

줄지어 서 있는 빈 쓰레기통들 옆, 브라운스톤의 현관 계단에 어떤 여자가 등을 기대고 앉아 있었다. 그녀의 하늘색 로브는 비에 흠뻑 젖어 있었다.

로어는 마치 번개가 치기 직전처럼 자기 주변의 공기 흐름이 빨라지는 것을 느꼈다.

"양손을 보여라." 로어는 여자를 향해 손에 들고 있는 한심한 칼을 내밀며 간신히 말했다.

여신의 눈동자는 번개에서 타오르는 연기의 색깔을 띠었고, 홍채에서는 황금빛 점들이 빛을 뿜으며 불잉걸처럼 떠다니고 있었다. 견제된 신의 힘을 겉으로 드러내는 유일한 단서였다.

사람들은 그녀를 회색 눈의 여신이라고 불렀다. 하지만 로어는 이제야 그것이 그녀의 눈 색깔 때문이 아님을 알았다. 그것은 지금 여신이 로어를 바라보는 것처럼, 누구든 그녀와 시선을 마주하면 여신의 눈동자에서 그녀의 진짜 나이를 볼 수 있기 때문이었다. 전쟁, 역사 속으로 사라져간 과거의 문명, 괴물과 악마, 수많은 죽음, 기술, 탐험. 여신의 저 두 눈동자는 수천 년의 역사가 흐르는 것을 지켜봤겠지. 마치 로어가 어느 하루의 어느 한때를 건성으로 흘려넘기듯 저 눈동자는 수천 년의 세월을 그렇게 헤아렸을 것이다.

빛나는 황금빛 머리카락이 마치 자랑스러운 흉터처럼 여신의 얼굴 위에 펼쳐져 있었다. 지금의 상태에도 불구하고 그녀는 비현실적일 정도로 흠잡을 데 없고 이목구비마저 뚜렷하면서도 완벽한 대칭을 이뤘다.

여신은 몸을 뒤로 눕히며 허리를 약간 들어 반대쪽 엉덩이에 눌려 있던 손을 잡아 뺐다. 그대로 다리 위에 힘없이 내려놓은 길고 우아한 손가락이 동물의 발톱처럼 구부러졌다.

여신의 맨손은 온통 피범벅이었다.

여신을 지켜보다 문득 정신을 차려보니 로어 자신도 어느새 칼을 내밀었던 손을 내리고 있었다.

여신이 앞으로 몸을 숙이자 옆구리 상처가 벌어지면서 피비린내가 진동하는 뜨거운 피가 철철 쏟아져 나왔다. 화살이나 총에 맞았다고 하기엔 상처가 너무 크고 들쭉날쭉했다. 그렇다면, 검이다. 저상처는 전문가의 솜씨가 틀림없었다.

생각의 흐름은 완전히 논리적인데도 로어는 어쩐지 자신이 몽롱한 꿈속을 헤치고 나가는 것 같은 기분이 들었다.

"보아하니 누군가한테 아주 제대로 당했네요." 로어가 겨우 말을 꺼냈다. "땅에 착지하다가 된통 걸리신 건가?"

"나를 받들라."

로어는 화들짝 놀랐다. 여신의 상태가 반쯤 죽은 몸이든 아니든, 그녀의 입에서 나온 한마디 한마디가 마치 검이 방패를 내리치는 것처럼 울려 퍼졌다. 그 소리가 로어의 신경을 타고 울리자 곧 온몸의 털이 쭈뼛 곤두섰다. 이렇게 순수한 고대어를 들어본 지가 너무 오래되어서 로어의 머리는 저 짧은 두 마디를 해석하는데도 잠깐의 시간이 걸렸다.

마침내 그 말을 이해했을 때 로어의 입에서 겨우 나온 목소리는 가느다란 속삭임이었다. "방금 뭐라고 했어요?"

여신의 눈은 이제 초점이 흐려지고 눈동자에 서려 있던 견고함도 빠르게 사그라들고 있었다. 그럼에도 불구하고 손을 다시 옆구리에 대고 상처를 압박하는 여신의 얼굴엔 그 어떤 두려움의 징후도 보이지 않았다. 다만 자신이 처한 이 상황을 믿을 수 없다는 듯 쓰라린 표정뿐. 깊은 원한이었다. 여신이 다시 입을 열었다. 말하는 것이 조금 전보다 힘겨워 보였지만 그럼에도 그녀의 명령은 로어의 영혼을 통째로 울리며 지나가는 것 같았다.

"나를… 받들라… 인간아."

이 말을 끝으로 회색 눈의 아테나는 돌계단 위에 힘없이 쓰러져 의식을 잃었다.

4

"오 마이 갓!"

마일스의 공포에 질린 목소리 때문에 로어는 퍼뜩 충격에서 벗어났다. 로어가 뒤돌아봤을 땐 마일스의 얼굴이 이미 핸드폰 불빛으로 환하게 빛나고 있었다. 숫자를 누르는 그의 손이 마구 떨렸다.

로어는 마일스의 손에서 전화기를 얼른 낚아채 통화가 연결되기 전에 끊었다.

"뭐 하는 거야? 이 여자는 의료진의 도움이 필요해! 이보세요, 부인! 제 말 들리세요?" 마일스가 큰 소리로 법석을 떨었다.

"그만해! 목소리 좀 낮춰!" 로어가 날카롭게 말했다.

"너 아는 사람이야?" 마일스는 손으로 곧 자기 얼굴을 쥐어뜯을 기세였다. "안 돼, 젠장, 저 피 좀 봐…, 나 아무래도…." 마일스는 구역질을 하며 주먹으로 입을 막고 컥컥거렸다.

로어는 얼떨결에 튀어나오는 대로 아무 말이나 내뱉었다. "내가… 응, 그러니까 이 여자는… 이 여자도 파이터야."

"이분 병원에…." 마일스는 또다시 구역질을 했다. "미안…, 내 말은 그러니까… 병원에, 병원에 데려가야 한다고. 그리고 경찰에도 신고해야 하고."

로어의 입에서 욕이 튀어나왔다. 머릿속은 정신없이 돌아갔다. 만일 여신을 병원에 데려가면 경찰이 로어에게 이것저것 질문을 할 테고 그러면 자신의 이름과 사진이 경찰 데이터베이스에 입력될 가능성이 있다. 게다가 더 큰 위험은, 병원마다 아곤의 가문들이 자신들의 헌터를 몇 명씩 꽂아놓는다는 사실이다. 혹시라도 부상당한 신을 발견한 착한 사마리아인이 선의의 마음으로 응급구조대에 연락해서 그들 손아귀에 신을 곧장 데려다줄지도 모른다는 희망의 제스처였다. 하지만 그 모든 것을 다 피한다 해도 어쨌든 아테나가 여기까지 오는 길에 자신의 체취와 혈흔을 거의 흩뿌리다시피 했으니 어느 가문이든 사냥개들이 그녀의 흔적을 추적해 로어의 안식처인 이곳까지 곧장 찾아오는 건 이제 시간문제였다. 그렇게 되면 로어 자신이 어쩔 수 없이 이 일에 발을 담그게 되는 건 물론이고 마일스마저 위험에 빠뜨릴 수 있었다.

로어는 여신의 목에 손가락을 한참 대고 맥박을 확인했다. 여신의 이코르는 이제 여느 인간의 피처럼 시뻘겋게 흘러나와 로어의 무릎과 스니커즈 주변에 고이고 있었다.

젠장할, 로어가 이 정도로 무력감을 느끼기는 몇 년 만에 처음이었다. 여신을 집 안으로 데리고 들어가는 수밖에 없었다. 지금 당장.

"경찰은 안 돼." 로어는 재빨리 말하고는 그럴싸한 핑계를 생각해내느라 머리를 쥐어짰다. "그러니까 이 사람은…, 건강보험이 없어. 가서 문부터 열고 와. 일단은 집 안으로 데리고 들어가자."

로어는 아테나의 팔을 자기 목에 걸치려고 낑낑댔다. 인간의 몸인데도 여신의 키는 180센티미터가 훌쩍 넘는 데다 빗물과 피가 범벅되어 몸이 온통 미끌미끌했다.

두 사람은 여신을 문 바로 안까지 데려가 검정과 흰색 체크무늬 타일 바닥에 내려놓았다. 로어는 마일스를 남겨두고 위층으로 뛰어 올라가 수납장에서 침대 시트 몇 장과 수건 여러 장을 꺼내 층계 난간 너머 아래층으로 던졌다.

그리고 다시 아래층으로 내려와 건물 정면을 향해 난 창문을 셔터까지 내리고 마치 요새처럼 봉쇄했다. 마일스는 천장 등을 켰다.

로어가 커피 테이블을 거실 한편으로 치우는 사이 벽난로 위에 걸린 TV가 마치 검은 거울처럼 거실을 비췄다. 마일스가 짙은 색 침대 시트를 바닥에 펼치는 걸 지켜보던 로어는 그것이 길 할아버지의 것임을 알아보고 가슴을 찌르는 듯한 고통을 느꼈다.

"이게 도대체 무슨 일이야?" 엎드려 있는 아테나를 같이 끌고 가면서 마일스가 물었다. "로어…, 정말로, 대체 이게 다 무슨 일이야?"

여신이 신음 소리를 냈다. 로어는 문 쪽을 흘깃 봤다. 핏자국이 나 있었다. 그러자 곧 큰 골칫거리가 하나 더 떠올랐다.

"너한테 부탁 하나만 하자." 로어는 아테나 옆에 무릎을 꿇고 앉으며 마일스에게 말했다. "에레라 아저씨네 가게에 가서 표백제 있는 대로 다 달라고 해. 아니 잠깐만, 일반 표백제 말고 산소표백제로 달라고 해. 없으면 일반 표백제라도 받아 와."

"산소… 뭐라고?" 마일스가 어쩔 줄 몰라하며 물었다.

"산소표백제, 최대한 많이." 로어가 대답했다. "아저씨한테 내 앞으로 외상 달아놓으라고 하고."

"잡화점도 외상이 돼?" 마일스가 물었다.

"얼른 가기나 해." 로어가 문 쪽으로 팔을 뻗으며 말했다. "최대한 빨리 와."

마일스는 완전히 얼이 빠져서 로어가 시키는 것 외에 다른 일을 하는 기능은 아예 상실한 것 같았다. 그는 핏자국을 뛰어넘으며 마지막으로 한 번 더 웩웩거리고는 문을 쾅 닫고 밖으로 나갔다.

항상 집 안에 감돌던 백단향 냄새와 오래된 책 냄새는 모든 공기를 덮쳐버린 진한 피비린내에 파묻혀 버렸다. 여신을 눕히려고 뒤집는 동안 로어의 위장도 아우성을 쳐댔다. 로어는 여신의 상처를 더 자세히 살펴보려고 상처 부위의 더럽혀진 튜닉을 찢었다. 로어의 손가락 사이로 피가 흘러나왔다.

"빌어먹을." 그녀가 나지막이 중얼거렸다.

간과 신장까지 관통된 상태였다. 로어에게 낯익은 상흔이었다. 각 가문들이 파견하는 젊은 여사자들, 즉 '리에나(Λέαινα)'의 전문적인 솜씨였다. 이들의 임무는 신들을 사냥해 상처를 입힌 다음 부상당한 사냥감을 자기들의 지도자에게 데려가는 것이었다. 그 지도자가 신의 마지막 숨통을 끊어버리고 신의 힘을 빼앗을 수 있도록 말이다.

그녀는 출혈을 멈춰보려고 상처를 수건으로 눌렀다. "이봐요, 일어나요. *정신 좀 차려봐요!*"

아테나의 눈꺼풀 아래에서 눈동자가 움직였다.

로어는 머릿속에 당장 떠오르는 대로 행동했다. 로어가 여신의 얼굴 전체를 찰싹찰싹 때리자 여신의 회색 눈이 번쩍 뜨이더니 빠르게 깜빡거렸다.

"미안하지만, 맞아도 싸요." 로어가 은근슬쩍 말했다.

갑자기 폐부의 공기가 뜨겁게 달아오르는 듯한 느낌과 함께 그 순간 엄습한 두려움에 로어 스스로도 놀랐다. 그리고 아테나를 때리면서 느껴진 한 줄기 후회의 감정에도 놀랐다. 아테나의 눈에서 타오르는 힘의 불꽃을 보는 순간, 그 오랜 세월 동안 학습되고 주입되어 뼛속 깊이 박혀 있었던 고대 신들에 대한 증오심마저 희미해졌다.

여신은 젖은기침을 뱉으며 바닥에서 고개를 이리저리 돌렸다. 몸은 인간의 육신인데도 가까이서 바라보니 여신의 겉모습에는 차갑고 이질적인 무언가가 있었다. 저 육신은 여신에게 어울리지 않는 그릇이었다. 죽임을 당하도록 만들어졌으니까.

로어는 제멋대로 떨리는 여신의 허벅지를 진정시키려고 양손으로 그녀의 허벅지를 압박했다. 로어는 여신을 죽이지 않을 것이다. 그녀는 신의 힘을 갖고 싶지도, 이것과 관련된 그 어떤 것도 원하지 않았다.

"기분 더럽죠?" 로어는 거침없는 무모함으로 두려움을 밀어내며 겁 없는 입담을 쏟아냈다. "인간이 되는 거요. 죽을 수도 있다는 것. 참 맥 빠지는 일이죠. 누구 작품인지 감히 물어봐도 돼요?"

지금 이런 순간이 되기까지 천 년이 훨씬 넘게 걸린 셈이다. 아테나는 지금까지 211번의 아곤에서 살아남았으니까. 그 오랜 세월을 버티다가 212번째에 당하다니.

점점 죽음이 스며드는지 여신의 벌꿀 색 피부가 창백해졌다. 아테나는 지금까지 아곤에서 살아남은 몇 안 되는 고대 신들 중 한 명이었다. 나머지는 헤르메스와 아르테미스, 그리고 확실치는 않지만 아폴론 정도였다. 그중에서도 아테나는 절대 잡을 수 없는 표적이었다. 너무 강하고 너무 빠르고 너무 영리한 존재였으니까.

적어도 지금까지는 그랬다.

둘은 서로를 탐색했다. 만약 아테나가 파악하려고 하는 것이 로어의 능력이나 도구로서의 유용성이라면, 귀찮게 그럴 필요 없다고 로어가 먼저 나서서 말해줄 수 있었다.

"난 떠났어요." 물론 여신의 심기를 불편하게 하지 않을 만한 예쁜 말들도 많았다. 저런 부류가 부리는 소모적인 허영심과 자존심에 기름칠을 해대고 굽실거리는 말들 말이다. 로어는 그중 어떤 것도 애써 기억해보려고 하지 않았다. "그리고 나는 당신이든 다른 누구든 나를 다시 그 안으로 끌고 들어가는 꼴을 그냥 앉아서 당하고만 있진 않을 거예요."

여신은 로어를 뚫어지게 응시했다. 굳게 닫힌 그녀의 입은 조금도 흐트러지지 않았다. 로어가 바라는 것은 그것뿐이었다. 마치 검처럼, 절대 허리를 굽히는 일 따위는 없을 것이다. 여신에게 남은 옵션은 그 검을 붙잡거나 부러뜨리는 것뿐.

"당신이 우리 언어를 말할 수 있다는 거 알아요." 로어가 계속 영어로 말했다. 여신이 로어에게 뭘 원하는지 훤히 보였지만 로어는 순순히 그렇게 해줄 생각은 없었다. 고대어는 지금까지 여러 고대 방언들이 마구 뒤섞여 결국 지금의 그리스어가 되었지만, 아테나의 입에서 나오는 고대어는 고전 그 자체였다.

"여기 뭘 찾으러 왔든 아무것도 없어요." 로어가 계속 말했다. "혹시 이게 다 내게 접근하려는 속임수이고 당신이 원하는 게 복수라면 이미 늦었어요. 나와 같은 성을 가진 사람들은 모조리 다 죽어버렸으니까. 내가 마지막 남은 페르세우스예요. 페르세우스 가문은 없어졌다고요."

아테나의 표정을 보니 그녀는 이미 로어의 정체를 정확히 알고 있었다.

갑작스런 두려움에 등골이 오싹했다. 로어는 이미 예전부터 운명의 힘이라든가 그걸 받드는 늙은 노파들 따위는 믿지 않았지만, 이건 그냥 단순한 우연이라고 하기엔 정도가 지나친 거 아닌가? 특히 카스토르의 경고까지 들은 마당에 더더욱 그랬다.

"*나를 받들라.*" 여신이 말했다. "*나를 보필하라.*"

"나를 찾아온 건 당신이잖아요." 로어는 말하면서도 자기 목소리가 차분하게 나오는 것이 뿌듯했다. "원하는 걸 말해요. 뭐든 할 거면 빨리 하고요. 당신한테는 이해하기 어려운 개념이겠지만 당신 금방 숨넘어가게 생겼다구요. 게다가 오늘 아침 내 일과엔 신이랑 어색한 눈싸움이나 하고 있을 계획도 없었고요. 그러니까 누가 당신을 죽이려 했는지부터 말해보시죠."

아테나는 다시 로어의 눈을 응시하며 대답했다. 그녀의 목소리는 이제 약해져 있었다. "내 여동생."

싸늘한 공포가 로어의 몸을 파고들었다. "여동생이라면, 아르테
미스요?"

대답이라도 하듯 여신이 얼굴을 찡그렸다. 아테나의 또 다른 여
동생 아프로디테는 이미 100년 전쯤 헌터에게 제거당하고 그 헌터
가 그녀의 힘을 승계받아 뉴아프로디테로 승격했다. 하지만 그 새
로운 신도 겨우 한 번의 주기만 살아남고 7년 뒤 다른 헌터에게 죽
임을 당했다. 이것이 바로 불멸의 힘을 사이에 두고 가문들이 서로
바통을 주고받으며 끝없이 싸움을 벌이는 일종의 병적인 마라톤
경기였다.

"당신들 둘은 항상 함께 다니는 줄 알았는데요? 사람들을 공포에
떨게 했던 두 자매의 귀엽고 신나는 동맹이 어쩌다 그렇게 된 거
예요?"

"나를… 공격했다." 아테나는 손바닥으로 다시 옆구리를 누르며
대답했다. "배신했어. 가짜 아레스…, 그가… 개곤(아곤을 개시한다는
뜻-역자) 때… 내 뒤를 쫓았는데…… 아르테미스가 나를 방해하고,
혼자 빠져나갔다."

"아무리 아르테미스라도, 그것참 냉정하네요." 로어가 약간의 동
정심을 느끼며 말했다.

"필요에 의한 동맹은… 두려움이 닥치면 끊어지는 법…." 아테나
는 겨우겨우 말을 내뱉었다. "지금은… 보호가… 필요하다. 내가…
치유될 때까지. 너의 운명을… 내게 결속하라."

너의 운명을 내게 결속하라. 로어는 몸서리쳤다.

"내가 뭐하러요? 그냥 여기 가만히 앉아서 당신이 죽는 걸 보고만 있어도 되는데?"

신들이 아곤 기간 동안 잠시 자신들의 불멸성을 잃기는 해도 스스로를 방어할 약간의 힘은 여전히 남아 있었다. 하지만 파워 레벨이 최상일 때는 죽을 걱정도 없이 모든 걸 자기 본연의 힘으로 다 할 수 있을 테니, 아곤 기간 동안 쓸 수 있는 힘은 이들에게 한심한 동화 수준으로 느껴질 것이 뻔했다. 그리고 더 나쁜 것은 자신과 다른 이들을 치유하는 능력을 보유한 신이 오로지 아폴론 한 명밖에 없다는 점이었다. 건물을 통째로 무너뜨릴 정도의 힘을 가진 아테나는 아곤에 함께 참여했던 다른 여덟 명의 신들보다 신체적으로 더 강한지는 몰라도, 그 힘이 지금의 자신에게 아무런 쓸모가 없었다.

문으로 다가오는 마일스의 빠른 발소리가 들렸다. 로어는 벌떡 일어서며 여신에게 다시 한 번 사나운 눈초리를 보냈다. 그 무례함에 아테나는 눈에 띄게 발끈한 표정을 지었다.

"내 친구한테는 아무 말도 하지 말아요. 자는 척하고 있어요."

"나를 저버리지 마라." 아테나는 힘없이 말했다. "내가 허락지 않겠다."

"네네, 그보다는 당신이 지금 당장 죽어버리는 걸 내가 허락지 않을 거예요." 이렇게 말은 했지만 로어의 심장은 벌렁거렸다. "나는 사냥개들이 당신 냄새를 맡고 헌터들을 이리로 몰고 오기 전에 밖에 나가서 당신이 흘리고 온 흔적들을 처리해야 해요."

로어의 말에 아테나의 시선이 흔들렸다.

젠장, 로어는 안됐다는 생각이 들었다. 당연히 여신도 피를 흘릴 수 있고 정신을 잃을 수도 있다. 하지만 여신의 상태가 이렇게까지 심각하지 않았더라면 아테나는 그런 중대한 전략적 사항들을 놓치고 자신의 흔적을 마구 흘리는 실수는 절대 하지 않았을 것이다.

문이 활짝 열렸다. "갖고 왔어!"

여신은 순간 코를 벌름거렸지만 로어가 부탁한 대로 잠자코 있었다.

"고마워. 이제 넌 위층으로 올라가서 자." 로어가 마일스에게 말했다.

"잠깐만, 뭐라고?" 밖으로 나서는 로어를 뒤따르며 마일스가 물었다. "넌 어디 가는 건데?"

"누가 피를 발견하고 경찰에 신고하기 전에 핏자국 좀 처리하려고. 그리고 너는 지금 딩장 올라가서 자면 돼."

마일스는 아테나의 축 처진 모습을 흘깃 쳐다봤다.

"시키는 대로 해." 로어가 단호하게 말하자 마일스가 움찔했다. 하지만 로어는 미안함을 느낄 여유조차 없었다. 이건 정말 안 되는 거니까. 이 녀석은 자신이 지금 무슨 일에 엮인 건지 전혀 모른다. "얼른 올라가. 누가 와도 절대 문 열어주지 말고. 밖에 혹시라도 수상한 사람이 보이면 나한테 전화해."

그녀는 마일스가 다시 따질 새도 없이, 아니 그보다는 그가 또 다른 질문을 할 틈도 주지 않고 밖으로 나갔다. 곧바로 브라운스톤의 현관 계단을 껑충껑충 뛰어 내려가 지하실로 통하는 문 쪽으로 꺾어 들어갔다. 지하는 로어가 창고로 쓰는 공간이다. 시간이 없었

다. 구름 장막 뒤로 벌써 해가 떠오르고 뉴요커들도 깨어날 시간이
었다.

로어는 산소표백제 두 통을 양동이에 부어서 밖으로 들고 나가
옆집 호스에서 나오는 물을 섞었다. 그 물에 흠뻑 적신 철 수세미
로 자신의 공포심에서 솟구치는 힘을 더해 아테나가 쓰레기통 근
처에 흘린 피 웅덩이를 박박 문질렀다. 한참을 문지르다 보니 머리
가 핑 돌고 화학 성분 때문에 손이 따가웠다.

로어는 양동이에 있는 핏빛 액체를 배수로에 쏟아붓다… 곧
멈추고는 인도를 따라 배수관으로 흘러 들어가는 빗물의 흐름을
지켜봤다.

지금 와서 피 냄새나 여신의 몸에서 풍기는 악취를 감추는 건 불
가능한 일이다. 게다가 이제는 로어 자신도 그 두 가지를 뒤집어쓰
고 있지 않은가. 지금 이 시점에서 로어가 선택할 수 있는 최선은
차라리 여기저기 흔적을 남겨서 헌터들을 헷갈리게 한 다음, 그들
이 브라운스톤이나 마일스에게 이어지는 길을 찾기도 전에 녹초가
되길 바라는 것이었다.

로어는 아테나가 지나온 길을 되짚어가며 핏자국들을 닦고 문질
렀다. 마지막 남은 얼룩들은 거의 빗물에 씻겨 전부 배수로로 흘러
갔다. 그녀는 동네 주변으로 크게 돌며 이곳저곳에 피와 표백제가
섞인 물을 흩뿌렸다.

마침내 센트럴파크가 시야에 들어오자 로어는 흙 묻은 신발과
양말을 벗었다. 갈라진 보도블록을 맨발로 디디자 찝찝한 기분에
절로 얼굴이 찡그려졌다. 로어는 어떻게 집으로 돌아갈지 곰곰이

생각할 틈도 없이 바로 출발했다. 그리고 무작위로 방향을 여기저기서 꺾으며 길을 빙빙 돌아 집으로 향했다. 가는 길에 틈틈이 보이는 쓰레기통에 신발과 양말을 한 짝씩 버렸다.

브라운스톤 근처에 다다랐을 때는 입고 있던 겉옷을 쓰레기 수거 트럭에 던져 넣고 티셔츠와 청바지는 에레라 아저씨의 상점 근처에 서 있는 배달 트럭 두 대에 나눠서 숨겼다.

집에 도착한 로어는 앞문 대신 지하실로 들어갔다. 그곳엔 희미한 곰팡이 냄새와 먼지 냄새, 그리고 길버트 할아버지의 백단향 향수 냄새가 가득했다. 로어는 자신이 그곳에 처박아둔 상자들을 뒤적여 길 할아버지가 명절용 나비넥타이를 수북이 모아놓은 상자를 하나 끄집어내 밑바닥 깊숙이에서 낡은 티셔츠와 고무줄 반바지를 꺼냈다.

로이는 재빨리 옷을 갈아입고 더러워신 옷은 쓰레기봉투에 담았다. 잠시 차분하게 호흡을 고르는 동안 화학 성분의 악취가 서서히 사라졌고 마음속에 있던 충격과 공포도 수그러들었다. 그리고 그 대신 분노가 치밀었다.

로어는 지하실 계단을 힘겹게 올라가 적막한 1층으로 들어섰다. 집 안을 둘러보는 사이 등과 어깨의 긴장감도 약간 누그러졌고 하마터면 웃음까지 터질 뻔했다. 마일스가 현관의 핏자국을 다 닦아놓고 거실 조명도 꺼놓았을 뿐만 아니라, 아테나 옆에 아스피린 약병과 물컵까지 갖다 놓은 것이었다.

착하기도 하지, 정말 마일스는 좋아하지 않을 수 없는 친구다.

왼쪽을 흘끗 보니 마일스는 문을 그냥 잠그기만 한 것이 아니라 문손잡이 아래에 의자 등받이를 단단히 받쳐놓기까지 했다. 저걸로 헌터들이 집 앞 벽을 통째로 폭파하는 걸 막아보기라도 하겠다는 듯.

로어의 발소리에 아테나는 고개를 돌리며 눈을 떴다. 상대적으로 어두운 방 안에서 여신의 눈동자가 빛났다. 그녀는 상처에 수건을 누르고 있었다.

공기가 여신의 주위에서 멈춰 있는 것 같았고 적막감조차 비정상적으로 느껴졌다.

"당신을 도와 적들에게서 숨겨주고 보호해달라는 거죠? 보아하니 당신 적들이랑 나를 죽이고 싶어 하는 사람들이랑 같은 놈들인 것 같네요. 하지만 당신은 이 모든 사실을 이미 알고 있고요? 그래서 여기로 온 거죠, 그렇죠?" 로어가 조용히 말했다.

아테나는 간신히 고개를 끄덕였다.

"그럼 정확히 내가 얻는 건 뭔가요?" 로어가 여신에게 한 걸음 더 다가서며 물었다. "지금 이 상황이 당신한테는 낯선 경험이라는 거 알아요. 하지만 당신이 보통 인간들보다 더 빨리 치유된다 하더라도 상태가 그렇게 좋진 않아요. 며칠은 고사하고 어쩌면 몇 시간밖에 남지 않은 사람한테 뭐하러 내 운명을 걸겠어요?"

"네가 무슨 일을 당했는지… 알고 있다…." 여신이 말했다. "몇 년 동안… 너를… 찾아다녔다…."

로어는 온몸의 털이 곤두서는 걸 느꼈다.

7일간의 아곤이 끝나면 신들은, 고대 신이든 새로운 신이든 불멸성을 회복하지만 여전히 인간세계에 머무른다. 한때 자신들의 집이 어디였든 더 이상 그곳으로는 돌아갈 수 없다.

힘이 뻗치는 새로운 신들은 인간 육신의 형태로 현현하여 호화로운 삶을 누리고 세상의 섭리를 조작해 자기 가문의 재산을 열심히 불렸다. 하지만 힘이 점차 약해지는 고대 신들은 아곤 사이 7년 동안 보통 무형 무체의 존재로 지내는 쪽을 선택했다. 그렇게 해야 다음 아곤에서 비상사태에 대비하거나 지난 아곤에서 자신들을 공격한 적들에 대한 응징을 꾀하면서 여러 가지 세상일을 처리하는 동안 추적당하지 않을 수 있었다. 그리고 바로 그 응징의 위협 때문에 헌터들은 항상 마스크를 쓰는 것이었다.

"당신이 나를 찾아다녔다고요? *왜요?*"

"나는 네가… 나를 돕도록… 설득할 수 있을 거라고 생각했다… 다른 가문의 인간들에게서… 너의 이름을… 들었다…. 네 가족… 몰살당했지. 네 부모… 그리고 여동생들까지." 아테나가 힘겹게 호흡을 이어가며 말했다. "사람들은 네가… 사라졌다고 했지. 어떤 이들은 네가… 죽었다고 믿었다."

로어는 목이 꽉 막혀 거의 말을 할 수 없었다. "당신이 그 일에 대해 뭘 알아요?"

아테나는 로어를 다시 응시했다. 여신의 얼굴은 이미 자신이 이겼다는 걸 아는 자의 표정이었다. "내가 알고 있다… 누가 네 가족을 죽였는지."

5

기억은, 그동안 로어가 단단히 막아두었던 그 모든 장애물들을 꿰뚫고 날카롭고 생생하게 떠올랐다. 그날 아침 가족이 있던 아파트에 도착한 로어가 현관문으로 다가가면서 바라봤던 풍경, 집 안에서 느껴지던 으스스한 적막감, 그리고 피 냄새.

로어는 숨을 깊게 들이쉬고 손으로 눈을 세게 눌렀다. 눈꺼풀 안에서 온갖 색깔과 빛의 점들이 춤추듯 어른거렸다. 덕분에 그녀의 마음은 다시 공전하기 시작한 어둠의 궤도에서 잠시 벗어났지만 한순간뿐이었다.

"누가 죽었는지 이미 알고 있어요." 로어는 말을 하면서도 너무나 차분한 자신의 목소리에 의아했다. "카드모스 가문의 아리스토스 카드모스죠." 지난 아곤부터 새로운 아레스가 된 자였다.

"그 가짜 신이… 명령을 내렸겠지…. 하지만 실제로 검을 휘두른 자는 누구지?" 아테나는 끈질기게 밀어붙였다. "그자는 아니었다…

그는 이제 막 신이 된 상태였으니까…."

로어의 몸이 아플 정도로 바짝 긴장했다.

"상관없어요. 어쨌든 그자가 명령을 내렸으니까. 그자가 그 가문
의 우두머리였고, 그리고 신이 되었죠. 물론 책임은 그들 모두에게
있어요. 그자에게 무릎을 꿇는 남자들, 여자들, 아이들까지요. 하
지만 그 사람들을 실제로 움직이는 힘을 가진 건 오로지 그자뿐이
에요."

그의 혈족들이 아리스토스의 명령에 따라 로어의 부모와 어린
두 여동생을 살해한 방법이 어찌나 잔혹했던지 자기들이 저지른
범죄 현장을 청소하는 데만도 몇 주나 걸려서야 증거를 다 없앨 수
있었다. 그리고도 모자라 결국은 전부 불태워 버려야 했다. 뉴욕시
경찰은 사건 조사 결과에서 로어의 가족들이 건물주와 임대 분쟁
을 겪은 뒤 집에 불을 지르고 도시를 떠났으며 그 이후로 어떤 소
식도 없다고 발표했다.

카드모스 가문에서는 그 누구도 이 살인 사건에 대한 혐의를 인
정하지 않았고 앞으로도 그럴 것이다. 이미 수백 년 전 가문들끼리
피의 맹세를 통해 아곤이 진행되는 동안엔 다른 가문의 헌터를 절
대 고의로 죽이지 않는다는 규칙이 정해져 있었으니까. 그것이 가
문들 사이에 평화를 지킬 수 있는 유일한 방법이었다.

하지만 로어의 가족은 아곤의 마지막 날 아침에 살해당했다. 피
의 맹세에 의해 지켜졌어야 했던 시각에. 카드모스 가문은 성스러
운 맹세를 깨버렸지만 그 어떤 가문도 카드모스에게 대항할 정도
로 강력하지 않았다. 그리고 그 어떤 신도, 로어의 기도를 들어주지

않았다.

"왜 너는… 그들에게 복수하지 않았나?" 아테나가 헐떡거리며 말을 이었다. "그 오랜 세월 동안… 너는 아무것도 하지 않았다…. 너는… 네 숙명을… 인정하지 않았다…. 너는 단 한 번도… 포이네를 구하지 않고… 그저… 가장 한심한… 아이도스에 굴복했다…."

로어가 바닥에 주저앉자 다리가 힘없이 접혔다. 그녀는 양다리 옆으로 떨어진 두 손을 단단히 움켜쥐고 가슴속에 차오르는 낯익은 압박감에 맞서 싸웠다. 자신의 숙명. 자신에게 주어진 삶의 운, 운명.

"그런 말들은 이제 내겐 아무 의미 없어요." 로어는 쉰 목소리로 말했지만 그런 말을 듣고 있는 것만으로도 상처를 다시 헤집는 것처럼 아팠다.

포이네, 복수.

아이도스, 수치심.

'아레테'라는 숭고한 탁월성을 발휘하지 못한 삶, 시간을 자기 것으로 만들기 위해 노력하지 않은 삶. '클레오스'라는 명예를 이루지 못한 삶. 그에 대한 수치심이다.

"그때 난 그냥 어린아이였어요." 로어는 입을 열었지만 자기 말을 스스로도 듣고 있지 않았다. "그들이 나도 죽였을 거라고요. 난 그 사람들을 다 상대할 정도로 강하지도 않았고 게다가 그자가 새롭게 신으로 승격했으니 더더욱 가까이 갈 수조차 없었다구요."

그 후로 수년 동안 로어는 죽임을 당하지 않기 위해서만 상대를 죽였을 뿐이었다. 그녀는 걷고, 배를 타고, 비행기를 타고 수많은 곳을 방황하다가 결국 자신을 키워준 도시로 다시 돌아왔다. 로어는 아곤이 자신에게 마지막 숨을 내놓으라고 요구할 그날까지 평생 갇혀 있을 수밖에 없도록 설계된 맹세의 미로에서 마침내 탈출했다.

하지만 로어는 자기 가족의 복수를 하기 위해 '아무것도' 하지 않았다.

아테나의 입꼬리가 올라갔다. "변명들… 너 자신에게 그런 거짓말을 하는 건가…. 너는 절대로… 그냥… 어린애가 아니었다. 나는 다른 이들이… 너에 대해 속삭이는 말을 들었다…. 너희 세대 중 최고라는 말을… 네가 잘못된 가문에서 태어난 것이… 정말 아깝다고…."

"다 헛소리예요." 로어는 조용히 말했지만 자기도 모르게 전율이 이는 것을 막을 순 없었다. 몇 년 전이었다면 여신이 한 말들이 세상의 전부로 다가왔을 것이다. 자신을 인정해주지 않았던 바로 그 사람들에게서 인정받는 것이 로어에게 최고의 소원이었으니까.

"스파르타인…, 그들은 너를 스파르타인이라고 불렀다." 아테나는 숨을 내쉬었다. "꼬마 고르곤이라고… 나는 너를 찾아다녔다… 너를 선택했다… 네 능력을 알기 때문에…, 네가 더 이상 헌터가 아니라는 것을 알면서도…. 너는 결코… 나약했던 적이 없었다… 절대 무력하지도 않았다…. 그러므로 다시 묻겠다…. 너는 왜 가족의 복수를 위해… 아무것도 하지 않았는가?"

로어는 팔을 가슴 가까이 끌어당기며 길버트 할아버지가 해줬던 말들을 방패처럼 쳐들었다. 하지만 진실에 맞서 그녀를 보호해줄 수 있는 것은 아무것도 없었다. "그런 게 아니에요. 당신은 이해 못해요. 이 세상에서 진정한 것은 우리가 타인을 위해 무엇을 할 수 있느냐 하는 것뿐이에요. 다른 사람들을 돕고 보살피는 것만이 진짜라고요."

여신은 조롱하듯 코웃음을 쳤다.

로어는 힘겹게 나오는 목소리에 진저리를 치면서도 계속 말했다. "당신이 아는 거라곤, 당신들이 신경 쓰는 거라곤 오로지 권력뿐이잖아요. 당신은 다른 걸 원하는 방법을 몰라요. 그러니까 내가 아무리 그자의 힘을 빼앗고 싶지 않다고 말해도 그 말이 믿어지겠어요? 나는 이 미친 게임에 조금도 끼어들고 싶지 않다구요."

"그렇다면 대체… 네가 원하는 건 뭐지?" 아테나가 물었다.

로어의 입에서 괴로움에 사무친 말들이 제멋대로 터져 나왔다. "자유로워지는 거요."

"아니." 아테나는 겨우 목소리를 냈다. "그렇지 않아. 너는 왜… 너 자신을 부정하는 거지?"

불현듯 로어의 머릿속에 맹렬하면서도 완전한 어떤 형상이 떠올랐지만 그녀는 그것을 떨쳐버리려는 듯 머리를 가로저었다.

"거짓말은… 너 자신에게만 하라…. 나까지 속이려 하지 말고. 너는 알고 있다…. 네 가족의 영혼들이… 방황하며 고통받는 동안은… 너 역시 절대 자유로워질 수 없다는 것을…. 그자가 살아 있는 한 절대 마음의 안식을 얻을 수 없다는 것을."

로어는 양 주먹으로 눈을 꾹 누르며 항변할 말을 찾아보려고 했다.

"너는 네 유산을 부정하고 있다…. 너는 명예로운 삶을 부정하고 있다…. 너는 네 선조들과 네 신들을 부정하고 있다…. 하지만 한 가지만은, 너도 부정할 수 없다. 너 자신도 그것이 진실이라는 걸 알고 있다. 그러니 말하라…. 네가 정말 원하는 것이 무엇인가?"

결국 진실은 우리를 뚫고 터져나왔다. "그자를 죽이고 싶어요."

로어는 그 오랜 세월 동안 그것을 부인하고 진실을 자신의 내면 깊숙이 눌러놓았다. 착하게 산다는 핑계를 대며, 자신에게 새롭게 주어진 삶을 누릴 자격이 있다는 명목으로 말이다. 로어는 자기가 그자의 죽음을 지독히도 원한다는 사실이나 수많은 밤 그자가 죽어버리는 꿈을 꿨던 것은 부끄럽지 않았다. 하지만 그런 나쁜 마음을 품을수록 길버트 할아버지를 위해 일하면서 자신이 얻은 두 번째 기회에 대해 배은망덕을 저지르는 것 같아 죄책감이 들었을 뿐이다.

"하지만 난 못 해요." 로어가 계속 말했다. 목에서 통증이 느껴졌다. "설사 내가 그를 찌르는 시늉이라도 해볼 수 있을 정도로 그자에게 접근한다 해도, 아리스토스를 죽인다는 건 내가 그의 힘을 빼앗는다는 거잖아요. 나는 신이 되고 싶지 않아요. 난 그냥 살고 싶을 뿐이라고요. 내 가족이 평안히 잠들었다는 것만… 그것만 알면 돼요."

"그렇다면 내가 너를 위해 그를 죽여주겠다."

로어는 반신반의한 표정으로 여신의 얼굴을 바라봤다.

"내가 너의 이름으로 가짜 아레스를 죽이겠다." 아테나가 겨우 호흡을 이어가며 말했다. "네가 나를 돕겠다고… 맹세한다면…. 만약 네가… 이번 사냥이 끝나는… 여덟 번째 날 일출 때까지… 네 운명을 내게 결속하겠다고… 서약한다면."

로어의 심장이 가슴속에서 전력 질주라도 하듯 다시 쿵쾅거리기 시작했다.

이건 *해볼 만한* 일이었다. 그렇게만 된다면 단순히 아리스토스 카드모스만 죽고 끝나는 것이 아니다. 신은 다른 신을 죽여도 죽은 신의 능력을 빼앗을 수 없다. 제대로만 된다면 아테나는 사실상 이 아곤에서, 그리고 전체 인간세계에서 아레스의 위험한 힘을 완전히 사라지게 할 수도 있다.

"네 운명을 내게 결속하라." 여신은 피 묻은 손을 내밀며 다시 말했다. "네 심장이… 그것을 원하고 있다…."

길 할아버지의 얼굴, 항상 이를 다 드러내고 웃던 표정이 로어의 마음속에서 맴돌았다.

할아버지 미안해요, 로어는 괴로워하며 결심했다.

그리고 여신에게 고개를 끄덕여 보였다.

아테나가 웃자 피투성이 이가 드러났다. "그게 무슨 뜻인지는 알고 있겠지? 그 맹세에 어떤 결과가 따르는지?"

"네, 알아요."

로어는 수 세대 전의 자기 가문 할아버지에 대한 교훈적인 이야기를 들은 적이 있다. 멍청하게도 원조 디오니소스에게 자기 운명을 걸었던 일화였다. 그 당시 디오니소스는 카드모스의 후예들로부터 자기를 지켜줄 보호막이 필요했다. 디오니소스는 비록 그 자신이 카드모스 가문의 인간 어머니에게서 태어났음에도 카드모스와 그 친족들이 자신을 제우스의 아들로 인정해주지 않았다는 이유로 그들을 저주했기 때문이다.

디오니소스가 멧돼지마냥 궁지에 몰려 무참히 도륙당한 채 죽어버리자, 로어의 할아버지의 할아버지의 할아버지의… 그 헌터도 그 즉시 심장이 멎어버리고 말았다.

자기 세대 중 가장 강한 헌터였던 그는 어이없게도 눈 깜짝할 새에 죽어버렸고, 자신의 혈족들에게 대대손손 가문의 역적으로 기억되었다. 그리고 로어의 아빠는 그것이 수 세기 동안 페르세우스 가문과 카드모스 가문이 앙숙으로 지낸 진짜 이유라고 믿었다.

로어는 여신을 숨겨주기로, 그녀가 이번 부상이나 그 무엇 때문으로든 죽지 않을 거라는 희망에 기대보기로, 자기 목숨을 걸고 여신을 보호하기로 합의할 생각이었다. 그 정도 위험은 감수해야지. 맹세라는 건 결국 나 자신에게 씌우는 저주 아니던가. 실패하면 죽을 것이고 성공한다 해도 망하는 건 마찬가지일 것이다. 하지만 이런 기회가 다시는 오지 않을 것이다.

로어는 어렸을 적 부모님이 무언가 맹세를 할 때마다 사용했던 단어들을 기억해보려 애썼지만, 도저히 그 어떤 신의 이름도 입에서 떨어지지 않자 그냥 생각나는 대로 말했다.

"나는 당신이 이번 주 동안 살아남을 수 있도록 도울 겁니다. 당신은 내 가족의 원수인, 한때 아리스토스 카드모스라 불렸고 지금은 신이 된 그자를 제거할 거고요." 로어는 여신의 차가운 손을 잡았다. "그것이 조건이라면, 나는 내 서약을 지킬 것을 지하의 신들에게 맹세하며 만약 어길 경우 천벌을 받을 것입니다."

여신은 고개를 끄덕였다. "페르세우스의 후예이자 데모스의 딸 멜로라…. 이제 내 인간 생명을 너에게 결속하노라…. 내가 쓰러지면… 너도 함께 쓰러질 것이다. 네가 아곤에서 죽는다면… 나 역시 소멸할 것이다. 이것이 너와 내가 서로에게 서약하는 맹세다."

따뜻한 온기가 두 사람이 맞잡은 손을 감쌌지만 곧바로 마치 칼 끝 같은 서늘한 한기가 로어의 등골을 훑고 지나갔다. 오로지 검과 고통으로만 발현되는 여신의 힘이 어쩜 이렇게 완벽할 정도로 아테나다운지.

"다 됐어요?" 로어가 물었다.

여신은 피투성이 이를 드러내며 냉혹한 미소로 답했다.

로어는 몸을 뒤로 빼며 휘청휘청 일어나 두 발로 섰다. 마치 하늘을 가득 채운 별들처럼 수많은 불꽃들이 로어의 피부 위로 한꺼번에 흩뿌려져 골수까지 파고드는 것 같았다.

"출혈부터 막아야 해요." 로어가 다시 아테나의 상처를 살피며 말했다. "상처를 봉합할 만한 실이 집에 있을지 모르겠네."

여신은 고개를 저었다. "불로 지져서 봉합하라."

로어가 다시 일어서자 마치 영혼이 몸에서 반쯤 빠져나간 것 같았다. 그녀는 주방으로 가서 조각용 칼 하나를 가스 불에 달궜다. 잠시 후 금속은 아테나의 눈동자 속 무늬처럼 황금빛으로 빛났다.

마일스, 어렴풋이 그가 떠올랐다. 이 작업을 끝내면 마일스가 괜찮은지 확인해봐야겠다.

하지만 그가 먼저 로어를 확인하러 내려와 있었다.

마일스는 계단에 앉아 있었다. 그의 시선은 오래된 나무 난간 기둥 사이로 보이는 거실의 광경에 그대로 고정되어 있었고 얼굴은 모든 색깔이 사라져버린 백지장처럼 하얗게 질려 있었다. 로어는 마일스의 얼굴이 자신과 자기 손에 들린 칼로 향하기도 전에 그가 모든 이야기를 들었다는 사실을 알 수 있었다.

마침내 마일스가 잔뜩 잠긴 목소리로 입을 뗐다. "대체 이게 다 무슨 일인지, 나한테 이실직고해."

6

로어가 방금 자기가 거실에서 불로 지져 상처를 봉합한 여신을 포함한 아홉 명의 신들과, 그들을 벌하기 위해 만들어진 아곤, 고대 영웅들의 혈통을 이어받은 가문들 중 제우스의 선택을 받아 아곤에서 아홉 신들을 사냥할 수 있는 아홉 가문에 대해 무자비할 정도로 압축된 버전의 설명을 끝마치고 난 뒤, 두 사람은 몇 분 동안 말 없이 앉아 있기만 했다.

로어는 자신이 천 년이 넘는 기간의 역사를 핵심만 뽑아 단 몇 분의 이야기로 되살려내는 동안 애써 무표정한 얼굴을 하고 있는 마일스를 보며 이 설명 자체가 점점 더 미친 짓이라는 생각이 들었다.

그렇다고 마일스를 탓할 수도 없는 것이, '7년 주기로 아곤이 진행되는 7일 동안 신들도 인간의 몸을 하고 인간처럼 걸어 다녀야 해. 만약 네가 신을 죽이면 새로운 신이 되어 네가 죽인 신의 능력과 불멸성을 이어받게 되지만, 다음 아곤에서 너도 똑같이 헌터들의 사냥감이 되는 거야'와 같은 말을 스스로 듣고 있자니 로어도 위장이 조여들었다. 하지만 아주 어렸을 때부터 자신들의 세계를 외부 사람들에게 절대 발설하지 말라고 배워왔기 때문만은 아니었다.

아테나, 아르테미스, 아폴론, 포세이돈, 헤파이스토스, 아프로디테, 디오니소스, 헤르메스, 아레스. 이런 이름들은 마일스에게 태곳적 이야기 속의 존재들일 뿐 살아 숨 쉬는 괴물들로 받아들여지지 않을 것이다. 자기들 땅에서 자신들보다 더 걸출한 신이 새롭게 나타나자 이 땅에서 조용히 사라져주길 거부한 괴물들 말이다.

헌터들 사이에서 전해 내려오는 이야기에 따르면, 이 아홉 신들은 자기들에게서 등을 돌린 숭배자들을 다시 자신들에게 굴복시키려고 로마제국 몰락 당시 세상에 대재앙을 일으키고 아폴론을 시켜 치명적인 역병까지 퍼뜨렸는데 그중 하나인 유스티니아누스 역병만으로도 수천만 명이 목숨을 잃을 정도였다. 인간들이 다시 자기들에게 돌아와 보호와 피난처를 구걸할 거라는 바람으로 그 모든 짓을 저지른 것이었다.

"그리고 제우스가 그들에게 그만하라고 명령했을 때, 아테나를 필두로 아홉 신들은 자기들의 만행을 계속하기 위해 제우스를 쓰러뜨리려 했지만 실패했지." 로어가 이야기를 끝맺었다.

예전에 길 할아버지는 대화를 나눠야 할 때면 항상 차를 만들곤 했는데, 로어가 정신을 차려보니 자신도 똑같이 하고 있었다. 다만 마치 근육이 옛 기억을 되찾기라도 한 것처럼, 로어는 티백 대신 전혀 다른 종류의 차를 만들었다.

헌터들은 자기들이 마시는 차를 장난삼아 넥타르라고 부르곤 했다. 넥타르는 신들이 마시는 음료의 이름이다. 그들은 훈련을 받거나 아곤을 치르는 동안 스스로를 단련하기 위해, 용기를 상징하는 허브인 백리향과 생강, 레몬, 꿀을 넣어 만든 차를 마셨다.

하지만 이야기를 하는 동안 두 개의 찻잔은 로어가 식탁 위에 놓아둔 그대로 아무도 손대지 않은 채 차갑게 식어버렸다.

창문의 에어컨이 숨찬 소리를 내며 켜지자 주방 공기가 서늘해졌다. 로어가 싱크대 위 창문에 커튼을 쳐놓았는데도 햇빛이 두 사람에게 들이닥치는 걸 보면 이미 오전이 끝나 가고 있었다.

"뭐라고 말 좀 해봐." 로어가 속삭였다.

"그러니까…." 마일스는 손으로 머리를 쓸어 올리며 입을 열었다. 하지만 시선은 여전히 식탁 위에 고정되어 있었다. "로렌도 네 진짜 이름이 아니라는 거잖아."

"내가 왜 내 진짜 이름을 쓸 수 없었는지 이제 알겠지?" 숨어 지내려는 의도로만 가짜 이름을 쓴 것은 아니었다. 로렌 퍼쏘라는 이름은 로어의 가족이 몰살당한 뒤 로어 어머니 가문에서 그녀를 나라 밖으로 데려가기 위해 위조한 여권 및 모든 서류상에 적힌 이름이었다. 로어가 사용해야 하는 유일한 공식 이름이었다.

"내가 어떻게 생각해야 할지 나도 잘 모르겠어." 마일스가 대답했다. "내가 제대로 이해했는지도. 그러니까 7년마다 이… 사냥이 진행되고, 마치 올림픽처럼 매번 장소가 바뀌는데, 종목은 더 많이 죽이기만 하면 되는 거고?"

"기본적으로는 그렇지. 그런데 헌터들이 아곤이 열리는 장소를 정하는 방법을 알아냈어. 바로 옴파로스라는 물건을 그 장소로 옮기면 되는 거야. 옴파로스는 옛날에 사람들이 배꼽, 즉 세상의 중심이라고 믿었던 위치를 표시하려고 델포이 신전에 놔뒀던 큰 돌이야."

"아까 제우스의 시에 나왔던 그 '배꼽' 말하는 거지?" 마일스가 확인차 물었다.

방금 전에 로어는 제우스가 아곤의 개시를 명령하는 고대 시의 영어 번역을 마일스에게 들려줬다. 실제 고대어로 쓰인 원래 시는 유실되고 없다.

"응, 맞아. 다음 아곤이 열리기 1년 전에 각 가문 지도자들이 모여서 투표로 도시를 정하는데, 보통은 자기들이 권력과 자원을 최대한 활용할 수 있는 장소에서 하고 싶어 하지. 그리고 옴파로스를 옮길 땐 신들에게 그 목적지를 들키지 않아야 해. 그래야 신들이 미리 전략을 짜지 못할 테니까. 최근엔 이 도시에서 개시되었지만, 런던이나 도쿄처럼 섬나라 도시로 몰리는 경향도 있긴 해. 섬일수록 신들이 경계 밖으로 도망가기가 어려우니까."

그리고 아주 드물기는 해도, 헌터들이 신들을 진심으로 지독하게 괴롭히고 싶을 땐 옴파로스를 고대도시로 갖다 놓기도 했다. 폐허가 된 자기들의 신전과 한때 그들을 두려워했던 인간들이 있는 장소에서 실컷 사냥을 당해보라는 뜻이었다.

"아홉 가족은…." 마일스가 입을 열었다.

"지금은 겨우 네 가문만 남아서 아곤에 참여하고 있어. 나머지 가문들은 다 멸족됐지." 로어가 이어서 말했다.

"너희 집처럼?" 마일스가 표현을 더 자세히 하려는 듯 다시 천천히 말했다. "왜냐하면 너희 직계에서는… 너밖에 안 남았으니까."

"인간으로는 내가 마지막이지. 뉴포세이돈인 타이드브링어가 한때 우리 페르세우스 가문의 구성원이었어."

"다른 사람들은 누군데?"

"카드모스, 테세우스, 아킬레우스, 오디세우스, 이 네 가문만 아직 살아 있는 혈통들이야. 예전엔 헤라클레스 가문, 이아손 가문도 있었고…." 그리고 이어서 로어는 마지막 두 가문에 대한 설명을 계속했다. 하지만 두 가문에 대해서는 제대로 알고 있는 사람들이 없는 것 같았다. "그리고 멜레아그로스 가문과 벨레로폰테스 가문이 있었어. 멜레아그로스는 칼리돈에서 멧돼지 사냥을 주최했던 영웅이고 벨레로폰테스는 페가수스를 타고 수많은 괴물을 무찌른 영웅이지. 이 두 가문이 가장 먼저 절멸한 혈통이야."

16세기에 세상의 흐름과 함께 변화하는 법적 요건들을 충족하기 위해 모든 가문들이 구성원들의 성을 각 가문의 영웅 이름으로 쓰기로 합의한 뒤 얼마 안 있어 이 두 가문은 절멸했다. 두 가문 모두 사냥할 가치조차 없는 혈통 취급을 당했고, 심지어 저주받은 이아손 가문조차 이 둘을 무시했다. 멜레아그로스는 남아 있던 후예들이 사생아에서 비롯된 혈통이었기 때문이고, 벨레로폰테스 가문은 그들의 조상이 신들의 미움을 사서 죽임을 당했기 때문이다. 그럼에도 불구하고 벨레로폰테스의 후예가 아홉 가문에 포함될 수 있었던 것은 오로지 제우스가 이 몰락한 영웅의 귀환을 용인했기 때문이다.

"나는 헤라클레스인 줄 알았는데? 페가수스를 탔던 사람 말이야." 마일스가 말했다. "내 평생 제일 좋아했던 애니메이션 영화가 다 거짓말이었다는 거야?"

로어는 한숨을 쉬었다.

"이제는 뭘 물어보기도 겁난다. 그런데 도대체 네 가족들한테는 무슨 일이 있었던 건데?"

로어는 어디서부터 시작해야 할지 몰라 잠시 망설였다.

"아곤에는 규칙이 하나 있는데, 일종의 암묵적 불문율 같은 거야. 남자만, 특히 가문에서 인정받은 우두머리 남자만 신의 힘을 승계받을 수 있다는 거지." 로어는 설명하면서도 울화가 치밀어 몸이 뻣뻣해졌다. "가문의 지도자가 되든, 불멸의 힘을 차지하든, 오로지 남자만 승계받을 수 있어. 가문에 남자 지도자가 있어야 계승 서열이 더 확실하다는 뜻이야. 가문의 지도자인 '아르콘'이 죽거나 신으로 승격하면 아르콘의 지위는 그의 아들이나 형제, 또는 남자 조카가 물려받게 돼. 다음 아르콘을 정해야 하는 상황이 생기면 아곤을 준비하기 위해 가문 구성원들이 모여 투표로 결정하지."

설명을 하는 내내 점점 역겨움이 끓어올라 로어는 입안에서 쓰라린 맛을 느낄 정도였다. 자신도 한때 그 모든 것을 믿었다. 아니, 그냥 믿는 정도가 아니라 완전히 신봉했다. 심지어 어린아이였을 때도, 로어는 그들의 세계를 지배하는 냉혹한 질서가 계속 유지될 수 있도록 그 모든 남자들을 위해 기꺼이 자기 목숨을 바치려고 했다.

"정말로 그렇게 여자들을 아예 막아버렸다고?" 마일스가 물었다. "심지어 요즘도?"

로어가 숨을 세차게 들이쉬면서 콧구멍이 벌렁거렸다. "여자들도 헌터가 될 수 있도록 허락받는 데만도 수백 년이 걸렸어. 그리고 요즘엔 아르콘만을 위해 일하는 여자들을 극소수만 엄선하는데 사자 무리의 암사자들이랑 비슷하다고 보면 돼. 아무튼 그런데 우리 페르세우스 가문의 타이드브링어가 여자의 신분으로, 우연이었든 의도였든, 지금으로부터 열네 번의 아곤 전에 신의 지위를 차지한 거야. 그것도 그냥 아무 신이 아니라 고대 신을 죽이고 말이야. 바로 포세이돈이었어."

정말 이상하게도 로어는 새로운 신에 대해 뿌리 깊은 혐오와 동정심이 함께 느껴졌다. 로어는 어렸을 때부터 타이드브링어를 미워해야 한다고 배워왔다. 그 여자 때문에 페르세우스 가문이 이 지경이 된 거라고 들으며 자랐다. 타이드브링어가 저지른 짓은 잘못이라고 귀에 못이 박히도록 듣고 또 들었다. 마치 인간이 신을 죽이고 그 지위를 차지하는 것은 전혀 이상한 일이 아니지만 감히 여자가 그것을 넘봤다는 것은 세상의 이치를 거스르는 일이라는 식이었다.

"뭐 그렇다고 해도, 여자 포세이돈이랑 너희… 가문이 죽은 거랑은 어떤 연관이 있는데?" 마일스는 가문이라는 단어가 어색한지 멈칫거리며 물었다. "새로운 신이 자기 가문을 보호하고 번창하게 해준다고 말하지 않았나?"

"바로 그게 문제였지." 로어가 말했다. "페르세우스 가문에서 먼저 그녀를 거부했어. 그래서 타이드브링어는 어쩔 수 없이 다음 아곤에서 숨어 있어야 했고, 자신을 보호해줄 가족이 없으니 그 이후로도 계속 아곤이 시작될 때마다 숨어버렸지. 모든 가문이 타이드브링어는 자기들 세계의 질서에 직접적으로 위협이 되는 존재라고 여겼어. 그녀가 시도하기 전까지는 여자도 신이 될 수 있다는 걸 아무도 몰랐으니까. 그 생각 자체가 그들에겐 엄청난 위협이었던 거지."

마일스는 한숨을 푹 내쉬었다. "대충 어떻게 되었을지 감이 잡힌다."

"같은 일이 다시는 반복되지 않게 하려고 카드모스 가문 아르콘의 주도하에 나머지 가문들이 다 뭉쳐서 바로 그 아곤의 마지막 날 페르세우스 가문을 거의 전멸시켰지. 그때까지는 헌터들끼리 다른 가문을 죽일 수 있었던 시대였거든. 결국 그때 우리 가문에서 살아남은 사람은 타이드브링어 외에 우리 고조할아버지뿐이었어. 그때 그분은 당시의 아곤에 참가하지 않기로 하고 대학에서 공부를 하고 있었거든."

"에휴 망할." 마일스가 나직이 말했다.

"다른 가문들은 그분을 일단 살려두고 다른 방식으로 괴롭히기로 했지. 평생 굴욕감을 느끼면서 살도록 말이야. 그러고는 페르세우스 가문의 무기고를 털어서 자기들끼리 나눠 갖고 가문이 운영하던 알짜배기 해운과 섬유제조 대기업들도 분할해서 챙겨갔어. 그리고 우리 가문이 가지고 있던 가장 귀중한 유산은 카드모스 가문의 수장에게 바쳐졌고."

바로 아이기스였다. 무시무시한 메두사의 머리가 달려 있는 제우스의 방패. 그가 가장 아꼈던 딸 아테나의 손에 들려 수많은 전쟁터를 누볐던 그 방패, 그리고 아곤이 시작되면서 사냥할 때 쓰라고 신들의 왕이 직접 페르세우스 가문에 하사한 바로 그 방패였다. 번개를 소환하는 기능에 더해 방패를 쳐다보기만 해도 모든 적들의 심장을 초월적 공포로 짓눌러버릴 수 있는 물건이었다.

방패는 다른 가문들의 시샘의 대상이었다. 그들은 모두가 인정하는 가장 우월한 유산을 페르세우스 가문이 차지했다는 것에 분개했다. 그 이후로 수 세기 동안, 저마다 고유의 능력을 가지고 있었던 페르세우스 가문의 무기들 대부분은 다시는 쓰이지 못하게 경쟁 가문들에 의해 파괴되었다.

각 가문이 하사받은 무기들은 자기 가문의 혈통과 이름을 이어받은 사람만 사용할 수 있었다. 따라서 카드모스 가문이 아이기스를 손에 넣어도 그들 중 누구도 그 방패를 사용할 수 없었다. 아마도 로어의 고조할아버지가 살아남을 수 있었던 사연에는 로어가 말한 것보다 훨씬 더 사악한 의도가 숨어 있었으리라. 로어는 자신이 지금까지 살아남은 것과 똑같은 이유로 고조할아버지도 죽음을 면했을 거라고 짐작했다. 페르세우스 가문의 마지막 사람이 죽으면 아이기스도 사라질 테니까.

"와⋯." 마일스가 다시 천천히 말했다. "그럼 너희 가족, 네 부모님은? 어떻게 된 거야?"

"그리고 내 여동생들도." 로어가 덧붙였다.

마일스의 얼굴이 어두워졌다. 로어는 그동안 마일스와 길 할아버지에게 자기 가족이 모두 죽는 바람에 본인 의지와는 상관없이 엄마 쪽 친척집에 맡겨져 자랐다고만 말했다. 어떻게 듣느냐에 따라 완전히 거짓말은 아니었다.

"우리 가족의 죽음은 아리스토스 카드모스가 명령한 것이었어. 그 옛날 우리 가문을 거의 멸족하는 데 앞장섰던 당시 카드모스 아르콘의 손자가 바로 아리스토스 카드모스야."

"그리고 그 사람이 이제 새로운… 아레스가 된 거고? 7년 전의 아곤에서 그 이전의 뉴아레스를 죽인 다음에?" 마일스가 마무리했다.

"인간은 네 말이 거짓이라고 생각한다."

로어는 갑자기 끼어든 아테나의 낮은 목소리에 깜짝 놀랐다. 마일스는 그냥 놀란 것뿐만이 아니라 아예 뛰어오르듯 의자에서 벌떡 일어나면서 의자가 바닥으로 넘어졌다. 그는 비틀거리면서 조리대에 등을 기대고 가슴을 움켜쥐었다.

"아우 깜짝이야!" 마일스는 숨넘어갈 듯 외쳤다. "아니, 그런 게 아니라…."

마일스는 몸을 반쯤 구부리다 만 자세로 움츠렸다.

"진짜야?" 로어가 마일스에게 물었다. "진짜 내 말 안 믿어?"

아테나는 주방으로 통하는 입구를 거의 꽉 채우듯 문가에 온몸을 무겁게 기댄 채 한 손으로는 옆구리 상처를 누르고 서 있었다.

"어 그러니까, 당연히, 너를 믿지. 그냥 이 모든 걸 내가 소화하려면 시간이 조금 필요할 뿐이야. 너도 이해하겠지만."

여신은 비웃음에 찬 눈으로 마일스의 모습을 뜯어보더니 다시 로어에게 시선을 돌렸다.

"이 육신에 양분이 필요하다."

"아침밥… 먹고 싶다는 거죠?" 로어는 추측했다.

아테나가 빈 의자에 앉자 로어는 잠시 그 자리에 앉아 있는 여신을 바라봤다. 길 할아버지의 집에서 할아버지의 의자에 앉아 있는 그녀를 보니 배 속에 있는 구덩이에서 뭔가가 소용돌이치는 것 같았다. 하지만 로어는 그냥 자리에서 일어나 냉장고로 갔다.

그리고 몇 분 만에 에그스크램블과 베이컨이 담긴 접시 세 개와 물컵 세 잔을 식탁에 차려냈다. 아테나가 손가락으로 베이컨 한 조각을 집어 들더니 코에 대고 쿵쿵 냄새를 맡는 동안 로어와 마일스는 포크를 손에 쥔 채 여신의 행동을 지켜봤다.

적어도 로어의 입장에선 공짜 음식이라면 무조건 좋았지만, 여신은 확실히 의견이 다른 것 같았다. 그녀는 시험 삼아 한입 맛을 보더니 180센티미터가 넘는 거구를 통째로 몸서리쳤다.

언제나 충성스러운 마일스는, 심지어 로어가 몇 년이나 자신을 속여왔다는 사실을 알게 되었으면서도 자기 접시에 놓인 베이컨을 크게 한입 베어 먹더니 선언이라도 하듯 말했다. "내가 지금까지 먹어본 것 중 제일 맛있는 베이컨이야."

"맘에 안 들면 먹지 말아요." 로어가 여신에게 차갑게 말했다.

여신은 물을 한 모금 마시고는 입꼬리를 올리며 쓴웃음을 지었다.

"그냥 체감 때문이다." 여신은 말하며 에그스크램블을 억지로 조금 삼켰다. "내가 이런 원초적인 욕구를 받아들여야 하는… 낮은 존재가 된 것이 실감 나서. 이렇게 아무 맛도 없고 구역질 나는 식량을 섭취해야 한다는 것이, 보잘것없이 느껴지는 것이, 고통을 느껴야 하는 것이, 정말 참을 수가 없군."

"뭐 어쩌겠어요. 인간으로 존재한다는 것 자체가 대체로 그렇게 '참을 수 없는' 것투성이인 걸요."

마일스는 깜짝 놀라서 로어를 쳐다봤지만 자기 생각을 말로 표현하지는 않았다.

"저기, 그런데…." 마일스가 자기 옆에 있는 신성한 존재에게 시선을 던지며 입을 열었다. 아테나는 여전히 마른 핏자국과 더러운 얼룩을 뒤집어쓰고 있었다. "당신 부엉이는 어디 있어요?"

아테나는 만약 그녀가 제대로 힘만 쓸 수 있었다면 도시의 한 블록을 통째 잿더미로 만들었을 법한 눈빛으로 마일스를 쳐다봤다.

그는 굴하지 않고 다시 물었다. "당신 방패요."

로어의 손에 들려 있던 유리컵이 미끄러져 싱크대 개수대 안으로 떨어지며 산산조각이 났다.

"로어, 괜찮아?" 마일스가 일어나 로어를 도우려고 다가갔지만 로어는 등 뒤로 손을 저으며 마일스에게 앉으라고 손짓하고는 깨진 컵을 조심스럽게 치웠다.

"아이기스는," 아테나는 그것이 올바른 이름으로 불려야 한다는 걸 강조라도 하듯 힘주어 발음했다. "아버지의 방패다. 한때 내가 들고 다녔지만, 수백 년 전에 아버지가 아이기스를 헌터들에게 넘겨주고 말았지. 우리 신들이 들고 다녔던 수많은 무기와 신성한 능력이 깃든 여러 유산들과 함께 말이다. 그 이후로는 방패를 보지도 못했지만, 설사 봤다 해도 인간의 몸으로는 사용할 수 없다. 아곤이 끝나는 날 내가 다시 불멸의 힘을 회복할 때 방패를 손에 넣는다면 모르겠지만."

"그게 아니죠." 로어가 끼어들었다. "우리 가문에 소속된 누군가가 당신에게 그것을 기꺼이 넘겨줘야죠. 물론 카드모스가 그걸 몇십 년째 갖고 있으니 불가능한 일이지만요."

"그리고 너는 네가 알고 있는 그 모든 것을 아주 확신한다는 건가? 멜로라, 무슨 목적으로 이 인간에게 모든 이야기를 발설한 거냐? 그것이 우리에게 무슨 도움이 된다고?"

"얘한테 거짓말하는 것도 이제 질렸어요." 로어는 화가 나려는 걸 애써 참으며 대답했다. "물론 당신한테는 이상한 개념이겠죠. 혹시 친구의 의미에 대해 업데이트가 필요하면 말만 해요. 내 보기엔 아르테미스가 당신을 칼로 찌르기 전까진 그녀가 당신의 마지막 친구였던 것 같으니까."

"내가 이런 말을 하게 될 줄은 정말 상상도 못 했지만, 칼로 찔렀다는 걸 제외하더라도, 여자 형제가 없어서 다행이라고 생각한 건 정말 이번이 처음이야." 마일스가 약간 괴로운 표정으로 말했다. "아직 아곤에 남아 있는 나머지 고대 신은 이제 아르테미스뿐이야?"

아테나는 로어에게 대답하기만 해보라는 듯 위협적으로 턱을 치켜올렸다.

하지만 로어는 아랑곳하지 않았다. "아니, 헤르메스도 있고, 아폴론도 남았어."

"그건 네가 잘못 알고 있는 것이 거의 확실하다." 아테나가 날카롭게 말했다. "아폴론은 지난번 아곤 막바지에 소멸했으니까."

그 순간 미처 억누를 틈도 없이 미칠 듯한 궁금증이 로어의 온몸을 찌르듯 훑고 지나갔다. 로어는 식탁 밑에서 양손을 세게 맞잡아 움켜쥐고 이 짜증 나는 감정이 사라지길 기다렸다.

"아폴론이 지난 아곤에서 살해됐다고는 하는데 현장을 목격한 사람이 아무도 없어." 로어가 설명했다. "소문만 무성했는데, 내 생각엔 아마 남은 가문들 중 하나가 다른 가문들한테 거짓 정보를 퍼뜨린 것 같아. 자기들만 알고 있다가 다음 아곤에서 아폴론 사냥을 독점하려고 말이야. 하지만 만약 아폴론이 죽은 게 정말 사실이라면, 그를 죽인 게 어느 가문이든 뉴아폴론의 정체를 단단히 숨기고 있는 게 분명해. 내 짐작으론 테세우스 가문이 아닐까 싶어. 작년에 테세우스 가문이 태양에너지에 엄청난 투자를 했거든."

새로운 신이 자신의 이익을 부풀리기 위해 어떻게 세상일에 마구 간섭해서 자기 가문에 재정적 이득을 챙겨주는지는 아까 벌써 다 설명했다. 예를 들면 지금의 뉴아프로디테는 오디세우스 가문이 할리우드 사업에서 어마어마한 성공을 거두게 해주었다. 아리스토스 카드모스를 비롯한 그동안의 뉴아레스들은 국제적인 갈등 상황을 조장해서 자기 가문의 무기 제조업 투자를 뒷받침했고, 뉴디오니소스는 대형교회를 설립하거나 사이비 종말론 종교를 세우기도 했다. 아무튼 온통 널린 것이 기회였고 유일한 제약은 새로운 신의 창의성이 어디까지 발휘될 수 있느냐 하는 것뿐이었다.

"지금까지 총 여덟 명인데, 나머지 한 명은 누구야?"

"헤파이스토스였는데, 그 역시 죽었어." 로어가 대답했다.

"힘에 굶주린 가짜에게 도살당했지." 아테나가 사납게 말했다.

"당신 아버지가 아곤에 대한 지시 사항을 좀 더 분명하게 남겨줬더라면 좋았을 뻔했죠. 사람 몇 명 시켜서 그 내용을 허접한 시로 만들어놓을 게 아니라요. 아곤의 규칙을 헌터들이 직접 터득해낼 수밖에 없었던 것이 꼭 잘못이라고 할 수만은 없잖아요."

"그렇고말고." 아테나는 조롱 섞인 코웃음을 치며 말했다. "그 오만한 가짜 놈이 한 명의 신에게서 힘을 빼앗는 걸로는 성에 안 차서 헤파이스토스까지 죽여봐야 했지. 다른 신의 힘까지 더 차지할 수 있는지 알아보려고 말이야. 멍청한 놈. 그럴 수 없다는 게 너무나 뻔하지 않은가."

"뭐, 그 의견엔 나도 동의해요." 로어가 말했다. "그 후론 아무도 같은 실수를 반복하지 않았어. 헌터들은 불멸의 힘을 차지할 기회를 최대한 많이 남겨두고 싶어 하니까. 그게 바로 이 아곤이 영원히 끝나지 않는 이유야. 인간들은 아곤이 끝나게 내버려두지 않을 거야."

길 할아버지가 자기 할아버지에게 물려받은 시계가 가까이에서 똑딱거리는 소리가 들렸다. 초침이 움직일 때마다 그 소리가 로어의 신경을 조금씩 더 세게 파고드는 것 같았다.

"그래서 이제 우리는 어떻게 할 건데?" 마일스가 물었다.

"우리라니? 너는 인턴십을 하러 가야지? 그리고 다음 주 일요일까지 신세 질 만한 친구가 있는지도 알아봐." 로어가 대답했다.

"뭐라고? 그럴 거면 나한테 왜 다 얘기해준 건데?"

"왜냐면 지금 상황이 얼마나 위험한지 네가 제대로 아는 게 중요하니까."

"그렇게 위험한 상황이면 난 이 집에서도 안 나갈 거고 너를 혼자 남겨두지도 않을 거야." 마일스가 말했다. "회사에는 이메일 보내서 편도선이 부었다고 하면 돼. 어쨌든 난 안 갈 거고, 네가 나한테 무슨 짓을 해도 난 안 가."

그냥 지켜보고만 있던 아테나는 마일스의 반응에 놀란 것 같으면서도 그의 말에 동조하는 듯한 표정을 지었고, 그 모습에 로어는 이가 바득 갈렸다.

"나는 이 인간이랑 같이 있는 것이 더 좋다." 아테나가 로어에게 통보하듯 말했다.

"이 '인간'은 아주 기초적인 칼싸움조차 못한단 말이에요." 로어가 빈 접시를 치우려고 일어서며 말했다. "그러니 싸움에서 당신이 먼저 쓰러진다면 행운을 빌겠습니다요."

이렇게 말하고 로어는 다시 마일스를 돌아보며 말했다. "이 집이 언제까지 안전할지 나도 알 수 없어. 혹시 사냥개들이 어딘가에서 여신의 체취를 잡아내더라도 이곳저곳 헤매게 만드는 정도밖에 할 수 없단 말이야. 결국 시간문제야."

"나는 이 집에 숨어만 있지 않을 것이다." 아테나가 로어에게 말했다. "꼭 필요하다면 내 힘을 써서 모습을 숨기겠다. 나는 내 인간 육신이 기력을 회복하는 동안은 이곳에 기꺼이 머무르겠지만 내가 우리의 서약을 지키려면 나는 이 장벽 밖으로 나가야 한다. 그리고 멜로라 페르세우스, 너는 모르고 있는 것이 많다. 심지어 가짜 아레스가 지난 7년 동안 무엇을 찾고 있었는지도 모르지 않는가."

로어의 머릿속에 카스토르의 얼굴이 다시 떠올랐다. *그자가 무언가를 찾고 있어….*

"그러는 당신은 알아요?" 로어가 따지듯 물었다.

아테나는 고개를 끄덕였다. "네가 그렇게 소중히 여기는… 그 시, 네가 사실인 것처럼 읊어댄 그 시는 불완전한 것이거나 다른 버전이 있을 수 있다. 가짜 아레스는 다른 버전의 시를 찾고 있다. 그리고 다른 버전에는 아곤을 완전히 끝내고 마지막 승자가 막강한 힘을 차지할 수 있는 방법이 적혀 있다."

로어의 정신이 멈춰버리면서 몸이 대신 반응했다. 그녀가 의자에서 너무 빨리 일어나는 바람에 의자가 뒤로 넘어가면서 타일 바닥을 쾅 때렸다. 하지만 자리에서 움직일 핑계도 달리 없고 양손으로 붙잡을 만한 것도 없어 로어는 그저 자기 양 팔뚝을 움켜쥘 수밖에 없었다. "뭐라고요?"

마일스는 어리둥절한 표정으로 두 사람을 번갈아 쳐다봤다.

아테나는 앉은 자리에서 몸을 뒤척였다. 과다 출혈과 내상으로 움직임이 눈에 띄게 불안정해 보였다.

"나와 아르테미스가 그자를 추적했다. 그는 다른 어떤 것보다 그 시에 대한 정보를 최우선으로 쫓고 있다. 수많은 헌터들을 시켜서 그 시를 찾는 데 주력하고 있었지. 그자가 그 시를 찾아낸다면 이 세상을 어떻게 망가뜨릴지는 내가 굳이 말 안 해도 알겠지. 우리는 서둘러 움직여야 한다. 우리가 원래 시의 나머지 부분이나… 새로운 버전이 있는 곳을 먼저 알아낼 수 있다면… 그자가 움직이는 경로에 미리 접근할 수 있을 것이고 그때 내가 그자를 처단할 것이다."

시 원본의 새로운 버전이 정말로 존재한다면, 그리고 그것을 우리가 먼저 찾는다면, 아리스토스 카드모스가 쫓고 있는 정보를 당연히 아테나도 차지할 수 있다는 뜻이었다. 로어는 누구든 그 정보를 차지한다는 것이 영 내키지 않았다. 헌터든 신이든 상관없이. 그 누구보다 로어 자신이 먼저 그것을 찾아내서, 할 수만 있다면 아예 파괴해버려야 할 것이다. 그리고 어쩌면….

로어의 머리가 어두운 생각의 흐름을 마무리 지었다. *그 시의 내용을 아는 헌터들까지 모조리 제거해야 할지도.*

"지금 그 몸 상태로 그자를 죽이는 건 가당치도 않은 일이에요." 로어가 여신에게 말했다. "다른 건 몰라도 최소한 수혈이랑 항생제 치료는 받아야 할 것 같아요."

"나는 그런 치료 따위 필요 없다. 한낱 인간이 내 능력을 의심하는 것이냐?"

여신은 자신이 어떻게든 눈을 뜨고 있으려고 계속 눈을 깜박거리고 있다는 것도 모르는 듯했다.

"당신의 인간 몸을 의심하는 겁니다." 로어가 분명히 했다.

"도움을 부탁할 만큼 믿을 만한 사람이 있어?" 마일스가 물었다.

"응, 있어." 로어는 대답했지만 가장 핵심적인 '*어쩌면*'이라는 말은 생략했다.

카스토르가 힐러 훈련을 받았으니 자기 가문에서 쓰는 의료용품들, 가령 약품이나 혈액, 그리고 그냥 아무 약국에서나 구하기 힘든

물품들을 손에 넣을 수 있겠지. 로어는 아리스토스 카드모스만 죽일 수 있다면 기꺼이 자존심을 굽히고 카스토르를 찾아 나설 작정이었다. 하지만 지난밤 카스토르가 자신을 찾아왔을 때 지나칠 정도로 매정하게 굴고 말았다. 그녀가 한때 알았던 그 친구는 뒤끝따위 없는 사람이었지만, 새로운 카스토르도 여전히 그런 사람일지는 미지수였다.

아포디드라스킨다.

그거 초대장이잖아…, 맞겠지?

"도와줄 사람도 구하고 원본 시의 다른 버전에 대한 정보와 누가그 시를 갖고 있는지도 알아볼 수 있어요." 로어가 입을 열었다. "헌터들은 대부분 이 도시에 모여 있지만 그 시는 누군가의 해외 보관소에 보관되어 있을 수도 있고요."

"그것은 여기 있다." 아테나가 곧바로 말했다. "확실하다. 보아하니 가짜 아레스도 아직 이 도시에 있는 것 같고. 보관소에 숨겨져있든 누군가의 머릿속에 숨겨져 있든 우리는 이 도시에서 그것을찾을 것이다."

로어는 고개를 끄덕였다. "혹시라도 당신 여동생이 못다한 일을끝내러 올 것까지 우리가 걱정해야 할까요?"

"아르테미스가 나에게 부상을 입힌 건 개곤 때 우리를 공격했던카드모스의 헌터들에게서 몸을 피하기 위해서였을 뿐이다. 이제우리 자매의 동맹은 끝났을 수도 있지만, 그녀는 지금 다른… 무언가에 정신이 팔려 있다. 때가 되면 나 역시 그녀에게 칼로 되갚아줄 것이다."

"헤르메스는요?" 로어가 물었다.

"나도 헤르메스를 못 본 지 꽤 되었다." 아테나가 무표정한 얼굴로 말했다. "궁금하지도 않고. 그 멍청이가 40년 전 우리와의 협정을 깨뜨린 뒤로 우리는 그에 대한 모든 지원을 끊었고 그 역시 우리를 돕지 않았다."

"참으로 이상한 일이기도 하지요." 로어가 들리지 않게 비아냥거리고는 아테나 쪽을 바라보며 덧붙였다. "나갔다 올 테니 그동안 좀 씻어요."

여신은 피범벅이 되어 얼굴에 달라붙은 머리카락을 잡아떼며 고개를 끄덕이고는 로어를 따라 위층 욕실로 향했다. 로어는 자신이 외출한 동안 제발 집 안이 평화롭길 비는 마음으로 욕조에 물을 받으며 목욕 소금과 오일까지 넣었다. 그리고 세면대에 새 붕대도 꺼내놓았다.

"갈아입을 옷도 갖다줄게요." 로어가 말하면서 좁은 공간을 빠져나가자 여신이 욕실 안으로 들어섰다. "미리 경고하지만 옷이 당신의 평상시 기준에 한참 못 미칠 수도 있어요."

아테나는 어깨 너머로 로어를 바라봤다. 여신의 눈에서 불꽃이 일었다. "확신하건대 네가 어떤 걸 구해 오든… 참을 만은 할 것이다."

로어는 손으로 문틀을 움켜쥔 채 욕실 문간에 서서 낮은 목소리로 말했다.

"잠깐 어디 좀 갔다 올게요. 당신을 치료해줄 사람을 데리러요. 마일스는 당신하고만 남겨둬도 무사하겠죠? 그 녀석한테 무슨 일이라도 생기면 내가 나한테 '무슨 짓'을 할지 모르니까."

아테나의 입꼬리가 올라가면서 웃음 비슷한 표정을 지었다. "좋다. 그런데…"

"그런데 뭐요?" 로어가 물었다.

"우리 이야기 중에 네가 잘못 알고 있는 내용이 있다. 우리가 벌을 받은 이유는 인간들을 괴롭혀서가 아니라, 다른 신들의 영역에서 일어나는 일까지 개입해서 우리 세계의 평화를 위태롭게 했기 때문이다. 너희 인간들은 감히 알 수도 없는 세계 말이다."

"그거 정말…"이라고 말을 시작하긴 했는데, 그 문장을 끝낼 경우의 수가 너무 많이 떠올랐다. '끔찍하네요'라든가, '잔인하다'라든가, '기가 막힌다' 등등. 아니, '전부 다'이겠지.

하지만 로어가 생각을 마무리하기도 전에 아테나는 욕실 문을 닫아버렸고, 로어는 통로에 혼자 남겨졌다. 그녀는 주머니에 손을 넣어 길 할아버지가 준 목걸이를 만져봤다. 그대로 깃털 펜던트를 움켜쥐고 잠시 어두운 통로에 서서 자기 심장이 차분해지길 기다렸다.

버려진 게 아니야, 로어는 생각했다. *자유로워진 거야.*

이번 주만 지나면, 아테나는 둘 사이에 거래한 내용을 완수할 것이고 로어는 드디어 완전한 자유를 얻을 것이다. 아곤으로부터. 신들로부터. 헌터들로부터.

로어가 방에 들어섰을 때 마일스가 벌써 그 작은 방에 들어와 침대 끝에 걸터앉아 있었지만 새삼스러울 것도 없었다. 온통 단조로운 것들로 가득 찬 그 공간에서 마일스는 가장 흥미로운 대상이었다.

로어가 먼저 말했다. "좋아, 네가 집에 있고 싶어 하는 건 알겠는데—."

마일스는 갑자기 일어나 로어 앞으로 다가서더니 그녀를 힘껏 껴안았다. 로어는 팔을 양옆으로 늘어뜨린 채 그대로 얼어붙었다.

"왜 그냥 있었어?" 마일스가 속삭이듯 말했다. "지난주에 떠날 수도 있었잖아. 내가 도와줄 수 있었을 텐데."

로어는 눈을 힘껏 감았다가 마일스의 팔에서 몸을 잡아 빼고는 서랍장 쪽으로 움직였다.

"내가 나갔다 올 동안 무슨 일이 생기거나 집 밖에 수상한 사람이 보이면 당장 아테나한테서 떨어져 도망쳐." 로어가 말했다.

"난 안 떠난다니까." 마일스가 고집을 부렸다.

"마일스, 너는 헌터들한테 상대가 안 돼. 그 사람들은 신도 죽일 수 있게 훈련받은 사람들이야. 그리고 그걸 방해하는 사람도 다 죽여버린단 말이야. 네 시체도 못 찾을 거라고."

마일스가 로어를 이상한 눈으로 쳐다봤다.

"누가 그 사람들이랑 *싸운대?* 난 그냥 지하실에 숨어서 119에 신고할 거야. 다른 정상적인 인간들처럼."

로어는 엷은 미소를 지으며 목걸이를 서랍장 위에 조심스럽게 올려놓고는 서랍에서 큰 사이즈의 흰색 셔츠와 검정 레깅스, 속옷, 양말을 차례로 꺼냈다.

"그 목걸이 내가 고쳐볼까?" 마일스가 물었다.

"고칠 수 있어?" 로어가 목걸이를 건네며 말했다. "펜던트를 갈아 끼울 다른 목걸이도 없고 그렇다고 끈 같은 걸로 맸다가 잃어버릴까 봐 겁나고."

마일스는 얇은 금색 고리가 끊어진 부분을 자세히 살펴봤다. "내가 고쳐볼게."

"고마워." 로어에게는 소중히 여기는 물건이 몇 개 없었다. 과거의 삶에서 가지고 있었던 것들도 전부 잃어버렸다.

카스토르가 있잖아. 그녀의 마음이 속삭였다.

그 사실이 떠오르자 로어는 깊은 숨을 들이쉬며 작은 온기가 온몸에 퍼지도록 가만히 있었다. 그녀에게는 아직 카스토르가 있다. 아곤은 로어에게서 많은 것을 빼앗아갔지만 카스토르를 다시 돌려주기도 했다.

"있잖아, 헌터들이 왜 불멸의 힘을 얻고 싶어 하는지는 이해가 돼." 목걸이를 들여다보던 마일스가 고개를 들며 말했다. "그리고 그 힘으로 자신과 가문이 얻을 수 있는 이익이 크다는 것도 알겠어. 하지만 그렇다고 해도 본인들도 결국 똑같이 사냥을 당할 텐데 그걸 뻔히 알면서도 그렇게 달려드는 건 이해가 안 돼."

로어가 마일스에게 모든 것을 털어놓으면서 느꼈던 처음의 두려움은 거의 사라지고 이제는 미미하게나마 후련한 기분마저 들었다. 그리고 무엇보다 그 모든 이야기를 로어 자신이 원하는 방식으로 들려줄 수 있어서 심지어 다행이라는 생각마저 들었다.

"모든 게 다 클레오스, 바로 명예 때문이야." 로어가 액자를 만지작거리며 대답했다. "헌터들이 정말 얻고 싶어 하는 게 그거야. 그들이 대놓고 욕심 부릴 수 있는 게 그거밖에 없거든. 새로운 신이 되어도 불멸성을 얻을 수 있지만, 헌터들은 클레오스를 통해서도 영생을 얻을 수 있다고 믿어. 클레오스를 성취하면 전설적인 인물이 되고 그러면 사람들이 대대손손 전하는 이야기와 노래를 통해 계속 생명력을 유지할 테니 그게 바로 불멸성이라는 거지. 비록 몸은 죽어도 이름만은 영원히 남을 거니까."

"그게 다야?" 마일스가 물었다.

"아마 너는 이해할 수 없을 거야." 로어가 말했다. 이 세계 밖에서 나고 자란 사람은 누구라도 이해할 수 없을 것이다. 가끔은 로어 스스로도 납득이 되지 않으니까.

날카롭게 울리는 마일스의 전화벨 소리에 두 사람은 자지러지듯 놀랐다.

"제발 그 벨 소리 좀 바꿔주라." 로어가 부탁하듯 말했다.

마일스는 입 모양으로 '미안해'라고 말하면서 일어나 문으로 향했다. 그는 "응, 엄마"라고 말하며 약간 괴로운 듯한 목소리로 전화를 받았다. "응, 아니 지금 괜찮아요. 무슨 일이에요?"

마일스가 복도를 지나 자기 방으로 가는 동안 로어는 마일스가 통화하는 소리를 귀로 좇았다.

"아니, 아니야, 엄마가 생각하는 그 장소가 아니에요. 학교가 아니라 우리가 축구 차면서 놀던 곳이에요…."

그의 방문이 닫히자 목소리가 웅웅거려 더 이상 알아들을 수가 없었다. 하지만 마일스가 방금 했던 말들이 로어의 마음속에 계속 맴돌며 마치 종소리처럼 선명하게 울렸다.

우리가 놀던 곳….

아하! 아포디드라스킨다, 숨바꼭질 놀이. 어렸을 때 함께 놀면서

했던 게임.

"카스토르, 똘똘한 자식." 로어가 조용히 말했다. 그가 남긴 메시지는 절대 도전장이 아니었다.

그것은, 자신을 찾을 수 있는 정확한 장소를 알려주는 힌트였다.

7

이럴 수가. 로어는 트라이베카에 있는 오래된 창고 건물의 3층 높이에서 외벽에 붙어 있는 좁디좁은 돌난간 위에 아슬아슬하게 서 있게 된 지금에서야 자신에게 고소공포증이 생겼다는 것을 깨달았다.

"만날 어쩜 이렇게 하는 짓이 훌륭한지." 로어는 중얼중얼 스스로를 나무랐다.

벽을 기어오르느라 용을 썼더니 온몸은 후들거리고, 벽돌을 짚고 올라오느라 손가락 끝이 다 까졌다. 로어는 마지막으로 한 번 더 고개를 오른쪽으로 돌려 자신이 감시 카메라의 사각지대에 있는지 다시 확인했다.

뉴욕엔 아킬레우스 가문 소유의 건물들이 여럿 있었는데 테티스 저택(테티스는 아킬레우스의 어머니로 바다의 여신들 중 한 명-역주)으로 불리는 이 건물이 로어와 카스토르가 아포디드라스킨다 놀이를 했던 유일한 장소였다.

어렸을 때 카스토르는 감시 카메라와 지붕에 있는 저격수들에게 들키지 않고 뒤쪽에서 건물로 접근하는 방법을 직접 보여줬다. 가령 별도의 주차장 건물에 있는 직원용 엘리베이터를 몰래 타고 뒤쪽으로 접근한다거나, 전기가 통하는 울타리에 아무도 모르게 뚫려 있는 개구멍을 통과한다거나, 줄지어 서 있는 쓰레기통을 방패막이로 사용하는 기술들이었다.

이 모든 것을 통과한 후에는 테티스 저택 건물 모서리에 외관 장식용으로 만들어놓은 벽돌을 지지대 삼아 아슬아슬한 맨손 등반을 해야 하는 아주 사소한 단계만 하나 더 통과하면 끝이었다. 하지만 이번 벽타기에는 7년 전과 비교해서 아주 중요한 차이점이 하나 있었다.

로어는 이제 두려움이 뭔지 알게 됐다는 것. 물론 발을 헛디뎌 땅바닥으로 추락하는 것도 두려웠지만, 자신이 이 건물 안에서 과연 무엇을 발견하게 될지도 겁이 났다.

그녀는 벽돌 네 개를 더 디디고 올라가며 3층 발코니와 창문을 통과하고 있었다. 그사이 건물 안쪽에서 소리가 들렸다. 밝은 음악 소리, 크리스털 식기들이 쨍그랑 부딪는 소리, 낮게 웅성거리는 사람들의 흥에 겨운 목소리였다.

로어는 무게중심을 옮겨 위를 한 번 올려다보고 다시 아래쪽을 확인한 다음 왼쪽으로 몸을 약간 기울여 암막 커튼이 쳐져 있는 발코니 창문으로 안을 들여다봤다. 커튼이 살짝 열려 있었다.

이 황당한 상황은 뭐지?

이 시국에 파티라니.

건물 안에서는 마치 꿈에서나 나올 법한 또 다른 고대 세계가 펼쳐져 있었다. 로어는 발코니 안으로 지나다니는 아킬레우스 사람들의 모습을 얼핏 볼 수 있었다. 안쪽에서 사뿐거리는 발걸음으로 지나가는 여자들은 밝은색의 고대 그리스풍 실크 드레스를 입고 있었다. 거기에 번쩍거리는 온갖 액세서리는 말할 것도 없고, 다들 진짜 나뭇잎과 금으로 만들어진 월계관까지 쓰고 있었다.

남자들은 층층이 쌓아 올린 샴페인 잔, 와인 잔과 함께 음식이 풍성하게 차려진 테이블 주변에서 끼리끼리 어울려 이야기를 나누었다. 남자들 역시 고대 그리스풍의 로브 차림이거나 개량식 로브 아래로 헐렁한 실크 바지를 입고 있었다.

와인에 취해 흥청거리며 으레 난장으로 흐르는 종류의 파티는 흔하디 흔했다. 파티에서 마음껏 즐기는 것조차 허락되지 않는다면 명예로운 운명 따위가 다 무슨 소용이란 말인가. 가끔은 파티와 함께 행사가 치러질 때도 있었다. 예를 들면 아곤이 시작되기 전 제우스의 축복을 빌기 위해 제물을 바치는 번제의식이나 아곤이 끝난 뒤 죽은 자들을 장사 지낼 때 치르는 의식들이었다.

하지만 이건 둘 다 아니었다.

카스토르 이 자식, 여기 없기만 해봐라, 로어는 잔뜩 짜증이 나면서도 그를 찾고 싶은 열의가 불끈 샘솟는 것이 당혹스러웠다. 건물 내부에는 여러 개의 침실과 훈련 시설, 회의실, 강당 등 셀 수 없이 많은 방들이 들어차 있었고 그 밖에도 벽장이나 캐비닛 등 다양한 공간들이 있어 길을 잃기 십상이었다. 어렸을 때 로어가 공식적으

로 출입할 수 있었던 공간은 3층뿐이었다. 3층엔 크게 뻥 뚫린 공간에 무기 보관용 선반들이 가득 차 있었고 그곳에서 로어는 아킬레우스 가문의 아이들과 함께 훈련을 받았다.

그녀의 부모님이 어린 로어에게 싸우는 법을 직접 가르치려고 애써 봤지만, 가족이 먹고사는 문제를 해결하기 위해 두 분 모두 출근을 해야 하다 보니 훈련 시간을 따로 내기는 어려운 일이었다. 로어는 당시 아빠가 아킬레우스의 아르콘에게 로어의 훈련을 부탁하면서 치러야 했을 대가에 대해서는 한 번도 생각해본 적이 없다. 비용을 지불하거나 모종의 거래를 약속했겠지만 아마도 아빠가 치러야 했던 진짜 희생은 비굴한 부탁을 하면서 짓밟힌 자존심이었을 것이다.

마침내 4층에 도달했을 때 로어는 다시 숨을 들이쉬었다. 옛날엔—제발 지금도 그래야 할 텐데—이 꼭대기 층이 창고로 쓰였고, 바로 위 지붕에서 헌터들이 경계를 서고 있었지만 사람들의 접근이 좀 더 쉬운 아래층에 비하면 4층의 보안 수준은 그렇게 삼엄하진 않았다. 그리고 그런 상황은 건물 아래에서 테티스 저택 오른쪽으로 곧장 통하는 지하 통로의 입구도 마찬가지였다. 비밀 통로였지만 알 만한 사람은 다 아는 길이었고 경계도 허술했다.

로어가 지금 서 있는 건물 끝에서 가장 가까운 발코니까지 가로로 이어진 디딤대가 있었지만 그 두께는 겨우 1센티미터를 조금 넘는 정도였다. 로어는 숨을 멈추고 그 위에 발끝을 올렸다. 로어의 어깨와 팔은 가기 싫다고 악을 써댔다. 하지만 로어가 정말 걱정하는 것은 손가락이었다. 꼭대기까지 벽돌을 짚고 올라오느라 손가락 끝은 이미 감각이 없어진 지 오래였다.

이게 얼마나 미친 짓인지 스스로 진지하게 고민해볼 틈도 없이 로어는 재빨리 디딤대 위로 올라서서 발코니 쪽으로 움직였다.

늦은 아침 햇살이 로어의 등 위로 뜨겁게 내리쬐었다. 수평선을 박차고 떠오른 태양이 도시의 탁하고 축축한 열기까지 함께 덥힌 것인지 머리가 어질어질했다. 로어는 눈을 깜빡거리며 흘러내린 땀을 걷어내고 발코니의 돌난간 쪽으로 한 손을 쭉 뻗었다.

로어가 간신히 발코니 난간을 넘어 좁은 콘크리트 바닥에 조심스럽게 내려앉자 온몸이 저 혼자 후들후들 떨렸다. 로어는 옥상에 있는 보초들의 눈에 띄지 않도록 문에 몸을 바싹 기대고 잠시 무릎을 꿇고 앉아 상체의 감각이 다시 돌아오길 기다렸다.

꾸물대고 있을 시간이 없어, 로어는 속으로 재촉했다. *얼른 움직여.*

발코니 창문에 시커먼 커튼이 쳐져 있어 건물 안에 누가 있는지, 무엇이 있는지 전혀 알 수 없었다. 로어는 뜨거운 유리창에 귀를 대고 안쪽의 기척을 확인했지만 들리는 거라곤 아래층에서 열리는 파티 소리와 쿵쾅거리는 자신의 심장 소리뿐이었다.

창도 방탄유리였지만 더 큰 문제는 바로 문에 붙어 있는 경보 장치였다. 아니, 하마터면 그 경보 장치가 큰 문제일 뻔했지. 확실히 이길 수 있는 것에만 베팅을 하는 열 살짜리 로어의 사악한 계략에 열한 살짜리 카스토르가 아주 조금만 더 저항력이 있었더라면 그랬을 거란 말이다.

문틀 바로 위에 헐렁하게 괴어진 벽돌이 하나 있었다. 로어는 주머니칼로 벽돌을 빼내면서 한 헌터의 상사병에 마음속으로 감사 인사를 했다. 그 헌터가 결혼이 금지된 남자를 몰래 만나러 가기 위해 고안해낸 방법을 카스트로가 훔쳐보고 로어에게 알려준 것이었다.

로어는 청바지 주머니에서 자석을 꺼내 신발끈을 테이프로 붙여서 길게 늘어뜨려 벽돌 구멍 안쪽으로 자석을 조심스럽게 내렸다. 신발끈을 당겼다 풀었다 몇 번 반복하자 마침내 안쪽에서 자석이 경보 장치에 붙었음을 알리는 '찰칵' 소리가 들렸다.

제발 돼라, 그녀는 속으로 빌었다. *제발 이거 하나만이라도 좀 쉽게 가자.*

경보 장치 센서는 항상 자성으로 작동한다. 문에 달린 자석과 벽에 달린 자석이 분리되면 경보가 울리는 원리였다. 아주 단순한 시스템이라 보통은 잘 먹혔는데, 제발 이 인간들이 레이저로 작동되는 신제품으로 업그레이드하지 않았기만을 바랄 뿐.

로어는 다시 주머니에 손을 넣어 빈 펩시 병에서 잘라낸 얇은 플라스틱 조각을 꺼냈다. 문틈으로 플라스틱 조각을 밀어 넣고 이리저리 움직이자 맨 밑에 있는 가장 허술한 걸쇠가 풀렸다. 이제 동네 철물점에서 산 만능키를 문에 달려 있는 열쇠 구멍에 끼워 넣으려면 옥상에 있는 보초가 다시 지나갈 때까지 기다려야 한다. 잠시 후 로어는 자기 티셔츠로 벽돌을 둘둘 감아 만능키를 열쇠 구멍으로 때려 넣었다. 열쇠를 돌리자 다행히 자물쇠가 풀렸다.

로어는 옆으로 비켜서서 다른 쪽 문을 등으로 밀어 열었다. 무거운 커튼 안으로 문이 열리자 절로 만족스러운 미소가 지어졌다.

"정말 너무 뻔한 멍청이들."

보안과 무기에 수십 억씩 쏟아부으면서 아직도 이런 문을 제대로 봉쇄해놓지도 않고, 창문처럼 벽돌을 쌓아 막아놓지도 않다니. 하지만 그렇게 했다간 이곳이 다른 가문이나 신에게 공격을 당했을 때 자기들이 도망갈 구멍조차 막아버리는 셈이긴 할 테니까.

무음 경보기도 작동하지 않는다는 확신이 들 때까지 조금 기다렸다가 로어는 마침내 안쪽으로 슬쩍 들어가 조용히 문을 닫았다. 몸을 감싸는 에어컨의 찬 공기와 방 안의 어스름이 반가웠다. 로어는 벽돌 구멍에서 신발끈을 끌어 올려 경보 장치에서 자석을 뗀 다음 구멍에 벽돌을 다시 끼워 넣었다.

예상했던 대로, 이 공간은 여전히 창고로 쓰이고 있었다. 수많은 상자와 오래된 짐가방들이 마치 물에 잠겼던 지하실에서 방금 막 구제된 듯 축축한 냄새를 풍기며 미로처럼 어지럽게 널려 있었다. 로어는 상자들을 뒤져 마침내 헌터들이 입는 검은색의 낡은 망토를 발견하고는 찢어진 청반바지와 땀에 전 검정 민소매 티셔츠 위에 망토를 두르고 단단히 고정했다.

짐가방 속에 칠이 약간 벗겨진 마스크도 있었다. 로어는 잠시 마스크를 바라봤다. 자기 가문의 마스크가 아닌 다른 것을 얼굴에 쓴다고 생각하니 구역질이 났다. 그리고 아직도 그런 것이 신경 쓰인다는 사실도 기분 나빴다.

써야 돼, 로어는 스스로에게 말했다. *일단 가져가. 혹시 어떻게 될지 모르니까.*

한 가지 문제는, 검이나 그 밖에 무기로 쓸 만한 것이 없다는 점이었다.

"뭐…." 로어는 버려진 도구함에서 스크루드라이버를 하나 꺼내며 중얼거렸다. "뾰족하기만 하면 되지."

로어는 드라이버를 망토 안쪽 주머니에 넣었다. 그리고 두건까지 썼다가 얼마나 어이없어 보일지 깨닫고는 바로 벗었다.

"자, 페르세우스야, 이제 술래를 잡으러 가볼까."

복도의 구조는 그녀가 기억하는 그대로였다. 다만 몇몇 문에 번호키가 새로 장착되었을 뿐이다. 로어는 시선을 들어 혹시 감시 카메라가 숨겨져 있지 않은지 천장을 살폈다.

그때 누군가의 목소리가 마치 날카로운 칼날처럼 적막을 가르고 그녀의 목 뒤로 날아들었다.

"어이, 여기서 뭐 하고 있는 건가?"

8

로어는 뒤로 휙 돌았다. 아는 사람이 아니었다. 그는 로어와 똑같은 망토를 두르고 복도 반대편 끝 계단 위에 서 있었다.

"여기서," 로어는 머릿속에 떠오르는 대로 내뱉었다. "무슨 소리가 들린 것 같았는데."

남자가 눈을 가늘게 떴다. 로어는 본능적으로 망토 속에 손을 밀어 넣어 드라이버를 잡으려다 가까스로 자제했다. 로어가 그에게 다가가지 않으면 더 수상해 보일 것이다. 로어는 일단 계단 쪽으로 움직이기 시작했다.

"그분이 뭐 기분 안 좋은 일이라도 있는 것 같던가?" 헌터가 고대어로 물었다. 그의 말에서 긴장된 어조가 묻어났다. "나는 그분이 수행원들이랑 같이 있는 줄 알았는데."

수행원들이라고?

"확인해보니 아무것도 아니었어. 4층은 아무 문제 없어." 로어는 근처 탁자에 놓인 촛불의 희미한 빛무리를 피해 움직이며 가볍게 대답했다. 그녀는 마스크를 꽉 움켜쥐며 '이 젠장할 것을 진작 썼더라면 좋았을걸' 하고 후회했다.

그나마 집에서 출발하기 전에 왼쪽 팔목에 유성펜으로 아킬레우스 가문의 표식인 '알파α'를 그려 넣은 것이 다행이었다. 어린 시절 아킬레우스 가문에서 훈련받을 때 훈련 교관들이 다들 가슴과 팔뚝에 이런 모양의 타투를 새긴 걸 봤다. 로어는 어디가 가렵기라도 한 것처럼 괜히 옷소매를 들어 올려 팔을 긁는 척했다.

로어의 가짜 타투를 알아본 헌터는 그제야 긴장이 풀린 표정을 지었다.

물론 다른 가문들의 방어막을 몰래 뚫고 들어가기 위해 기꺼이 무슨 짓이든 하려는 스파이들이야 항상 있게 마련이다. 하지만 헌터들은 미신을 잘 믿어서 자기 몸에 다른 가문의 표식을 새기면 자기 선조들의 노여움을 사서 버림받게 될 것이라고 믿었다.

하지만 지난 7년 내내 불운이 끊임없이 로어를 따라다닌 걸 보면, 장담하건대 조상들한테 이미 충분히 미움받고 버림받아서 이 따위 표식으로 더 나빠질 것도 없어 보였다.

"좋아." 헌터가 말했다. "아래층으로 내려가지. 다시 경계 명령이 떨어지기 전에 잠깐 배 좀 채울 수 있을 거야. 너 타소스의 딸이지 않나?"

"첫판에 찍어서 맞히다니!" 로어가 말하며 웃어 보였다. "어떻게 그—"

그때 복도의 다른 쪽 끝에 있는 방문이 열리고, 다섯 살도 채 안

된 듯한 여자아이들이 줄지어 나왔다.

로어의 심장이 주먹을 쥐듯 조여들었다.

아이들은 모두 금색 자수로 꾸며진 단순한 디자인의 흰색 튜닉을 입고 그에 맞춘 샌들과 허리띠를 착용하고 있었다. 하지만 아이들마다 머리와 함께 땋아 내린 리본과 머리띠의 모양은 달랐다.

아이들 뒤로 짙은 색의 탱글탱글한 곱슬머리 여자가 나타났다. 그녀가 입고 있는 길게 늘어진 보라색 실크 드레스에는 전투태세를 취하고 있는 아킬레우스의 형상과 함께 고대를 상징하는 다양한 기호와 그림이 그려져 있었다.

여자가 아이들에게 손짓하자 아홉 명의 아이들 모두 동작을 멈추고 침묵했다. 뻣뻣하게 굳어버린 아이들의 저 작은 몸이 두려움으로 익힌 복종의 자세라는 것을 로어는 익히 알고 있었다.

복도 건너편 방에서 한 남자가 마치 천둥소리처럼 복도를 울리며 나타났다. 그를 알아본 로어의 코가 벌름거렸다.

필립 아킬레우스의 머리는 이제 백발이 되어 있었고 언제나 뿔난 표정이었던 그의 얼굴은 나이가 들면서 한층 더 찌푸려져 있었다. 창백한 얼굴에 드리운 흉터도 더 두드러져 보였다. 이 심술쟁이 영감의 가슴은 여전히 떡 벌어져 있었지만 자신의 황금기를 넘긴 지 한참인지라 짙은 사파이어색 로브로 감싼 몸은 확실히 빈약했다.

그의 아내 아칸다가 완벽하게 세팅된 머리와 자태로 그의 뒤를 따랐다. 아칸다야말로 필립보다 더 뛰어난 헌터였고 심지어 처음으로 참가했던 아곤에서부터 사실상 전설적인 인물이 되었다. 하지만 그녀와 필립의 결혼, 그리고 그 결혼으로 이루어진 아킬레우스 가와 테세우스 가의 짧은 동맹은 그녀의 날개를 꺾어버리고 말았다.

"대부님." 보라색 옷을 입은 여자가 필립에게 몸을 굽혀 인사하며 말했다. "이 아이들을…."

그는 마치 더러운 물건이라도 보는 것처럼 거슬리는 표정으로 아이들 주변을 빙 돌았다. 아이들 중 한 명이 감히 고개를 들어 그를 쳐다보자 그는 손등으로 아이의 관자놀이를 탁 때렸다.

그 순간 분노가 치밀어 오른 로어는 그들 쪽으로 한 발을 내밀었다가 아이가 다시 자세를 바로잡는 걸 보고는 멈춰 섰다. 다시 정면으로 고개를 들어 올린 아이의 얼굴은 애써 무덤덤한 표정을 짓고 있었다.

빨리 카스토르를 찾아야 해, 로어는 마음을 다잡았다. *괜히 나섰다가 들키면 끝장이야.*

하지만 이 여자아이들… 이 아이들은…. 로어는 참기 힘들었다. 오랜만에 테티스 저택에 다시 들어와 있으면서 잠깐 적개심이 누그러졌지만 로어는 자신이 헌터들에 대해, 이런 삶에 대해 얼마나 염증을 느꼈는지 다시 기억해냈다. 마치 번개가 뚫고 지나가듯 혐오감이 온몸을 일깨웠다.

아이들이 저자를 기쁘게 하고 싶다는 일념만으로 저 돼지에게 가당치도 않은 경의를 표하며 허리를 굽히는 모습을 보자 로어는 미친 듯이 고함을 지르고 싶었다.

필립은 그 옛날 카스토르에게 전혀 신경도 쓰지 않았던 것처럼 이 아이들에게도 아무런 관심이 없다. 그때 카스토르는 치료를 끊으면 안 되는 위중한 상태였는데도 아르콘이 직접 나서서 카스토르의 아빠에게 치료비 지원을 거부했다. 그 사실만으로도 로어가 지금의 생에서 그리고 앞으로도 영원히 저자를 미워할 만한 이유는 충분했다.

"이 정도밖에 못 하나?" 그는 보라색 옷을 입은 여자를 향해 성을 냈다. "예쁜 애들로 골라 오라고 했더니, 이런, 지하 터널에서 쥐새끼들이랑 같이 기어 다니다 나온 것 같은 물건들은 대체 어디서 구해 온 거야?"

"대부님?" 그 여자가 아까보다 작은 목소리로 말했다.

"혹시," 아칸다가 달래듯 남편의 팔에 손을 올리며 입을 열었다. 아칸다가 보라색 옷의 여자와 은밀한 눈빛을 주고받으며 고개를 끄덕이자 그녀의 귀에 길게 매달린 다이아몬드 귀고리가 촛불빛을 받아 반짝거렸다. "아이들을 황금색으로 칠하면 대부님 보시기에 덜 불편하지 않을까요?"

필립 아킬레우스는 낮게 으르렁거리더니 마침내 큰 소리로 외쳤다. "그렇게 하라! 그리고 명심하라. 네가 진짜로 두려워해야 하는 것은 나를 실망시키는 게 아니다."

"네, 대부님." 여자는 대답하며 서둘러 아이들을 불러 모았다. "잘 알겠습니다. 아이들은 의식 시간에 맞춰 준비시키겠습니다."

의식이라, 로어는 주목했다. 그냥 단순한 기념 행사 같은 것이 아니다.

필립은 돌아서면서 복도 맞은편 끝에 로어와 헌터가 서 있는 모습을 포착했다. "네놈들은 왜 게으른 멍청이들처럼 거기 그러고 서 있는 거지? 매를 벌고 싶은 거냐?"

로어와 헌터는 더 잔소리를 듣기 전에 얼른 계단 아래로 도망치듯 내려갔다.

로어는 남자가 잡담을 이어가든 말든 계속 고개를 숙인 채 계단을 내려갈 때마다 숫자를 셌다. 향냄새와 사이프러스 오일 냄새만으로도 로어의 머리는 비정상적으로 무겁고 몸은 술에 취한 것 같았다.

건물에서 유일하게 트여 있는 3층 훈련 공간은 오늘의 의식을 치르기 위해 개조되어 있었다. 입구에 드리운 흰색 실크 커튼은 꽤 도톰해서 내부가 잘 보이지 않았다. 밝은색으로 칠한 몸에 투구와 의식용 로브까지 완전히 갖춰 입은 두 명의 헌터가 입구를 지키고 있었다.

로어는 함께 있던 헌터를 앞세우고 자신도 보초가 내민 팔로 손을 뻗어 두 손가락으로 그의 팔뚝을 움켜잡았다. 이것도 수년 전 로어가 카스토르와의 내기에서 '또' 이겼을 때 그가 마지못해 로어에게 가르쳐준 것이었다. 보초도 같은 행동으로 로어에게 응답했다.

"어서 오게, 자매여." 그가 속삭이며 옆으로 비켜섰다.

로어는 고개를 끄덕여 보이고는 얼굴에 청동 마스크를 썼다. 주변에 몇몇 헌터들이 마스크를 쓰고 있는 것을 보니 자신도 이제 마스크를 써도 괜찮을 것 같았다. 지금까지는 괜히 혼자만 마스크를 쓰고 있다가 튈까 봐 걱정이었지만, 훨씬 더 큰 위험은 이곳에서 누군가가 그녀를 알아보는 것이었다.

이곳에 왔던 때가 7년 전이긴 하지만 로어는 나이를 먹으면서 그렇게 많이 변하지도 않은 데다 그녀의 엄마를 아는 사람이라면 누구든 로어의 얼굴에서 엄마의 얼굴을 알아볼 수도 있었다. 로어도 엄마처럼 뻣뻣하고 어수선한 머리카락과 따뜻한 올리브색 피부, 그리고 녹색과 갈색이 어우러진 헤이즐 눈동자를 갖고 있었다.

하지만… 어쩌면 괜한 걱정일 수도…. 엄마는 이미 죽었다. 원한이라는 것은 계속 쌓이고 쌓여 수백 년이 지나도 남을 수 있지만, 기억이라는 것은 시간과 함께 사라져버린다. 이곳에는 굳이 신경 써가며 헬레나 페르세우스를 기억해줄 사람은 아무도 없을 것이다.

그녀의 친딸 말고는 아무도.

로어는 입구의 실크 키튼을 옆으로 젖히다 갑자기 멈췄다. 몇 초가 지나서야 눈앞에 보이는 게 무엇인지 깨달았다.

신전이다. 그녀가 들어서는 곳은 신전 안이었다.

로어가 한 걸음 더 앞으로 들어서자 신전의 정체가 환영이라는 것이 드러났다. 벽과 천장을 통으로 덮고 있는 거울 위로 유령 같은 홀로그램 이미지들이 펼쳐져 있었다. 디지털 이미지가 투영된 아치형 천장은 진짜 기둥과 홀로그램 기둥들이 뒤섞이고 금색과 은색을 덧입힌 여러 가지 짙은 색깔로 장식되어 있었다.

이 모든 것들이 다 가짜라는 것을 알면서도 전율이 일었다. 하지만 그게 정확히 어떤 감정 때문인지는 자세히 알고 싶지도 않았다.

뒤돌아보자 방금 들어온 입구에 있는 기둥 밖으로 햇살 아래 암

석들 너머에서 거친 파도가 넘실대는 바다 풍경이 내다보였다. 안으로 들어갈수록 방은 더 어두워졌고 공간은 마치 꿈이 악몽으로 서서히 바뀌는 것 같은 효과를 일으켰다.

로어와 수백 명의 아킬레우스 아이들이 피를 흘렸던 바닥은, 온통 긁히고 찍힌 자국으로 닳고 닳았던 그 마룻바닥은 화려한 타일 바닥으로 바뀌어 있었다. 그 위를 환하게 밝히며 줄지어 늘어선 불 항아리들이 향하는 곳엔 일종의 제단 같은 것이 설치되어 있었다.

"대체 뭐지?" 그녀는 자기도 모르게 중얼거렸다.

연못에는 수많은 양초와 꽃들이 물 위를 떠다니며 제단 앞까지 펼쳐져 있었다. 그리고 그 제단 위에 위풍당당한 의자가 하나 있었다. 옥좌다. 등받이에 태양이 아주 섬세하게 조각된 진짜 옥좌였다. 의자는 금으로 주조되었는지 금박을 씌웠는지 온통 황금색이었다.

지금까지 본 것을 감안하면 어쩐지 금박보다는 아예 금으로 주조한 것이 아닐까 싶었다.

로어 주변에서는 여자들과 남자들이 부드러운 리라 음악에 맞춰 몸을 이리저리 흔들고 있었고, 다른 이들은 검 대신 수다와 와인으로 무장하고 방 안을 이리저리 오가며 서로 어울렸다. 순백색 천으로 씌운 여러 개의 긴 테이블이 방 오른쪽에 늘어서 있었다. 아킬레우스 가문에서 가장 귀중한 행사용 그릇과 집기들이 다 나와 온갖 종류의 싱싱한 과일이 넘치도록 담겨 있었다. 그 옆으로는 은쟁반들 위에 얇게 썬 고기와 생선, 치즈, 페이스트리가 차려져 있었고, 속을 채운 올리브도 수북이 쌓여 있었다.

로어는 일단 자기를 눈여겨보는 사람이 있진 않은지 한 번 휙 둘러보고 와인 한 잔을 슬쩍 집어 단숨에 들이켰다. 그리고 자기 앞에 펼쳐진 잔칫상을 자세히 살펴보았다. 물론 카스토르를 찾는 것이 가장 급선무이긴 하지만, 마지막으로 뭘 먹은 게 벌써 몇 시간 전이고 로어는 정말 어쩔 수 없는 상황이 아니라면 위장을 찌르는 날카로운 통증을 절대 무시하는 부류가 아니었다.

로어 주위에서 서성대던 여자 하나가 아미그달로타(그리스의 아몬드 쿠키-역주) 앞에 서서 한참을 고민하고 있었다. 그 모습을 보는 로어도 여자의 마음이 뼛속 깊이 공감됐다. 여자는 결국 꿀을 바른 바클라바(페이스트리 속에 견과류 시럽 등을 넣어 파이처럼 만든 중동의 디저트 빵-역주) 쪽으로 옮겨 갔고, 그제야 로어는 쿠키 쪽으로 다가가 아미그달로타를 하나 집어 들었다. 금박 호일에 싼 초콜릿 입힌 사과를 보니 아테나 여신에게 하나 갖다주면 어떤 반응을 보일까 궁금했다.

몸속에 음식이 좀 들어가자 심적으로도 진정이 됐다. 로어는 이제 거대한 공간을 채운 풍경으로 다시 정신을 집중하며 방의 오른쪽 가장자리를 따라 더 깊숙이 들어갔다. 벽에 재생되는 이미지들은 가까이에서 들여다보니 그냥 전기신호들처럼 보일 뿐이었다.

자, 카스토르, 대체 어디 있는 거야?

좀 더 움직이자 번쩍거리는 연못이 나타났다. 로어는 연못에서 뿜어져 나오는 빛에 자신의 모습이 비치지 않도록 빛무리 바깥에 서서 방 안을 둘러보며 카스토르를 찾았다. 다른 가문들과 마찬가지로 아킬레우스 가문도 그 뿌리는 고대의 선조에게서 이어져 내려왔지만 여러 세기가 지나면서 세계 곳곳 출신의 사람들을 남편으로, 아내로 받아들였다. 아주 잠깐만 둘러봐도 눈에 띄는 다양한 피부색과 얼굴 생김새가 그 증거였다.

가만히 서 있는데도 로어의 맥박이 빠르게 뛰었다.

이곳에, 이 방에, 이 사람들 틈에 다시 발을 들인 것은… 로어에게 좋지 않았다. 그녀는 이곳을 벗어나고 싶으면서도 한편으론 그냥 있고 싶었다. 이 모든 것에서 고개를 돌려버리고 싶은데 그렇게 되지 않았다.

어린아이였을 땐, 자신의 가족 풍경과는 너무나 다른 가문들의 화려하고 부유한 모습에 압도되어 감탄하곤 했다. 로어는 그들의 숨겨진 세계에서 전해 내려오는 전통에 대한 흥미진진한 비밀들을 닥치는 대로 빨아들였고, 수많은 사람들 중에 자기 가족이 선택받았다는 것에 여느 다이몬(그리스신화에 나오는 반신반인의 존재, 일종의 데미갓-역주) 못지않게 자부심과 치열한 열정을 느꼈다. 자신들이 선택받은 혈통, 가장 위대한 영웅들의 후예라는 것에 열광했다.

이것은 그냥 단순한 코스튬 파티일 거야.

이 세계는, 이들의 세계는, 지금 그녀를 둘러싸고 있는 홀로그램 이미지와 비슷했다. 한때 신성한 예배 장소였던 신전은 이제 방종과 일탈을 일삼는 공간의 상징이 되었다. 모든 가문들은 이미 수세기 전에 자기들의 의식이나 행사에서 종교적인 부분은 아예 빼버렸고, 이제 그들의 유일한 신앙은 광적인 잔인함과 물질주의에 대한 믿음뿐이었다. 그나마 이들이 인정하는 시늉이라도 보이는 유일한 신은 제우스뿐이었지만 그에게 바치는 제물은 깊은 신앙심에서 우러난 것이 아니라 미신 때문에 어쩔 수 없이 흉내만 내는 얕은 제스처일 뿐이었다.

예전에 함께 훈련을 받았던 동료들이 몇 명 눈에 띄었다. 그들을 보니 갑자기 몸에서 열기가 차올랐다. 둘째가라면 서러울 개자식 오레스테스가 셀레네를 귀찮게 하고 있었다. 지루한 표정을 짓고 있는 셀레네는 로어가 이곳에서 훈련을 받는 3년 동안 황송하게도 로어에게 말을 걸어준 몇 안 되는 아이들 중 하나였다. 그리고 아가타는 연못에 손을 넣어 자기가 빠뜨린 에메랄드 팔찌를 찾고 있었고, 그녀 옆에 있는 이에소스는 로어가 기억하는 것보다 흉터가 더 많았다. 그렇다고 저 자식을 기억하고 싶었던 것은 절대 아니지만. 이에소스는 로어가 '적절한' '고전적' 이름이 없다는 것에 끈질기게 집착하며 결국 자기 맘대로 그녀를 클로리스라고 불렀다. 그 정도 놀림에 로어가 기분 나빠하길 바랐겠지.

카스토르야, 대체 어딨니? 로어는 괴로운 마음으로 다시 그를 떠올렸다.

시간은 자꾸 가는데 카스토르가 보이지 않자 절망감이 밀려들면서 그나마 있던 희미한 희망마저 사그라들었다. 혹시 어딘가에서 부상당한 헌터를 치료해주고 있는 건가. 아니면 아킬레우스 가문 소유의 다른 장소에서 쉬고 있는 건가. 카스토르의 엄마는 그가 태어난 후 열린 아곤에서 목숨을 잃었으니 그렇다 쳐도, 오늘 같은 날 카스토르의 아빠 클레온의 모습이 보이지 않는 것도 이상했다. 오랫동안 테티스 저택의 건물 매니저 자격으로 거주했으니 오늘도 여기 어디에서 이 기념식을 주관하고 있어야 마땅할 텐데.

이미 너무 많은 시간을 까먹었다, 로어는 속으로 생각하며 다시

입구 쪽으로 움직였다. 행사 때문에 다들 산만한 틈을 타서 위층으로 올라가 그를 찾아보거나 안 되면 일단 아무 치료 도구나 약품이라도 닥치는 대로 훔쳐서 아테나에게 돌아갈 작정이었다.

하지만 로어가 걸음을 떼기가 무섭게 갑자기 주변이 쥐 죽은 듯 조용해졌다. 헌터들은 제단까지 이어진 밝은 통로에서 다들 물러나 입구 쪽을 바라보고 섰다. 주변에 서 있는 얼굴들에서 잔뜩 기대하는 표정과 와인과 흥분으로 열에 들뜬 눈동자들을 보자 로어는 속이 뒤틀렸다.

계단 머리에 필립 아킬레우스가 먼저 나타나고 아칸다가 한 걸음 뒤에서 그를 따르는 모습이 보였다. 그들은 리라 음악 소리에 맞춰 움직이며 시선을 제단에 고정한 채 옥좌를 향해 걸어갔다. 그런데 필립은 거기에 앉는 것이 아니라 의자 왼쪽으로 가서 섰다. 그리고 아칸다는 오른쪽에 섰다.

필립의 심기가 왜 저렇게 불편해 보이는지 의아하던 것도 잠깐, 마치 앞으로 돌진하려는 스스로의 관성을 통제하지 못하고 그대로 해안을 때리는 파도처럼, 엄청난 깨달음이 로어를 때렸다.

잔뜩 들떠 있는 사람들, 태양의 상징물, 리라, 주변의 벽에 새겨진 부조와 화환을 장식한 월계수 잎사귀들.

이 모든 것들은 델로스섬의 위대한 신전을 흉내 낸 것이었다. 아르테미스가 탄생한 델로스섬… 그리고 그녀의 쌍둥이 남동생 아폴론이 태어난….

"아," 로어는 숨을 들이쉬었다. 갑자기 등골이 오싹하며 온몸이 찌릿했다. 아….

뉴아폴론은 테세우스 가문이 아니라 아킬레우스 가문에 있었다.

그런데 그게 필립이 아니라고? 그녀는 노인을 흘깃 올려다보며 그가 억누르고 있는 표정을 읽어보려고 애썼다.

이렇게 재밌을 수가. 아마, 실수였겠지. 아폴론이 저 노친네가 그의 숨통을 건드려보기도 전에 죽어버렸나 보네. 그런 일이 처음도 아니고 마지막도 아닐 것이다.

로어가 위층에서 봤던 여자아이들이 계단을 따라 내려왔다. 피부는 온통 금색으로 칠해져 있었다. 얼굴 한가득 자랑스러운 표정을 짓고 있는 그 아이들을 쳐다보는 것만으로도 고통스러웠다. 아이들은 각자 한 손에는 양초를, 다른 손엔 작은 은색 물체를 하나씩 들고 있었다. 어떤 아이는 책을, 또 어떤 아이는 망원경을, 그 밖에도 리라, 공연용 마스크 따위를 들고 있었다. 아…, 이 아이들은 신의 뮤즈가 되기 위해 선택되었다.

오, 뮤즈여, 내게 노래해주오….

그들 역시 연못을 향해 행렬을 지었다. 아이들은 한 사람씩 연못 가장자리를 따라 앉더니 들고 있던 초를 연못에 띄웠다. 불꽃들이 하얀 꽃들 사이로 둥둥 떠돌았다.

갑자기 사람들이 한꺼번에 웅성거리자 희미한 울림이 공간을 채웠다. 리라를 켜는 젊은 흑인 여성이 새로운 노래를 연주하기 시작했다. 음악은 마치 공기와 빛의 음으로 바뀌어 기둥을 휘감고 위로 올라가는 것 같았다. 여자 역시 연주를 계속하면서도 곧 나타날 무언가를, 아니 누군가를 더 잘 보려고 앉은 자리에서 들썩거렸다.

로어는 사람들이 낮은 탄성을 내기도 전에 이미 돌아보았다. 갑작스런 온기가 그녀의 피부를 훑고 지나가며 불의 힘이 로어의 몸에 있는 모든 신경을 불태우듯 뜨겁게 자극했기 때문이다.

마치 창문을 뚫고 들어오는 첫 아침 햇살처럼 그가 계단을 내려왔다. 큰 키와 근육으로 잘 다져진 그의 몸은 흠잡을 데 없이 완벽했다. 그리고 로어의 가장 달콤했던 기억 속에서 끊임없이 떠오르던 저 얼굴도.

카스토르.

10년 전

어느 겨울 아침, 해는 아직 뜰 기미도 없고 여동생은 여전히 꿈나라를 헤매고 있을 시각에 로어는 운명의 아침을 맞았다.

로어가 눈을 뜨자 아빠의 얼굴이 그녀를 마주 보고 있었다.

"*크리사페니아 무.*" 아빠는 항상 부르는 애칭으로 로어에게 속삭였다. *우리 금쪽이.* 아빠의 얼굴은 부드러웠다. "훈련받고 싶은 마음이 아직 있니? 훈련받을 수 있는 곳을 아빠가 찾았는데."

로어는 같은 침대 바로 옆에서 아기 고양이처럼 몸을 웅크리고 있는 올림피아를 한 번 스윽 보고 다시 아빠를 바라봤다. 잠이 홀딱 달아났다. 온몸이 금방 터져버릴 것 같았다. "아고게?"(스파르타의 국가적 인재 양성 훈련을 뜻하는 그리스어-역주)

아빠는 고개를 끄덕여 대답했다. "아킬레우스 가문에서 너를 훈련 과정에 받아주겠다는구나. 그런데 오늘부터 시작이야."

로어가 순식간에 이불을 걷어차고 벌떡 일어나는 모습에 아빠는 빙그레 나오는 웃음을 참지 못했다. 아빠가 몸을 굽혀 로어의 머리에 키스하자 로어도 아빠의 뺨에 뽀뽀를 했다. "고마워요! 완전, 진짜, 고마워요, 아빠!"

"쉬…." 아빠는 올림피아를 가리키며 로어를 진정시켰다.

로어는 손으로 입술을 잠그는 시늉을 했지만 입이 제멋대로 벌어지는 걸 억누를 수가 없었다. 그녀는 발끝으로 깡총깡총 뛰었다.

"네가 책에서 읽은 것하고는 좀 다를 거야." 아빠는 로어의 머리를 부드럽게 쓰다듬으며 말했다. "네가 거기 도착해서 스파르타와 다르다는 걸 알고 너무 실망하지 않았으면 한다."

헌터들은 자신들의 훈련 프로그램에 스파르타 훈련법을 적용하면서 맘에 들지 않는 것들은 다 빼버렸다. 하지만 로어는 아무래도 좋았다. 중요한 것은 이제 자신도 부모님처럼 싸울 수 있게 된다는 사실이다. 그리고 다양한 기념 의식이나 오래된 기록물, 그 밖에 로어 자신이 속한 보잘것없는 가문에 없는 수많은 것들을 볼 수 있다. 지금까지 이야기로만 들었던 엄청난 미스터리들을 확인할 수 있게 된 것이다.

"오늘요?" 로어는 이게 다 꿈이 아니라는 걸 다시 확인하기 위해 물었다. "진짜죠?"

"진짜로. 자 이제 씻고 옷 입어라. 아빠가 교대 근무 전에 데려다줄게."

로어는 동생과 함께 쓰는 서랍장으로 달려가 꼭대기 서랍을 홱 잡아당겼다. 그 충격에 액자들이 달그닥거리자 올림피아가 뒤척이며 돌아누웠다. 로어는 이불 위로 흘러넘친 올림피아의 짙은 머리

칼 쪽을 흘깃 확인하고는 서랍에서 티셔츠와 스웨터, 청바지를 조심조심 꺼내고 조용히 닫았다. 그러고는 다시 침대로 다가가 올림피아에게 이불을 덮어주고 버니버니 인형도 근처에 제대로 자리를 잡아 놓아두었다.

드디어 드디어! 로어의 가슴은 온통 흥분으로 부풀어 올라 숨 쉬는 것도 힘들었다. 심지어 방에서 뛰쳐나가다 신발을 신지 않았다는 것을 깨닫고는 멈춰 섰다.

석 달 전 로어는 부모님과 좁은 부엌 식탁에 둘러앉아 왜 자신이 훈련받을 나이가 되었는데도 다른 가문의 아이들처럼 훈련을 시작할 수 없는지에 대한 설명을 들어야 했다.

"훈련을 시켜줄 시간이 없단다." 엄마가 말했다. *"화나는 일이라는 거 알아. 하지만 우리가 다른 가문들과 사정이 다르다는 걸 네가 잘 이해하고 있다는 것도 엄마는 안단다. 엄마 가족, 오디세우스 가문도 내가 페르세우스 가문 사람이 된 이후로는 우리를 받아주지 않을 거고, 심지어 오디세우스의 훈련학교는 다른 나라에 있잖니. 아무래도 네 훈련은 아빠와 내가 계속 시켜줘야 할 것 같구나. 여름쯤엔 나도 근무 시간을 좀 줄일 수 있을 거고, 동생들은 오스본 아주머니가 돌봐주실 거야…"*

로어는 머릿속에서 괴로운 마음이 북받치고 눈물이 솟구치려는 걸 참으면서 순순히 고개를 끄덕이고는 자기 방으로 도망가 베개에 머리를 묻고 조용히 울었다. 아빠가 선물로 준 신화 이야기 책은 다시 손에 쥘 수도 없게 아예 침대 밑 깊숙이 처박아버렸다.

그러고는 깊고 깊은 잠에 빠졌는데 꿈속에서 운명의 여신이 빛을 어른거리며 자신에게 다가왔다. 꿈은 제우스가 보내는 메시지다. 꿈속에서 본 것을 전부 기억하는 것이 중요하다. 로어는 자기 눈앞에 굳건히 서서 어둠을 물리치는 방패의 실루엣을 보았다. 황금빛 날개, 그리고 검의 날에 비친 빛나는 눈동자.

그녀는 그 꿈 이야기를 아무에게도 하지 않았지만, 지금 생각해 보니 운명의 여신이 로어를 위해 준비하고 있었던 게 분명했다.

엄마는 벌써 주방에서 아침 식사를 준비하는 중이었고 다마라는 아기침대에 포근히 누워 자기 혼자 웅얼거리고 있었다. 아기는 인형보다도 조그맣고 살갗도 너무 보드랍고 얇아서 로어는 가끔 아기를 만지면 멍이라도 생기지 않을까 걱정하곤 했다.

그녀는 아기에게 몸을 굽혀 머리에 살짝 뽀뽀를 했다. 로어는 다마라에게 자기 비밀 이야기를 털어놓는 걸 좋아했다. 무슨 말을 해도 다마라는 올림피아처럼 엄마 아빠에게 고자질할 수 없으니까.

"나 사실 약간 떨려." 로어가 조용히 말하면서 아기를 간지럽히자 다마라가 가르릉거리며 좋아했다.

로어도 웃음을 터뜨렸다. "다마라가 아기 고양이 소리를 내요."

"아기 고양이라니?" 아빠가 다가와 다마라의 작은 뺨을 쓰다듬으며 아기가 아빠의 엄지손가락을 깨물자 자랑스럽다는 듯 말했다.

"이 녀석은 완전히 페르세우스인이야. 이 깨무는 힘 좀 봐!"

"페에에에에르세우스." 로어가 키득거리며 말했다.

"누구는 아주 잔뜩 신이 났네." 엄마가 로어 앞에 오트밀 그릇을 내려놓으며 말했다. 로어는 오트밀에 시나몬과 바나나를 섞어 달콤한 냄새를 그대로 들이마셨다. 그녀가 가장 좋아하는 아침 메뉴다.

"머리 땋아줄까?" 엄마가 물었다.

로어는 머리를 세차게 끄덕이고 엄마가 그녀의 곱슬머리를 빗어서 정성 들여 땋는 동안 재빨리 음식을 먹어치웠다. 엄마와 아빠는 라디오에서 나오는 뉴스에 대해 조용히 이야기를 나눴다.

"이제 가요? 일찍 가도 돼요?" 로어가 물었다.

아빠가 웃었다. "엄마한테 뭐라고 말해야 하지?"

"아! 엄마 고맙습니다." 로어는 의자 위에 올라서서 엄마의 얼굴에 뽀뽀하며 말했다.

엄마는 로어를 바닥으로 내려주고 문까지 나와 아빠에게 코트를 건네면서 로어가 코트 입는 걸 거들어주었다.

"이 옷도 곧 작아지겠네." 엄마가 생각에 잠긴 듯 말했다. "너도 네 할머니처럼 키가 엄청 클걸?"

로어는 제발 그러길 바랐다. 키가 크면 대련할 때나 나중에 실제로 사냥에 참가할 때 유리할 것이다.

"처음에는 무척 힘들 거야." 엄마가 단추를 채워주며 말했다. "자신감을 잃지 말고, 기죽지 말고. 때가 되면 너도 다 할 수 있게 될 거니까. 너는 페르세우스의 딸이야."

이 말이 로어의 가슴속에 계속 남았다. 아빠와 함께 시내까지 걸어가 지하철을 타고 지금까지 한 번도 가본 적 없는 먼 곳까지 가는 동안에도 계속. 마침내 지하철역에서 밖으로 나왔을 때 눈앞에 나타난 거리의 풍경은 낯설면서도 감탄이 절로 나왔다.

아빠는 로어가 자꾸만 손을 뿌리치려는데도 계속 아이의 손을 잡고 걸었다. 두 사람이 드디어 거대한 벽돌 건물에 다다랐을 때에야 아빠는 잠시 멈춰서 번지수를 확인하고 로어의 어깨에 손을 얹어 벽돌 건물 옆에 있는 작은 건물 쪽으로 데리고 갔다. 아빠가 손을 들어 문을 두드리기도 전에 문이 열렸다.

안에서 나타난 남자가 계단 아래 서 있는 두 사람을 못마땅한 표정으로 내려다봤다. 남자의 검은 머리카락은 머리통에 바짝 붙어 있었다. 로어는 그의 얼굴이 고약한 염소처럼 생겼다는 걸 금방 알아챘다.

"은혜에 감사드립니다." 로어의 아빠는 그에게 고개를 숙이고는 코트 안주머니에서 두꺼운 봉투 하나를 꺼냈다. 남자는 그것을 받아 들기만 하고 다시 쳐다보지도 않았다.

"제 딸 멜로라입니다."

"이 계약의 조건을 잘 알고 있겠죠? 이것에 대한 보답 말이오." 남자의 목소리가 크게 울렸다.

로어는 혼란스러운 표정으로 두 사람을 번갈아 쳐다봤다. *보답이라고?*

"네, 알고 있습니다. 타이드브링어에 대한 모든 정보를 보내드리겠습니다." 그녀의 아빠가 대답했다.

"오늘 밤까지 보내시오."

"네, 오늘 밤까지요."

로어는 미간을 찡그렸다. 타이드브링어가 아무리 자기 가족을 망하게 했어도 이 남자에게, 자기 가문의 경쟁자에게 무언가를 준다는 것이 로어는 마음에 들지 않았다.

하지만 괜찮겠지. 아빠는 절대 틀린 적이 없으니까.

마침내 늙은 염소가 시선을 돌려 그녀를 내려다보며 말했다. "나는 아킬레우스 가문의 아르콘 필립 아킬레우스다." 그러더니 문을 열어둔 채 안으로 돌아섰다. "들어오거라, 아이야. 네 아빠는 이 장소에 발을 들일 수 없다."

아빠도 로어의 어깨에서 손을 거두며 아이를 놓아줬다.

"오늘 저녁에 다시 데리러 오마." 아빠가 약속했다.

하지만 로어는, 문이 닫히며 아침 햇살을 완전히 차단해버리고 굳게 잠기는 동안에도 뒤돌아보지 않았다. 들어와서 보니 건물은 겉에서 보는 것처럼 그냥 하나의 건물이 아니었다. 안에는 자동차들이 주차되어 있었다.

남자는 로어를 데리고 계단을 내려가 어두운 복도로 들어섰다. 그들은 지하를 지나 더 큰 건물로 향하고 있었다.

"너는 테티스 저택의 방문객이다." 필립 아킬레우스가 말했다. "네가 여기서 보고 들은 것을 다른 사람에게 발설하면 네 목숨뿐만 아니라 네 가족의 목숨도 빼앗길 것이다. 네가 다른 훈련생들보다 뒤처진다면 네 모자람 때문에 아킬레우스의 아이들에게 방해가 되는 것을 방지하기 위해 너는 아고게에서 제명될 것이다."

로어는 그 모든 말들이 마치 자신을 향하는 질문이라도 되는 것처럼 '예'라고 대답했다. 그녀는 이곳에 계속 다니기 위해서라면 무엇이라도 할 각오가 되어 있었다. 시간이 얼마나 걸리든, 얼마나 힘들게 노력해야 하든 상관없었다. 용기, 강인함, 기술, 성공, 이 네 가지의 완벽한 조합인 '아레테'의 경지에 다다를 때까지, 그리고 언젠가 클레오스를 성취할 때까지 몸 바쳐 훈련에 임할 생각이었다. 자신에게 운명이라는 선물이 주어졌으니 이제 스스로 그것을 증명해야 했다.

아르콘은 로어를 건물의 세 번째 층으로 데려갔다. 창문이 하나도 없는데 공간은 환했다. 바닥은 마룻바닥이었다. 이미 아이들이 여러 명 모여 있었다. 그중엔 로어와 마찬가지로 일고여덟 살 정도의 어린아이들도 있었다. 그리고 더 큰 아이들과 훨씬 더 큰 아이들도 있었다.

필립과 로어가 그들을 지나쳐 방의 맨 끝으로 향하는 동안 아이들 사이로 무거운 침묵이 내려앉았다. 아이들은 필립에게 고개를 숙여 인사했지만 로어는 보관함을 가득 채운 무기와 훈련생들의 숫자에 온통 정신이 팔려 얼떨떨한 나머지 그들이 '페르세우스, 페르세우스 아이'라고 숙덕거리는 속삭임을 거의 알아채지 못했다.

마침내 두 사람은 그녀 또래의 아이들 무리에 도달했다. 그들은 모두 빨간색의 짧은 그리스 옷을 입고 조그만 나무 지팡이를 창처럼 들고 있었다. 로어는 기대감으로 그 아이들의 얼굴을 살폈지만 자신에게 쏟아지는 불쾌감과 혐오의 표정에 충격을 받았다.

아직 나를 몰라서 그래, 로어는 생각했다. *이야기에 나오는 것처럼 나도 스스로를 증명해야 해.*

"이 아이는 멜로라 페르세우스다. 우리 가문의 방문객 자격으로 너희 반에서 함께 훈련받을 것이다." 필립이 말했다.

이것이 그가 로어에 대해 소개한 전부였다. 그는 훈련 교관에게 고갯짓을 하고는 그대로 떠났다.

옅은 머리칼에 짐승처럼 생긴 교관은 잠시 눈으로 로어를 훑어 보기만 했다.

"페르세우스라." 그가 재밌다는 듯 말했다. "보아하니 위대한 페르세우스 가문이 남의 동정심에 기대 구걸과 흥정을 해야 하는 처지로 전락한 것 같군."

아이들도 자기들끼리 수군대며 히죽거렸다.

로어는 이를 꽉 물었다. 이가 다 으스러지는 게 아닌가 싶을 정도였다.

"너는 네 또래 친구들과 같이 훈련을 받기엔 이미 몇 주나 늦었다." 교관이 로어 주변을 돌며 말했다. 반대편 끝에선 다른 훈련생들이 이미 오늘의 훈련을 시작해 검과 나무 막대로 연습을 하고 있었다. 로어는 고개를 돌려 그들이 훈련하는 모습을 보고 싶은 유혹을 거우 참으며, 칼과 칼이 부딪치는 소리, 나무가 서로 부딪치는 소리, 몸이 서로 싸우는 소리만으로 만족했다.

너는 페르세우스의 딸이야, 로어는 속으로 이 말을 계속 곱씹었다. 마침내 그것이 자신의 눈에만 보이는 갑옷처럼 느껴질 때까지 반복하고 또 반복했다. 너는 페르세우스의 딸이야.

"그런데 마침 너 같은 친구가 또 있다." 교관이 맨 뒤에 있는 한 소년을 가리키며 말했다. 그가 다른 아이들을 헤치고 앞으로 나오자 로어는 그 아이를 찬찬히 살펴봤다. 불안한 느낌이 꿈틀꿈틀 비집고 들어왔다.

소년은 로어와 키는 비슷했지만 팔다리는 나뭇가지 같았다. 피부는 몇 달 동안 햇빛을 보지 못한 사람처럼 누렇게 떠 있었고 빡 빡 밀어버린 머리에 짙은 머리카락이 새로 자라나고 있었다. 팔뚝 안쪽의 멍든 피부와 손등에는 두꺼운 붕대가 감겨 있었다.

이 아이는 아프다, 로어는 깨달았다. 아니면 지금은 여기 있는 걸 보니 아팠거나.

이제 로어는 소년과 자신을 보며 비웃는 다른 아이들이 아까보다 훨씬 더 싫어졌다. 그리고 그들의 비웃음에 아무런 반응도 하지 않는 이 아이가 좋아졌다. 로어는 눈을 가늘게 뜨고 아이의 짙은 눈동자를 마주 봤다. 곧 쓰러질 것처럼 보이긴 해도, 그리고 딱 보기에도 이곳에 자신을 반기는 친구라곤 아무도 없는데도, 이 아이는 지금 이곳에 와 있다. 그거면 됐다.

"당분간은 카스토르가 네 대련 상대다." 교관이 차갑게 말했다. "하지만 곧 힐러 견습생이 될 예정이라 훈련 수업에 매번 참석할 수는 없을 거다. 그런 경우엔 멜로라는 참관만 한다. 그러거나 말거나 어쨌든 너희 둘의 실력이야… 막상막하일 테니."

아이들이 다시 웃음을 터뜨렸다. 저들은 병상에서 막 걸어 나온 아이와 짝꿍이 된 로어가 안됐다고 생각하는 걸까? 아니면 페르세우스 가문에서 태어난 아이와 엮이게 된 카스토르를 불쌍히 여기는 걸까? 과연 어느 쪽일지 로어는 궁금했다.

가문들끼리는 항상 경쟁의식을 느낀다, 로어는 생각했다. 하지만 자신과 카스토르 사이에는 그런 것 따위 없을 것이다. 자신에게도 훈련 파트너가 생겼다는 사실에 로어의 혈관에서 피가 끓어올랐다. 로어는 턱을 치켜들었다. 저들은 로어가 무엇을 할 수 있는지, 그녀가 어떤 운명을 타고났는지 아무것도 모른다. 그녀는 자기 가

문을 실망시키지 않을 것이다. 로어는 자기 파트너를 저버리지 않을 것이다.

로어는 카스토르에게 고개를 끄덕였다. 소년도 고갯짓으로 대답했다. 그의 눈동자는 부드러우면서도 확고했다. 로어는 그가 좋았다. 소년의 침착함이 로어를 차분하게 했다.

그때 목 뒤에서 공기를 가르는 움직임을 느낀 것이 로어에게 주어진 경고의 전부였다. 곧바로 이어진 날카로운 통증에 로어는 앞으로 휘청거렸다. 다른 아이들이 막대기로 그녀를 찔러대며 주위를 둥글게 둘러쌌다. 다음 타격은 오른쪽에서 왔다. 그다음은 왼쪽에서. 아이들은 로어를 둘러싸고 앞에서 뒤에서 마구 때렸다.

카스토르는 깜짝 놀라 짧은 숨을 내뱉으며 그들 중 하나를 막으려고 팔을 들어 올리더니 나무 막대를 그 아이의 어깻죽지로 휘둘렀다.

넘어지지 마, 로어는 카스토르를 눈으로 좇으며 생각했다. *쓰러지지 마.*

이것도 훈련의 일부였다. 아팠지만 넘어야 할 산이었다. 거센 타격이 끊임없이 두 사람을 때렸다. 로어는 숨을 들이쉬려고 애썼다. 눈물을 쏟지 않으려고 기를 썼다. 마치 서로 맞부딪히는 파도처럼 타격과 고통이 로어의 몸 여기저기를 휘감았다. 로어가 다시 카스토르를 쳐다봤을 땐 그도 그녀를 보고 있었다.

"이것이 너희가 이 훈련소에서 배우게 될 가장 중요한 교훈이다." 교관이 말했다. "너희가 배울 것은 고통을 두려워하지 않는 것이다. 그렇지 않으면 그것이 너희를 옭아매고 용기를 꺾어버릴 것이다. 두려움이야말로 가장 큰 적이다."

로어의 시야 가장자리에서 검은 점들이 보이기 시작하더니 눈앞에 있는 얼굴들이 마치 케르베로스(머리가 셋에 뱀 모양 꼬리가 달린 지옥을 지키는 개-역주)처럼 두 개로 변했다가 세 개로 변하며 흐려졌다.

너는 페르세우스의 딸이야.

막대기 하나가 로어의 오른쪽 귀 바로 뒤를 때리는 순간 엄마의 목소리가 천둥처럼 머릿속에서 메아리쳤다. 입안을 깨무는 바람에 입속에서 피가 터져 나왔다.

카스토르는 넘어지지 않으려고 온몸을 떨며 비틀거리다가 로어를 흘깃 쳐다보고는 자세를 바로잡았다. 로어도 똑같이 했다.

넘어지지 마, 로어가 마음속으로 말했다.

안 넘어질 거야, 카스토르가 눈빛으로 약속했다.

소년이 넘어지지 않는 한 로어도 넘어지지 않을 것이다.

"고통은 삶의 본질이다." 교관이 말했다. "우리는 고통 속에서 태어났다. 그리고 너희가 헌터가 되고자 한다면, 너희 선조들의 명예를 지키고자 한다면, 너희의 죽음 또한 고통 속에서 끝날 것이다."

난 안 죽을 거야, 로어가 생각했다. 시야에 검은 점들이 점점 더 모여들고 있었다. 로어는 카스토르를 다시 바라보며 그의 눈동자에 시선을 고정했다.

"너희 어머니와 아버지가 너희를 이 가문에 태어나게 했을지는 모르지만, 그들은 너희의 가족이 아니다. 지금 너희 옆에 있는 친구들이 너희 자매이고 형제다. 너희의 아르콘이 너희의 수호자이며 빛이고 지도자다. 그분이 너희의 대부님이다. 너희의 진정한 아버지다. 너희가 고통을 익히는 것은 그분을 위한 것이다. 너희가 피를 흘리는 것도 그분을 위한 것이다."

로어는 입속에 피가 가득 차 거의 질식할 지경이 되자 피를 뱉어냈다. 로어에겐 자신의 아빠가 아르콘이다.

"너희는 아르테를 얻기 위해 매진할 것이다. 하지만 전사가 죽음으로 자신과 가문에게 불멸의 클레오스를 가져다주는 것보다 더 위대한 죽음은 없다." 교관이 기합을 넣듯 말했다. "명예! 영광!"

다른 아이들과 훈련장에 있는 모든 이들이 훈련 교관의 말을 복창했다.

"명예!"

때리고.

"영광!"

또 때리고.

"명예!"

또 때리고.

"영광!"

이들은 모른다, 로어는 생각했다. 이들은 내 운명을 모른다.

명예와 영광은 로어의 차지가 될 것이다. 그녀는 클레오스를 달성하고 자기 가문을 다시 일으킬 것이다. 로어에게 그보다 더 중요한 건 없었다. 페르세우스 가문은 다시 일어설 것이고 로어의 이름은 전설이 될 것이다.

카스토르는 여전히 몸을 떨면서 로어에게 더 가까이 다가왔다. 그녀는 계속 맞으면서도 사방에서 보이는 경멸의 표정과 재밌어하는 표정들 사이에서 카스토르를 언뜻언뜻 쳐다봤다. 콧물과 피가 얼굴에서 줄줄 흘러내리는 중에도 그는 눈을 가리는 액체를 짜내려고 눈을 계속 깜빡거렸다. 로어는 카스토르가 흔들리지 않도록 그의 손목을 잡았다.

우리는 넘어지지 않을 거야. 우리 둘이서 우리 자신을 증명해낼 거야. 우리가 이곳에 있을 자격이 있다는 걸 증명할 거야.

다음 타격이 날아왔을 때 로어는 그들의 얼굴에서 즐거움을 후벼 파버릴 수 있는 좋은 방법을 생각해냈다.

"고마워!" 로어가 말했다. 그리고 자신의 어깨로, 살갗으로, 무릎으로 나무 막대가 세차게 날아들 때마다 계속 말했다. "고마워! 고마워! 고마워!"

"고마워." 카스토르가 그녀를 따라 했다. "고마워."

그들은 말하고 또 말했다. 목소리가 쉴 때까지, 공격의 횟수가 점점 줄어들어 마침내 완전히 멈출 때까지. 교관이 주먹을 들어 올리자 아이들이 뒤로 물러섰다.

로어는 자신이 아직도 카스토르의 손목을 붙잡고 있다는 걸 깨달았지만 너무 겁이 나서 놓을 수가 없었다.

"그 정도면 됐다. 가서 씻고 옷을 갈아입어라." 교관이 가까이에서 말했다. "나머지는 첫 번째 훈련 자세부터 시작하겠다."

두 사람은 절뚝거리며 함께 문으로 향했다. 로어는 카스토르를 따라 탈의실로 가는 계단을 올라갔다. 로어와 카스토르는 사이즈 순서대로 쌓여 있는 빨간색 옷 중에서 각자 맞는 사이즈를 하나씩 골랐다.

탈의실 가장자리로 긴 세면대가 설치되어 있었고 뒤에는 샤워 부스들이 줄지어 있었다. 로어는 옆에 있던 수건 하나를 물에 적셔서 카스토르의 얼굴에 묻은 피를 닦기 시작했다. 카스토르도 똑같이 해주었다. 아주 조심스럽게.

두 아이는 서로의 눈을 마주 보고 씩 웃었다.

9

말도 안 돼.

이 말이 로어의 머릿속을 쿵쿵 울렸다. 무릎이 꺾이면서 뒤에 있는 거울 벽에 등을 부딪혔다.

카스토르라니, 로어는 벽을 따라 그대로 쭈그려 앉았다.

저렇게 강인한 몸을 가지고 있으면서도 카스토르의 걸음걸이에는 아테나 같은 확고한 자신감도, 필립이나 아칸다 같은 안정적이고 절제된 리듬도 전혀 없었다. 그가 제단을 향해 걸어가는 모습에선 지난밤 결투에서 본 것과 똑같은 어색함만이 묻어날 뿐이었다. 그의 근육들은 마치 활시위처럼 곧 튕겨 나갈 듯 그의 몸에 팽팽하게 매달려 있었다.

카스토르는, *뉴아폴론*은 팔을 양옆으로 편안하게 내리고 고개를 똑바로 쳐들고 있는 데에 온 신경이 쏠린 것 같았다. 그리고 아주 가끔 혹시 발을 헛디딜까 걱정되는 듯 바닥을 흘깃흘깃 확인하며 걸음을 옮길 때마다 손가락을 끊임없이 쥐었다 폈다 했다.

로어는 숨을 들이켜려다 목이 콱 막혔다. 그의 가문이 카스토르에게 입혀놓은 반들거리는 흰색 실크 튜닉에는 그의 새로운 신격을 상징하는 금색 표식 자수가 놓여 있었다. 한쪽 어깨와 부드러운 근육질의 가슴은 드러나 있었고 손목에 두른 번쩍거리는 장식과 샌들을 묶은 끈 외에는 그의 팔과 다리도 맨살이었다.

심지어 카스토르의 짙은 곱슬머리 위에 놓인 황금 월계관까지 눈이 가지 않았는데도, 지금까지 본 모습만으로도 그 효과는 대단했다.

새로운 신의 얼굴엔 지난밤 그가 로어에게 잠깐 보여줬던 짓궂은 미소의 기미는 전혀 없었다. 사실 그의 얼굴에선 아무것도 보이지 않았다. 그의 눈을 잠깐 스친 걱정스러운 눈빛을 눈치채지 못했더라면 로어는 그가 정말 카스토르가 맞는지 의심할 정도였다.

하지만 진짜 카스토르가 아니잖아. 로어는 스스로에게 확인시켰다. 더 이상 아니다. 예전에 그가 누구였든, 그리고 지금 무엇이 되었든, 이제 그는 다른 사람이다.

어젯밤엔 왜 몰라봤지? 스스로도 이해가 안 되었다. 벌써 오래전부터 아킬레우스 가문의 힐러들과 세상의 모든 의사들은 카스토르가 곧 죽을 거라고 확신했다. 그랬던 그가 그렇게 훌륭한 몸을 하고 나타나 자신을 제압했는데도 이상하다는 생각조차 전혀 하지 못했다니. 로어는 심지어 그의 눈동자에서 빛나던 힘의 불꽃도 그저 지하 식당의 조명이 그의 짙은 눈동자를 비춰서 그런 거라고 대수롭지 않게 넘겼다.

로어는 자기가 믿을 수 있는 범위 안에서 제멋대로 이야기를 짜 맞추는 바람에 그가 신이라는 생각은 떠올리지도 못하고 유령 취급을 한 것이었다.

마스크 때문에 뜨겁고 가쁜 숨이 다시 얼굴로 밀려와 로어는 거의 질식할 것 같았다. 마치 그곳에 있는 로어를 감지하기라도 한 듯 새로운 신이 로어가 있는 쪽으로 고개를 돌리는데 누군가 말을 시작했다.

"신이시여." 필립이 불렀다. 카스토르는 옥좌의 양옆에 자리를 잡고 있는 필립과 아칸다를 돌아봤다. "의식을 시작해도 되겠습니까? 태양이 하늘 가장 높은 곳에서 성하를 위해 밝게 타오르고 있습니다."

"아, 그래요. 시작하죠." 새로운 신이 자기 자리에 서며 말했다. 그러고는 더욱 강하고 확고한 목소리로 말했다. "미안해요."

어떻게? 로어는 생각했다. *도대체 어쩌다 이렇게 된 걸까?*

지난 아곤 때 카스토르는 겨우 열두 살짜리 소년이었다. 몸에 힘이라곤 자기 머리 하나 들어 올리는 정도뿐이었는데, 그 몸으로 몇 명 남지도 않은 고대 신 중 하나를 죽였다고? 이건 말도 안 된다. 뭔가 잘못되었을 거야. 뭐가 어찌 되었든 이건 실수야.

아니, 이건 진실이다, 어떤 목소리가 로어의 마음에 대고 속삭였다.

그렇다면 카스토르는 왜 격투장까지 로어를 찾아온 거지? 아킬레우스 사람들은 개곤에서 그를 안전하게 구해내고는 왜 자기들 신이 혼자 밖을 나돌아다니게 내버려뒀을까?

필립이 비어 있는 보좌를 향해 손을 내미는 모습을 지켜보면서 로어의 마음에 공포가 엄습하기 시작했다. 남자의 어조에서 껄끄러운 조짐이 묻어나는 것이 어쩐지… *뭔가* 불안했다. 새로운 신이 아르콘에게 손을 뻗는 동안 로어는 자기도 모르게 아르콘의 몸짓에 집중했다.

카스토르가 지난밤 했던 말이, 마치 지금 막 그녀의 귀에 대고 속삭인 것처럼 떠올랐다. *무슨 일인가 벌어지고 있는데, 누구를 믿어야 할지 모르겠어.*

그의 아빠는 여전히 보이지 않았다. 그러고 보니 에반드로스도 아직 안 보였다.

곧바로 어떤 생각이 퍼뜩 들었다. 냉혹한 확신 같은 것이었다. *필립이 카스토르를 죽이려고 한다.*

카스토르는 그가 신이건 아니건 이제 표적이다. 그는 자기 아르콘에 대한 맹세를 어기고 자기 몫이 아닌 피를 취했다.

설마 이 모든 게 다 그 의식인가? 제물로 바칠 황금 송아지를 제단으로 데려가기 위한 속임수? 그래서 필립이 황금 송아지를 죽이고 자신이 그 힘을 차지할 수 있도록? 카스토르는 이미 알고 있었다. 당연히 알고 있었겠지.

아곤이 시작된 이후로 수 세기 동안 근친을 살해한 이들은 많았다. 모두 자신들이 한때 사랑하고 아낀다고 주장했던 사람에게서 힘을 빼앗으려는 의도였다. 하지만 대부분의 사람들은 최악 중의 최악의 저주가 내릴 것이 두려워 웬만하면 근친 살해를 자제했다. 근친 살해자들은 모두 단명했으니까.

하지만 이 가문은 새로운 신보다 필립 아킬레우스를 훨씬 오랫동안 섬기고 숭배해왔다. 필립에 비하면 새로운 신은 한때 그들이 약해빠진 골칫거리로만 취급했던 존재였다. 과연 이곳에 로어 말고 카스토르의 진정한 편이 있긴 할까?

카스토르가 연못 주위를 지나며 연못 가장자리에 모여 있는 여자아이들을 힐끔거리는 동안 로어는 망토 깊숙이 손을 넣어 스크루드라이버를 잡았다. 카스토르가 나타나자 제단 위의 옥좌가 마치 주인을 반기듯 빛나는 것 같았다.

예로부터 고대인들은 소름 끼칠 정도로 영악한 방법을 써서 자기들의 적과 경쟁자를 처단하는 데 능했다. 로어가 다시 옥좌를 바라보자 이제는 그것이 살인 도구로 보였다. 저 의자로 인간 육신의 신을 죽이는 수만 가지 방법이 눈에 보였다. 금에 독을 섞어 주조했을 수도 있다. 그 옛날 헤라클레스가 받은 튜닉에 네소스의 독이 묻어 있었던 것처럼 말이다. 또는 의자 어딘가에 칼이 숨겨져 있어서 카스토르가 앉는 순간 그의 맨살을 뚫고 들어갈 수도 있다.

하지만 필립이 카스토르의 힘을 차지하려면 그가 직접 카스토르를 죽여야 한다. 그 생각이 들자 로어는 고개를 저으며 긴장감으로 뭉쳐 있던 어깻죽지를 조금 풀었다. 그는 사람들이 다 모여 있는 이곳에서는 카스토르를 죽이지 않을 것이다.

남자의 얼굴은 아주 침착해 보였지만 로어는 그 표정 속에 억누르고 있는 경멸감을 느낄 수 있었다. 필립과 아칸다가 먼저 카스토르 앞에 무릎을 꿇었다. 필립이 입을 열자 마치 거대한 바다로 흘러 나가는 강물처럼 그의 입에서 고대어가 유려하게 흘러나왔다.

"빛나는 자여, 우리가 성하를 경배합니다. 광활한 하늘에서 태양을 인도해주시니 감사합니다. 태양 전차를 모는 자, 뱀을 죽인 자, 활을 멀리 쏘는 자, 수많은 일을 주관하는 자, 역병을 일으키는 자, 인간을 치료하는 자, 시·음악·찬가의 전령사, 예언하는 자, 악을 막는 자, 분노를 다스리는 자…."

"알았어요, 알았어." 카스토르가 짓궂은 말투로 끼어들었다. 로어가 기억하는 그와 너무 다른 모습이었다. "그 정도면 얼추 다 한 것 같네요."

로어의 입이 벌어졌다. 행사장 안이 순식간에 쥐 죽은 듯 조용해지지만 않았더라도 로어는 필립의 표정에 한바탕 웃음을 터뜨렸을 것이다.

"저희는…." 필립은 카스토르를 한 번 쳐다보고는 다시 말하기 시작했다. 새로운 신은 옥좌의 벨벳 팔걸이에 팔꿈치를 얹고는 손바닥으로 턱을 괴더니 지루한 표정으로 필립에게 계속하라는 뜻의 손짓을 했다.

카스토르의 성격 중 항상 변하지 않은 것이 하나 있다면 그건 다른 사람에 대한 존중이었다. 그렇다고 항상 순종적인 건 아니었지만 절대 대들지도 않았다. 만약에, 정말 만약에, 이 세상에 '새로 신이 되더라도 저 사람만은 우쭐거리지 않을 거야'라는 티끌만큼의 희망을 걸어볼 누군가가 있다면, 그게 바로 카스토르였다.

분명히 *그럴 거라고* 생각했는데.

퍽이나. 로어는 한 손으로 가슴을 쓸며 생각했다. 권력이란 역시 세상에서 가장 강력한 마약이다.

"성하께서 육신의 고향인 이 안식처에 다시 오신 것을 환영합니다. 우리는 성하께 경배를 드리며, 위대한 아킬레우스 가문을 계속 보호해주시길 간청드립니다. 감사의 마음으로 제 아내이자 테세우스의⋯."

"경의 아내가 누군지는 이미 알고 있어요." 카스토르가 필립의 말을 끊었다. "인간성만 없어졌지 다행히 정신은 멀쩡해요. 경이 자꾸만 그걸 의심하게 만들긴 하지만."

헌터들은 수군거리며 불편하고 당혹스러운 표정을 주고받았다.

필립은 계속 고개를 숙인 채 말을 이었지만 무릎 위에 놓인 손은 주먹을 움켜쥐고 있었다. "감사의 표시로, 저희가 조상의 땅 위에 세운 성하를 위한 이 위대한 제단에서 황소 백 마리를 성스러운 제물로 바치겠습니다."

로어는 눈살이 찌푸려졌다. 이런 의식에 제물로 쓰기 위해 소를 백 마리나 도살하다니 얼마나 낭비인가. 카스토르도 동의하는 눈치였다.

"차라리 이 도시의 배고픈 자들에게 고기를 나눠주는 게 좋겠군요." 카스토르는 무서울 정도로 싸늘한 목소리로 말했다.

방 한쪽에서 누군가 숨을 헉 들이쉬는 소리가 들렸다. 필립의 얼굴은 이제 화를 참느라 붉으락푸르락 달아올랐다. 그는 어떻게든 다시 말을 하려는 듯 턱을 앞뒤로 움직였다.

아마 그가 누군가에게 이런 취급을 받아보는 것도 수십 년 만에 처음이겠지. 로어는 조금만 더 즐겁게 이 광경을 지켜보기로 했다.

"우리는 또한 성하에게 영광을 돌리기 위해 특별히 작곡된 이 노래와 공연을 바칩니다." 아칸다가 부드럽게 말했다.

그러자 자기들 차례를 눈치챈 꼬마 뮤즈들이 자리에서 일어섰다. 리라 연주자가 다시 연주를 시작했다. 음악은 평화로우면서 마음을 어루만졌다. 아이들은 노래를 부르며 연습한 대열에 맞춰 조심스럽게 춤을 추기 시작했다. 새로운 신을 슬쩍슬쩍 훔쳐보는 아이들의 움직임은 뻣뻣했다.

카스토르는 그들을 격려하는 뜻으로 아이들에게 살짝 미소를 지어 보였지만, 그중 우두머리인 칼리오페가 울음을 터뜨리자 카스토르의 미소도 사라졌다. 그들은 그저 아이들이었다. 심지어 로어가 처음 테티스 저택에 왔을 때의 나이보다 더 어렸다. 아이는 더 심하게 울면서도 눈물 콧물로 온통 범벅이 된 얼굴로 어떻게든 춤동작을 놓치지 않으려고 안간힘을 썼다. 이 일로 나중에 얼마나 호된 벌을 받게 될지 분명히 알고 있는 표정이었다. 그런 아이의 모습을 지켜보며 로어는 폐 속의 공기가 뜨겁게 타오르는 걸 느꼈다.

아이들의 공연이 고맙게도 끝났을 때 카스토르는 다른 헌터들과 달리 박수를 치지 않았다. 그는 보일 듯 말 듯 고개를 끄덕이고는 짙은 눈동자를 필립에게로 다시 향했다. 필립이 아이들을 향해 손가락을 튕겨 신호를 하자 아이들은 다시 질서정연하게 줄을 맞춰섰다.

"앞에 있는 이 아이들은… 우리 가문에서 가장 훌륭한 파르테노이(고대에 제물로 바쳐지던 처녀들-역주)들입니다." 필립은 '*가장 훌륭한*'이라는 말에서 잠시 주저했다. "이들 중 마음에 드는 아이가 있으면 성하의 신탁녀로 취하실 수 있습니다. 아니면, 이들이 첫 피를 흘리는 때에 여인으로 취하셔도 되고요."

로어는 머릿속으로 요즘 세상에는 어디에서 독이 묻은 옷을 구할 수 있는지, 그것을 필립 아킬레우스에게 우편으로 보낸다면 선물 포장지 안에서 그 독성의 농도가 얼마나 잘 유지될 수 있을지 궁리했다.

파르테노이들은 아곤에 참가할 수도, 여사자가 되어 자기 가문을 위해 싸울 수도 없었다. 그들의 유일한 존재 이유는 오로지 더 많은 아이들을 출산하여 가문의 혈통을 이어나감으로써 가문의 생존과 번식에 기여하는 것뿐이었다. 한때 로어도 그들 중 하나가 되어 영영 아곤에 나가 싸울 수 없게 되는 것이 가장 큰 두려움이었다. 뭐, 세상에는 그보다 훨씬 더 무섭고 끔찍한 일들이 많다는 것을 알게 되기 전까지는 그랬다.

저들은 노예들이다. 혈관을 뚫고 나올 것 같은 분노가 느껴졌다. 그것이 바로 이 아이들의 운명이었다. 노예의 운명이 이들에게 허락된 전부이자 유일한 것이었다.

로어가 누가 이 아이들을 해치기 전에 자신이 헌터들을 헤치고 나가 아이들을 데리고 멀리 도망치는 장면을 너무나 생생하게 상상하고 있는데 새로운 신이 입을 열었다.

"다들 예쁘네요." 카스토르는 이렇게 말했지만 표정은 어두웠다. "하지만 나는 이 아이들이 성인의 나이가 될 때까지 우리 가문 사람이나 다른 누구에게라도 상납하는 것을 금지합니다. 또한 그때가 되면 이 아이들은 자신들의 짝을 직접 선택할 수 있을 겁니다."

로어의 가슴을 조이던 분노의 띠가 갑자기 한꺼번에 느슨해졌다.

"무슨 말씀이신지?" 망연자실한 사람들의 침묵 속에서 필립의 목소리가 울렸다.

"한창 글자를 배우고 장난감을 가지고 놀 나이에 아이들을 정혼시키는 것은 천박한 관습입니다. 이미 오래전에 남자아이들을 따로 양성하던 풍습도 없애지 않았나요? 모든 아이들이 같은 원칙에 따라 보호받아야 합니다." 카스토르의 목소리는 단어가 이어질수록 점점 더 커졌다. "대부, 당신은 이 가문의 아르콘이오. 하지만 나는 이 가문의 신이오. 당신이 내 축복을 받고 싶다면, 이것이 내가 당신한테 요구하는 것이오."

로어는 처음으로 마음속에서 희망의 빛이 뚫고 나오는 것을 느꼈지만, 주변에 있는 헌터들의 반응을 보자 빛은 금세 시들었다. 그들의 반응은 흥분과 분노, 심지어 혼란이었다. 두려움과 사랑의 대상이 되는 것과, 두려움과 비방의 대상이 되는 것은 천지 차이만큼이나 다른 수준이다. 헌터들이 불명예보다 더 싫어하는 것은 바로 변화였다.

아칸다가 남편의 팔을 잡고 뒤로 당겼다. 아마 아칸다는 자기 남편이 저런 취급을 당한 것이 꼭 싫지만은 않으리라고 로어는 추측했다. 그렇더라도 저 여자는 저들의 끔찍한 삶에 너무 깊숙이 갇혀버려 그런 속마음을 티조차 내지 못했다.

"빛나는 분이시여." 그녀가 말했다. "저희는 어떻게 하면 성하를 가장 잘 받들 수 있는지 너무나 알고 싶었습니다. 성하께서 저희에게 모습을 드러내지 않으시어 저희는 성하의 모습을 본딴 예술 작품도 만들 수 없었습니다. 저희가 성하를 위해 산속에 지은 저택도 텅 비어 있었고 성하께 바친 공물도 그대로 남아 있었습니다. 혹시 저희에게 따로 원하는 것이 있다면 말씀해주세요."

뭐라고? 로어는 카스토르의 얼굴을 더 잘 보려고 마침내 일어섰다. 인간들은 신이 되기가 무섭게 육신의 형태로 현현해서 불멸의 존재로서 최고의 삶을 누리려고 안달들인데?

"내가 준 선물이 부족했습니까?" 카스토르가 아칸다에게 물었다.

"아니요, 정말 훌륭했습니다." 아칸다가 느긋하게 대답했다. "저희는 단지 성하를 기쁘게 해드리고 싶을 뿐입니다. 성하의 새로운 이름을 저희도 알 수 있게 허락해주신다면 저희가 성하의 이름으로 더욱 위대한 성과를 낼 수 있을 것입니다."

그 말에, 그때까지 날이 서 있던 카스토르의 태도가 약간 무뎌진 것 같았다. 그는 그녀의 말을 진지하게 생각해보는 듯 의자에 등을 기댔다. 그러더니 시선을 다시 필립에게로 돌리며 말했다.

"아킬레우스의 아르콘이여, 내게 다가오시오. 당신에게 경의를 표하는 뜻으로 내가 선택한 이름을 아르콘에게 제일 먼저 알려주겠소."

필립은 카스토르에게 가까이 다가가면서 조금은 화가 누그러진 것 같았다. 카스토르는 그가 아주 가까이 다가올 때까지 기다리더니 마침내 모두가 들을 정도로 큰 목소리로 그에게 통보했다. "나는 내 불사의 이름을 카스토르로 명하겠소."

필립은 결국 폭발했다.

"전통에 따라 이름을 선택하셔야죠!" 그는 그때까지도 자신의 팔을 붙잡고 있던 아내의 손을 뿌리치며 말했다. "성하의 인간 이름을 그대로 사용하시면 안 됩니다!"

카스토르는 필립을 괴롭히는 수준을 넘어 그의 화를 돋우는 정도까지 밀어붙이려는 것 같았다. 심지어 변함없이 부드러운 카스토르의 어조와 미소는 이 늙은 남자의 분노를 점점 더 돋우기만 할 뿐이었다. "나는 그 이름을 준 나의 인간 어머니를 기리기 위해 그 이름을 그대로 사용하고 싶어요. 혹시 내가 모르는 규칙 같은 것이 있나요? 아르콘 당신은 내 결정과 내 이름의 품격을 의심하는 겁니까?"

로어는 가벼운 한숨을 지었다. *네가 아주 죽으려고 작정을 했구나….*

"물론," 카스토르는 계속했다. "다들 나를 성하님이나 빛나는 분으로 계속 불러도 좋아요. 가끔은 '지존의 성하'라고 불러도 대답은 해주겠습니다."

로어의 가슴속에서 감탄과 짜증이 전쟁을 벌였다. 로어와 카스토르는 항상 자신들을 경멸하듯 쳐다보는 필립을 싫어했다. 심지어 저 늙은이가 카스토르의 치료를 중단하기 전부터 그랬다. 물론 로어도 카스토르가 10년이 넘는 세월 동안 사무친 분노를 풀어야 한다는 건 이해하지만, 아르콘을 우스운 꼴로 만들고 자기 가문에 총질을 하는 것이 과연 자기 화를 푸는 가장 생산적인 방법인지는 의문이 갔다.

"저희가 성하를 불쾌하게 했습니까? 저희가 보여드린 성의가 충분치 않았습니까?" 필립이 새로운 신에게 물었다.

"아니, 충분히 좋았습니다." 신이 대답했다.

이 멍청아, 일단 목숨을 부지할 생각부터 좀 해라, 로어는 생각했다.

마치 카스토르가 그녀의 말을 듣기라도 한 듯, 그는 기세를 누그러뜨리며 다시 부드러운 어조로 말했다. "자, 이름 문제는 해결되었으니 이제 아킬레우스 가문에는 그간 별일 없었는지, 그리고 아르콘이 내게 구하는 것은 무엇인지 말해보세요."

필립은 다 들릴 정도로 숨을 크게 들이쉬고는 어깨를 다시 뒤로 젖혔다. "성하께서 승격하신 이후로 7년 동안 우리 가문에 얼마나 많은 아이들이 태어났는지를 들으신다면 기쁘실 겁니다…."

로어의 시야 한구석에서 뒤늦게 도착한 누군가가 계단을 올라오는 모습이 보였다. 에반드로스, 바로 밴이었다. 그는 사람들 사이를 헤치고 앞으로 나갔다. 검은색 장갑을 낀 오른손은 배 위에 그대로 고정한 채 왼손으로는 자신의 은색 실크 튜닉 앞부분을 반듯하게 매만지고 있었다.

이런, 젠장, 로어는 생각했다.

밴은 자신에게 오히려 해가 될 정도로 지나치게 똑똑했고 뭐 하나라도 놓치는 법이 없었다. 심지어 압도적인 시력을 보유한 매조차 자기 두 눈보다 에반드로스의 결정을 따랐다.

정리하자면, 로어가 5분 전에 이곳을 빠져나갔어야 했다는 말씀.

그의 등장을 알아챈 카스토르도 재빨리 에반드로스와 시선을 교환하고는 다시 필립의 말에 귀를 기울였다. 필립은 결혼과 사망, 다양한 자산 목록과 여러 가지 벤처 사업의 현황 및 성과에 대한 보고를 무덤덤하게 이어나갔다.

"성하의 의약품과 백신이 패스트트랙 절차를 거쳐 연방정부의 승인을 받았고 다음 분기 초부터는 본격적인 수익을 올릴 수 있을 것으로 기대하고 있습니다. 사실, 이 정도는 겨우 시작에 불과하죠. 성하께서 위대한 능력으로 아예 수요 자체를 늘려주실 수 있다면 우리는 앞으로 더 많은 것을 얻을 수 있으리라 믿습니다." 필립이 말했다.

카스토르가 미간을 찡그리며 몸을 앞으로 내밀었다.

"*빛나는 분이시여*, 아곤이 끝나고 성하께서 불멸의 지위와 능력을 다시 완전히 회복하셨을 때, 오로지 우리 가문만이 치료할 수 있는 질병을 퍼뜨려주시길 간청드립니다."

로어는 자기도 모르게 소리가 튀어나올까 봐 턱이 아플 정도로 이를 악물었다.

"성하의 능력 덕분에 우리는 다른 이들을 치료할 수 있는 축복을 받았습니다. 하지만 이제는 거기에 그치지 말고 더 멀리 나아가 새로운 기회를 창출해야 합니다. 너무 많은 사람들이 죽을 필요도 없습니다." 필립은 계속 말했다. 이런 아이디어만으로도 잔뜩 들뜬 사람들의 웅성거림이 주변에서 점점 더 커지자 필립은 자신이 힘을 얻었다고 느끼는 게 분명했다. "몇천 명만 죽어도 전 세계적으로 수요를 폭발시키기엔 충분할 것입니다."

"아니오." 카스토르가 단호하게 말했다. "병이나 질환을 일으키는 것은 내게 주어진 능력이 아닙니다. 설사 그렇다 해도 나는 그런 짓은 하지 않을 겁니다. 나는 이 가문이 성공할 수 있도록 능력이 닿는 한 모든 것을 할 거예요. 하지만 죽음이나 공포를 일으키는 존재가 되지는 않을 겁니다."

필립이 뒤로 휘청거렸다. "성하님…."

"확신하건대," 카스토르가 여전히 날카로운 어조로 말을 이었다. "내가 다시 설명하지 않아도 어쩌다 아곤이란 것이 시작되었는지, 그리고 왜 제우스가 아폴론과 그의 후계자들에게 그런 힘을 허락하지 않았는지 아르콘도 잘 알고 있을 텐데요. 그리고 이 세상에 이미 끔찍한 질병들이 수없이 존재하는데 거기다 새로운 질병을 더하라고요? 그것보다는, 내가 인간이었을 때 겪었던 것과 같은 질병으로 고통받는 사람들에게 내가 어떤 도움을 줬는지 물어봐야 하는 거 아닙니까? 내가 마련해준 것으로 어떻게 하면 합리적인 가격의 치료제를 만들어 사업을 잘 운영해나갈 수 있을지 따위의 요구를 해야 하는 것이 정상 아니냐고요."

아칸다가 허리를 숙이며 말했다. "현명한 처사입니다. 말씀하신 그런 노력들이 원활히 이루어질 수 있도록 기쁘게 맡아 처리하겠습니다."

고대 신들이야말로 이기심과 허영심으로 가득 찬 폭력에 굶주린 괴물들이었다. 하지만 행사장 안을 둘러보며 실망과 분노의 표정들을 발견한 로어는 뭔가 더 어두운 전조를 느꼈다.

"아도니스의 아들, 에반드로스여." 카스토르가 짙은 피부의 청년을 향해 말했다. "아곤의 상황은 어떤가? 우리 가문의 사상자를 수습하기 위한 협상은 잘되었는가?"

에반드로스는 연못가로 올라서서 그 옆에 무릎을 꿇었다. 카스토르의 얼굴에 어떤 표정이 스치며 입을 열었지만 에반드로스가 먼저 말을 꺼냈다. "소멸된 신에 대한 보고부터 드리겠습니다. 헤르메스가…."

밴의 주변에 있던 헌터들은 그에게 말을 끝마칠 기회를 주지 않았다. 엄청난 소란이 더욱 격렬하게 공간을 울렸다. 로어의 손도 옆으로 힘없이 늘어졌고 손가락에 감각이 느껴지지 않았다.

이제 아테나와 아르테미스가 유일하게 남은 고대 신들이다, 하는 생각이 들자마자 더 안 좋은 생각이 로어의 머릿속에 떠올랐다. *아테나에게 이 소식을 전해야 하는데.*

물론 로어가 당장 이곳을 빠져나가 아테나를 도와줄 사람을 찾지 못하면 그 숫자는 아르테미스 한 명으로 다시 줄어들겠지. 하지만 이건 아주 유용한 정보였다. 좀 더 들어볼 만했다.

"누가 죽였지?" 필립이 물었다.

"자신을 '래스'라 이름한 뉴아레스의 짓입니다." 에반드로스에게는 상대를 불편하게 만드는 차분함이 있었다. 심지어 나쁜 소식 앞에서도 한결같이 침착했고, 지금 이런 소식을 전하면서도 마찬가지였다.

사람들이 헤르메스의 죽음을 들었을 때와는 다른 종류의 분노로 격앙되어 다시 들썩이기 시작했다.

"자신이 헤르메스의 힘을 승계받지 못할 걸 알면서도 그를 죽였다고?" 필립은 격분했다.

"확실한가?" 카스토르가 물었다.

"제가 드론으로 살해 장면을 촬영했습니다. 한 가지 더 말씀드릴 것이 있습니다. 카드모스 가문에서 타이드브링어도 잡아갔습니다."

탄식의 웅성거림이 다시 공간을 울리고 지나갔다.

"산 채로? 죽은 채로?" 카스토르가 물었다.

"잡혀갈 땐, 목숨이 붙어 있었습니다." 에반드로스가 대답했다. "하지만 제 정보원에 따르면, 래스가 타이드브링어에게서 어떤 정보를 빼내려고 했는데 그녀가 결국 깨어나지 못해서 자기네 구역에서 처리했다고 합니다."

타이드브링어의 죽음에 대해 로어가 느낀 감정은… 엄밀히 말하면 슬픔은 아니었다. 다만 이제 자신이 페르세우스 가문의 유일한 생존자가 되었다는 약간은 냉혹한 깨달음이었다. 아마 지금쯤 그녀의 조상들이 지하에서 울부짖고 있지 않을까.

"그녀에게 빼내려던 정보가 뭐였지?" 카스토르가 물었다.

"더 알아보고는 있습니다." 에반드로스는 이렇게 말하고 의미심장한 표정으로 덧붙였다. "혹시 우리가 얘기했던 그 내용이 아닐까요?"

로어는 한순간 그 둘이 새로운 버전의 시에 대해 이야기하는 거라고 생각했지만, 곧 카스토르가 지난밤 격투장에서 했던 조용한 경고가 떠올랐다.

그자가 무언가를 찾고 있는데, 그게 너인지는 잘 모르겠어.

아니야, 그럴 리가 없어. 타이드브링어는 로어가 어디 있는지, 어떻게 찾을 수 있는지도 전혀 몰랐을 텐데.

"그자는 다른 가문들을 위협하고 있다." 필립이 방에 있는 사람들을 향해 열변을 토하듯 말하며 그들의 주의를 단숨에 집중시켰다. "하지만 우리는 두려워하지 않을 것이다."

에반드로스는 아무 말 없이 다시 카스토르에게 의미심장한 눈빛을 보냈다. "제 생각엔 그냥 위협만 하는 정도가 아닌 것 같습니다. 우리도 경계 태세를 갖춰야 합니다. 테세우스 가문이 공식적으로 카드모스와 연합했습니다. 그들은 이제 래스의 지휘를 따릅니다."

"뭐라고?" 필립은 사람들 사이에서 점점 커지는 웅성거림을 뚫고 고함을 질렀다.

"기억하시겠지만, 테세우스 가문은 지난 아곤 때 아르테미스가 그들의 은신처를 찾아내는 바람에 대부분의 파르테노이를 잃었습니다." 에반드로스가 말했다.

로어도 그 기억에 속이 뒤틀렸다. 수십 명의 어린 여자아이들이, 한때 그들의 수호자였던 바로 그 여신에게 모두 학살당했다.

"스파이에게 들었는데, 테세우스 가문이 래스에게 충성을 바치면 상당한 재정적 보상은 물론이고 그 대가로 그들에게 결혼과 보호를 약속했다고 합니다."

"겁쟁이들!" 로어 근처에 있는 누군가가 소리쳤다.

"조용, 조용!" 필립이 명령했다. "테세우스 가문은 우리처럼 자신들을 보호해줄 새로운 신이 없다!"

로어가 카스토르의 반응을 살피고 있지 않았더라면 아마 놓쳤겠지만, 순간 카스토르의 얼굴은 두 눈이 꽉 감긴 채 마치 자기 속으로 오므라드는 것 같았다. 떨림이 그의 턱을 순식간에 훑고 지나가는 사이 카스토르는 의자의 양쪽 팔걸이를 움켜쥐었다.

"성하님." 에반드로스가 다시 카스토르에게 말했다. "괜찮으시면

제가….”

그때 갑자기 거울에 비추던 디지털 이미지들이 튀어오르며 뒤틀렸다. 로어는 깜짝 놀라 벽에서 떨어졌다. 심장이 밖으로 튀어나올 듯이 쿵쾅거렸다.

아득한 파도 소리를 들려주던 숨겨진 스피커에서 갑자기 우레 같은 소리가 쿵쿵 울려대자 아킬레우스 사람들은 겁에 질려 방 여기저기로 정신없이 흩어졌다.

“도대체 무슨 일이야?” 필립이 사람들을 향해 큰 소리로 외쳤다. “빨리 아무나 스피커를 꺼버려!”

거울은 모두 검은색으로 뒤덮였고, 제단으로 향하는 불항아리들의 불빛만이 공간을 비췄다.

그리고 마침내 그 순간이 닥치자 쿵쿵거리던 소리가 단숨에 멈췄다. 카스토르는 마치 무엇이 올지 이미 알고 있었다는 듯 자리에서 일어섰다.

벽을 뒤덮은 거울마다 중심에서 빨간 불꽃이 점점 커지더니 화면 전체로 계속 퍼져나가 방 전체가 온통 빨간빛에 휩싸였다.

“아킬레우스여.” 귀에 거슬리는 저음의 목소리가 스피커에서 거의 스르르 미끄러지듯 흘러나왔다. “아킬레우스여, 내 말을 들어라.”

10

로어의 몸을 관통하고 지나간 두려움이 그녀의 몸을 안에서부터 갈기갈기 찢으며 밖으로 터져 나오는 것 같았다. 살갗을 뒤덮은 땀방울은 죽음의 신 타나토스의 손가락처럼 차가웠다.

공기를 가르는 비명 소리가 여기저기서 터져 나왔고 헌터들 몇명이 입구 쪽으로 몰려가려다 바닥에 나동그라졌다. 어떤 사람들은 비가 쏟아지는 것처럼 우수수 쓰러졌고 기둥이나 다른 사람들을 부여잡고 낑낑대며 다시 일어서려다 그들의 실크 옷들이 바닥에 온통 뒤범벅이 됐다. 옷 속에 숨겨둔 단검을 찾느라 몸을 뒤적거리는 사람들도 있었다.

로어의 몸도 말을 듣지 않았다. 마치 다리에서 피와 힘이 모두 빠져나간 것처럼 로어는 반질반질한 바닥에 그대로 쓰러졌고 또다시 엄청난 공포에 사로잡혔다. 팔다리는 너무나 보잘것없는 껍데기처럼 느껴졌고 심지어 고개를 들어 올릴 힘조차 없었다.

아리스토스 카드모스, 래스.

이것이 그가 가진 능력 중 하나였다. 로어는 의식의 끈을 부여잡고 공포가 자신을 완전히 휩쓸어버리기 전에 어떻게든 두려움을 떨쳐내려고 안간힘을 썼다. 뉴아레스는 사람들의 마음속에 살인이나 폭력의 충동을 불어넣을 수도 있지만, 사람들의 의지와 몸을 약하게 만들어 그런 폭력의 충동을 빼앗아가는 것도 식은 죽 먹기였다.

로어는 몸 아래 깔린 다리를 발차기하듯 펴보려고 했지만 다리가 전혀 반응하지 않았다. 그녀는 코로 짧은 숨을 들이쉬며 고개를 돌려 카스토르를 찾았다.

그는 래스의 술수에 전혀 영향을 받지 않은 듯 자기 자리에 그대로 서서 경악스러운 표정으로 사람들을 지켜보다가 바닥에서 끙끙대는 아칸다에게 다가가 그녀를 일으켜 세우려고 했다. 그녀를 붙잡고 있는 카스토르의 손바닥이 빛을 내뿜었지만 여자는 이미 혼이 나간 상태였다.

카스토르의 얼굴이 순식간에 걱정과 두려움으로 뒤덮였다. 로어는 카스토르가 머릿속으로 외치는 소리가 들리는 것 같았다. *어떡하지? 난 어떻게 해야 하지?*

로어는 이제 알 것 같았다. 래스는 그에게 보여주려고 한 것이다. 앞으로 무엇이 닥칠 것인지 똑똑히 봐두라고.

그리고 마침내 그는 말하기 시작했다.

"카스토르 아킬레우스, 너와 네 가족들에게 인사부터 하지."

"이럴 필요가 있었나? 우리 모두 당신 능력은 익히 잘 알고 있는데. 원하는 게 뭔지 말해라." 카스토르가 매섭게 말했다.

감각이 한꺼번에 로어의 몸을 휘감으며 되돌아오는 느낌에 그녀는 숨을 헉 들이쉬었다. 래스의 영향력이 사라지자 주변에 있던 헌터들이 힘겹게 몸을 일으키며 악을 쓰는 소리가 들렸다.

"나는 너에게 클레오스를 얻을 기회를 주겠다. 젊은 신이여, 내게 무릎을 꿇어라. 네 힘을 나를 위해 사용하라. 그리하면 아킬레우스 가문은 멸망하지 않을 것이다. 만약 거절한다면, 너부터 시작해서 모든 아킬레우스인들이 내 칼 아래 죽임을 당할 것이다."

"엉터리 협박 같으니." 필립은 겨우겨우 버티고 서서 날카롭게 소리 질렀다. "우리는 네놈들과 충분히 대적할 수 있다!"

"젊은 신이여, 인간 따위가 너를 대변하게 놔둘 건가?" 래스가 물었다. "내게 협조하는 자에겐 앞으로 도래할 세상에서 살 수 있는 자격을 주겠다. 우리가 함께 만들 그 세상은 상상도 할 수 없는 부와 힘이 넘치는 곳이 될 것이다. 아곤은 마침내 끝날 것이고 나를 받드는 자들은 모두 상을 받을 것이다."

로어는 쓰러진 테이블 하나를 짚고 바닥에서 힘겹게 일어섰다.

카스토르는 다시 눈을 감은 채 황금 보좌의 등받이를 움켜잡고 있다가 마침내 눈을 뜨고 말했다. "아킬레우스는 그 누구에게도 무릎을 꿇지 않는다."

"그게 너의 대답인가? 그렇다면 어쩔 수 없지."

"빨리 꺼버려!" 필립이 소리치며 불항아리 하나를 들어 가장 가까운 거울로 힘껏 던지자 거울이 산산조각 났다. "전기를 끊어!"

"너희의 새로운 신은 너희를 원망한다." 래스가 이제 헌터들에게 말했다. "너희의 신은 나약하며, 모든 신들 중 가장 약하다. 육신의 형태로 현현할 수조차 없고 자신의 힘을 완전히 사용할 수조차 없다. 내가 너희를 보살필 것이고 너희가 나를 섬기는 만큼 너희에게 보상할 것이다. 너희가 차지할 영광을 나도 함께 기뻐할 것이고 내 힘과 능력을 너희와 나눌 것이다. 오직 나만이 너희를 보호할 수 있다. 오직 나만이 너희를 자유롭게 할 수 있다."

"아킬레우스 가문은 항복하지 않을 것이다." 필립이 말했다. "너는 화면 뒤에 숨은 겁쟁이에 불과하다! 네가 이들을 보호한다고? 우리 가문 헌터들의 시신을 돌려줄 기본적인 예의조차 지키지 않았으면서?"

아킬레우스의 헌터들은 동의한다는 듯 발을 구르며 동조의 표시로 맹렬한 함성을 내질렀다.

거울의 화면이 다시 깜박거리더니 물결치던 진홍색이 더 끔찍한 장면으로 바뀌었다.

쓰레기로 뒤덮인 배수로에 참수된 머리들이 나란히 줄지어 있고, 그들의 눈알이 뽑힌 자리엔 은화가 하나씩 놓여 있었다. 시신들의 입 모양은 아킬레우스 가문의 마스크 모양을 그대로 흉내 낸 듯 턱뼈가 모두 빠진 채 크게 벌려 있었다.

필립과 다른 몇 명이 나머지 거울을 산산조각 냈지만 이미 때는 늦었다.

"직접 와서 데려가든가." 래스가 말하는 사이 전기가 차단됐는지 그의 목소리가 중간중간 끊겼다. "너희도 머지않아 그들의 뒤를 따를 것이다.

11

로어는 래스의 선전포고 여파로 혼란스러운 틈을 타 재빨리 탈출하기로 했다.

그녀는 아킬레우스 사람들 무리를 헤치고 계단을 향해 직진했다. 몰래 빠져나갈 시간적 여유가 별로 없었다. 아킬레우스들이 비상 경비 체제를 발동하면 출구가 모두 봉쇄될 것이다. 빨리 아테나에게 돌아가야 한다. 아테나를 도와줄 사람을 이제는 다른 곳에서 구해야 하고 여기서 일어난 일도 알려줘야 한다.

하지만 카스토르는….

로어는 잠깐 카스토르를 돌아봤다. 당연히 새로운 신은 무장한 헌터들에 둘러싸여 있었다. 그중 하나가 밀착 경호 명령을 내리며 방 반대편을 향해 몸짓을 하는 동안 카스토르는 새하얗게 질려 있었다.

그가 아테나를 치료할 수 있을 텐데. 조금 전 의식에서도 확인했

다시피 아폴론의 능력을 물려받은 카스토르야말로 로어의 가장 시급한 문제에 대한 최상의 해결책이었다.

하지만 안 된다. 그를 데려갈 수 없다. 로어도 그걸 잘 알고 있지만, 그래도 아쉬움이 쉽게 떨쳐지지 않았다. 하지만 데려간다 해도 아테나는 자기 남동생의 살해자인 카스토르를 절대 살려두지 않을 것이다. 마찬가지로 이곳에서 새로운 신을 몰래 데리고 나갔다간 아킬레우스 가문에서도 로어의 뒤를 추적할 것이 뻔했다. 그러면 그녀의 집까지 발각되겠지. 마일스나 아테나, 카스토르 모두 가뜩이나 지금도 충분히 위험한데 그 누구도 더 이상 위태롭게 해서는 안 된다.

카스토르는 자신의 가문과 함께 이곳에 남아 있는 것이 더 안전할 것이다. 심지어 필립과 함께 있을지라도, 그리고 래스가 선전포고를 했을지라도. 카스토르가 약한 신이라고 까발리면서 래스가 아킬레우스 사람들에게 준 메시지는 위험했다. 하지만 반대로 그것이 뉴아폴론을 구할 수도 있다. 헌터들은 그들의 끔찍할 정도로 한결같은 자부심 덕분에 항상 믿을 만한 존재들이었고, 자부심이라면 아킬레우스 헌터들에 비할 가문이 없었다. 절대로 자기들의 새로운 신을 순순히 포기하지 않을 자부심이었고, 다른 자의 지배를 받느니 차라리 목숨을 버리는 쪽을 선택할 자부심이었다.

로어는 마지막으로 한 번 더 그들을 둘러봤다. 심장이 쿵쾅거렸다.

개자식들아, 제발 날 실망시키지 마라, 그녀는 속으로 말했다. *카스토르를 절대 죽게 하지 마.*

아칸다와 이야기를 나누고 있던 에반드로스는 카스토르 쪽을 향해 큰 걸음으로 몇 걸음 만에 방을 가로질러 갔다. 로어의 옆을 거의 스치다시피 지나가는 그에게서 오렌지 향과 백단향 냄새가 났다. 로어는 그를 붙잡고 싶은 걸 가까스로 참았다.

밴을 다시 본 것도 정말로 오랜만이었다. 마지막으로 봤을 땐 모두 아이들이었다. 셋이 함께 미친 듯이 도시를 뛰어다니곤 했다. 카스토르가 언제나 활짝 펼쳐진 책이라 마음껏 읽히고 나누는 것을 좋아했다면, 밴은 꽁꽁 잠긴 채 침대 밑에 처박혀 있는 일기장 같은 아이였다. 물론 밴도 속마음을 그대로 드러낼 때가 있었다. 로어 때문에 카스토르가 자꾸 말썽에 휘말린다거나 로어가 카스토르를 위험한 일에 끌어들인다고 불평을 늘어놓을 때였다. 위험한 일이라니, 로어에겐 그 모든 게 그저 신나고 재미있는 일이었을 뿐인데!

그리고 사실을 말하자면, 로어의 신뢰도 완전히 레러템이라 아무한테나 대여가 되는 것도 아니었고 누군가에게 준다 해도 공짜는 아니었다. 밴도 어린 시절의 우정 비슷한 것 때문에 자기 가문에 대한 충성심을 거스르진 않을 것이다. 그러니 로어는 언제나 그랬듯, 테티스 저택을 빠져나갈 방법을 자기 힘으로 찾아내야 한다.

그래서 결국 자기가 들어왔던 길을 따라 다시 위층으로 올라갔다. 발걸음을 옮길 때마다 점점 더 불안감이 엄습했다. 가슴속 깊숙한 곳에서 감당할 수 없는 무게가 그녀를 자꾸 바닥으로 잡아끄는 것 같았다. 로어는 온 힘을 다해 마지막 몇 걸음을 올라가며 숨을 가쁘게 몰아쉬었다. 오싹한 공포가 다시 그녀를 휘감았다.

래스.

그의 목소리가 로어의 상처 부위를 다시 헤집어 몇 년 동안이나 애써 눌러놓았던 부모님과 여동생들의 모습을 되살아나게 했다.

테세우스 가문이 그와 연합했다는 건 래스와 아테나 사이를 가로막는 방패막이 수백 명으로 늘어났다는 뜻이다. 그렇다면 아테나는 그의 근처에도 가지 못하고 결국 로어와의 서약에서 자기가 맡은 몫을 해낼 수 없을지도 모른다. 그런 생각을 하자 몸속에서 열불이 치밀었다.

아니, 그 정도에서 끝나면 차라리 다행이지, 로어는 깨달았다.

래스가 고대 신들이건 새로운 신들이건 그들을 하나씩 제거하면서 어떤 일을 꾸미고 있다면 그의 헌터들이 아테나의 뒤를 줄기차게 쫓을 것이 분명했다. 아리스토스 카드모스는 결코 사소한 목적에 연연하거나 남들 모르게 은밀한 사냥을 즐기는 인물이 아니었다. 그는 지금 게임판에서 자신의 적들을 하나하나 제거해나가는 중이다. 그리고 그의 계획이 무엇이든 그 게임판 안에서 끝날 일은 절대 아닐 것이다.

그리고 카스토르….

로어에겐 자신의 과거와 연결해주는 고리가 얼마 남아 있지 않았다. 아마 그런 이유 때문에 로어가 인정하든 안 하든, 그런 고리를 하나라도 더 찾았다는 느낌은 강력한 마약과도 같았다. 로어는 벌써 몇 년 전부터 운명의 여신을 믿지 않았지만, 그래도 그들이 신나게 칼을 휘두르며 모든 이들과 모든 것들을 베어버리는 동안 칼에서 뿜어져 나오던 광채만은 로어의 가슴속에 선명하게 각인되어 있었다. 결국 로어에게 아무도, 아무것도 남지 않을 때까지….

"술 조금 마셨다고 찔찔대지 말고 정신 바짝 차리자." 로어가 중얼거렸다. 이 도시에서, 진짜 집에서 행복하고 만족스러운 삶을 살았잖아. 그리고 집에서 자신을 기다리고 있는 마일스도 있잖아. 그것도 자신을 당장이라도 흔쾌히 죽여버릴 수 있는 여신과 함께.

하지만 로어가 원하는 사람은 따로 있었다. 그녀의 다혈질이든 두려움이든 언제나 로어의 마음을 진정시킬 수 있는 단 한 사람. 언제나 바라보면 변함없이 그곳에 있었던 사람.

로어는 카스토르를 원했다.

로어는 입술을 깨물며 목구멍을 꽉 막고 있는 큰 덩어리를 삼켜보려고 애썼다. 마침내 자기가 들어왔던 방을 찾아 문손잡이를 잡았다. 하지만 손잡이는 들썩거리는데 문은 꼼짝도 하지 않았다.

"*젠장 잘됐네.*" 로어는 투덜대며 좀 더 힘을 주고 문을 열어봤다. "시간 없는데 너까지 왜 이러냐."

그녀는 열쇠구멍에 쑤셔 넣어볼 요량으로 플라스틱 조각을 찾아 반바지 뒷주머니를 뒤적여봤지만 손에 잡히는 건 보푸라기뿐이었다.

제길 망했네.

발코니 문을 통과하다가 떨어뜨렸거나 아니면 옷을 갈아입을 때 어딘가에 놓아둔 모양이었다.

복도에 있는 촛불들은 거의 다 타서 불빛이 희미해지고 있었다. 복도를 가득 채운 뜨거운 촛농 냄새와 연기 냄새에 아래층에서 올라오는 향냄새가 뒤섞였다. 로어는 마른 입술을 핥으며 지치고 불안한 마음을 가라앉히고 다른 선택안들을 궁리해보다가 옆방 문을 열어봤다. 그리고 그다음 방. 또 그다음 방.

"물론 이해합니다." 누군가의 목소리가 계단 위로 올라왔다. 무겁고 빠른 발소리가 뒤따랐다. "내가 걱정하는 건 보안이 뚫렸다는 것이⋯."

서둘러 다음 방으로 움직이는 짧은 순간 스스로에 대한 저주가 로어의 마음속을 매섭게 뚫고 지나갔다. 머릿속은 벌써 자신이 이곳에 있는 이유에 대해 늘어놓을 수 있는 것들을 천 가지쯤 모색하고 있었다. *경계를 돌고 있었다, 이상한 소리가 나서 조사하고 있었다, 흥분을 가라앉히고 있었다, 혼자 있고 싶었다 등등⋯*.

그 어떤 것도 당장 해야 할 것은 아니었다. 복도 맨 끝에 번호키가 달린 문이 약간 열려 있었다. 로어는 안으로 미끄러지듯 들어가 문을 완전히 닫고는 마스크 속에서 힘겹게 숨을 쉬었다.

방은 약간 어두웠지만 천장의 선팅된 채광창으로 적당히 들어오는 햇빛 덕분에 방 안을 살펴보기엔 충분했다. 방 중앙에는 흰색 실크 캐노피가 쳐진 거대하고 화려한 침대가 놓여 있었고, 침대 양옆 벽에는 벽돌을 쌓아 올려 막아놓은 창이 두 개 있었다. 한쪽 벽에 세워진 수백 년쯤 된 것 같은 옷장 표면엔 소와 농부들이 그려진 색바랜 전원 풍경이 펼쳐져 있었다. 바닥엔 푹신푹신한 쿠션들이 마치 꽃잎을 흩뿌려놓은 것처럼 널려 있었고, 방 안 곳곳에는 정교하고 화려한 촛대들이 불이 켜지기를 기다리듯 사방에 놓여 있었다.

공기 중엔 아직도 새로 칠한 페인트 냄새가 맴돌았고 카펫은 지금 막 새로 깔아놓은 것처럼 티 하나 없이 깨끗했다. 필립과 아칸다의 방인가 보다. 아마 이번 아곤이 진행되는 동안 머물려고 새로 꾸민 모양이었다.

침대 위에서 움직이는 무언가가 로어의 시선을 끌었다. 침대 발치에 털이 북실북실한 큰 개 한 마리가 잠들어 있었다. 곰 같은 얼굴의 주둥이 부분과 길게 늘어진 귀 끝으로 하얀 털들이 모여 있었다. 온몸의 검은 털도 희끗희끗한 색으로 뒤덮여 있는 것이 마치 눈 덮인 센트럴파크에서 로어와 카스토르와 신나게 뛰어놀다가 방금 막 들어온 것 같은 모습이었다.

개의 입에서 흘러나온 얇은 침 한 줄기가 실크 이불 위로 늘어졌다. 개가 큰 눈을 천천히 떴다. 그러더니 로어를 알아봤다는 듯 머리를 쳐들었다.

"케이론?" 로어가 개에게 속삭였다.

로어는 개를 더 잘 보려고 마스크를 들어 올렸다. 한 줄기 소소한 기쁨이 마음을 밝혔다. 아직 살아 있었구나. 아마 지금, 열네 살쯤 되었으려나? 그녀는 그리스 셰퍼드에게 천천히 손을 뻗었다.

카스토르가 케이론의 등에 올라탈 정도로 아주 어린 꼬마였을 때부터니까, 개는 사실상 카스토르의 평생 친구였다. 로어와 카스토르가 도시 곳곳을 헤치며 수많은 모험을 함께하는 동안 개는 성가셔하는 유모처럼 두 사람 뒤를 충직하게 따라다녔다.

케이론이 실크 이불 위에서 꼬리를 획획 흔들며 반갑다는 듯 로어의 손가락을 핥자 신기할 정도로 마음이 차분해졌다.

"멋쟁이 아저씨, 나도 보고 싶었어." 로어가 개의 귀를 쓰다듬으며 말했다. "못 본 사이 혹시 인간 말을 배워서 내가 여기서 빠져나갈 수 있는 방법을 알려주거나 할 순 없겠지?"

개는 머리를 내리더니 다시 낮잠을 자기 시작했다.

"그래, 그럴 줄 알았다." 로어가 중얼거렸다.

두꺼운 카펫 덕분에 로어는 발소리를 내지 않고 방 안 여기저기를 둘러봤다. 발코니도 없고, 창문도 없고, 오로지 채광창뿐이었다. 눈이 휘둥그레질 정도로 화려한 욕실도 마찬가지였다. 로어는 욕실의 검은 대리석에 비치는 자신의 짜증스런 얼굴을 계속 흘깃흘깃 쳐다봤다.

결국 채광창 쪽을 다시 바라보며 고민했다. 저 위로 올라갈 수만 있다면 몸이 빠져나갈 수 있을 만큼 창문을 열 수 있을지도 모른다. 하지만 그렇다 해도 지붕에는 헌터들이 있을 텐데. 아마도 최상의 전투 태세를 갖추고 있을 그들을 상대하는 건 쉽지 않을 것이다. 로어는 마지막 남은 티끌 만한 자존심을 겨우 부여잡고 있었지만, 헌터들과 싸우는 것이 싸가지 없는 부잣집 애들을 때려눕히는 것과는 차원이 다르다는 걸 스스로도 잘 알고 있었다.

개가 한쪽 눈을 떴다.

"그런 눈으로 쳐다보지 마. 지금 완전 능동적으로 탈출 계획을 짜고 있는 중이니까." 로어가 개에게 말했다.

케이론의 머리가 문 쪽으로 향했다. 그리고 잠시 후 로어에게도 그들의 소리가 들렸다.

"안심하세요. 우리가…." 웅웅거리던 목소리가 점점 가까워지면서 더 커졌다.

로어는 다시 마스크를 쓰고 침대 밑으로 뛰쳐 들어갔지만 문에서 침대 밑이 보인다는 사실을 깨닫고는 곧바로 다시 몸을 굴려서 나왔다. 이번엔 옷장 쪽으로 향했다. 하지만 필립과 아칸다가 어느 시점엔 옷을 갈아입어야 할 텐데. 로어가 수많은 것들에 대해서는 어떻게든 핑계를 만들어볼 수 있다 해도 자신이 어쩌다 그들의 옷장 속에 쑤셔 박히게 되었는지에 대해서는 변변한 설명을 내놓을 수 없을 것 같았다. 결국 최악의 옵션만 남았다.

문의 잠금장치가 풀리고 마침내 열림과 동시에 로어는 방 안쪽 구석에 있는 나무 병풍 뒤의 좁은 틈으로 겨우 몸을 숨겼다. 제발 병풍이 장식용이길. 병풍이 접히는 부분의 벌어진 틈새로 로어는 세 명의 남자가 방 안으로 들어서는 걸 보았다.

그 순간 로어는 자신의 실수를 직감했다.

이곳은 필립과 아칸다 부부의 방이 아니었다.

12

케이론은 네 발로 완전히 일어서서 으르렁거렸다. 그 소리에 로어는 소스라치게 놀랐다. 지금까지 케이론이 그렇게 깊게 으르렁거리며 짖는 소리를 한 번도 들어본 적이 없다.

"이놈아, 얌전히 있어라." 필립이 개에게 차분히 손을 내밀며 말했다. "앉아."

케이론은 경직된 자세로 고개를 낮추고 꼬리를 감췄다…. 하지만 개는 필립을 보고 있는 게 아니었다. 개의 시선은 카스토르에게 향해 있었다.

새로운 신의 얼굴에서 그나마도 얼마 없던 낯빛마저 사라졌다. 그는 그대로 서서 개를 바라봤다. 에반드로스가 둘 사이에 끼어들었다.

"이놈을 치워버릴게요." 필립이 말했다. "어차피 개가 성하를… 알아보지도 못하는 것 같은데요."

"괜찮아요." 카스토르가 쏘아붙이듯 말했다. "그보다 내가 알고 싶은 것은 래스가 도대체 어떻게 우리 네트워크에 접속할 수 있었냐는 거예요."

"지금 기술 담당자들이 심문을 받고 있습니다." 밴이 대답했다. "제가 직접 그들과 시스템을 조사해보겠습니다. 하지만 놈들이 테티스 저택 내부자의 도움 없이 그냥 해킹했을 가능성도 있습니다. 그보다는 래스가 이런 식으로도 힘을 쓸 수 있다는 사실이 더 걱정됩니다."

"일단은 우리 가문의 신을 보호하는 것이 급선무입니다. 언제냐가 문제이지 놈들은 분명 더 직접적인 공격을 시도할 겁니다." 필립이 말했다. "혹시라도 도시를 벗어나 더 안전한 장소로 이동해야 할 일이 생기면 경호원들이 성하를 모실 겁니다."

"그렇게까지 할 필요가 있을까요?" 밴이 필립에게 물었다. "그들이 정말로 우리 가문에 스파이를 심어놨다면 우리가 움직이기도 전에 우리 경로를 알아낼 텐데요. 그건 너무 위험합니다."

"넌 이 가문의 아르콘이 아니라 *메신저*다. 결정은 내가 한다." 필립이 말했다.

메신저, 그랬군. 에반드로스가 달고 있는 황금 날개 모양의 핀은 가문의 특사 지위를 나타내는 상징이었다. 요즘이야 메신저 역할이란 것이 스파이와 다를 바 없지만, 그래도 그들의 목숨은 가문들 간의 서약에 의해 보호되었다. 그렇게 해야 그들이 다른 가문에 메시지를 전달하거나 아곤에서 전사한 헌터들의 시신 교환 문제를 처리할 때도 자기 목숨을 무릅쓰지 않아도 될 테니까.

"그 결정이 아리스토스 카드모스에 대한 대부님의 경쟁심 때문이 아니라 이성적인 판단하에서 내린 것이 확실합니까?" 밴은 목소리를 높이지 않고도 날 선 말을 뱉는 능력이 있었다. 로어는 저들이 자신의 거친 숨소리를 듣지 못하는 게 놀라울 따름이었다.

"아도니스의 아들 에반드로스." 필립이 날카롭게 쏘아붙였다. "나한테 다시 한 번만 그 따위로 말하면 네 가슴팍에 있는 그 핀만 뽑아버리는 게 아니라 네 나머지 손도 없애주겠다."

나머지 손? 로어는 몸을 앞으로 내밀었다.

이제야 보였다. 밴의 오른손 손가락이 왼손보다 약간 더 길고 뻣뻣했다. 손을 움직이기도 하고 손마디를 약간 구부릴 수도 있는 것 같긴 했지만 어쨌든 움직임도 느리고 범위도 제한적이었다. 싸움에서 신체의 일부를 잃고 그 부위에 최첨단 인공보철을 다는 헌터들이 종종 있었는데 밴도 그런 모양이었다.

망할, 로어는 생각했다.

분명 훈련 중 대련을 하다 사고가 난 게 틀림없었다. 로어가 기억하는 한 밴은 오른손잡이였다. 어린 시절 밴의 부모가 뉴욕에서 비즈니스를 운영하는 동안 밴도 가끔 훈련 프로그램에 참여했기 때문에 로어는 그가 오른손잡이라는 걸 알고 있었다.

어떤 헌터들은 부상을 당하고도 어떻게든 다시 훈련에 참가해 자신들의 변화된 신체 조건에 더 잘 부합하는 새로운 스타일의 싸움을 익히고 부상 이후에도 계속 사냥에 참가했다. 하지만 대부분은 아르콘의 명령에 따라 일종의 조기 은퇴를 당하고 기록보관사나 힐러 등과 같은 비전투 역할로 밀려났다.

로어는 그런 방식에 항상 화가 났다. 그들이 계속 싸우고 싶어 한다면, 클레오스를 성취하고 싶어 한다면 그들의 상황이 어떻든 그 의견이 존중되어야 한다.

"성하님, 우리가 예언을 받을 수만 있다면," 필립이 카스토르 쪽으로 시선을 돌리며 말했다. "카드모스 가문이 앞으로 어떻게 할지 예측⋯."

"예언 같은 건 없을 거라고 내가 몇 번이나 더 말해야 알아듣겠어요?" 카스토르가 말했다. "그건 내 능력이 아니에요. 다시 한 번 말하지만, 나는 아폴론의 능력을 몇 가지 받은 것이지 아폴론이 된 것이 아닙니다."

새로운 신이 로어가 있는 쪽으로 몇 걸음 다가와 손목에 두르고 있던 금장식을 벗어 병풍 옆에 있는 작은 테이블에 내려놓는 동안 로어는 숨을 참았다.

필립은 생각을 굽힌 것 같진 않았지만 고개는 끄덕였다. "맞습니다, 성하님. 당연히 저희는 순진무구한 열두 살짜리 아이가 고대 신들 중 가장 강력한 신을 물리치고 신으로 승천하게 된 이야기를 언제쯤 들을 수 있을지 다들 손꼽아 기다리고 있습니다. 혹시 우리 역사가에게만이라도 이야기를 해주실 수 있다면⋯."

"그만하죠." 카스토르가 불편한 어조로 말했다. 그가 로어와 어찌나 가까이 있는지 그의 몸에 남아 있는 향냄새를 맡을 정도였다.

아주 잠깐 새로운 신이 시선을 올리는 순간 로어는 그가 자신과 눈이 마주쳤다고 생각했지만 다행히 카스토르는 침대로 발길을 돌렸다. "이동하기 전에 쉬고 싶군요."

"카스토…, 성하님." 밴이 입을 열었다. "우리는 좀 더 얘기할 것이…."

"*그만하자고 했잖아.*" 카스토르가 말하며 침대 기둥을 세게 움켜쥐자 기둥이 갈라졌다. "떠날 때가 되면 나를 데리러 오라."

필립이 밴의 어깨를 잡아 문으로 데려가며 카스토르에게 말했다. "문밖에 헌터들을 배치해두었습니다. 제가 더 해드릴 일은 없을까요?"

"나가주기만 하면 됩니다." 카스토르는 돌아보지도 않고 대답했다.

"우리가 나가면 문을 잠그십시오." 밴이 덧붙였다.

카스토르는 고개를 끄덕였지만, 두 사람이 나가고 한참이 지나도록 움직이지 않았다. 마침내 그는 몸을 돌리다가 침대 프레임에 무릎을 찧고는 욕을 내뱉었다. 평소 같으면 저렇게 강력한 신이 오만상을 찌푸리며 껑충거리는 모습에 웃음이 터졌을 테지만, 카스토르는 어쩐지 아까보다 움직임이 훨씬 더 딱딱해 보였다.

그는 쭉 뻗은 팔을 하나씩 몸 쪽으로 당기며 목과 함께 스트레칭을 했다. 그러고는 문에 달린 세 개의 잠금장치를 돌려 잠그더니 벽에 붙어 있는 버튼을 눌렀다. 문을 완전히 차단하는 철문이 내려오는 소리에 로어는 기겁했다. 그렇게 그는 스스로를 방 안에 꽁꽁 가둬버렸다.

그리고 그와 함께 로어도 꼼짝없이 갇히고 말았다.

카스토르가 좀 전에 로어가 했던 것처럼 케이론에게 손을 내밀며 다가가려고 하자 개는 으르렁거리며 이빨을 드러내고 사납게 주둥이를 찡그렸다. 결국 개가 그에게 달려들어 손등을 무는데도 카스토르는 손을 빼지 않았다.

"나 기억하잖아. 그렇지?" 그가 개에게 속삭였다.

로어는 소리를 내지 않으려고 다시 손으로 입을 막았다. 케이론은 정말로 그를 기억하지 못했다. 이 사람은 개가 그토록 열렬히 사랑하고 보호했던 그 소년이 아니었다. 이 사람은… 개에게 뭔가 *다른 것*이었다.

지금 로어가 두려워할 만한 이유는 아무것도 없었다. 그가 도움을 구하려고 그녀를 먼저 찾아오지 않았던가. 물론 로어가 무단침입을 한 상황이긴 하지만 그렇더라도 카스토르가 그녀를 죽일 이유는 없지 않은가. 그런데도 로어는 몸을 움직일 수가 없었다. 마치 몸이 영원히 같은 자세로 굳어버린 채 눈을 항상 뜨고 있어야 하는 고대 조각상이 되어버린 것 같았다.

마침내 개가 그의 손을 놓아주고 잠잠해지자 카스토르는 다시 케이론에게 손을 뻗었다. 하지만 그가 손으로 등을 쓰다듬자 케이론은 일어서서 다른 곳으로 움직였다. 개는 베개 더미로 올라가 웅크리더니 새로운 신에게 강한 의심의 눈초리를 보냈다.

카스토르도 개를 빤히 쳐다봤다. 이제 그의 얼굴엔 어떤 다정함이나 희망의 흔적도 남아 있지 않았다. 그가 방 안을 서성거리는 사이 어두운 무언가가 그의 몸속을 깊숙이 뚫고 지나가기라도 한 듯 카스토르의 호흡이 깊고 거칠어졌다. 그러면서 잠깐씩 멈춰 서서 손으로 벽지의 볼록한 무늬를 문질러보고 이불과 커튼의 실크를 쓸어보기도 하고 의자 등받이에 새겨진 꽃무늬 조각을 만지작거리기도 했다.

마치 손가락의 움직임에 어떤 경건함이 배어 있는, 조용한 의식을 치르는 듯한 모습이었다. 로어는 그의 옆모습만 겨우 볼 수 있었지만 그의 얼굴에 감정의 소용돌이가 끊임없이 스쳐 지나가는 것을 알 수 있었다. 게다가 혼자 중얼거리기까지 했다. 무슨 말인지 알아들을 수는 없었지만.

마침내 그는 몸을 소스라치게 떨며 방 한가운데 멈췄다. 그리고 머리에 쓰고 있던 월계관을 내리더니 잠시 손으로 가만히 들고 있었다. 조용한 툭 소리와 함께 카스토르가 부러뜨린 월계관이 두 조각으로 나뉘어 그대로 바닥에 떨어졌다.

그때 아무런 기척도 없이 카스토르의 뒤에 있는 벽에서 비밀문 같은 것이 활짝 열리더니 미노타우로스 마스크를 쓴 헌터 한 명이 방 안으로 살며시 들어섰다.

카스토르가 몸을 곧게 펴고 천천히 일어서서 뒤를 돌아보는 순간 헌터는 망토 안에서 작은 총을 꺼내 들었다. 카스토르는 아무 행동도 하지 않고 그냥 헌터를 바라보기만 했다. 전혀 움직이지도 않았다. 마치 숨조차 멈춘 것 같았다.

젠장, 로어는 속으로 외쳤다. *젠장, 빌어먹을, 빨리 움직여!*

하지만 카스토르는 그냥 그대로 서 있었고 헌터는 총을 발사했다.

로어는 나무 병풍을 그대로 밀어젖히며 옷 속에서 스크루드라이버를 찾았다. 비록 칼은 아니지만 그래도 그녀가 의도한 대로 공기를 가르며 날아갔다. 그것이 헌터의 마스크를 비스듬히 맞히고 팅겨 나가자 헌터는 바닥에 쓰러졌다.

헌터가 다시 허우적거리며 비밀문 쪽으로 향하자 로어는 그대로 그에게 달려들었다. 카스토르가 죽었을지도 모른다는 공포로 완전히 맛이 간 상태라 절대 범인이 무사히 빠져나가게 둘 순 없었다.

헌터는 옆구리 칼자루에서 큰 단검을 꺼내 들었다. 케이론이 침대 위에서 온몸을 일으켜 사납게 짖어댔다. 그 소리에 헌터가 잠시 산만해진 틈을 타 로어는 서랍장 위에 있던 조그만 대리석 조각상을 집어 헌터의 머리를 사정없이 내리쳤다. 한 번. 두 번.

암살자는 땅바닥에 그대로 고꾸라져 뻗어버렸다. 검은 후드 모자 아래로 피가 서서히 흘러나왔다. 로어는 모자와 마스크를 벗겼다. 필립 아킬레우스의 축 늘어진 얼굴이 드러났다.

"개자식." 그녀는 분노했다. 그리고 배신자. 다른 가문의 마스크 뒤에 숨다니. 다른 가문의 마스크를 썼다고 근친 살해자라는 저주에서 벗어날 수 있는 것도 아닌데. 심지어 로어한테서도 벗어나지 못한 주제에.

케이론이 낑낑거리자 싸움으로 잠시 넋이 나가 있던 로어는 정신을 차렸다. 개는 바닥에 쓰러져 있는 카스토르 옆에서 그의 손에 코를 킁킁대고 있었다. 로어는 드라이버를 다시 챙기고는 카스토르에게 기어가 그의 몸에 총알이나 상처의 흔적이 있는지 살펴봤다. 그의 심장 근처에는 깃털이 달린 작은 화살이 꽂혀 있었다. 마취총이었다.

로이는 아르콘의 별칭 목록에 겁쟁이도 추가했다. 필립은 카스토르가 아무런 저항도 하지 못하게 먼저 마비시킨 다음 칼로 새로운 신의 심장을 찌르고 자신이 신으로 승격할 생각이었던 것이다.

"야, 빌어먹을 자식아!" 로어는 카스토르의 앞섶을 움켜쥐고 흔들었다. "쉽게 피할 수 있었으면서 왜 그랬어! 빨리 정신 차려!"

카스토르의 머리가 뒤로 축 늘어졌다. 로어는 그의 가슴에 귀를 대어봤지만 들리는 건 자신의 심장 소리뿐이었다.

"카스토르?" 로어가 그를 흔들며 불렀다. "카스!"

아무런 반응이 없었다. 로어는 손바닥을 그의 가슴에 대고 힘껏 누르고 또 누르고 또 눌렀다. 카스토르가 갑자기 깨어나며 숨을 몰아쉬었다. 그는 옆으로 몸을 돌리더니 혼란스러워하며 팔다리를 카펫 위에서 허우적거렸다.

"카스…." 로어가 그를 부르며 손을 뻗었다.

하지만 새로운 신은 힘겹게 뒤로 물러나며 로어를 향해 마치 뭔가를 발사하듯 손을 뻗쳤다.

순간의 '헉' 소리가 다였다. 곧바로 로어의 폐가 뜨겁게 타오르기 시작했고 카스토르의 손끝에서 번쩍이는 열 덩어리가 폭발하듯 뿜어져 나왔다.

13

로어는 자라는 내내 손에 칼을 들고 있었다.

그녀는 몇 시간이고 몇 날 며칠이고 막대기로, 검으로, 창으로, 방패로 끊임없이 연습하고 또 연습했다. 힘이 다 빠져서 더 이상 무기를 들 수 없을 때까지 그 무시무시한 동작들을 무한히 반복했다. 칼자루는 마치 저승을 흐르는 강줄기처럼 로어의 손바닥에 짙은 기억의 자국들을 남겨놓았다. 그녀는 더 이상 상처가 갈라지지 않게 그 굳은살들을 관리하고 손바닥 피부를 더욱더 두껍게 단련했다.

로어는 자신의 몸이 그 모든 것을 오롯이 기억하길 바랐다. 무기의 무게감, 상대를 내리치는 각도, 근육에서 끌어낼 수 있는 정확한 강도의 힘 같은 감각들 말이다. 그녀는 항상 어렴풋이 알고 있었다. 언젠가 완전히 지치고 고통스러워서 아무것도 생각할 수 없을 때 자신이 기댈 것은 오직 그 모든 연습과 그 모든 노력뿐이라는 것을 말이다. 그 기술들이 몸에 완전히 뿌리박혀 마침내 반사신경처럼 기능하게 될 순간이.

지금처럼.

로어의 뒤에 있는 옷장이 산산조각 부서져 그녀의 머리카락과 피부로 튀었다. 하지만 그 어느 것도 느껴지지 않았다. 로어는 한순간도 지체하지 않고 재빨리 몸을 피하며 숨을 들이쉬었다.

마스크 때문이야, 로어는 마스크를 벗으려고 했지만 연결 끈이 머리카락과 뒤엉켜 아무리 쥐어뜯어도 떼어낼 수가 없었다.

로어는 뒤에 있는 벽에 쾅 부딪치는 순간 숨이 턱 막혔다. 카스토르의 팔이 마치 쇠막대기처럼 로어의 가슴을 압박했다.

그는 팔을 움직여 이번엔 로어의 목을 눌렀다. 혈도와 기도가 다 막힌 듯 로어의 눈앞에 검은 점들이 보이기 시작했다. 그의 얼굴엔 어떤 감정의 징후도 보이지 않았다. 그 역시 오로지 순수한 본능에 따라 움직이는 것 같았다. 마치 스스로의 생존을 위해 몸부림치는 것 같았다.

로어는 그의 슬개골을 겨냥해 거센 발차기를 날렸다. 그의 뒤 어딘가에서 짖는 소리가 들렸다. 짙은 형체가 카스토르의 뒤에서 이빨로 공격하며 덤벼드는 모습이 보였다.

로어는 청동 마스크를 쓴 채로 카스토르의 이마를 들이받았다. 그는 고통으로 신음했고 이마에선 피가 줄줄 쏟아졌다. 카스토르가 깜짝 놀라 흠칫 물러난 틈을 타 로어는 부러진 손톱이며 팔다리를 막무가내로 휘저으며 절박하게 맞붙어봤지만, 그의 몸은 대적 불가였다. 로어의 온몸을 짓누르는 무게에 숨이 막혔다. 하지만 카스토르도 여전히 살과 피로 이루어진 인간의 몸이다.

로어는 두 다리로 그의 상체를 감싸 안고 힘껏 뒤집어 마침내 그의 몸 위로 올라탔다. 그러고는 스크루드라이버를 그의 목에 들이 댔다. 하지만 카스토르는 그 쇠붙이를 움켜쥐더니 그 끝을 로어의 얼굴 쪽으로 밀었다. 쇠붙이가 그의 손안에서 달궈져 녹아내릴 듯 누렇게 변하자 카스토르의 피가 금속 위에서 지글거렸다. 눈동자 끝에서 그 뜨거운 열기가 느껴지자 로어는 마침내 몽롱한 의식의 광란에서 벗어났다.

케이론은 새로운 신의 다른 쪽 팔을 이빨로 물고는 미친개처럼 울부짖었다. 카스토르는 큼직한 개의 송곳니나 사나운 힘을 전혀 느끼지 못하는 것 같았다. 그의 동공은 완전히 팽창되어 있었고 그 주변으로 그의 힘을 나타내는 황금색 불꽃이 둥근 막처럼 둘러싸고 있었다. 심지어 로어의 마스크를 박살 내고 그녀의 얼굴을 보고 있으면서도 카스토르는 그녀를 알아보지 못했다.

"나야 나!" 로어는 타는 듯한 쇠붙이에서 어떻게든 고개를 돌리려고 기를 쓰며 겨우 내뱉었다. "나라고! 로어라고!"

새로운 신의 얼굴 위로 서서히 스며드는 변화는 마치 천천히 펼쳐지는 날개 같았다. 그의 얼굴은 분노에서 충격으로 그리고 다시 공포로 바뀌었다.

카스토르가 그녀를 잡고 있던 손을 놓자 로어는 그에게서 떨어져 무릎을 꿇고는 헐떡거렸다. 스크루드라이버가 카펫에 떨어지자 모섬유가 그을리는 냄새가 순식간에 방 안에 퍼졌다. 로어는 그나마 남아 있는 정신으로 그 쇠붙이를 재빨리 욕실 타일 쪽으로 걸어

찼다.

뒤따른 적막은 방금 전까지의 열기만큼이나 고통스러웠다. 그녀가 무릎 위로 몸을 숙이고 공기를 더 들이마시려고 헉헉거리는 동안 카스토르는 그런 로어의 모습을 한참 동안 그저 바라보기만 했다. 그녀의 혈관 속에선 피가 여전히 불끈거리고 있었다.

케이론은 불편해 보이는 걸음걸이로 로어에게 다가왔고 로어는 개의 목덜미에 얼굴을 묻고 잠시 가만히 있었다. 로어의 나약한 마음 한구석은 개의 목덜미 속으로 아예 사라져버리고 싶었다.

하지만 결국 로어는 억지로 카스토르를 향해 고개를 돌렸다.

"놀랐어?" 이보다 더 뼈아프게 어색한 상황에 맞닥뜨린 적이 있었던가.

"내가 너를… 내가 너를 죽일 수도 있었어." 카스토르가 쉰 목소리로 말했다. "나는 네가… 내가 헷갈렸나 봐. 나를 죽이러 온….'

아니, 죽일 수도 있었던 것이 아니라 정말 죽일 뻔했다. 스크루드라이버를 막으려고 너무 힘을 주느라 로어의 팔이 욱신거렸다.

"내 기억으론 내가 항상 제압하는 쪽이었던 것 같은데, 많이 컸다, 너." 로어가 말했다.

그는 눈을 감고 숨을 길게 내쉬며 자기 이마를 문질렀다. 그 모습을 보자 로어는 문득 자신도 이마가 아프다는 사실을 깨달았다.

"처음 맞았을 때부터 너라는 걸 알아챘어야 했는데." 그가 말했다. "처음부터 박치기를 해대는 사람은 너밖에 없으니까. 그 마스크는 어디서 구한 건지 내가 모르는 게 낫겠지?"

케이론이 로어를 위로하듯 그녀의 턱을 핥았다.

"아주 못 봐주겠구만. 그렇게 끝까지 나한테 비수를 꽂아봐." 카스토르는 개를 잔뜩 쏘아보며 말했다.

로어는 감사의 표시로 개의 머리를 쓰다듬고는 침대 쪽을 가리켰다. 개는 카스토르를 멀리 피하면서 느릿느릿 침대로 갔다.

"스크루드라이버에 거의 찔릴 뻔한 게 짜릿하지 않아서가 아니라, 나는 너를 다시 못 볼 줄 알았는데? 격투장에서 네가 그렇게 반응해서⋯. 그런데 여기까지 왔네?"

"사실은 네가 나를 포악무도하게 막기 전에 내가 탈출하려던 중이었거든. 그리고 공식적으로 말하지만 나는 이 방이 네 방인 줄 몰랐어."

물론 개가 강력한 단서이긴 했지만, 이쯤에서 넘어가자.

"여기 나를 도우러 온 게 아니면," 카스토르가 천천히 말했다. "대체 왜 온 거야?"

"저기, 내가 방금 너를 도운 것 같은데. 말이 나왔으니까 말인데, 아까 살인미수자가 너한테 총을 쐈을 때 그냥 가만히 서 있었던 상황에 대해 얘기 좀 해보자." 로어는 엄지손가락으로 필립 쪽을 획 가리키며 말했다. "이 사람이 누군지는 내가 따로 말 안 해도 알겠지."

그는 이 사이로 짧은 숨을 몰아쉬며 바닥에 쓰러져 있는 남자를 쳐다봤다. "나는 사실⋯."

"너는 사실 뭐?" 로어가 즉시 맞받아쳤다. 가슴속에서 새롭게 짜증이 치밀었다. "거기 가만히 서서 저 사람이 너를 죽이는데도 그냥 보고만 있었던 게 아니라고?"

카스토르는 시선을 피했다. "넌 아마 이해 못 할 거야."

"네가 설명을 안 하면 내가 이해를 못 하는 게 당연하지." 로어가 말했다. 그가 여전히 그녀를 바라보지 못하자 로어가 다시 물었다. "무슨 일이야? 저 사람이 진짜로 일을 저지를 수 있는지 알아보고 싶었을 뿐이라는 헛소리라면 아예 할 생각도 말고. 너나 나나 저 인간이 어떤 인간인지 잘 알고 있는 데다, 네가 아까 아래층에서 보인 행동도 엄밀히 말하면 화해의 행동은 아니었으니까."

"어디서부터 본 거야?"

"볼 만큼 봤지." 로어가 대답하며 카스토르 쪽으로 기어갔다. "심지어 네가… 심지어 네가 일부러 완전 토 나오는 행동을 하는 것도."

아래층에서 온통 허세를 부리던 그 모습은 진짜 카스토르가 아니었다. *지금 이 모습이 진짜 카스토르였다.*

"너 설마…." 로어가 다시 입을 열었다. "설마 필립이 정말로 실행하길 바랐던 거야?"

카스토르가 주저하는 것만으로도 대답은 충분했다.

"아니야." 그는 우겼다. "아까는 실수였어. 내가 너무 방심한 거야."

로어는 고개를 저었다. "넌 방심 같은 건 안 하는 애야."

그는 아까 침대에 부딪친 무릎을 문지르며 말했다. "요즘은 그렇지도 않은 것 같아. 마치 느낌이…."

로어는 그가 말을 잇길 기다렸다.

"마치 내 몸이 내 것이 아닌 것 같아." 그가 마침내 털어놓았다. "한동안은 움직이거나… 뭘 감각하거나… 아무튼 그러지 않아도

됐었거든." 카스토르는 또 숨을 들이쉬었다. "사실 어떻게 해야 할지 모르겠더라고. 어떻게 하면 저 사람을 죽이지 않을 수 있는지."

"그게 뭐 그렇게 나쁜 짓이라고." 로어가 말했다.

"아킬레우스 가문에 리더십이 꼭 필요한 이 시기에?" 그가 반박했다. "게다가 필립이 나를 먼저 공격했다는 걸 증명할 수도 없을 텐데? 이 방엔 카메라도 없어. 내가 벌써 확인했거든."

"네가 저들의 지도자 아냐?" 로어가 생각나는 대로 그냥 물었다. "저들이 아르콘보다 너를 더 따라야 하는 거 아냐?"

"저들은 나를 원하지 않았어. 어릴 때도 그랬지만, 지금은 더욱. 어쩌면 아까는 정말 아주 잠깐, 차라리 필립이 신이 되는 것이 저들에게는 더 나았을 거라고 진짜 생각했던 것 같아. 그가 됐더라면⋯."

로어는 카스토르가 거르지도 않고 막 내뱉는 말에 움찔했지만 카스토르는 그런 생각의 흐름을 멈추지 않았다.

"그가 됐더라면 뭐? 훨씬 더 못 봐줄 인간이 되었을 거라고? 힘을 아무 데나 남발하고?" 로어가 먼저 치고 들어갔다.

"그래도 필립은 적어도 그 힘을 자기 맘대로 쓸 수는 있었을 거야. 그는 안 그랬을⋯, 저들이 필립은 믿고 따를 테니까."

"그 어디에도 네가 죽고 필립이 신이 되는 게 더 좋은 세상은 없어. 빨리 알아들었다고 대답해. 네가 살기 위해 태어난 사람이라는 거 너도 믿지? 대답해."

로어는 이해가 안 갔다. 카스토르가 아폴론의 힘을 원하지 않는다면 그는 왜 아폴론을 죽인 걸까?

문득 떠오르는 생각이 있었다. *자기 병을 고치려고. 건강한 새 몸으로 다시 태어나려고.*

카스토르는 네 살 때 급성 백혈병 진단을 받은 후 몇 년 동안 화학요법과 방사선요법, 조혈모세포 이식 등의 치료를 받으며 병과 싸워왔다. 그리고 지난 아곤이 시작되기 직전에 그의 병은 악성으로 재발했고 카스토르 자신을 포함한 모두는 그가 곧 죽을 거라고 생각했다.

로어를 뺀 모두가.

"제발 그렇게 좀 쳐다보지 마."

"그렇게라니?"

"내가 무서운 것처럼."

"무서운 게 아니라, 걱정돼서 그래. 대체 뭐가 어떻게 돌아가는 건지, 그리고 이게," 로어는 카스토르를, 카스토르의 몸 전체를 손으로 훑는 시늉을 하며 말했다. "어떻게 된 건지 이해해보려는 중이라고."

갑자기 자기 가문의 모든 요구를 정면으로 맞닥뜨려야 하는 건 어떤 느낌일까? 한때 나였던 사람을 잃는다는 건 어떤 느낌일까? 그런 일들이 얼마나 엄청나고 버거운 일일지 로어는 한 번도 생각해본 적이 없다. 아마 그녀가 카스토르에게서 느끼는 저 중압감이 그 때문이리라. 그래서 그가 지금의 자신을 인정하고 받아들이길 주저하는 것이겠지. 하지만 그것 말고 뭔가 로어가 콕 집어 말로 표현할 수 없는 다른 것이 있었다.

"찌찌뽕이네. 나도 잘 모르겠으니까." 카스토르는 이렇게 말하며 로어가 설명을 바라는 화제를 재빨리 회피했다. "애초에 넌 이 저택에 어떻게 들어온 건데? 사람들이 건물을 완전 봉쇄하고 여기저기 보초를 세워놨는데. 내가 다 확인했어. 거미로 변신했다는 헛소리는 아예 할 생각 말고."

그녀는 얼굴을 찌푸렸다. "옛날에 항상 들어오던 대로 들어왔는데?"

"거짓말 마." 그는 이마로 흘러내린 짙은 머리칼 아래로 로어를 바라보며 말했다. "비상 사다리도 헌터들이 다 지키고 있거든. 절대 그쪽으론 들어올 수 없었을 텐데."

"비상 사다리로 올라온 게 아니라서 다행이구만." 로어가 말했다.

"너 옛날에도…." 그는 허리를 곧추세우며 일어나 앉았다. "너 옛날에 비상 사다리로 올라왔다고 말했잖아!"

아, 그랬었지.

카스토르에게는 그렇게 말했다. 운명의 여신들이 좋아하는 맛은 어린 소년의 부드러운 살이라는 둥, 헌터로 입문하려면 사티로스의 오줌을 마시고 달이 떴을 때 홀딱 벗고 뛰어다녀야 한다는 따위의 말을 했던 것처럼.

이번이 처음도 아니지만, 로어는 자기가 어릴 때 조금은 못된 아이였다는 걸 깨달았다. 하지만 이번 비상 사다리 건은 나름의 이유가 있었다.

"네가 걱정할까 봐 거짓말한 거지." 로어가 퉁명스럽게 말했다.

카스토르는 세상 모든 걱정을 하는 아이였다. 공원에 있는 나무도 걱정, 길 잃은 강아지들도 걱정, 로어가 몰래 자기를 보러 왔다가 벌 받을까 봐, 자기가 암으로 죽을까 봐, 그리고 자기가 죽어도 자기 아빠가 잘 지낼지 등등. 그러니 적어도 이런 것 하나만이라도 로어는 카스토르의 걱정을 덜어주고 싶었을 뿐. "이 방법밖에 없었어. 그때 네가…, 어른들이 나한테 이제 너를 보러 오면 안 된다고 했을 때."

치료제가 카스토르의 면역 체계를 손상시켰지만, 로어는 그가 혼자 남겨져 있다는 생각에 하루하루 견딜 수가 없었다. 그래도 항상 로어는 카스토르를 절대 건드리지 않으려고 엄청나게 조심했다. 자신에게 도시 곳곳의 때가 묻어 있다는 것을 알고 있었으니까. 대부분은 그냥 카스토르가 자는 동안 그의 침대 곁에 앉아서 케이론과 함께 그를 지켜보는 게 다였다.

그는 공포에 질린 표정으로 믿을 수 없다는 듯 고개를 저었다. "여긴 4층 건물이야. 떨어져서 다리라도 부러졌으면 어쩔 뻔했어!"

로어는 손을 휘휘 저으며 필립이 뻗어 있는 쪽을 돌아봤다. 겨우 숨이 붙어 있는 것 같았다.

"네가 누구를 믿어야 할지 모르겠다고 했던 게, 이걸 말한 거였어?"

"응, 맞아." 그가 숨을 깊이 들이쉬며 말했다. "하지만 그것 말고도 그냥… 너를 보고 싶었어. 너한테 아리스토스, 래스에 대해 경고도 해줘야 했고. 센트럴파크에서 개곤이 지나고 밴이 나를 집으로 곧바로 데려오지 않고 너한테 먼저 데려간 거야."

"왜? 그전에도 나를 찾아올 수 있는 시간이 7년이나 있었잖아. 인간 몸이 되니까 특히 더 옛날 생각이라도 난 거야? 아니면 그냥 심심해서 내 일과나 망쳐볼까 싶은 기분이 들었던 거야?" 로어는 거칠게 날이 선 말들을 쏟아내는 자신이 싫었다.

"다 해봤어." 카스토르가 대답했다. "몇 년이나 너를 찾아다녔는데, 네가 완전히 증발해버린 것 같았어. 아무런 흔적도 안 남기고 말이야."

"그래, 뭐 작정하고 그런 거니까." 로어는 기억이 되살아나자 가슴이 뜨끔했다.

"나는 네가 죽었을지도 모른다고 생각했어. 그런데 밴이 어제 너를 찾아낸 거야." 카스토르가 말했다. "밴은 필립 때문에 걱정이 돼서, 그래서 밴 생각엔…, 그리고 나도 네가 어쩌면 나를 숨겨줄 수 있지 않을까, 아니면 나를 도시 밖으로 벗어나게 해줄 수 있지 않을까 생각했지."

혹시 그녀의 등짝에 '위기에 빠진 신들에게 은신처를 제공함'이라는 표지판이 붙어 있기라도 한 건가?

"하지만 네 말이 맞아. 너한테 그런 부담을 지우는 건 옳지 않은 일이지. 나는 그냥 우리가 아직…."

"우리가 아직 뭐? 친구라고?" 로어는 미처 멈추지 못하고 말해버렸다.

그는 움찔했지만, 움찔한 게 아닌 척하려고 몸을 일으켰다. 로어도 따라 일어섰지만 그의 그늘 아래 둘러싸이는 느낌이 싫었다.

"그렇다면 여기는 대체 왜 온 건데?" 그가 조용히 물었다. "나를 도와줄 생각이 전혀 없다고 그렇게 똑 부러지게 말해놓고 여기는 위험하게 왜 온 거야?"

그 질문은 마치 곧 로어의 목을 내리칠 단두대의 칼 같았다. 로어는 자기 스스로도 납득할 만한 대답을 고심하며 카스토르에게서 등을 돌렸다.

왜냐하면, 이 세상에서 내가 믿을 수 있는 사람이라곤 너밖에 없으니까.

"지푸라기라도 붙잡으려고." 로어는 어느새 이렇게 말하며 진실의 싹을 완전히 차단해버렸다. 바닥에서 반짝거리는 금색 물건이 로어의 눈에 들어왔다. 그녀는 욱신거리는 온몸의 통증을 애써 무시하며 허리를 굽혀 카스토르의 부러진 월계관 조각 하나를 집어 들었다. 거짓말은 로어가 생각했던 것 이상으로 술술 나왔다. "래스가 찾고 있는 게 뭔지 혹시 네가 아는 게 있을까 싶어서."

로어는 월계관 조각을 그에게 내밀면서도 그의 얼굴을 쳐다보는 대신 조각에 복잡하게 새겨진 월계수 잎들에 시선을 고정했다.

"그랬구나." 그가 부드럽게 말했다. "그사이 몇 년 동안 그자의 움직임을 몇 번 포착하긴 했는데 뭘 찾고 있는지는 정확히 알아낼 수 없었어. 밴도 마찬가지였고. 나도 네게 좀 더 많은 걸 알려줄 수 있으면 좋았을 텐데. 골드 선수."

"그렇게…." 로어는 애써 목소리를 가라앉혔다. "그렇게 부르지 마."

프랭키의 격투장에서 그 이름을 쓴 건 멍청한 짓이었다. 하지만 머릿속에 바로 떠오른 이름이 바로 그거였고, 그다음 주에 이름을 바꾸려고 했지만 프랭키가 그 이름을 너무 마음에 들어하는 바람에 그럴 수가 없었다. 골드. 우리 금쪽이. 이 이름은 로어의 부모님이 사랑을 담아 불러주던 애칭이었다. 우리 '꿀덩이'의 별칭이라고 나 할까. 로어의 이름은 양쪽 할머니의 이름에서 따온 것이었다. 로라 할머니와 '벌'이라는 뜻의 멜리타 할머니에게서.

"그게 뭔지 알 것 같아." 로어가 그에게 말했다. "래스가 찾고 있는 것."

카스토르가 손으로 어루만지듯 로어의 손 주위를 감싸자 손이 닿지도 않았는데 따뜻한 기운이 단숨에 로어의 멍든 손가락 마디로 퍼졌다. 그 느낌은 부드럽게 머뭇거리는 듯하더니 로어가 감지하는 순간 사라져버렸다.

"뭔데?" 그의 눈은 그녀를 보고 있었다. 로어는 자신이 뭘 더 기다리고 있는지도 알지 못한 채 계속 손을 내밀고 있었다. 그때 손길이 다시 다가왔고 카스토르는 손가락 끝으로 로어의 손목에서 엄지손가락까지 연결되는 굴곡을 따라 선을 그리며 내려오더니 월계관 조각을 붙잡았다. 그제야 로어는 조각을 쥐고 있던 손을 놓아야 한다는 사실을 깨달았다.

"고대 시의 새로운 버전을 찾고 있어. 거기에 아곤을 끝내는 법이 나와 있대."

얇은 금붙이 조각을 잡고 있던 카스토르의 손에 힘이 들어가는 것이 느껴졌다. 카스토르의 얼굴을 봐야 하는데 그의 반응을 직접 확인할 자신이 없었다. "왜 그렇게 생각하는데?"

자신이 처한 현실이 제대로 실감되자 로어는 두려움으로 가슴이 철렁했다.

이곳에 오기 전까지는 새로운 버전의 시를 찾고 싶었던 이유가 두 가지였다. 첫 번째는, 래스가 그것을 찾고 있으므로 그것을 손에 넣으려면 위험을 무릅쓰고라도 숨어 있던 곳에서 밖으로 나와야 할 테고 그래야 아테나가 희박하지만 그를 제거할 기회를 얻을 수 있기 때문이다. 두 번째는, 고대 신이든 새로운 신이든 그 어떤 신의 수중에도 그것이 들어가지 않도록 하기 위해서였다. 누구의 손에 들어가든 그것을 차지하는 신은 시를 활용해 상상 이상의 힘을 가진 불사신 중 최고의 불사신이 되어 우리 인간을 짓밟거나 지배할 테니까.

그런데 이제 로어에게 세 번째 이유가 생긴 것 같았다. 카스토르를 위해 그 시를 찾아야 한다.

만일 그 시에 정말로 단 한 명의 마지막 승자가 아곤을 끝낼 수 있는 내용이 적혀 있다면, 그 승자는 카스토르여야 한다.

하지만 로어는 이미 다른 신과의 연대를 약속하지 않았나. 그 신은 카스토르를 보자마자 한순간도 망설이지 않고 죽이려 할 텐데.

"로어?" 카스토르가 다그쳤다. "왜 그렇게 생각하냐고."

"오늘 아침에 그런 경고도 받았어. 다른 사람한테서."

"밴이 따로 들은 이야기가 있는지 나도 알아볼게." 카스토르가 로어에게 확인해주듯 말했다. "이 정보가 밴이 수색 범위를 좁히는 데 최소한 도움은 되겠네."

로어가 참지 못하고 앞으로 흘러내린 머리카락 사이로 카스토르를 쳐다봤을 때 그는 로어의 턱을 살피고 있었다. 로어의 얼굴을 따라 그려진 긴 흉터를.

시뻘겋게 달궈진 쇠붙이가 로어의 폐를 휘감고 있는 것 같았다. 로어가 숨을 들이쉬자 폐가 고통스럽게 경련했다.

상처는, 네가 살아 돌아온 수많은 전투의 증거라고, 로어의 아빠는 그녀와 여동생들에게 이야기하곤 했다. 하지만 이 상처는 그녀가 싸워 이겨서 얻은 것이 아니었다. 이것은 로어에게 찍힌 낙인이었다.

"이건 내가 모르는 상처네." 카스토르가 말했다.

로어는 그의 말에 담긴 질문을 무시했다.

"네 가족 이야기는 들었어." 카스토르가 얘기를 꺼냈다. "네 부모님이랑… 동생들…."

"그 얘기는 하고 싶지 않아." 로어가 날카롭게 말했다. "신이 되면 얻는 특전 중 하나가 자기 가문 외의 하찮은 인간들의 삶에 신경을 끌 수 있는 거 아닌가?"

그가 이를 꽉 물었다. "로어, 난 여전히 카스토르야."

로어는 고개를 저으며 슬프게 미소 지었다. 그녀의 가슴이 통째로 조여드는 것 같았다.

"정말이야. 정말 그냥 나라고." 카스토르가 로어의 손목을 붙잡으면서 그의 손에 들려 있던 월계관 조각이 바닥에 떨어졌다. 그렇게 서로 살갗이 닿으면 마치 자신을 로어에게 더 잘 이해시킬 수 있으리라 기대했던 걸까. 하지만 카스토르의 감촉은 마치 로어의 혈관을 타고 퍼져나가 그녀의 말초신경 끝까지 자극하는 것 같았다. 이런 영향력만으로도 그가 그냥 카스토르라는 주장이 사실이 아니라는 걸 입증하고도 남았다.

카스토르는 자신이 무슨 짓을 했는지 깨닫기라도 한 것처럼 로어의 손목을 놓고 한 걸음 물러섰다.

분명히 카스토르가 맞지만 한편으론 아니기도 했다. 확실히 알고 싶다면 그저 그의 눈을 보면 된다. 그에겐 타고난 외형적 특징들이 여전히 남아 있었지만, 그는… 개량되어 있었다. 여느 인간들처럼 엉망진창인 인간이었을 때의 수많은 결함들은 모두 깔끔하게 사라졌고, 지금은 여러 가지 측면에서 엄청나게 눈부셨다.

하지만 그렇게 따지면 로어 역시 그가 알던 로어가 아니었다.

"미안." 카스토르의 말에서 벼랑 끝에 몰린 듯한 절박함이 묻어났다. "그냥… *나한테* 말이나 해봐. 래스의 꿍꿍이를 왜 알고 싶은 건데?" 그의 눈이 커졌다. "설마, 그자를 죽이려는 건 아니겠지…?"

두 사람 사이에 침묵이 버티고 서서 과거와 현재를 가르는 선을 만들었다. 로어는 살면서 맞닥뜨린 수많은 선들 중 과거와 현재의 경계선만은 어떻게 넘어 다녀야 할지 알지 못했다.

카스토르는 눈을 감았다. 그의 온몸이 팽팽하게 긴장되었다. "그 사람이 왜 너희 가족을 죽인 거야?"

로어는 문득 궁금했다. 카드모스 가문이 로어가 한 짓을 어떻게 지금까지 계속 비밀로 유지할 수 있었을까? 아마 자존심 때문이기도 했을 거라고, 로어는 추측했다. 가끔 그날 밤의 기억이 떠올라 마음속으로 그때의 일을 하나하나 되짚으며 스스로를 벌줄 때도, 로어는 어린 여자아이한테 당했다는 사실이 아리스토스 카드모스와 카드모스 가문 전체에게 얼마나 굴욕적이었을까 생각하며 그나마 위안을 얻곤 했다.

"밴은 네가 어머니 쪽 가문에서 지내고 있을 거라고 생각했는데, 아무도 말을 안 해주더래." 카스토르가 말했다. "너를 보호해주다가 카드모스에게 보복당하는 위험은 다들 피하고 싶었던 거겠지. 하지만 그자가 도대체 왜 너희 가족을 노리게 된 거야?"

어머니 가문 쪽은 실제로 그 위험을 짊어졌다. 물론 로어가 피로 은혜를 되갚아줬지만. 한편으론 놀라웠다. 밴의 치밀한 솜씨로도 그 소름 끼치는 사연을 알아내지 못했다니.

"너무 뻔하잖아." 로어가 대답했다. "래스는 자기 할아버지가 시작한 일을 끝장내고 싶었던 거겠지. 아곤에서 페르세우스 가문을 아예 뿌리 뽑고 싶었던 게 아닐까?"

"그렇다면 왜 그전부터 명령을 내리지 않은 건데? 왜 자신이 신으로 승격할 때까지 기다린 건데? 그냥 인간이었을 때도 쳐들어가서 직접 처리할 수 있었을 텐데."

"그 얘기는 하기 싫어." 로어가 다시 날카롭게 말했다. "그자가 왜 그랬는지 내가 어떻게 알아? 우리 아빠가 그 자식의 제안을 거절했기 때문일지. 아니면 우리 아빠가 그자를 쪽팔리게 해서인지. 아니면 그냥 그러고 싶었던 건지! 내가 아는 건 카드모스 가문이 내 가족을 빼앗아갔다는 것뿐이야. 그 사람들이 모든 걸 빼앗아갔어."

하지만 그건 사실이 아니었다. 그 증거가 지금 눈앞에 있지 않은가. 그들은 카스토르를 빼앗아가지 않았다. 카스토르를 빼앗아간 건 아곤이다.

목에서 뭔가가 치밀어 올랐지만 로어는 더 이상 그때의 어린아이가 아니었다. 그녀는 이제 감정을 자제할 수 있다. "그리고 나도…, 나도 네가 죽었다고 생각했어."

"미안해, 로어. 맙소사…." 조용히 입을 연 카스토르의 목소리는 로어가 한 번도 들어본 적 없는 어조로 점차 바뀌었다. 분노와 자기 경멸이 목소리에 스며 있었다. "너도 도와주지 못하고 네 가족도 구하지 못하고. 몇 년이나 난 아무것도 할 수 없었어. 설사 그사이 내가 너를 찾아냈더라도 넌 절대 알지 못했을 거야."

"그게 무슨 소리야?" 로어는 카스토르에게 몸을 기울이며 시선을 들어 그의 짙은 눈동자에서 빛나는 강렬한 불꽃을 응시했다. 옆으로 축 늘어져 있던 로어의 손이 마치 카스토르의 얼굴에 드리운 거친 주름들을 매끄럽게 펴줘야 할 의무라도 느끼는 듯 그의 얼굴 위로 올라가고 있었다.

"나는 육신의 형태로 모습을 드러낼 수가 없었어." 카스토르는 침울하게 쓴웃음을 내뱉었다. "보아하니 나는 인간이었을 때나 신일 때나 똑같이 나약하고 쓸모없는 존재인 것 같네."

로어는 잔뜩 찡그렸다. 행사장에서 아칸다가 했던 얘기가 이거였구나. *저희가 성하를 위해 산속에 지은 저택도 텅 비어 있었고 성하께 바친 공물도 그대로 남아 있었습니다.*

"너는 절대로, 쓸모없는 사람이 아니야. 한 번도 그랬던 적이 없고, 절대 그럴 일도 없을 거야. 이 끔찍한 가문에서 그 누가 너에게 무슨 말을 하든 상관없이."

카스토르의 얼굴은 로어의 말을 너무나도 간절히 믿고 싶어 하는 표정이었다.

"나는 심지어 아버지도 구할 수 없었어." 그는 자기 손을 내려다봤다. "아버지는 돌아가셨어. 너도 혹시 소식 들었어? 나는 그분이 돌아가시는 걸 직접 봤어. 어릴 때 내가 갔던 장소들, 내가 보고 싶은 사람들을 찾아다니면서 둥둥 떠다니고 있을 때였어."

"돌아가신 줄 몰랐어." 그녀가 차분히 대답했다.

"심장마비였어. 아버지가 쓰러지는 걸 보고 있었지." 카스토르가 두 주먹을 부르쥐었다. "내가 도저히 극복이 안 되는 건, 도저히 용납이 안 되는 건, 내게 아버지를 고칠 수 있는 힘이 있었다는 거야. 내가 아버지의 생명을 구할 수도 있었는데. 하지만 그땐… 모든 게 너무 낯설고 어색했어. 지금은 최소한 내 힘을 어떻게 작동시키는지는 배웠지. 하지만 그걸 내 마음대로 통제하는 건…."

로어는 가슴을 부여잡았다. 로어의 마음속에서 죽어 있던 아빠의 모습과 카스토르 아빠의 상상 속 마지막 순간이 뒤섞여 떠올랐다. 그녀는 눈을 감고 심호흡을 하면서 치밀어 오르는 메스꺼움을 억눌렀다.

"나는 대답을 찾으려고 다시 돌아온 거야. 그것 때문에라도 난 살아남을 거야. 그러니까 내 걱정은 이제 하지 마." 카스토르의 목소리는 그의 눈빛만큼이나 강렬했다.

로어는 머릿속에 흩어진 생각들을 정리하려고 애쓰면서 허리를 굽혀 근처 테이블에서 떨어진 가죽 표지의 두꺼운 책을 집어 들었다. 그러면서 문득 문 쪽을 보고는 그대로 멈췄다. 책을 잡고 있는 손에 힘이 들어갔다.

"왜 그래?" 카스토르가 로어에게 다가오며 물었다.

"문밖에 있는 보초들 말이야." 로어가 입을 열었다. 분명 그녀와 필립이 몸싸움을 벌이는 소리를 들었을 텐데. 분명 그녀와 카스토르가 싸우는 소리를 들었을 텐데. 분명 케이론이 미친개처럼 날뛰는 소리를 들었을 텐데. 로어가 카스토르에게 손 하나 까딱하기 전에 이미 총이나 칼에 맞고 쓰러졌어야 하는 게 정상 아닌가? "보초들 다 어디 간 거야?"

"보초 따위는 애초부터 없었다, 멜로라." 거친 목소리가 대답했다.

필립이 한 손으로는 칼을 움켜쥐고 다른 손으로는 머리의 상처를 감싸며 일어서더니 카스토르 쪽으로 다가갔다.

"예전부터 항상 네가 멍청한 녀석인 줄은 알고 있었지만, 여기서 얼굴을 내놓을 정도로 바보일 줄은 생각도 못 했군." 필립이 로어에게 말했다.

"재밌네." 로어가 대꾸했다. "난 예전부터 항상 당신이 개자식인 줄도 알고 있었고, 당신네 새로운 신을 죽이려 할 정도로 멍청하다는 것도 완전 확신하고 있었거든."

아르콘은 로어에게 침을 뱉었다. 카스토르가 성난 얼굴로 한 발짝 나섰다.

"그냥 나가요." 카스토르가 필립에게 말했다. "여기서 있었던 일은 굳이 다른 사람들이 알 것도 없어요. 그리고 당신도 근친 살해라는 저주를 피할 수 있고요."

"난 그 저주를 기꺼이 받겠다. 아니 오히려 받고 싶을 정도야. 그렇게 해서라도 우리 가문을 살릴 수만 있다면. 나와 마찬가지로 네 놈도 알고 있잖은가. 한심해빠져서 아폴론의 권능과 역할을 제대로 감당할 수도 없고, 결코 아킬레우스 가문의 존경도 받지 못하리라는 걸. 네가 이렇게 될 줄 내가 미리 알았더라면, 어릴 때 그냥 널 죽여버리고 우리 모두의 목숨을 구했을 거다."

필립의 말들은 마치 카스토르 자신이 했던 말들이 그대로 메아리가 되어 돌아온 것 같았다. 새로운 신은 두 주먹을 불끈 쥐었지만 필립의 말에 항변하지 않았다.

"나는 우리 가문을 보호하기 위해 최선을 다할 거예요." 카스토르가 말했다.

"최선이라고?" 필립이 조롱하듯 카스토르의 말을 따라 했다. "최선? 네가 우리를 저버릴 계획이었다는 걸, 이 도시와 네 가문을 남겨두고 떠나려 했다는 걸 내가 모를 줄 알았다면 오산이야. 그동안은 나약하기만 했는지 몰라도 이젠 네 줏대 없는 이기심이 우리 가문을 더럽혔다."

카스토르가 움찔했다. 로어는 그를 진정시키려고 그의 팔을 잡았다.

"이것은 너를 위한 마지막 제안이다. 내가 단숨에 너를 아주 깔끔하게 죽여서 이 삶에서 해방시켜주겠다. 이 방법밖에 없다는 걸 너도 잘 알겠지. *최선을 다한다고?* 네까짓 놈은 아무리 해도 될 턱이 없다."

로어는 책을 더 단단히 움켜쥐고 늙은 염소의 말랑한 부위 중 어디를 때려야 할지 고민했다. 그녀는 카스토르의 얼굴에 두려움—어쩌면 필립의 말이 맞을지도 모른다는, 자신이 절대 충분치 않으리라는 걱정—이 스치는 것을 보고 두 군데로 정했다. 한 방은 목을 향해, 나머지 한 방은 중요 부위로.

필립도 몸을 낮추며 싸울 태세를 갖췄다. "네놈이, 다 죽어가던

꼬맹이가 어떻게 고대 신을 죽였는지 이제 영영 알 수 없겠지. 하지만 적어도 한 가지는 확신할 수 있다. 내가 널 살려두면 너는 가문을 실망시킬 것이고 사람들은 너를 저주하며 죽게 되리라는 것을."

한 줄기 얇은 햇살이 어딘가에서 날아들어 카펫 위 로어의 발 근처로 내리꽂혔다. *이게 뭐지?* 로어가 그것을 내려다보는 사이 어딘가에서 날아온 화살이 필립의 심장을 그대로 뚫고 지나갔다.

필립은 부릅뜬 눈으로 카스토르를 바라보며 한 손을 들어 올려 화살을 잡으려고 했다. 하지만 바닥에 쓰러지기도 전에 이미 숨이 멎어버렸다.

카스토르는 본능적으로 그를 붙잡으려 움직였고 로어는 눈을 위로 들어 채광창이 열린 곳을 찾았다. 열린 틈의 파란 조각을 배경으로 화살이 하나 더 나타나더니 튕기는 소리도 없이 시위를 떠나 허공을 가르며 카스토르의 목덜미를 향해 곧바로 날아들었다.

14

로어는 바로 달려들어 화살이 오는 방향으로 그 두꺼운 책을 들어 올렸다. 책이 화살에 맞자 그 충격으로 그녀의 팔이 휘청거렸다. 쇠 화살촉은 책에 맞고 다른 방향으로 튀거나 가죽 표지에 그대로 박히지 않고 수백 페이지의 얇은 책장을 그대로 관통해 뒤표지를 헤집고 빠져나갔다. 그러고는 마지막으로 강화 문짝을 때리고 마침내 멈췄다.

로어가 들고 있던 책도 바닥에 떨어졌다.

"뒤로 비켜." 카스토르의 목소리가 들렸다. 하지만 그녀가 움직이지 않자, 카스토르는 로어의 망토 앞을 붙잡아 당겨 그녀를 자기 뒤로 밀었다. 채광창에서 누군가가 뛰어내리면서 바닥에 묵직하게 울리는 쿵 소리가 났다. 방 안에 있던 가구들과 로어의 힘 빠진 다리가 흔들렸다.

곧이어 마치 나무들 사이를 가르는 서늘한 밤바람 같은 목소리가 들렸다. "신 살해자."

여자는, 아니 저 존재는, 고대의 깊숙한 야생에 드리운 어둠 속에서 조각되어 나온 것 같은 모습이었다. 나뭇잎들이 덕지덕지 들러붙은 여신의 금발은 흙으로 얼룩진 그녀의 얼굴 주위를 감싸며 새하얀 구름 같은 엷은 광채를 드리우고 있었다. 인간의 피가 흐르는 육신 때문에 탁해졌을 텐데도 그녀의 상아색 피부는 진줏빛 광택이 났다. 마치 스스로 달빛을 뿜어내는 것 같았다.

아르테미스(아폴론의 쌍둥이 누나, 아폴론이 태양의 신이라면 아르테미스는 달의 여신-역주)였다.

여신은 이를 드러냈지만 로어의 시선은 콤파운드 활을 꽉 움켜쥐고 있는 여신의 손가락에 고정되어 있었다. 분명 죽은 헌터의 것을 탈취한 것이리라.

케이론이 침대에서 뛰어내리며 으르렁거렸다. 여신은 자기에게 달려드는 짐승을 향해 시선을 돌렸다. 그녀의 눈동자가 번쩍거리자 개는 마취총이라도 맞은 것처럼 그대로 멈춰 서더니 여신에게 배를 내보이며 옆으로 늘어지듯 자빠졌다.

"사냥의 여신이여." 카스토르가 단조롭게 말했다.

아르테미스는 앞으로 움직이며 카스토르에게 살벌한 눈초리를 보냈다. 여신이 한 걸음씩 다가올 때마다 그녀의 섬뜩한 실체가 조금씩 모습을 드러냈다.

여신의 얼굴에 묻은 얼룩은 흙이 아니라 말라붙은 피였다. 피가 그녀의 전신에 흩뿌려져 하늘색 로브 여기저기에 핏자국이 있었다. 로어는 여신의 등에 매달린 화살통에서 눈을 뗄 수가 없었다.

화살통에 연결된 어깨끈은 낡은 가죽이 아니라 인간의 머리를 땋아서 만든 줄이었다. 전부 다른 색깔과 다른 질감의 머리카락들이 두피 조각들과 피로 끈적끈적하게 엉켜 있었다.

로어의 오장육부가 끔찍하게 뒤틀렸다.

아르테미스는 활을 들어 올렸다. 시위에는 이미 새로운 화살이 재어 있었다. "내가 널 찾아오리라는 걸 네놈도 당연히 알고 있었겠지. 너를 잡아서 하데스의 세계로, 아니, 그보다 더 깊숙한 타르타로스의 심연으로, 어디든 차라리 어둠 속에 숨어버리고 싶을 정도로 끔찍한 지옥의 암흑 속으로 보내주겠다."

로어는 생각할 겨를도 없이 카스토르에게 조심하라는 뜻으로 그의 어깨를 잡았다. 카스토르가 대답하듯 어깨 근육이 움찔했다.

"제발." 그가 말했다. "당신은 내 적이 아니에요. 나도 당신의 적이 아닙니다. 당신에게 물어볼 것이 있어요. 혹시 그날 당신도 거기 있었다면, 혹시… 그 장면을 목격했는지."

로어는 재빨리 뒤쪽의 잠긴 문을 살폈다. 그리고 깨달았다.

'자신들을 도우러 오는 사람이 아무도 없다'는 것을.

로어의 눈은 미친 듯이 방 안을 휘젓다가 마침내 전신 거울에 가 닿았다. 거울을 넘어뜨리면 깨진 유리 조각을 활용할 수 있을 것이다. 그런 다음엔 어떻게든 여신에게 접근해 그녀의 다리 힘줄이나 동맥을 긋기만 하면 된다. 그러면 최소한 카스토르와 자신이 도망갈 시간은 벌 수 있을 것이다.

"이 순간을 위해 7년을 기다렸다." 아르테미스가 입에 거품을 물고 말했다. "내 동생의 죽음은 곧 네 파멸이다. 신 살해자, 이제 네놈에게 닥칠 건 악운뿐이다. 내가 너를 처리하고 나면 네 송장은 새들이 먹을 찌꺼기조차 남아 있지 않을 것이다."

아르테미스와 아폴론 쌍둥이는 하나의 영혼을 반반씩 나눠 가졌다. 마치 밀물과 썰물처럼, 밤이 낮이 되고 낮이 밤이 되는 것처럼 끊임없이 서로 맞물리듯 함께했다. 둘은 아곤에서도 빈틈없이 서로를 지키고 보호했으며 어쩔 수 없는 경우가 아니면 항상 붙어 다녔다. 지금 여신의 모습은 아폴론의 죽음으로 마지막 남아 있던 분별력마저 상실한 것 같았다. 눈에서는 그녀의 힘을 상징하는 불꽃이 날카롭게 빛났다.

"당신도 그곳에 있었습니까?" 카스토르가 거의 애원하듯 다시 물었다. "대답해줘요."

"인간아, 여기서 나가라." 여신은 로어를 지칭하며 말했다. "너와는 볼일이 없다. 아직까지는."

여신의 말은 마치 서늘한 물방울이 로어의 피부를 때리는 것 같았다. *카스토르는 왜 여신에게 반격하지 않는 거지? 왜 자꾸 같은 질문만 반복하고 있는 거지?*

"그녀를 밖으로 내보내겠다." 카스토르가 로어를 데리고 천천히 문 쪽으로 뒷걸음질을 치며 말했다. "당신도 말했다시피 이 사람과는 볼일이 없으니."

두 사람의 움직임은 마치 어린 시절 서로의 발길을 그대로 따라 하던 훈련 자세의 형편없는 패러디 같았다. 카스토르가 손을 뻗어 문에 박힌 여신의 화살을 뽑아내자 문틀의 나무가 함께 갈라지며 조각들이 떨어졌다. 카스토르는 화살을 든 손을 몸 옆으로 내리는 척하면서 손목을 비틀어 화살 끝으로 자신의 등 뒤 허리춤을 가리켰다. 그의 황금 벨트 안쪽으로 작은 단검이 꽂혀 있었다.

로어는 카스토르의 의도를 정확히 이해하고 숨을 깊이 들이쉰 다음 그의 몸 가까이로 바싹 다가가 칼자루를 움켜쥘 준비를 했다. 카스토르의 몸에서 뿜어져 나오는 열기를 그대로 흡수한 칼은 로어의 손끝을 거의 달구다시피 했다.

"한 번만 더 쓸데없이 지껄이면 그 전에 피를 토하고 죽게 만들어주겠…."

카스토르가 허리를 앞으로 숙이자 로어는 지금까지 살면서 최고로 빠르게 몸을 움직여 카스토르의 허리춤에서 단검을 잡아 빼 그대로 날렸다.

칼이 약간 구부러져서 그랬는지, 아니면 로어가 그동안 연습을 안 한 탓인지, 칼은 로어가 의도한 것보다 더 오른쪽으로 날아갔다. 뱅그르르 돌며 날아가는 칼은 여신의 어깨가 아닌 팔 쪽을 향했다. 아르테미스는 활을 홱 들어 올려 칼을 막았고, 바닥으로 튕긴 칼은 빙그르 돌며 미끄러졌다.

로어가 미처 들을 새도 볼 새도 없이 날카로운 화살촉이 쉬익 공기를 가르며 그녀를 향해 날아왔다. 이미 쓰러지는 순간 로어가 인식한 거라곤 카스토르가 자신을 거세게 밀쳤다는 느낌뿐이었다. 그리고 거의 동시에 로어는 딱딱한 바닥으로 쓰러졌다.

화살이 스치고 지나간 관자놀이와 머리에서 피가 흘러내려 눈 속으로 스며들었다. 그녀는 카스토르의 걱정스러운 시선을 무시하고 어깨에 피를 문질러 닦으며 다시 일어섰다.

여신은 위협적인 소리를 내며 다시 침대 쪽으로 시선을 돌려 케이론을 똑바로 바라봤다. 겁에 질린 케이론은 그 큰 몸을 어떻게든 침대 밑으로 구겨 넣으려고 안간힘을 쓰고 있었다.

"안 돼, 개는, 제발." 카스토르가 말했다.

그때까지 낑낑거리던 개는 마치 여신이 칼로 찌르기라도 한 것처럼 갑자기 깨갱 비명을 내지르더니 몸에 잔뜩 힘을 주고 목덜미 털을 곤두세우며 송곳니를 드러냈다. 개의 으르렁거리는 소리는 마치 천둥소리처럼 방 안을 통째로 울렸다.

"케이론, 안 돼." 로어가 개에게 소리쳤다. "하지 마!"

개는 두 사람에게 사납게 덤벼들었다. 로어가 세상 어디에서도 들어본 적 없는 괴성을 냈고 거품을 문 입과 주둥이에서 줄줄 흘러나온 침이 사방으로 튀었다. 개의 눈은 여신의 힘을 받아 황금빛으로 빛났고 그 속에 무언가를 이해하거나 누군가를 인지하는 징후는 전혀 없었다. 오로지 '살기'로 활활 타오를 뿐이었다.

굶주림과 살기.

15

카스토르가 로어 앞을 막아서는 바람에 개의 모습은 로어의 시야에서 사라졌다. 그가 두 손을 앞으로 뻗자 손에서 힘이 폭발하듯 뿜어 나와 아르테미스를 향해 쏜살같이 날아갔고 그 순간 눈이 멀정도로 새하얀 빛에 눈앞의 모든 것이 번쩍 사라졌다.

로어는 팔을 들어 눈을 가렸다. 타격을 그대로 받은 벽에 구멍이 뻥 뚫리면서 시멘트와 벽돌 파편이 사방으로 튀었다.

바로 근처 어딘가에서 케이론이 끙끙대는 소리가 들렸다. 로어는 손으로 주변을 더듬어 개의 털이 만져지자 가까이 끌어와 카스토르의 몸 뒤로 개를 숨겼다.

강렬한 빛은 순식간에 번쩍하고는 금세 사라졌다. 로어는 눈을 가리고 있던 팔을 다시 내렸다. 카스토르가 내뿜은 에너지가 뜨겁게 불꽃을 튀기며 공중으로 산산이 흩어지자 로어 주변의 열기가 가라앉았다.

카스토르는 이미 벽 쪽으로 이동하여 먼지가 풀풀 날리는 구멍을 바라보며 심각한 표정을 짓고 있었다. 로어도 허겁지겁 일어나 비틀비틀 벽으로 다가가 카스토르의 옆에 나란히 섰다. 그녀는 구멍 너머로 몸을 내밀어 바깥에 떨어져 있을 아르테미스의 시체를 찾았다.

땅에 있는 쓰레기통 뚜껑은 아르테미스가 떨어지면서 완전히 찌그러져 있었다. 쓰레기통에서 굴러떨어진 여신은 다시 일어서더니 옆 골목 그늘로 홀연히 사라졌다. 그때 건물 안쪽에서 사람들의 외침 소리와 함께 요란한 사이렌 소리가 들렸다.

"공격이 빗나갔잖아." 로어가 쉰 목소리로 말했다.

"아니." 그가 대답했다. "빗나간 거 아니야."

고개를 돌려 로어를 내려다보는 카스토르의 턱은 또다시 경직되었다.

"너 괜찮아?" 그는 로어의 상처 난 눈가를 따라 부드럽게 만지며 물었다. 로어는 그에게서 물러섰다.

"왜 진작 공격하지 않았어?" 로어는 한 마디 할 때마다 숨이 찼다.

그는 왜 뻔한 질문을 하냐는 얼굴로 로어를 쳐다봤다. "아까는 케이론이 중간에 있었으니까 그렇지."

개는 어느새 문가에서 칭얼거리며 밖으로 나가고 싶은 듯 문을 긁어대고 문틈을 후비적거리고 있었다.

"아르테미스는 다시 돌아올 거야." 로어가 말했다. "일반적으로 해석하자면, 송장 먹는 새 얘기까지 나오면 보통은 그냥 겁주려고 하는 말이 아니라 진짜로 반드시 죽이겠다는 뜻이니까."

"로어, 내 걱정은 하지 않아도 돼." 그는 슬픈 미소를 지으며 말했다. "난 그녀가 추적할 수 있는 사슴 같은 것들하고는 다르니까." 카스토르는 벽에 난 구멍을 가리켰다. "그리고 이젠 적어도 아르테미스가 쳐들어오는 걸 볼 수는 있잖아?"

"첫째, 하나도 재미없음." 로어는 지저분하게 엉킨 자신의 머리카락을 손가락으로 빗어 넘기며 말했다. "둘째, 내가 말한 건 그런 뜻이 아니야."

밖에서 누군가가 문을 두들기자 문이 덜컹거렸다. 자물쇠가 열리는 동안 로어는 등허리를 들쑤시는 근육 결림과 마음속을 울려대는 경고음을 무시하고 카스토르 앞으로 가서 섰다.

대체 지금 뭐 하고 있는 거야? 그녀는 스스로에게 화가 났다. *지금이라도 채광창으로 빠져나갈 수 있는데.*

아테나에겐 로어가 필요하다. 그리고 로어는 아테나를 살려야 한다. 일단 아무 의사나 비공식적인 의료시설 같은 곳을 찾아서 아테나가 최대한 빨리 내상을 치료받게 해야 한다. 래스가 카스토르와 다른 새로운 신들을 공격하기 위해 모습을 드러냈을 때 아테나와 로어가 그를 공격하려면 서둘러야 한다.

카스토르…. 로어는 그를 흘긋 훔쳐봤다. 머릿속이 온통 고민에 휩싸였다. 그를 남겨두고 떠나기는 정말 싫지만 달리 뭘 할 수 있을까. 아테나가 극렬하게 혐오하는 적에게 도움을 받는 것이 지금 상황에서 가장 합리적인 해결책이라는 걸 잘 설명해서 여신을 논리적으로 설득해본다? 그보다는 로어가 케르베로스를 쏘아 맞히는 게 차라리 가능성이 높을 것이다.

안쪽에서 차단하고 있던 철문이 위로 올라가자 바깥쪽에 있던 나무문이 벌컥 열리면서 석고벽을 들이받고 먼지를 일으켰다. 곧 에반드로스가 문간에 나타났다. 짙은 얼굴은 거의 사색이 되었고 입술은 근심스러운 듯 악다물고 있었다.

"카스토르?" 그는 앞을 가린 먼지구름을 뚫고 외쳤다. 케이론은 에반드로스의 다리 사이를 뚫고 지나가 마침내 초토화된 방을 탈출했다. "어디 있는 거야?"

"여기 있어." 새로운 신이 대답했다.

밴이 한 손에 단검을 쥐고 방을 빙 둘러 두 사람에게 다가왔다.

카스토르가 로어 앞으로 팔을 들어 올리며 말했다. "이제 다 괜찮아. 지금은 로어뿐이야."

"로어." 밴이 살짝 숨을 들이쉬며 카스토르의 말을 반복하듯 불렀다.

밴의 눈에서 로어를 탓하는 듯한 내색이 짙어지자 로어는 예전의 익숙한 짜증이 다시 치밀어 올라 발끈했다.

"이건 내 잘못이 아니야." 로어가 힘주어 말하곤 속으로 덧붙였다. '이번엔 진짜.'

밴은 무기를 내렸다. "넌 도대체 여기 어떻게 들어온 거야?"

"그것보다 더 훌륭한 질문이 있지." 로어는 그의 질문에 대고 쏘아붙였다. "아르테미스는 대체 어떻게 들어온 건데? 왜 채광창은 벽돌로 안 막혀 있었어?"

"아르테미스라고?" 밴은 두 사람 사이로 시선을 옮겨 바닥에 팽개쳐진 화살들과 쓰러진 가구들, 벽에 난 구멍을 돌아봤다. 그리고 마침내 비밀문과 그 근처에 대자로 뻗어 있는 필립의 시신에서 시선이 멈췄다. "필립은 아르테미스의 공격에서 너를 보호하려다 용맹스럽게 죽은 건 아닌 것 같네…?"

"당연히 아니지." 로어가 대꾸했다. "어떻게 아무도 비밀문 같은 게 있는지 확인할 생각을 안…?"

밴이 손을 들어 따발총처럼 쏘아대는 로어의 말을 막았다. "나도 여기 오붓하게 서서 말싸움하고 싶은 마음은 굴뚝같지만 지금 최소 200명의 카드모스 헌터들이 이쪽으로 쳐들어오고 있어. 우리 헌터들은 거의 절반이 사망자 시신을 수습하러 외부에 나가 있는 상황이고. 카스토르, 너 피해야 돼. **지금 당장.**"

로어의 맥박이 빨라졌지만 발은 움직일 생각을 하지 않았다.

카스토르는 이를 악물었다. 그의 얼굴에 그늘이 드리웠다. 어쩌면 마음속으로 아까 필립이 했던 말을 다시 듣고 있는 건지도 몰랐다. *너는 가문을 실망시킬 것이고 사람들은 너를 저주하며 죽게 되리라.*

카스토르가 아무리 아킬레우스 가문 사람들을 미워하고 아곤을 싫어한다 해도, 그들이 곧 죽을 걸 알면서, 그리고 어쩌면 자신이 그것을 막을 수 있다는 걸 알면서도 그냥 떠나버린다면 그건 카스토르가 아니다.

"넌 그 사람들에게 아무것도 증명하지 않아도 돼." 로어는 설득을 시도했다.

"난 이들을 떠나지 않을 거야. 내가 그들을 어떻게 생각하든, 또는 그들이 나를 어떻게 생각하든 그건 중요하지 않아. 나는 그들을 보호할 의무가 있어."

"너 진짜 바보 아냐? 아니면 연기를 들이마시고 머리가 어떻게 된 거야?" 로어가 진지하게 물었다.

"멜로라, 참 한결같이 상냥해." 밴이 말했다. "너야말로 여기서 뭐 하고 있었던 건지 내가 감히 물어봐도 될까? 지난밤엔 카스토르를 도와줄 생각이 전혀 없는 것 같던데."

"먹을 게 있다는 소문을 듣고 왔다. 그러는 너는?" 이렇게 말은 했지만 이 순간에도 로어의 정신은 여기서 빨리 도망쳐야 한다고 스스로에게 소리치고 있었다.

래스와 그의 뱀 같은 졸개들이 이곳으로 들이닥치기 전에 빨리 떠나야 해. 서늘한 공포가 그녀의 몸을 스멀스멀 훑고 지나갔다. *빨리 아테나에게 돌아가서 헤르메스와 아르테미스, 타이드브링어와 래스에 대한 소식을 전해줘야 해…*

밴은 이제 냉정한 시선으로 로어를 유심히 관찰하듯 쳐다보고 있었다. 로어는 저놈의 빈틈없는 조사관 같은 눈초리를 피하기 위해 얼굴을 돌려버리고 싶은 본능과 오히려 대체 뭘 그렇게 알고 싶은 거냐고 따져 묻고 싶은 충동을 한사코 억눌렀다. 심지어 어린아이였을 때도 밴의 저 눈빛과 침착함만 마주하면 로어는 항상 자신이 시끄럽고 불결하고 단순한 인간처럼 느껴졌다.

"우리가 고대 시의 새로운 버전에 대해 알고 있는지 알아보려고 왔대. 그 시에 아곤에서 최종적으로 이기는 방법이 적혀 있을 수도 있대." 카스토르가 대신 대답했다. "로어는 래스가 그걸 찾고 있다는 사실을 누군가한테 들었고."

"누구한테 들었는데?" 밴이 물었다.

"그건 네가 알 바 아니고." 로어가 대답했다.

"너는 시에 대해 뭔가 들은 얘기 없어?" 카스토르가 밴에게 다그치듯 물었다. 로어는 이상하게 죄책감이 들었다. 심지어 이런 상황에서도 카스토르는 로어를 도우려고 하고 있다. 언제나 그랬듯 지금도 카스토르에겐 로어의 일이 우선이었다.

밴은 고개를 저었다. "아니… 혹여나, 그러니까 *진짜 만약에* 그게 정말 존재한다면, 오디세우스 가문은 알고 있을 수도 있지. 가문들 중에서 그들이 가장 오래되고 풍부한 기록들을 보유하고 있으니까. 그쪽에 있는 내 정보원에게 알아볼게. 어쨌든 카스토르 너 피해야 돼. 지금 즉시."

젠장, 오디세우스의 기록보관소라면 로어 자신이 먼저 생각할 수도 있었는데. 하지만 오디세우스 가문에 대해서는 아예 생각을 안 하기로 했던 게 기억났다.

"나에겐 이 가문을 도와야 할 의무가 있어." 카스토르는 고집을 부렸다. "보아하니 나한테도 눈곱만큼의 명예라는 게 있나 봐."

"명예도 웬만큼 멍청해야 귀엽게 봐주지." 로어가 말했다. "혹시 인간성을 잃으면 제일 먼저 떨어져나가는 게 자기 보호 본능인 거야? 아니면 그게 새로운 상식이라도 된 건가? 네가 떠나 있는 동안 이 도시가 그 정도로 많이 바뀐 것도 아니고, 그건 지금 밖에서 돌아다니는 헌터들보다 네가 더 잘 알고 있잖아. 지금은 일단 어딘가에 숨어서 앞으로 5일이 지날 때까지 기다리는 게 더 안전해. 아니면 멀리 외부에 따로 지낼 만한 지역을 알아보든가. 가장 훌륭한 옵션은 아니지만 그래도 양쪽 모두에게서 끊임없이 너 자신을 방어하지는 않아도 될 테니까. 네가 절대로 하지 말아야 할 한 가지가 바로 여기 남아서 이 사람들을 위해 죽는 거야. 그렇다고 이 사람들이…"

"맞는 말이야." 밴이 로어 옆으로 나란히 다가서며 끼어들었다. "따라서 너는 로어와 함께 떠나야 한다는 말씀."

로어가 그의 말을 납득하는 데는 시간이 좀 걸렸다. "잠깐, 뭐라고? 안 돼. 나랑은 같이 못 가."

"난 안 간다니까." 카스토르도 말했다.

"반드시 로어 너여야 해." 밴은 카스토르를 무시하고 계속 우겼다.

로어는 넌더리가 났다. "너 그 버릇 여전하구나. 어떻게든 싸움에서 너만 쏙 빠져 있으려고 하는 거."

"로어, 그렇지 않다는 거 너도 알잖아." 카스토르가 매섭게 말했다.

로어는 열불이 치밀었지만 억지로 참으며 숨을 들이쉬었다. 항상 이런 식이었다. 로어가 아슬아슬하게 선을 넘으려고 할 때마다 카스토르는 그녀를 붙잡아 세우곤 했다. 밴과 관련이 있든 없든 상관없이 모든 일에서 그랬다. 그때와 달라진 것은 이제 로어도 그 선을 넘어도 될 때를 스스로 충분히 결정할 수 있다는 점이었다. "내가 양심 나침반이 필요했으면 여기 오는 길에 가게에 들러 하나 사올걸 그랬지."

두 사람에게 모든 걸 설명하는 건 불가능하다. 이들에게 자신이 아테나와 한 거래를 털어놓을 순 없다. 그랬다가 두 사람의 성화를 어떻게 감당한단 말인가. 그리고 무엇보다 절대로 더 이상의 문제를 집으로 끌고 갈 수는 없었다.

밴은 장갑 낀 손을 들어 올려 머리를 기울이더니 로어를 뚫어지게 쳐다봤다. 로어는 저 눈빛이 항상 싫었다. 그녀가 당혹스럽게 꼼지락거리고 싶은 걸 참고 있는데 밴이 말했다. "여기서 진짜 문제는, '네가' 카스토르를 보호할 수 있다고 너 스스로도 '믿지 못한다'는 거지. 안 그래? 로어, 네가 다른 건 몰라도 겁쟁이는 아니라고 생각했는데."

"에반드로스, 너야말로 뒈져버리시지." 로어가 말했다. "지금 내가 남의 사정까지 신경 쓸 상황이 아니거든."

로어는 밴이 일부러 자신을 도발하고 있다는 것도 알고 있었고, 자신이 다혈질이라 쉽게 흥분하고 일이 벌어지고 난 후 오래도록 후회한다는 것도 알고 있었다. 하지만 '겁쟁이'라는 단어가 마음에 걸렸다. 밴이 로어를 공격하려고 그 말을 던진 것도 아닌데, 그의 말은 이미 로어의 가슴속에 비수가 되어 고통스럽게 박혔다. 그녀의 안에서 자신의 이름이 불린 걸 듣기라도 한 듯 그것이 발톱을 내밀며 밖으로 기어 나오기 시작했다.

모든 비겁자들은 스스로의 수치심에 좀먹혀 파멸할지니, 하고 로어의 엄마는 말하곤 했다.

"너희 두 사람, 제발 내 말 좀 들어주지?" 카스토르가 말했다. "난 떠날 수 없어. 나는 필립의 말이 예언으로 확정되게 놔두지 않을 거야. 내 가문은 내가 태어난 날부터 나를 실패자 취급했어. 그들 생각이 맞았다는 걸 내가 직접 증명할 생각은 없어."

로어는 그의 말에 담긴 결기에 깜짝 놀라 카스토르 쪽으로 돌아섰다. 심지어 밴도 약간 당황한 것 같았다.

"카스⋯." 로어가 다시 입을 열었다.

밖에서 끼익거리는 브레이크 소리가 시끄럽게 들리더니 뒤이어 엔진이 돌아가는 소리와 저택 아래층에서 사람들이 고함을 지르는 소리가 들렸다.

로어의 양손은 점점 오그라들었고 머리와 몸은 서로 전쟁을 벌이고 있었다. 카스토르를 여기에 남겨두고 갔다간 그의 고집불통 때문에 곧 죽을 것이 불을 보듯 뻔했다. '분명히' 아테나를 이성적으로 설득할 방법이 있을 거야. 그게 안 된다 하더라도, 일단 집으로 가면서 다른 옵션을 생각해보면 되니까.

"*카스, 빨리 피해.*" 밴이 말했다.

카스토르는 고통스러운 얼굴로 고개를 저었다. "못 가."

"가야 할걸?" 밴이 말했다. 자신이 이미 싸움에서 이겼다는 것을 확신하는 자의 의기양양한 어조였다. "너 자신의 목숨이야 기꺼이 버릴 수도 있겠지만, 네가 로어의 목숨까지 위태롭게 할 리는 만무하니까."

밴은 고갯짓으로 로어를 가리키며 말했다. 그에 반발하려는 듯 로어의 입이 벌어졌지만, 카스토르는 짧게 호흡을 들이쉬더니 눈을 감았다.

"밴—" 카스토르가 입을 열었다.

하지만 메신저는 정확히 어느 부위에 칼을 찔러 넣어야 하는지 이미 파악한 뒤였다. "카드모스들이 너를 죽이러 온다는 걸 안 이상 로어도 널 여기 남겨두고 떠나지 않을 텐데, 그들이 로어까지 찾아내게 할 거야?"

로어와 밴은 다시 눈빛을 주고받았다. 이제야 로어는 밴의 의도를 정확히 읽었다. *너를 믿고 카스토르를 네게 맡기는 거야.*

그녀는 끙 앓는 소리를 냈다. "나랑 갈 거면 지금 당장 떠나야 해." 로어는 카스토르에게 팔짱을 끼고 그가 벽에 뚫어놓은 구멍을 향해 잡아당겼다. "대체 어떻게 하면 흔적을 남기지 않고 너를 도시 반대편으로 데려갈 수 있을지 생각 좀 해봐야겠다."

"택시 타." 밴이 말했다. "택시비는 현금으로 내고."

로어가 눈을 깜박였다. "혹시나 해서 말하는 건데, 그런 생각은 나도 할 수 있거든?"

밴은 다시 자기 신을 바라봤다. 카스토르는 금속 칼날이 맞부딪혀 챙챙거리는 소리가 나는 문 쪽으로 몸을 돌렸다. 계단을 올라오는 발소리가 들렸다.

"너는 어떻게 할 건데?" 로어가 밴에게 물었다.

"같이 가자." 카스토르가 간청하듯 말했다.

"뭐든지 알아낸 다음에 바로 따라갈게." 밴이 대답했다. "시에 대해서도 좀 더 알아보고. 다 끝나고 어디로 가면 돼?"

로어는 이를 꽉 다물었다. 카스토르는 밴을 신뢰하지만, 그렇다고 자신도 그래야 한다는 뜻은 아니니까. "할렘에 '마르타네 식당'. 거기서 기다려."

밴이 고개를 끄덕이고는 복도로 빠져나갔다. 그리고 자물쇠가 다시 하나씩 잠겼다. 마지막으로 철문이 아래로 쿵 내려와 닫히자 두 사람은 건물 안에 있는 나머지 모든 것들과 다시 완전히 차단됐다. 그것을 바라보고 있는 카스토르의 어깨 근육이 공포와 좌절감으로 긴장했다.

로어는 1초 2초 광속으로 사라지는 것 같은 시간의 흐름에 애가 탔다. "빨리. 이건 네가 이길 수 있는 싸움이 아니야. 가끔은 명예 따위 포기해야 할 때도 있는 거야…."

"명예 때문이 아니야." 그가 로어에게 날카롭게 대꾸했다. "내가 떠나고 이곳에 남아 죽게 될 사람들 때문이지."

그의 말이 그녀의 피부를 태우기라도 한 것 같은 느낌에 로어는 그의 팔에서 팔짱을 풀었다. 그러고는 부서진 벽으로 다가가 건물 아래 쓰레기통을 살폈다.

"젠장." 욕이 나왔다.

이제 가장 큰 문제는 아래로 어떻게 내려가느냐가 아니었다. 밖에선 카드모스의 뱀 마스크를 쓴 헌터들이 벽에서 떨어진 파편 주위에 모여들어 카스토르의 방을 가리키며 올려다보고 있었다. 그녀는 금속 석궁에서 날아온 화살을 피해 몸을 뒤로 젖혔다. 곧바로 들려오는 헬리콥터 프로펠러 소리에 로어의 정신은 어쩔 수 없이 지붕 위로 향했다. 지붕 위에서 열린 채광창을 향해 다가오는 무거운 발소리가 들리자 마치 천둥이 로어의 혈관 속을 뚫고 지나가는 것 같았다.

어느새 카스토르는 로어의 옆에 서서 양팔을 앞으로 나란히 내밀었다.

도대체 뭘 하려는지 이해하기 위해 로어는 잠시 생각을 해야
했다.

"장난이지?" 로어가 말했다.

"겁나?" 그가 대꾸했다. "내가 널 떨어뜨릴까 봐?"

"아니, 나중에 네 인간 몸 부스러기를 시멘트에서 긁어내게 될까
봐. 진심이야? 우리 지금 4층에 있어."

"나만 믿어." 카스토르가 말했다.

이제 지붕 위의 목소리가 충분히 크게 들리자 로어는 그들이 하
는 말을 부분적으로 알아들었다.

"아킬레우스 신이 우리 바로 밑에 있다…."

로어는 얼굴을 찡그리며 말했다. "날 떨어뜨리기만 해봐. 죽음의 여
신으로 네 앞에 다시 나타나서 뼛가루와 피 말고는 아무것도 남지
않게 해줄 테니."

카스토르는 엄숙한 표정으로 고개를 끄덕였다. "기대하고 있
을게."

로어는 억지로 그의 옆으로 다가가 발끝으로 서서 한쪽 팔을 카
스토르의 목에 걸었다. 그는 허리를 약간 숙여 아무렇지도 않게 로
어를 잡아 들어 올렸다. 조금도 힘이 들어가는 기색 없이 태연하게
한쪽 팔로는 로어의 어깨를 나머지 팔로는 무릎을 살며시 감싸 안
았다.

그러고는 로어의 얼굴을 내려다보며 말했다. "준비됐지?"

그러더니 대답도 기다리지 않고 뚫린 벽으로 올라섰다. 구멍 양
옆으로 지붕에서 밧줄이 내려와 있었고 로어가 마지막으로 선명하

게 들은 것은 으르렁거리며 고함치는 저음의 익숙한 목소리였다. "그를 붙잡아! 절대 못 빠져나가게 하라!"

카스토르는 한 손을 빼서 벽을 타고 올라오는 헌터들과 땅에서 총을 쏴대는 헌터들을 향해 아까의 그 장풍을 날렸다.

머리카락과 살이 타는 악취와 쇠붙이가 녹는 냄새가 코를 찌르자 로어는 고개를 돌려 카스토르의 어깨에 얼굴을 묻었다.

"준비됐어?" 카스토르가 다시 물었다.

그녀는 고개를 끄덕였다. 그러자 카스토르는 로어를 더 꽉 붙잡고 벽에 매달린 밧줄 하나를 잡더니 공중으로 그대로 발을 내디뎠다.

낙하 때문에 로어의 심장은 몇 차례 박동을 멈추고 폐에 있던 산소마저 다 뽑혀나간 것 같았다. 덕분에 비명조차 나오지 않았다.

밧줄이 갑자기 홱 흔들리며 낙하가 멈추자 카스토르는 나지막이 툴툴거렸다. 로어의 눈이 번쩍 뜨였다. 그들은 한때 쓰레기통이었지만 지금은 녹아내려 연기만 뿜어내고 있는 쓰레기 더미 위에 착지했다.

"괜찮아?" 로어는 카스토르의 팔에서 몸을 빼며 일단 숨을 몰아쉬고 물었다. 카스토르의 손이 마찰에 의한 화상으로 껍질이 완전히 벗겨져 있었다. 그는 찡그렸지만 그의 손바닥이 환하게 빛을 내뿜더니 피부가 저절로 아물었다.

로어는 새까맣게 탄 채로 바닥에 널브러져 있는 시체들을 피하려고 큰 보폭으로 뛰었다. "카스! 가자!"

위에서 총알과 화살이 비처럼 쏟아지는데도 카스토르는 마지막으로 한 번 더 저택을 뒤돌아봤다.

로어는 줄기차게 카스토르의 손목을 잡아끌었고 마침내 그가 속도를 맞춰 따라올 때까지 손을 놓지 않았다. 그녀는 카스토르를 데리고 다른 쓰레기통 여러 개를 거쳐 울타리를 통과하고 외부 주차장으로 향했다. 서로의 삶을 단단히 동여매 주었던 천 가지 비밀 중 하나였던 그 길을 따라.

"나 놓치지 말고 잘 따라와야 해." 로어가 경고했다. "너 때문에 가다가 멈추지 않을 거니까."

"최대한 힘껏 따라갈게." 카스토르는 대답은 했지만 여전히 괴로운 목소리였다.

"나도 기대해볼게."

엘리베이터 통로의 창문으로 올라갈 땐 밑에서 밀어 올려주는 카스토르의 도움을 로어는 순순히 받았고 다 올라가서는 반대로 로어가 아래에 있는 카스토르에게 손을 내밀었다.

카스토르는 로어의 손을 잡았다. 물론 로어는 그가 자기 손 따위 잡을 필요 없다는 것을 이미 알고 있었다. 두 사람은 다시 출발했다. 그렇게 달리는 동안 근육을 타고 후끈 달아오르는 열기와 함께 뜨거운 피가 온몸으로 마구 뻗어나가자 로어의 몸에서 다시 활력이 샘솟았다. 바로 뒤에서 낯익은 리듬으로 자신을 따르는 카스토르의 발걸음과 함께 더더욱. 그 옛날 그들만의 거리들은 여전히 두 사람을 기다리며 그대로 있었다. 마치 그들이 한 번도 그곳을 떠난 적 없었다는 듯, 마치 두 사람이 서로를 잃어버린 적이 한 번도 없었다는 듯.

지금 이 순간만은, 과거는 현재가, 현재는 과거가 되었다. 오래 전 항상 그랬던 것처럼, 도시가 드리운 그림자들 속엔 또다시 오직 두 사람뿐이었다.

언제나 마땅히 그랬어야 했다는 듯 그렇게.

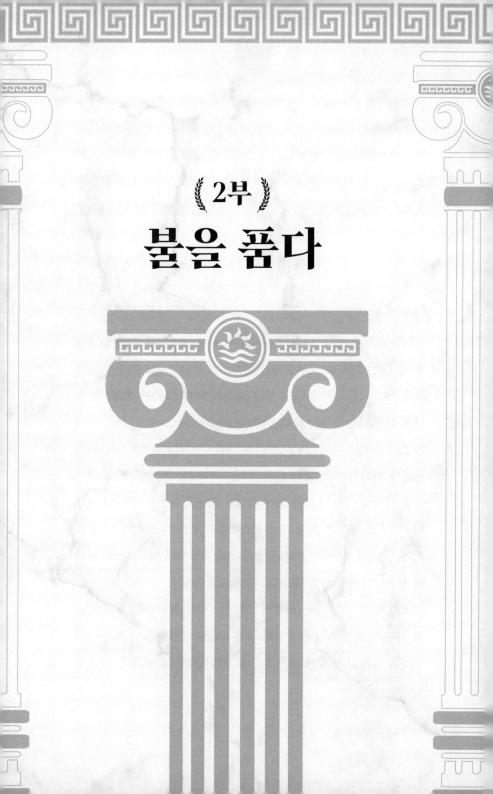

《 2부 》

불을 품다

16

여름의 찌는 듯한 더위가 도시를 달구자 맨해튼은 자신이 내세울 수 있는 최악의 악취를 발산했다. 두 사람이 허드슨강을 향해 서쪽으로 이동하는 동안 로어는 자신이 마치 눅눅한 쓰레기봉투 안에 담겨 있는 것 같은 기분이었다.

로어야 헌터 망토를 벗어버리면 그만이었지만 카스토르는 다른 차원의 이야기였다. 물론 뉴욕에서는 머리부터 발끝까지 고대 의상을 완전 장착한 남자가 돌아다녀도 '그날의 특이한 일' 순위로는 3등 안에도 들지 못한다. 그럼에도 불구하고 그 의상에 카스토르의 키와 몸집, 얼굴까지, 그 모든 것이 너무 훌륭하게 어우러지는 바람에 사람들의 눈길을 끌었다.

집까지 몇 블록 남은 곳에서 로어는 택시 운전사에게 내려달라고 했다. 바지 주머니에 지난밤 격투장에서 받은 현금이 아직 있었지만 로어는 눈에 띄게 줄어드는 20달러짜리 지폐 뭉치에서 몇 장을 꺼내 영 내키지 않는 마음으로 택시비를 냈다. 그녀는 뭐가 더 걱정되는 것인지 잘 분간이 가지 않았다. 돌아다니다 다른 가문 헌터들의 눈에 띄는 것인지, 아니면 집 안에 들어섰을 때 맞닥뜨릴 반응이 더 무서운 것인지.

카스토르는 테티스 저택을 출발한 이후로는 아무 말도 하지 않았다. 굳이 말할 필요도 없었다.

늦은 오후로 접어들면서 도시의 리듬도 더뎌졌다. 장 보러 가는 사람들, 세탁소에 가는 사람들, 소화전에서 뿜어 나오는 물로 장난을 치는 아이들을 이따금 지나치긴 했지만, 로어가 카스토르와 길을 재촉하는 동안 다행히 아는 사람과는 마주치지 않았다. 거짓말은 최대한 덜 지어내는 것이 좋으니까.

편의점 봉투가 마치 목적 없는 유령처럼 길가 여기저기를 펄럭이며 왔다 갔다 하는 걸 보고 로어가 허리를 굽혀 봉투를 줍자 카스토르의 얼굴이 약간 짜증스럽게 굳었다.

"왜?" 그녀는 방어적으로 물었다. "나 원래 쓰레기 굴러다니는 거 못 참아."

이 동네가 자신을 항상 보살펴줬으니 로어도 똑같이 이 동네를 돌봐줘야지. 뉴요커가 되면 자동으로 따라오는 계약 같은 것이었다.

그들이 모퉁이를 한 번 더 돌았을 때 로어는 카스토르가 다시 자신을 쳐다보는 걸 느꼈다. 잡화점 앞 벤치에 앉아 기다리는 고양이 보를 보고도 카스토르를 데리고 재빨리 지나갔다. 먼지와 검댕 범벅이 된 데다 피까지 덕지덕지 묻은 모습을 에레라 아저씨에게 들켜선 안 된다.

마르타네 식당이 가까워오자 로어는 걸음을 주춤했다.

"이쪽으로 와." 그녀는 카스토르를 식당 옆문으로 데리고 가서 계속 주변 거리를 살피며 문을 노크했다.

몇 분을 기다린 후에야 문이 벌컥 열리면서 멜 아주머니의 얼굴이 나타났다. 그녀는 로어의 모습을 보고 충격을 받은 듯 눈을 휘둥그레 떴다.

로어는 최대한 긍정적인 미소를 지어 보였다.

"과일 배달원인 줄 알았더니. 너 괜찮니? 대체 무슨 일이야?" 그러더니 멜은 마침내 카스토르를 발견하곤 눈을 깜박였다. "아이고, 친구도 있었네."

"자전거 사고요." 로어는 거짓말을 둘러댔다. "이 친구랑 부딪혀서 앞으로 고꾸라지는 바람에… 죄송한데 대충 좀 씻게 화장실 좀 써도 될까요? 마일스 아시잖아요. 이 꼴로 그냥 들어가면 난리가 날 거예요."

"그래, 얼른 들어와." 멜은 두 사람을 안으로 들여 급히 주방을 가로질러 갔다. 주방에선 요리사 조가 그날의 저녁 손님을 맞을 준비를 하고 있었다. "여기, 뒤쪽 화장실 쓰렴. 진짜 병원에 안 가봐도 되는 거니?"

"네, 우리 둘 다 괜찮아요." 로어는 카스토르와 비좁은 화장실로 들어가서 문을 닫으며 멜을 안심시켰다. "멜 아줌마, 고맙습니다."

"그래…." 멜이 이마를 찌푸리며 대답했다. "뭐 필요한 거 있으면 부르고, 알았지?"

카스토르는 로어가 세면대에서 얼굴에 물을 끼얹으며 세수하는 걸 기다렸다가 물었다. "마일스가 누구야?"

종이 타월로 이마에 난 상처 부위를 톡톡 눌러 닦다가 로어는 타월을 얼굴에 댄 채 카스토르를 올려다보며 대답했다. "같이 사는 친구."

새로운 신은 고개를 끄덕이며 문에 등을 기댔다. 그는 말없이 그녀를 지켜봤다. 로어는 지금까지 살면서 누군가와 싸울 때를 제외하고 다른 사람을 이렇게까지 의식한 적이 있었던가 생각해봤다. 그의 체격, 그 엄청난 존재감으로 이 작은 공간이 더 숨 막히게 느껴졌다.

로어는 거울에 비친 카스토르를 흘깃 쳐다보며 그의 괴로워하는 얼굴과 한때 럭셔리한 로브였지만 이제는 너덜너덜한 껍데기가 되어버린 옷을 재빨리 살폈다.

"네 잘못 아니야. 피했어야 하는 게 맞아."

"정말 그랬을까?" 그가 힘없이 반문했다.

"네가 죽으면 그 사람들한테 어차피 아무 소용도 없잖아." 로어가 다시 상기시켰다.

"결국 나는, 살든 죽든 그들에게 아무 소용 없는 거네."

로어는 젖은 종이 타월을 카스토르의 얼굴에 던졌다. 그는 화들짝 놀라서 로어를 쳐다봤다.

"넌 아킬레우스 가문에서 만들어낸 것 중 제일 최상품이야." 로어가 카스토르를 보며 말했다. "어쩌면 그 집구석에서 나온 것 중 유일하게 좋은 것일 수도 있고. 나중에 다시 싸우려면 지금 당장은 목숨부터 부지해야 할 때도 있는 거야. 내가 싸움에서 도망치는 걸 어떻게 생각하는지 잘 알잖아. 그런 내가 보기에도 승산이 적은 싸움이었어."

그는 한숨을 푹 내쉬며 다시 문에 머리를 기댔다. "난 평생 왜 이렇게 나약하기만 할까. 심지어 능력이 생겼는데도, 드디어 나도 강해졌는데…."

로어는 그의 말을 잘랐다. "너는 내가 아는 사람 중에 가장 강인한 사람이야. 항상 그랬어."

"지금 그건 너무 뻔한 거짓말이잖아." 그가 말했다. "옛날에도 나는 네 수준을 간신히 따라갔으니까."

로어는 뜨거운 기운이 치밀어 오르는 걸 애써 억누르며 다시 말했다. "카스토르 아킬레우스, 다시 말하지만 너는 내가 아는 사람 중 가장 강인한 사람이야. 네가 달리기가 빨라서라는가 주먹이 세서 그렇다는 게 아니야. 너는 아무리 세게 나가떨어져도 어떻게든 다시 일어났기 때문이지. 그리고 지금이 다시 그렇게 해야 할 때고. 지금 네가 어떤 기분이든, 감정 따위는 바닥에 떨쳐버리고 몸을 일으켜 세워야 해."

아까는 너무 큰일들이 한꺼번에 일어나서 필립과의 사고는 그냥 묻어두고 넘어갔지만 그래도 로어는 그 일을 마음속에 계속 담아두고 있었다.

"일단은 살아남는 게 우선이야. 그 사람들을 도우려면 살아 있어야 하잖아."

카스토르의 얼굴은, 너무 눈부셨다. 보고만 있어도 가슴이 시릴 정도였다. 그래서 로어는 그의 얼굴을 피했다.

"그러는 너는 뭐 하는 건데?" 이번엔 카스토르가 밀어붙였다. "너야말로 그러는 중인 거야? 그동안 도망가 있다가 이제 바닥에서 일어나 아곤으로 다시 돌아오겠다는 거야?"

"나를 다시 끌어들이려고 했던 사람이 할 소리는 아닌 것 같은데." 로어가 말했다.

"내 생각이 짧았어. 넌 이미 떠났는데. 그냥 내버려뒀어야 했는데, 내가 너무 이기적이었어. 네가 너무 보고 싶어서, 네가 살아 있다는 걸 꼭 확인해야 했어. 하지만 괜히 내가 나타나는 바람에 네가 래스를 붙잡겠다는 생각 따위를 하게 된 거라면…."

로어는 대꾸하지 않았다. 사실은 이를 너무 악물고 있어서 아무 말도 할 수 없었다.

"네 부모님은 네가 그분들의 원수를 갚는 걸 바라지 않으실 거야. 네가 그자를 죽이고 지옥 같은 불멸의 몸에 갇히는 것도, 끊임없이 사냥을 당하는 존재가 되는 것도 원하지 않으실 거야." 카스토르가 말했다. "그분들은 네가 온전한 삶 그대로 자유롭게 살길 바라실 거야."

손가락 끝에서 차갑게 따끔거리던 것이 마치 두드러기 퍼지듯 온몸으로 번져나갔다. 가슴속에서 철썩대는 이 익숙한 물결에 대항할 말을 고민하는 동안 로어의 호흡이 불규칙적으로 이어졌다. "넌 아무것도 몰라. 나는 그분들을 편히 쉬게 해줘야 해. 그들의 영혼이… 왜냐하면 내가… 그건 그냥 실수였는데."

머릿속 생각의 속도와는 달리 입으로 나오는 말들은 마치 나른

한 꿈속처럼 느리게 흘러나왔다. 카스토르가 로어의 어깨에 손을 얹었다. 로어는 뒤로 물러서며 몸을 흔들어 카스토르의 손을 떨쳐 내려 했지만, 머릿속에 자기 여동생들의 얼굴이 떠올랐다. 그날 로어가 그들을 발견했을 때의 그 모습이….

"로어? 왜 그래?"

"아니야, 아무것도. 난 *괜찮아.*" 로어는 간신히 대답은 했지만, 맥박이 점점 빠르게 쿵쾅거리자 눈앞이 핑핑 돌았다. 로어는 어떻게든 숨을 쉬어보려고 애썼다. 자신이 지금 어디 있는 거지? 아무리 생각해보려 해도 자꾸 올림피아와 다마라의 얼굴만 떠올랐다. 그들의 눈동자가 있던 자리에 검게 뚫린 구멍, 그리고 눈물처럼 흘러내려 동생들의 뺨 위로 말라붙은 핏자국.

지금은 안 돼, 이 말이 머릿속을 휘저으며 외치는 것 같았다. *지금은 이럴 때가 아니라고,* 지금은 정신을 똑똑히 차리고 있어야 한다. 하지만 압박감이 온몸을 계속 짓눌렀고 그 무게에 로어는 무너질 것 같았다. 자신을 둘러싸고 점점 높이 차오르는 어둠을 어떻게 뚫고 나가야 할지 길이 보이지 않았다.

"브로드웨이에서 공연한다는 거북이들 얘기 들어봤어?"

그의 말들이 갑자기 어둠을 밝힌 횃불처럼 로어의 마음속에 번쩍 들이닥쳐 상념을 끊어버렸다.

"뭘… 들어봤냐고?" 로어가 초점을 되찾으려고 눈을 깜박이며 되물었다.

"브로드웨이에서 하는 거북이 공연." 카스토르가 차분하게 말했다.

로어는 아직 이해가 안 됐다. "아니, 도대체 무슨 소릴 하는 거야?"

"진짜 못 들었어?" 카스토르는 여전히 강렬한 눈빛으로 로어를 쳐다보며 말했다. "등딱지도 홀랑 벗었다던데."

로어를 짓누르던 압박감이 약해지더니 어깨와 가슴에서 사라졌다. 그제야 숨이 트이고 코웃음까지 나왔다.

로어는 무안함을 숨기려고 고개를 숙인 채 발밑의 낡은 타일 바닥만 바라봤다. 길 할아버지도 로어가 다시 제정신으로 돌아올 때까지 마음을 달래주는 나지막한 목소리로 자신의 교수 시절 이야기, 가령 자신이 가르쳤던 학생들이 저지른 어처구니없는 행동들이나 세계의 수많은 곳들을 여행했던 이야기를 들려주곤 했다. 로어가 그만하고 싶을 때까지 두 사람은 함께 차를 마시며 얘기를 나누곤 했는데.

하지만 지금은 말하고 싶은 기분이 아니었다. 다행히 카스토르도 로어의 마음을 눈치챈 것 같았다.

"신들을 상대하다 보면 격한 감정에 복받치기 쉽지." 그가 무심히 말했다.

"그러게 말이야." 로어는 자기 목소리가 떨리지 않을 거란 확신이 들자 대답했다. "데리고 있어봤자 이렇게 속만 썩이니."

"내 말이." 카스토르도 동의했다.

"아무튼 거북이 얘기는 몹쓸 개그였어."

"걱정 마. 7년 동안 모아놓은 거 아직 시작도 안 했으니까."

"지금 협박하는 거지?" 로어가 물었다.

몸을 감싸는 온기가 느껴졌다. 카스토르가 미소를 지었을 때 로어의 피부가 화끈거린 것도 다 이 온기 때문일 것이다.

그때 갑자기 밖에서 누가 문을 두드렸다. "로어? 밖에서 누가 어떤 여자애를 찾는데, 들어보니 꼭 네 얘기 같아서. 훤칠한 흑인 남자인데, 향수 광고 포스터에서 그대로 걸어 나온 것처럼 생겼고…"

로어와 카스토르는 놀란 눈으로 서로를 쳐다봤다. 밴이 엄청 빨리 왔네.

"그 사람 이리로 들여보내 주시겠어요?" 로어가 부탁했다. "죄송해요. 금방 사라져드릴게요, 정말요."

"가기 전에 먹을 거 좀 만들어줄까?" 멜 아주머니가 물었다. "갈 때 싸 가지고 가게."

"팬케이크 정도요?" 로어가 제지하기도 전에 카스토르가 대답해버렸다. 그에게 핀잔 섞인 눈치를 줬지만 카스토르도 로어를 빤히 쳐다봤다. 염치라고는 전혀 없는 표정으로.

"만들어줄게요." 멜이 대답했다.

이번엔 새로운 신이 세면대에 고개를 숙이고 얼굴과 팔에 물을 끼얹었다. 로어는 화장실 문을 살짝 열었다가 실제로 밴이 화장실 쪽으로 걸어오는 것을 보고 다시 문을 닫았다. 밴은 청바지에 고급 리넨 셔츠를 입고 소매를 걷어 올린 모습으로 나타났다. 어떻게 이곳 시 외곽까지 오면서 옷에 주름 하나 없고 심지어 땀 자국조차 없을까. 로어는 순간 궁금하지 않을 수 없었다.

밴은 몸을 수그리며 화장실 안으로 들어왔다. 조명을 받자 그의 이목구비 굴곡이 얼굴에 그늘을 만들었다.

"어떻게 됐어?" 카스토르가 물었다. "넌 괜찮은 거야?"

"응, 괜찮아." 밴은 대답했지만 표정은 괜찮아 보이지 않았다. "나랑, 사람들 몇 명은 빠져나왔어. 지금은 사망자들 시신 수습하러 나간 헌터들 연락을 기다리는 중이야." 그는 손에 움켜쥐고 있던 비닐봉지를 카스토르에게 내밀었다. "이건 너 갈아입을 옷."

카스토르는 봉지에서 테니스화, 농구용 반바지, 운동복 티셔츠를 꺼냈다. "뭐야, 나이키를 입으라고? 너무한 거 아니야?"

"네가 워낙 옷 사주기 쉬운 스타일이어야 말이지." 밴은 손짓으로 카스토르의 체격을 가리키며 말했다. "네 사이즈에 확실히 맞을 만한 걸로 고르다 보니 어쩔 수 없었어. 게다가 우리 쪽에 약간의 이기자 정신을 불어넣는 것도 좋을 것 같아서."

"오디세우스 가문 쪽하고는 연락이 닿았어?" 로어가 물었다.

밴이 고개를 저었다. "아직 안 됐어."

"옷 다 갈아입으면 원래 입었던 옷은 나한테 줘." 로어가 화장실 문을 열고 밖으로 나가면서 카스토르에게 말했다.

"옷은 왜? 그걸로 뭐 하려고?" 밴이 쏘아붙이듯 물었다.

"밴." 두 사람 사이의 영원한 중재자인 카스토르가 다시 끼어들었다. "별것도 아닌데."

"헌터들이랑 사냥개들이 헷갈려서 삽질하게 여기저기 뿌려놓으려고 그런다, 왜." 로어가 대답했다. "이제 됐어?"

그녀는 대답 따위 하든 말든 문을 닫아버렸다.

카스토르는 입고 있던 옷들을 그녀에게 건넸다.

"금방 갔다 올게." 로어가 두 사람에게 말했다. "여기서 꼼짝 말고 기다려."

로어는 아직 온기가 남아 있는 피 묻은 옷을 여러 조각으로 찢은 다음 위험을 무릅쓰고 동네를 중심으로 최대한 멀리 돌며 길가에 있는 쓰레기통이며 버려진 소파, 버스 정류장, 심지어 지하철역까지 들어가 사방팔방에 천 조각들을 하나씩 버렸다. 그녀가 다시 식당으로 돌아왔을 때, 카스토르와 밴은 식당 뒤편 복도에 나와 있었다. 메신저는 불안하게 서성거리고 있는 반면 새로운 신은 팬케이크를 제대로 음미하며 한입 한입 맛있게 먹고 있었다.

　"이제 왔네!" 밴이 말했다.

　"가자." 로어는 두 사람에게 말하고는 식당 앞쪽에 대고 외쳤다. "멜 아줌마, 고마워요! 신세 갚을게요!"

　"어디로 가는 건데?" 세 사람이 거리로 나서자마자 밴이 물었다.

　로어는 결국 걸음을 멈췄다. 길바닥에서 마구 떠벌릴 수 있는 얘기는 아니니까. "우리 집으로 갈 거야. 하지만 너희 둘 다 내 말 잘 듣고 집에 도착하면 반드시 내가 시키는 대로 해야 해."

　"왜?" 밴이 물었다. "우리가 네 규칙을 어기면 우리를 쫓아내기라도 하려고?"

　"그게 아니라," 로어가 차분히 대답했다. "안 그러면 지금 우리 집에 들어앉아 있는 신이 너희 둘 다 죽일 거니까."

　카스토르는 팬케이크를 먹다가 사레가 들려 주먹으로 가슴을 쳐댔다.

　"잠깐, 내가 방금 잘못 들은 것 같은데…." 밴이 말했다. "분명히 잘못 들은 거야."

　"이제 내가 왜 카스토르를 데려가길 그렇게 꺼렸는지 알겠지?"

로어가 말했다.

"신이라면 누구…?" 밴이 다시 말하려다가 스스로 대답을 깨닫고는 눈을 크게 떴다. "설마, 말도 안 돼. 그 여자는 단 한 번도 인간의 도움을 받은 적이 없는데…?"

"단 한 번도 인간의 도움이 '필요했던' 적이 없었던 거겠지. 어쩌다 그렇게 된 거야?" 카스토르가 먹던 음식을 쓰레기통에 던져 넣으며 말했다.

"아르테미스랑 둘이 래스한테 쫓기다가." 로어가 목소리를 낮추고 대답했다. "아르테미스가 자기 혼자 빠져나가려고 자기 필살기를 써서 아테나를 지연시킨 거지. 다름 아닌 칼로 찌르기 기술로."

"와, 젠장." 밴은 약간은 감탄한 듯 말했다.

"아테나가 우리 집 현관 앞에 있었어." 로어가 계속 말을 이었다. "보아하니 아테나도 지난 몇 년 동안 나를 찾고 있었다더라고. 결국 내가 자기를 죽일지 안 죽일지 운을 걸어보기로 한 것 같고."

밴은 뭔가 말하려는 듯 입을 벌렸다가 다시 다물었다. 일단은 혼자 생각을 정리해보려는 모양이었다.

"사실 내가 너를 찾아갔던 것도 네가 힐러 수련을 마쳤을 거라고 생각했기 때문이야." 로어가 카스토르에게 말했다. "내가 출혈은 막아놨는데 어쨌든 아테나 상태가 아주 안 좋아."

"왜 네가 걱정하는 건데?" 카스토르가 물었다. "아테나는 뱀 같은 여자야. 그냥 죽게 내버려둬, 혹시 아직도 안 죽었다면."

로어는 잠깐 시선을 바닥으로 피했다. "아직 살아 있어. 확실하다고 할 수 있지."

밴은 로어의 반응을 놓치지 않았다.

"너 설마." 그가 천천히 말했다. "설마, 그렇게 멍청한 짓을 한 거야?"

"그럼 내가 뭘 어떻게 했어야 하는데?" 로어가 따지듯 물었다.

"그냥 죽게 놔두는 거?" 밴이 해답을 제안하듯 말했다. "아무도 여신의 힘을 차지하지 못할 거라는 사실에 만족스러운 미소를 지으면서?"

"여신을 발견했을 때 나 혼자가 아니었어." 로어는 말하면서도 자기 목소리 톤이 높아지는 걸 느꼈다. "그리고 내가 원하는 어떤 일을 해주겠다고도 했고."

곧 카스토르마저 대번에 낌새를 채고 말았다. 분노 때문인지, 공포 때문인지, 아니면 둘 다인지, 햇볕에 그을린 카스토르의 피부에서 순식간에 혈색이 가셨다. "너 아테나한테 운명을 맡긴 거야? 대체 그 여자가 뭘 어떻게 해준다고 했기에 그런 짓에 동의한 거야?"

로어는 거짓말을 할까 고민해봤지만 그들이 처한 위험을 고려하면 속인다고 크게 도움이 될 것 같진 않았다. "아테나가 래스를 죽여주기로 했어."

두 사람은 말없이 로어를 응시했다.

"아하." 밴이 말했다. "뭐, 아주 잘됐네. 물론 일주일 사이에 여신이 죽으면 너도 따라 죽게 된다는 사실만 빼면 말이지. 가뜩이나 이번 주 최우선 목표를 '아테나 죽이기'로 정한 사람들이 한 천 명쯤 되니까. 그 점만 빼면 아주 기가 막힌 계획이네, 멜로라."

"설교는 됐거든." 로어가 발끈했다. "어쨌든 내 선택이니, 나도 거기에 맞춰 사는 수밖에."

"그래, 그럼," 카스토르가 입을 열었지만 불만이 가득 찬 목소리였다. "우리를 집으로 안내해."

"그래도 갈 생각이야?" 로어가 물었다.

그의 표정이 로어의 가슴에 비수처럼 꽂혔다. "그럼 네가 그냥 죽게 내버려두기라도 할까? 네가 원했던 게 내가 여신을 치료하는 거잖아. 그러니까 가서 치료할게."

그녀는 휙 돌아섰다. 둘이 뒤에서 무슨 눈치를 주고받든 말든. 로어는 거리에서 자신들을 쫓는 헌터들이 없다는 확신이 들고서야 마침내 두 사람을 브라운스톤으로 데리고 갔다.

"여기야." 로어가 말했다. "지하실을 통해 들어갈 거야. 그래야 너희 둘이 최대한 몸을 숨길 수 있고, 나도 아테나한테 마음의 준비를 시킬 시간을 좀 벌 수 있을 테니까."

로어는 건물 앞면 벽돌 뒤에 숨겨두었던 열쇠를 꺼내며 얕은 한숨을 내쉬었다. "무조건 내 뒤에 있어야 해, 알았지?"

그녀는 복잡한 지하실 안으로 두 사람을 들이고는 문을 잠갔다. 카스토르와 밴은 지하실 안을 두리번거리며 층층이 쌓인 상자들과 플라스틱 통들을 쳐다보았다.

"이거 다 네 거야?" 밴이 물었다.

"너 원래 이렇게 말 많은 애였니?" 로어가 타박했다. "내 거 아니고, 네가 또 물어볼까 봐 미리 말하면 이 집은 내가 간병인으로 일했던 어떤 분한테 물려받은 거야. 길버트 메릿이라는."

"네가 누구를 간병했다고?" 밴이 믿을 수 없다는 듯이 말했다. *"네가?"*

"밴, 그만해." 카스토르가 제지했다.

이번만은 로어도 쏘아붙이고 싶은 걸 혼자 속으로 삼켰다. 그녀는 1층으로 이어진 계단을 올라서며 집 안을 향해 큰 소리로 외쳤다. "나 왔어!"

카스토르는 벌써 로어를 따라나설 기세였다. 로어가 팔을 들어 그의 앞을 막았다. 최소한 밴은 잠시 대기할 눈치는 있었다.

"일단 여기서 몇 분만 기다려." 로어가 속삭였다. "네가 나타나면 불바다가 될 테니 내가 먼저 가서 불씨부터 죽여놓게."

하지만 집 안에 있는 고대 신이 자신의 새로운 적수들에 대해 품고 있는 살벌한 적대감을 잠깐이나마 이미 확인해본 바에 따르면 불바다는 과하게 절제된 표현이었다. 로어는 서둘러 계단을 올라가며 카스토르에게 마지막으로 다시 한 번 '기다리라'는 의미심장한 눈빛을 보내고는 문을 열면서 큰 소리로 말했다. "나 들어간다."

순식간이었다. 시간은 마치 고속 촬영되는 스냅 사진처럼 쪼개졌다. 하나, 마일스와 아테나가 거실 벽난로 근처에서 텔레비전을 등지고 서 있다. 둘, 아테나가 벽에 기대어 놓은 무언가를 향해 손을 뒤로 뻗는다. 셋, 여신의 얼굴이 포악한 표정으로 굳어지고 팔은 뒤로 길게 뻗어 있다. 넷….

얇고 기다란 물체가 그녀의 손에서 솟구쳐 나와 무시무시한 바람 소리와 함께 거침없는 궤적을 그리며 방을 가로지른다. 깜짝 놀란 로어는 숨넘어가는 소리를 내뱉으며 펄쩍 뛰었지만, 무기는 처음부터 로어를 겨냥한 것이 아니었다.

카스토르는 창이 자기 심장에 박히기 직전에 손으로 그것을 잡았다.

17

마일스가 씹고 있던 껌이 그의 쩍 벌어진 입에서 그대로 떨어졌다.

"저거 설마… 우리 집 빗자루예요?" 로어는 더듬거리며 물었다. 방금 날아간 창의 나무는 튀는 녹색의 몸통에 손잡이로 보이는 부분만 색이 바래 있었다.

로어는 빗자루가 맞는지 확인도 하고, 그가 괜찮은지도 확인할 겸 마일스를 쳐다봤다. 마일스의 입술이 미소를 지으려고 고통스럽게 일그러져 있었다.

"응, 빗자루 맞아." 그가 웃는 입 모양 그대로 이를 꽉 다문 채 대답했다. "물건 활용 능력이 아주 대단하시다."

로어의 오른쪽에서 열기가 확 느껴졌다. 카스토르의 손에서 나온 힘이 급조된 무기를 휘감더니 나무가 그의 손에서 재로 변했다. 그의 매서운 시선은 전혀 깜박임도 없이 아테나에게 박혀 있었다.

"우리 빗자루였는데….." 로어는 애도라도 하듯 말했다.

"신 살해자 놈!" 아테나의 벼락 같은 목소리에 공간이 울려댔다. 여신은 다시 한 번 손을 뒤로 뻗더니 이번에도 창 대용으로 대충 쓸 만한 것을 찾아 뒤쪽을 더듬었다.

로어는 두 신의 중간에 끼어들어 양쪽으로 손을 뻗으며 말했다. "그만, 그만해요!"

"네가 감히 우리의 성역에… 이 *가증스러운 자*'를 데려오다니!" 아테나가 사납게 말했다.

"저기요. 여기는 내 성역이거든요. 그러니까 내 말 좀…." 로어가 말했다.

"이건 우리가 합의한 내용이 아니다, 멜로라. 너는 이미 '나에게' 충성을 맹세했다." 소리를 지르는 것도 아닌데 여신의 말은 마치 도끼로 두개골을 내리찍듯 단어 하나하나가 사무치게 와 닿았다.

"이 사람이 여기 온 건 당신을 치료해주기 위해서예요." 로어는 다른 전략을 시도하며 말했다. "우리를 도울 거라고요. 이것도 전략이 될 수 있어요. 당신 마음에 들 거라고 생각했다고요."

"여기로 데려와서 내가 놈을 죽일 수 있게 하려던 게 전략이라면 몰라도 그 밖에 다른 전략은 있을 수 없다." 아테나가 계속 으르렁거렸다. "사기꾼 놈, 내가 듣기론 아폴론의 힘을 갖고서도 육신으로 모습을 드러내지도 못 했다던데. 신격을 부여받고도 지난 세월을 한심하게 허비하며 길 잃은 짐승 새끼마냥 어리바리 헤매고 다녔다더니."

로어는 마일스가 눈에 띄게 불안한 얼굴로 사람들을 이리저리 번갈아 쳐다보는 모습을 발견하고 나서야 자신들이 고대어로 대화하고 있다는 사실을 깨달았다.

"뭐 생각해보니, 나는 숙련된 장인을 거미로 둔갑시킨 적도 없고, 산 아래로 젖먹이를 던져버린 적도 없고, 누군가에게 평생 독수리한테 간을 쪼여 먹히라는 저주를 내린 적도 없으니, 신 노릇을 제대로 하려면 몇 가지 더 배워야 할 점이 있긴 하네요." 카스토르가 비아냥거렸다.(아테나는 베 짜기의 달인이었던 아라크네라는 소녀를 거미로 둔갑시켰다. 헤라는 제우스 없이 혼자 출산한 헤파이스토스가 너무 못생겨서 올림포스산 아래로 던져버렸다는 일설이 있다. 제우스는 불을 훔쳐 인간에게 전해준 프로메테우스에게 평생 독수리에게 간을 쪼여 먹히는 형벌을 내렸다.-역주)

아테나가 가장 살벌하게 무서울 때는 그녀가 분노에 받쳐 피부가 벌겋게 달아올랐을 때나 상대를 죽여버리겠다고 협박하며 을러댈 때가 아니었다. 바로 지금처럼, 그 무엇도 자기 손아귀를 벗어날 수 없다는 걸 확신한 포식자처럼 차갑게 가라앉은 눈빛으로 미동도 하지 않고 서 있을 때였다. 카스토르는 로어를 옆으로 비키게 하려는 듯 그녀의 어깨에 손을 얹었다.

하지만 로어는 그의 손을 밀어내고 영어로 말하기 시작했다. 로어는 말 한마디 한마디를 힘주어 발음했다. "*이제 그만!* 우리 이러고 있을 시간이 없어요."

로어는 천천히 아테나에게 다가가며 급조된 막대기 창으로 눈길을 보냈다. 분명히 짧은 생애나마 로어의 대걸레였던 것이 더 좋았을 텐데. "해줄 말이 있어요. 사건도 좀 있었고. 우리는 저 사람 도움이 필요해요."

"나는 저자의 도움 따위 필요 없다." 아테나가 성을 냈다. "다른 도움은….'

로어는 여신에게 가장 뼈아플 만한 카드를 뽑아 들어 한마디 경고의 말도 없이 그냥 내밀었다. "헤르메스가 죽었어요. 개곤 때 래스가 죽었어요."

하지만 "뭐라고? 정말이야?"라고 숨넘어가는 소리로 반응한 사람은 마일스였다.

아테나는 로어를 그냥 쳐다보기만 할 뿐이었다. 마치 로어의 말이 거짓이 되어 발밑의 먼지로 바스러지길 기다리기라도 하는 것 같았다.

"있을 수 없는 일이다." 여신이 마침내 말했다.

"정말 죽었어요." 카스토르가 확인해주었다. "타이드브링어도 같이."

그때까지도 계단에 있던 밴이 카스토르의 뒤에서 안으로 들어서며 말했다. "그의 말은 사실입니다." 하지만 밴의 말은 지금까지의 내용을 재확인해주는 수준이었다. "우리 둘은 당신의 적이 아니라 동맹의 입장으로 여기 온 겁니다."

여신이 여느 평범한 인간들처럼 강렬한 눈빛으로 밴을 품평하는 듯한 표정을 보고 로어는 여신도 별수 없구나 싶은 생각이 들어 약간의 통쾌함마저 느껴졌다. 아마도 그 때문인지, 밴은 초점을 다른 사람에게 돌렸다.

"넌 누구?" 밴이 물었다.

밴의 시선이 자신에게 쏠리자 마일스는 귓불을 붉힌 채 자세를 바로 세웠다. "어 안녕, 나는, 마일스야. 그러니까 내 말은, 로어의 룸메이트. 그리고 친구고."

"나는 카스토르야." 새로운 신이 자신을 소개했다. "그리고 이쪽은 에반드로스…, 밴이라고 부르면 돼."

밴의 유선형 가죽 배낭은 마치 딱정벌레의 딱지날개처럼 보였다. 그는 배낭의 끈을 조정하며 로어를 흘겨보듯 쳐다봤다. "도대체 머리가 어떻게 됐길래 외부인을 여기까지 끌어들인 거야?"

마일스는 밴의 말에서 차갑게 묻어나는 날 선 반감에 움찔했다.

하지만 로어는 이미 조금만 건드려도 바로 성질이 튀어나올 준비가 되어 있었다. "마일스는 내가 여신을 발견했을 때 나랑 같이 있었어. 네가 아무래도 감을 잃었나 본데, 내 말 잘 들어. 현실 세계는 너희 가문들 세계처럼 돌아가는 곳이 아니야. 바깥 세계에서 살다 보면 누구를 만나고 어떤 삶을 살지 스스로 선택할 수 있지."

"이 모든 것이 나한테 처음일지는 몰라도 내가 완전히 쓸모없는 인간은 아니야. 사람을 알려면 최소한 10초는 써야 하는 거 아냐?" 마일스가 말했다.

"10초 이상 볼 필요도 없어." 밴이 말했다.

로어는 양 주먹을 불끈 쥐었다. 그녀 자신도 마일스를 아곤에 끌어들였다는 생각으로 이미 심란했다. 하지만 마치 로어가 일부러 마일스를 위험에 빠뜨리기라도 한 듯, 마일스가 *아무것도 아닌* 하찮은 존재라는 듯, 저 자식이 혼자 다 아는 척, 혼자 우월한 척하는 꼴은 참아줄 수가 없었다.

"밴, 그만." 카스토르가 책망하듯 말했다.

에반드로스 아킬레우스는 런던의 고상한 가정에서 자랐다. 상류층 억양을 쓰는 부모 밑에서 자랐고, 식사 때마다 금박 띠를 두른 사기그릇에 담긴 음식을 먹었다. 하지만 그땐 밴이 이런 자식일 줄 몰랐지. 가끔 그의 부모가 뉴욕으로 사업차 출장을 올 때마다 그를 함께 데려왔고, 그때마다 밴은 테티스 저택에서 훈련을 받거나 로어와 카스토르와 센트럴파크에서 함께 시간을 보내곤 했다. 물론 그때도 무슨 이유였는지는 모르겠지만 밴이 로어를 진저리 치게 싫어한다는 건 눈치챘지만 그래도 그땐 적어도 예의는 지키는 인간이었다.

하지만 지금 그는 마일스가 누구인지도 모를 뿐만 아니라, 그동안 로어가 어떤 사람으로 변했는지는 더더욱 알지 못했다.

"나는 이 인간이 마음에 든다." 아테나가 마일스 옆에 서서 말했다. "따라서 인간은 여기 계속 있을 것이다."

로어는 밴의 의수를 슬쩍 봤다. 그 손을 배 앞으로 들어 올린 채 그대로 굳은 자세였다.

"나중에 저 친구 가족들한테 시신을 갖다주면서 무슨 말을 하려고?" 밴이 로어에게 물었다.

"맙소사!" 마일스가 말했다. "사람을 앞에 놓고 말이 너무 심한 거 아냐?"

"내 친구를 계속 모욕할 거면 그냥 나가." 로어가 밴에게 쏘아붙이면서 마일스가 밴의 말에 충격을 받지 않았는지 걱정되어 그에게 눈을 돌렸다. 하지만 마일스는 겁에 질렸다기보다는 분개한 표정이었다. 지금까지 마일스가 저런 반감을 숨김없이 드러낸 적은 길에서 누가 남의 택시를 새치기하는 장면을 목격하거나 식료품점에서 터무니없는 김치 가격을 발견했을 때뿐이었다.

그동안 계속 차가운 시선으로 밴을 바라보고 있던 아테나가 마침내 시선을 누그러뜨리며 말했다. "헤르메스와 가짜 포세이돈이 죽었다고 확신하는 근거가 뭐지?"

밴이 숨을 들이쉬었다. "그… 현장을 영상으로 찍었습니다. 내 눈으로 직접 확인했고요. 뉴아레스, 래스는 센트럴파크에서 헤르메스를 죽이고 시신을 그냥 거기 내버려두고 떠났습니다. 타이드브링어는 그의 헌터들이 공원을 떠나면서 끌고 갔고요. 내가 연락하는 테세우스 가문의 정보원에게 들었는데 그 후 이곳 뉴욕에 있는 카드모스 구역에서 래스가 타이드브링어를 죽였다고 합니다."

여신의 몸이 그녀의 손에 들린 막대기 무기처럼 곧게 경직됐다. "그리고 너는 그 정보원을… 믿는가?"

"네." 밴이 짧게 대답했다. "내게 거짓말을 하면 내가 자기에게 무슨 짓을 할지 잘 알고 있으니까요."

"아 참, 당신 여동생은 아직 살아 있어요." 로어가 덧붙였다. "그건 내가 직접 눈으로 확인한 거예요. 아킬레우스 영역에까지 쳐들어와서 카스토르를 공격했으니까."

아테나는 놀랐는지 코를 벌름거렸다. "그럴 권리가 충분히 있지. 아르테미스는 저 가짜 놈이 죽을 때까지 멈추지 않을 것이다."

"거참, 반가운 얘기네요." 로어가 암울하게 말했다.

"저자가 여기 있는 한 아르테미스는 내 계산보다 더 빨리 우리를 추적해낼 것이 확실하다." 아테나가 고갯짓으로 카스토르를 가리키며 말했다. "내 동생의 화살을 피할 수 있는 것은 아무것도 없다."

"당신도 아르테미스가 무서운 거예요?" 로어가 물었다. 여신의 화를 돋워보려는 의도도 있었지만 로어의 가슴 한쪽엔 아테나 같은 존재들도 두려움이라는 걸 느낄 수 있는지 진심으로 궁금하기도 했다. 두려워한다는 것은 스스로가 무오류의 존재가 아님을 인정하는 거니까.

"두려움은 내가 절대 발 디디지 않을 이방의 땅이며 결코 내 입에 담지 않을 단어다." 아테나가 로어에게 대답하고, 카스토르에게 질문했다. "위대한 아킬레우스의 후손들은 너를 보호하지 않고 어디 있었지?"

카스토르의 눈이 가늘어졌다. "그들은 다른 할 일이 있어서…."

"그리고 너는 그들의 보호를 벗어나 여기 혼자 떨어져 있군." 아테나는 단 몇 분 만에 모든 사정을 간파했다.

카스토르가 주먹 쥔 손을 들어 올리며 앞으로 한 걸음 나섰지만 로어가 그를 다시 제지했다. "아킬레우스 근거지는 카드모스들에게 공격을 받았어요. 래스가 카스토르를 협박해서 아킬레우스 헌터들을 자기편으로 회유하려고 했다고요. 테세우스 후손들은 이미 그에게 넘어가서 래스에게 충성하고 있고요."

"그렇다면 그들은 자기 선조를 욕보이고 있군." 아테나가 한쪽 입꼬리를 올리며 말하는 모습은 그야말로 혐오스럽다는 표시를 유감없이 드러내고 있었다. "지금까지 가짜 아레스에게 포로로 잡히거나 회유되지 않고 살아남은 아킬레우스 후손은 얼마나 되는가?" 로어와 카스토르는 둘 다 잔뜩 기대하는 눈빛으로 밴을 바라봤다.

"숫자는 중요치 않습니다." 밴이 카스토르의 시선을 피하며 '신 중하게' 대답했다.

그 정도로 안 좋은 거야? 로어는 속으로 생각했다.

"몇 명이나 남은 건데?" 카스토르의 말이 마치 천둥을 품고 오는 구름 떼처럼 조용한 거실을 휩쓸고 지나가자 방 안이 어두워지는 것 같았다.

"스물일곱 명." 밴의 혀로도 그 말의 무게를 감당할 수 없었던지 그의 대답은 청동 방패처럼 지독하게 무거운 침묵 속으로 가라앉 았다.

로어는 카스토르가 그 숫자를 체감하는 모습을 지켜봤다. 몸을 돌려 양손으로 안락의자 등받이를 짚고 서 있는 카스토르의 목에 힘줄들이 불뚝 튀어나왔다.

"아곤이 시작될 땐 몇 명이나 있었고?" 아테나는 통쾌하다는 표 정을 굳이 감추지도 않고 끈질기게 물었다.

"이번 회기가 시작될 때 도시 내에 있었던 아킬레우스 가문의 헌 터는 모두 378명이었어요." 밴이 냉담한 목소리로 대답했다. "조 금 전 카드모스가 테티스 저택을 휩쓸고 지나가면서 거의 100명 이 죽었고요. 반역자들은 카드모스에 붙었죠. 카드모스 쪽은 대략 500명쯤이고 그와 결탁한 테세우스 가문은 마지막으로 확인했을 때 430명이었고요."

"당장 가서 생존자들을 치료해야겠어." 카스토르가 긴장한 목소 리로 말했다.

"안 돼. 넌 여기 있어야 해." 밴이 말했다. "내가 그들에게 필요한 물품들을 이미 갖다줬어. 그리고 그곳에도 힐러는 있어."

"밴…." 카스토르가 입을 열었다.

"나도 알아." 밴이 말했다. "그들을 돕고 싶은 네 마음은 알아. 하지만 지금 당장은 안 돼. 래스는 다른 신들을 모두 죽이려고 사생결단으로 다른 가문들까지 다 통합해서 자기 밑으로 군력을 모으고 있어. 그자는 자기 숨이 끊어지기 전까지는 멈추지 않고 널 쫓을 거야. 그러니까 그게 우리의 최우선 순위가 되어야 해. 네가 죽으면 남은 아킬레우스 사람들의 목숨은 그자의 손에 달리는 거야. 내 말 이해하지?"

카스토르는 어깨를 축 늘어뜨리며 대답했다. "이해했어."

변절한 아킬레우스 헌터들에 대한 얘기가 나오고 아테나가 잔뜩 비웃는 표정을 짓자 그녀의 완벽한 얼굴은 기괴한 괴물처럼 변했다. "저런 저런, 양떼들이 더 솜씨 좋은 양치기의 울타리를 찾아 다 도망가 버렸군."

카스토르가 여신을 향해 몸을 휙 돌렸다. 그의 표정은 고통과 분노로 일그러져 있었다. "그 분야라면 당신도 일가견이 있는 것 같은데, 아닌가요?"

아테나가 몸을 완전히 일으켜 세우더니 같은 높이에서 카스토르를 바라보며 눈을 부라렸다. 로어는 마음속에서 짜증이 아우성치는 걸 꾹 참고 말했다.

"두 신님들, 나중에 다시 즐거운 불멸의 존재로 복귀하셨을 때 눈싸움도 실컷 하고 천둥도 날리고 피도 튀기면서 둘이 신나게 싸울 시간은 많거든요." 로어가 말하며 아테나를 돌아봤다. "그렇게 당하지 않았다면 그 사람들은 카스토르를 따르고 우리를 도와줄 수도 있었던 헌터들이에요. 이제 훨씬 더 많은 헌터들이 래스를 보호하고 있을 테니 우리가 넘어야 할 산도 더 많아졌다는 뜻이고, 동시에 더 많은 헌터들이 '*당신*'을 쫓고 있다는 뜻이기도 해요."

"나는 절대 가짜 놈의 칼 앞에 웅크리지도, 운명의 서약을 배신하지도 않을 것이다. 내가 너에게 다시 말한다. 가짜 아레스 놈은 내 손에 죽을 것이다. 그리고 그 과업을 이루는 데는 그 누구의 도움도 필요 없다."

"아니, 필요해요. 칼빵을 아주 제대로 맞은 당신의 인간 몸이 하는 말 좀 들어보라구요. 나는 그냥 출혈만 멎게 한 거예요. 당신이 이 동맹에 합의하면 카스토르가 당신을 치료하고 힘을 회복시켜줄 거예요. 며칠이나 낭비하면서 쉴 필요도 없다고요."

"그보다는 가짜 아레스가 나 대신 내 경쟁자들을 다 처치할 때까지 잠시 기다릴 수도 있지. 그리고 마지막에 내 손으로 그놈을 죽이고 이놈의 사냥을 완전히 끝내 버리는 거지." 아테나가 말했다.

물론 로어도 순진한 바보는 아니다. 신들이 서로 어떤 동맹을 맺든 그 동맹은 아곤이 끝날 때까지만 유효할 것이고, 마지막엔 아테나와 카스토르도 상대가 이 아곤의 사냥에서 완전히 벗어나지 못하게 서로 훼방을 놓을 거라는 사실도 알고 있다. 지금의 동맹은 결국 일어나게 될 일을 조금 지연하는 것뿐이다. 특히 새로운 버전의 시가 정말 존재하고 그 시에 적힌 대로 아곤의 승자가 최후의 유일한 신이 된다는 게 정말 사실이라면 더더욱 그랬다.

"그렇게는 안 될 거예요." 로어가 아테나에게 의미심장하게 말했다. "왜냐하면 당신은 이번 아곤이 끝날 때까지 살아 있지도 못할 테니까요."

로어의 말에 다른 사람들은 모두 침묵했다. 아테나는 턱을 치켜들었지만 눈으로는 결국 수락하겠다는 뜻을 표했다.

"나까지 당신한테 운명을 걸진 않을 거예요." 카스토르도 마침내 말했다. "하지만 당신 목숨이 로어의 목숨과 연결되어 있으니 당신이 죽지 않게, 아니 죽지 '못하게' 하는 수밖에."

아테나가 고개를 끄덕였다. 여신이 카스토르를 유심히 살펴보는 동안 로어의 목덜미가 서늘하게 오싹했다.

"가짜는 나를 치료하라." 드디어 그렇게 말하더니 아테나는 길 할아버지의 벨벳 소파 중간에 자리를 잡고 앉았다. 여신이 로어가 준 티셔츠의 아랫단을 들어 올리자 곪아 터진 상처가 모습을 드러냈다. "그런 다음 우리는 본격적으로 전략을 세울 것이다."

카스토르가 빈정거리듯 절하는 시늉을 하며 말했다. "참으로 훌륭한 생각이십니다."

나머지도 각자 거실에 한 자리씩 차지하고 앉았다. 밴은 의자에, 마일스와 로어는 유리 테이블 옆 바닥에.

카스토르는 여신의 상처로 손을 가져갔다. 그의 손가락 끝에서 빛이 흘러나왔다. 그가 아까 뿜어냈던 타닥타닥 타는 소리를 내며 날아가던 불덩이가 아니라 부드러운 빛의 파동이었다.

로어가 불로 지져놓아 빨갛게 쭈글거리는 여신의 피부 속으로 카스토르의 빛이 깊숙이 파고들자 아테나는 '스읍' 짧은 숨을 들이쉬었다. 그러곤 고개를 돌려 로어의 눈을 마주 보며 물었다.

"너는 가짜 아레스가 찾고 있는 새로운 버전의 시에 대해 알아낸 것이 있는가?"

"썩 쓸 만한 정보는 없었어요. 하지만 밴의 말대로, 실제 다른 버전의 시가 있다면 그 기록을 보관하고 있을 만한 가문은 오디세우스일 거예요." 로어가 설명하며 긴장감을 풀기 위해 어깨를 뒤로 돌렸다.

"그렇군." 아테나는 카스토르가 손을 움직이자 다시 신음을 내뱉으며 계속 말했다. "가짜 아레스 놈도 물론 그 사실을 알고 있겠지?"

"확실하죠. 그리고 오디세우스 가문에 뉴아프로디테가 있다는 것도 알고 있을 테고요." 로어가 말했다. "래스의 다음 타깃이 오디세우스 가문이라는 데 전 재산을 걸 수도 있어요. 딱 하나 모르는 건 언제 공격하느냐는 거죠."

"오늘 밤이야." 밴이 말했다.

"오늘 밤이라고?" 로어가 밴의 말을 그대로 따라 했다. "어떻게 확신해?"

"연역적으로 추론한 거지." 밴이 재빨리 대답했는데, 사실 대답이 너무 빨랐다. "카드모스 가문은 대낮에 공격하는 위험을 더 이상 감수하고 싶지 않을 거야. 그러면 불필요한 미디어의 관심을 끌 수도 있으니까."

"너의 추론은 문제가 있다. 그들이 깨어 있는 시간에 아킬레우스 가문을 아무렇지도 않게 공격했다면 오디세우스를 공격할 때도 서슴없이 그렇게 할 것이다. 도시의 치안 서비스든 구조대든 너희 가문이 당한 공격에 대응한 기관이 있는가?" 아테나가 물었다.

"그러고 보니 이상하네." 로어가 카스토르를 흘끗 쳐다보며 말했다. "네 불덩이 공격을 본 사람은 없더라도 누군가는 소리라도 듣고 신고 전화를 하지 않았을까 생각했는데."

카스토르는 로어의 말에 동의한다는 듯 가볍게 대꾸하는 소리만 내뱉으며 계속 자기 임무에 집중했다.

"전혀 이상할 것도 없어." 밴이 말했다. "모든 가문들이 시 소속 공공 서비스나 응급구조대 같은 데에 눈감아 주는 대가로 뇌물을 먹이니까. 래스와 카드모스 가문이 나머지 가문들보다 더 깊이 연루되어 있을 가능성도 충분히 있지."

마일스가 눈을 깜박이며 말했다. "그거참… 섬뜩하네. 그렇다고 완전히 놀랄 일도 아니지만."

"그렇다면 그들은 아곤과 상관없는 인간들의 눈에 띄는 것도 겁내지 않겠군." 아테나가 밴에게 말했다. "그러니 이제 다시 말해보라. 카드모스의 공격 시간이 오늘 밤이라는 걸 어떻게 확신할 수 있지? 내가 맞혀볼까? 아마도 너의 '정보원' 덕분이겠지."

로어는 밴이 언제나 갑옷처럼 두르고 있는 냉정과 평정을 그 누구도 뚫을 수 없을 거라고 생각했다. 하지만 이번만은, 그가 문 안으로 걸어 들어와 여신을 발견한 그 순간부터 그의 피부 깊숙이에서 온 신경이 잔뜩 긴장하고 있다는 걸 알 수 있었다. 심지어 그가 말없이 서 있는 지금도 아테나의 치밀한 시선의 압박에 흔들리는 것을 로어는 보았다.

"나는 절반의 진실이나 애매모호함은 딱 질색이다." 여신이 그에게 경고했다.

카스토르는 마침내 자기 임무를 완수하고 뒤로 기대앉았다. 그는 밴을 보며 말했다. "사람들에게 말해줘."

밴이 숨을 한 번 들이쉬고는 입을 열었다. "정보원이 한 명 있어요. 몇 년의 시도 끝에 카드모스 가문의 원로 한 명을 정보원으로 확보했죠. 그와 1시간 전에 이야기했을 때, 타이드브링어의 죽음에 대한 사실 여부도 확인했고 오늘 밤 오디세우스 가문을 칠 거라는 정보도 얻었어요. 정확한 시각까지는 아직 결정되지 않았지만 자정쯤일 거라고 확신하더군요."

"원로라고?" 로어가 놀라서 물었다. 원로라는 사람들은 가문에서 내리는 보상 중 가장 큰 덩어리를 차지하는 만큼 가장 충성스런 부류들이었다. "그 사람이 대체 왜 너를 도와주는 건데?"

밴은 아무 감정도 없는 미소를 지었다. "왜냐하면 내가 그의 비밀을 하나 알아냈는데, 자기 가문에 알려지면 죽어도 시원찮을 비밀이거든. 그리고 나는 항상 내가 원하는 걸 반드시 얻어내고야 마니까."

"흠." 아테나는 별로 감탄한 것 같지 않았다.

여신의 치료를 완전히 마친 카스토르는 자리에서 일어나 방을 가로지르더니 다른 안락의자에 가서 앉으며 "고맙긴요"라고 중얼거렸다.

여신은 카스토르의 말을 무시하고 다시 로어에게 시선을 돌렸다. "오늘 밤 가짜 아레스 놈을 처치할 진짜 기회를 잡을 수 있겠군. 어쩌면 새로운 버전의 시에 대한 정보도 찾을 수 있을 테고."

시 이야기가 나오자 로어는 입술을 꽉 다물며 제발 자기 생각이 얼굴에 드러나지 않길 바랐다. 그녀가 제대로만 처리하면 아테나든 래스든 그 어느 쪽도 시에 대해 아무것도 알아낼 수 없을 것이다.

"그리고 설사 그자가 뉴아프로디테를 죽이러 그곳에 직접 행차하지 않는다 해도 결국 카드모스 헌터들이 뉴아프로디테를 래스가 숨어 있는 곳으로 데려가야 할 테니 우리는 그 헌터들을 따라가기만 하면 되고요." 로어가 말했다.

아테나가 등을 기대자 소파가 삐걱거렸다. "그렇지."

로어는 카스토르가 자신을 쳐다보고 있는 걸 느꼈지만 그에게 눈길을 주지 않았다. 어차피 그의 얼굴에는 근심과 걱정의 눈빛뿐일 테니. "그만하면 좋은 계획인 것 같아요." 로어가 말했다.

"뭐라고? 지금까지 말한 것 중에 계획 비슷한 건 하나도 없는 것 같은데?" 카스토르가 말했다. "일단 우리는 오디세우스 가문이 어디 있는지도 몰라. 그들이 뉴욕 어디에 거점을 두고 있는지는 알려진 게 없다고. 그리고 설사 어떻게 알아낸다 해도, 래스를 어떻게 상대할 건데? 그자한테 연합한 수많은 헌터들도 처리해야 하고 게다가 오디세우스 가문도 우리를 죽이려고 할 텐데?" 로어가 뭐라고 항의하기도 전에 카스토르가 다시 덧붙였다. "그래 맞아, '우리'. 나 혼자 여기 그냥 앉아 있지는 않을 거니까."

"그냥 오디세우스 가문과 그들의 가짜 신에게 몇 시간만 휴전하자고 요청하면 간단한 문제다." 아테나가 말했다. "당연히 너희 중 누군가는 그쪽 가문에 연줄이 있을 테니 연락할 수 있겠지?"

"너 오디세우스 가문에 친구가 있지 않았어?" 카스토르가 로어에게 물었다. "이로였나? 네가 그 친구 만난다고 했던 것 같은데…."

카스토르와 밴이 한꺼번에 자신에게 시선을 돌렸을 때 로어는 공기 속으로 사라져버리고 싶었다. 이로가 어디 있는지 알아낼 수만 있다면 어떻게든 그녀에게 접근은 할 수 있겠지….

하지만 안 돼.

이로와 로어의 엄마들은 절친이자 훈련 파트너였고 나중엔 거의 자매나 마찬가지였다. 로어의 가족이 살해당하고 로어가 그들과 함께 지내게 된 것도 모두 이로의 어머니가 강력하게 주장한 덕분이었다. 함께 지냈다기보다는 그곳에 숨겨졌다는 게 맞는 말이지만.

그리고 그 후로 4년 동안 로어는 오디세우스 가문에서 지냈다. 그전까지 로어와 이로는 딱 한 번 만나본 낯선 관계였지만 곧 자기 엄마들처럼 가까운 사이가 되었다.

로어에 대한 이로의 감정이 지금은 어떻게 변했든, 로어가 그들의 저택에서 도망치던 밤 저지른 일 때문에 이로는 로어와 마주치면 로어를 죽여야 한다는 의무감을 느낄 것이 뻔했다.

"오디세우스 가문의 뉴욕 근거지가 어디 있는지 알아." 로어가 마침내 털어놓았다. "하지만 나는 그들을 찾아갈 수 없어. 문턱을 넘기도 전에 날 죽일 거야."

"뭐라고? 왜?" 마일스가 끼어들었다.

로어는 자기가 한 일을 후회하진 않았지만 그렇다고 그 일을 다른 사람들과 나누고 싶은 생각도 없었다. "집안 문제야."

아테나가 머리를 한쪽으로 기울였다. 그 모습이 마치 예리한 맹금류의 몸짓과 흡사했다. "네 죽음으로 풀어질 일인가?"

"그들이 보기엔 그럴 거예요." 로어가 대답했다. "그래도 옛날 같진 않죠. 요즘엔 뭔가 합당한 변상을 해주거나 아니면 자기가 알아서 추방당하면 되니까."

"너는 현재 스스로 추방된 것이 아닌가?" 아테나가 물었다. "그 정도로는 그들의 분노가 풀리지 않는 것인가?"

고대의 법규에서 중요한 건 분노였다. 원칙을 집행하는 데 있어서 부당한 일을 당한 사람들의 분노와 그것을 어떻게 해결해줄 것인가에 초점이 맞춰져 있었다. 분노는 마치 영혼의 질병 같은 것이었다. 그리고 그 분노의 여러 측면 중 폭력성만큼 전염성이 강한 것도 없었다. 그러니 분노를 일으키지 않을 수만 있다면, 원한의 악순환이 시작되기도 전에 싹을 잘라버릴 수 있었다. 하지만 지금 이곳은 이미 원한으로 가득 찬 세계였다.

"나도 모르겠어요." 로어가 대답했다. "그런지 아닌지 다시 확인할 일은 없을 줄 알았거든요."

"그러니까 오디세우스 가문에 있었던 게 맞네." 밴이 말했다. 그가 지금 로어를 쳐다보는 눈초리로 봐서는, 로어가 오디세우스 가문에서 무슨 짓을 저질렀는지 밴이 이미 눈치챈 것이 확실했다. 밴은 별말 안 했지만. "뉴아프로디테는, 그러니까 하트키퍼는…."

"하트키퍼라고?" 로어가 얼굴을 찡그리며 밴의 말을 그대로 따라 했다. "나만 그렇게 느끼는 건가? 어째 이름들이 점점 더 개그 콘테스트 감이야."

"로어가 그들을 찾아갈 수 없다 해도 메신저는 가능할 수도." 카스토르가 말했다.

밴이 고개를 저었다. "카드모스 정보원이 오늘 밤에 다시 만나자는데, 내가 동시에 양쪽 장소에 갈 순 없어."

"내가 할 수 있어. 내 말은 그러니까, 그 정보원을 만날 수 있다고." 마일스가 말했다.

"뭐? 잠깐, 안 돼." 로어가 말했다. "그건 좋은 생각이 아닌 것 같아."

"그래, 그보다는 아주 끔찍한 생각이지." 밴이 말했다. "그냥 만나기만 하면 되는 게 아니야. 내 비상 배낭 중에 현금 가방도 하나 찾아와야 한단 말이야."

"그래서? 가방이 있는 장소랑 그 사람을 만날 장소를 알려주면 되잖아?" 마일스가 말했다.

밴은 아무 말도 하지 않았다.

"뭐, 내가 따로 배워야 할 복잡한 악수 방법이라도 있는 거야?" 마일스가 물었다. "아니면 그 사람이 영어를 못해?"

로어는 한숨을 내쉬며 손으로 얼굴을 문질렀다. "마일스…."

"나도 뭐든 *하게 해줘*. 내가 싸움은 못하지만 그래도 이 도시도 잘 알고 길도 잘 찾아다닐 수 있으니까." 마일스가 말했다.

"안 돼." 밴이 단호하게 말했다.

"너는 네 스스로 논리의 신봉자라고 주장하니, 당연히 이것이 가장 최선이라는 걸 알 텐데?" 아테나가 말했다. "이 인간은 너희 종족들에게 알려져 있지 않고 이 도시에도 익숙하다. 특별한 기술이

272

나 판단 능력이 필요한 일도 아니고."

"그러니까요!" 마일스가 다시 끼어들었다. "곧장 갔다 곧바로 돌아올게."

"그 사람이 널 죽여버리고 돈을 빼앗아가면 어쩌려고?" 밴이 물었다.

"네가 그 사람 약점 잡고 있다며." 마일스가 받아쳤다. 그는 밴의 싸늘한 시선을 작정하고 마주 보았다. "네가 앙갚음으로 자기 비밀을 폭로할지도 모르니 그 사람도 아무 짓 못 할 거야."

"마일스 말에 일리가 있네…." 카스토르도 수긍했다.

"접선 후에 우리 가문에 남은 스물일곱 명의 헌터들과 접촉할 계획이었어." 밴이 카스토르에게 말했다. "그들이 숨어 있을 곳도 알아봐야 하고. 우리 가문의 안전 가옥과 건물들은 전부 발각되었고 금고랑 저장고도 대부분 털려서…."

"그들이 숨어 있을 만한 장소를 한 군데 알아." 마일스가 말했다. "그러니까 내 말은, 네가 하찮은 일반인의 도움을 받아준다면 그렇다는 거지."

밴의 표정은 대꾸하고 싶은 눈치였지만 결국 입을 열지 않았다.

"그게 어딘데?" 카스토르가 물었다.

"브루클린에 방치된 창고가 하나 있어." 마일스가 대답했다. "인턴십 때 그 창고에 대한 회의에 참석한 적이 있거든. 개발업자랑 시의회랑 분쟁이 붙어서 10년 넘게 건물이 비어 있어."

"그 정도면 괜찮은 것 같은데." 카스토르가 말했다. "고마워."

마일스가 미소로 대답하며 말했다. "헌터들에게 최소한 재정비

할 여유는 줄 수 있을 거야. 그 사람들한테 주소는 어떻게 알려줘?"

"밴?" 카스토르가 다그치듯 불렀다.

이름이 불린 젊은 청년은 등을 꼿꼿이 세우고 앉아 창문에 드리운 옅은 커튼으로 스며드는 빛만 뚫어져라 쳐다보고 있었다. "주소는 문자로 보내면 돼."

로어는 한숨을 푹 내쉬었다. "마일스, 너 정말 괜찮겠어?"

"응, 괜찮아." 마일스가 대답했다.

"약속해. 뭐든 조금이라도 이상한 것 같으면 곧바로 도망치겠다고." 로어가 말했다.

"너네 세계에 안 이상한 게 있냐?" 그가 다시 상기시켰다. "아무튼 조심할게."

"좋아." 밴이 자리에서 일어서며 말했다.

"좋아." 마일스도 밴을 따라 일어서며 똑같이 말했다.

"그럼, 계획은 대충 된 거네." 로어가 말했다.

"오디세우스 가문이 어디 있는지는 아직 모르잖아." 카스토르가 다시 일깨워주며 양손으로 무릎을 짚었다.

"내가 알아. 아니면 최소한 옛 경험에 비춰 추측은 해볼 수 있지." 로어가 대답하고는 할아버지 시계를 흘끗 보고 다시 말했다. "나는 샤워 좀 하고 잠깐 눈 좀 붙일게. 그래야 다시 움직이기라도 할 수 있을 것 같으니까. 해 지기 전, 늦어도 5시 전에는 나가는 걸로 합시다."

"나도 그때까지 기다려야 해?" 마일스가 물었다.

"빨리 죽고 싶어서 안달이 났구나?" 밴이 말하며 휴대폰을 꺼내 들었다. "그렇잖아도 정보원에게 연락해서 접선을 내일로 미루자고 하려던 참이야."

"안 돼. 이미 끝난 얘기야." 마일스가 말했다. "로어가 다들 데리고 오디세우스 사람들이 있는 곳에 도착하면 너는 들어가서 그 사람들이랑 휴전을 맺고 래스를 붙잡을 계획이랑 새로운 버전의 시에 대한 정보를 얻는다. 카스토르는 래스에 맞서서 수비 역할을 맡고 아테나는 공격수를 맡는다. 그리고 나는 이 정보원을 만나서 무슨 정보든 받아온다. 왜냐하면! 이거 말고는 너한테 다른 옵션은 없으니까."

물론 이 모든 것은 현재 로어의 집에 있는 이 사람들이 서로를 먼저 죽이지 않는다는 전제하에 가능한 일이다.

밴의 입이 떡 벌어지더니 잠시 마일스를 바라보고만 있었다. 조금 더 바라보는가 싶더니 곧 자기 휴대폰을 만지작거렸다.

"내가 수비수라는 건 언제 결정된 거지?"

"내 공격은 장난 따위가 아니…."

카스토르와 아테나가 동시에 입을 열었다.

로어는 그들을 그냥 남겨두고 위층으로 올라가서 자기 방으로 들어가 문을 닫았다. 그리고 알람을 맞추고 침대 위로 기어 올라갔다.

그대로 이불 위에 누워 있자니 아래층에서 사람들이 떠드는 소리가 차츰 단조롭게 웅웅대며 희미해졌다. 잠시 후 그녀의 무거운 눈꺼풀이 닫혔다.

이로의 얼굴이 나타났다. 로어의 어두운 기억 속에서 그녀의 얼굴이 떠올랐다. 로어가 이로를 마지막으로 봤을 때 이로는 격려하듯 웃고 있었다.

자기들 사이에 괴물이 있다는 사실을 전혀 알지 못한 채.

18

로어는 미친 듯이 울려대는 휴대폰 알람 소리에 잠을 깼다. 꿈조차 꾸지 않은 무거운 암흑에서 벌컥 일어났다. 그녀는 눈을 가늘게 뜨고 휴대폰의 시간을 확인했다. 오후 4시 15분. 잠을 자지 말았어야 했는데, 곧바로 후회가 몰려왔다. 뼈 위에서 움직이는 근육들이 뻣뻣하게 느껴졌다. 아무리 스트레칭을 해도 마찬가지였다.

새 청바지와 검정 티셔츠로 갈아입고 방을 나섰다. 다른 사람들의 목소리가 들리는지 귀를 기울여봤지만 집 안은 조용했다.

폭풍 전야의 고요함인가, 그런 생각을 하며 로어는 호흡을 가다듬었다.

하트키퍼와 얘기가 잘되어서 의도했던 대로 일이 진행된다 해도 로어 입장에선 앞으로의 삶이 완전히 달라질 터였다. 그녀가 살아 있다는 걸 오디세우스 가문에서 알게 된 이상 자발적 추방이나 유예 기간 따위는 더 이상 허락되지 않을 테니까. 오늘 밤 이후로는 어쩌면 이 도시에 머무를 수 없을지도 모른다. 이 집은 말할 것도 없고. 이 도시에선 어떤 장소도 로어에게 안전하지 않을 것이다.

로어는 반들반들한 난간을 손으로 만지며 마지막으로 집 안을 쓱 둘러봤다. 로어가 막 계단을 내려가려는 찰나 길 할아버지의 침실에서 느껴지는 움직임이 로어의 눈길을 잡았다.

밴이 길 할아버지의 서랍장 위에 있는 무언가를 유심히 살펴보고 있었다. 오래된 은색의 조그만 거북이 조각상이었다. 누가 봐도 흉측하게 생긴 물건이었는데도 할아버지는 그것을 소중히 여겼다.

로어가 정신을 차려보니 자신이 어느새 밴에게 다가가 그의 손에서 거북이상을 낚아채고 있었다. "남의 물건은 건드리지 마."

로어는 그 물건을 원래 자리에 조심스럽게 내려놨다. 그 옆엔 낡은 나무 상자와 길 할아버지, 로어, 마일스 세 사람이 함께 찍은 사진이 놓여 있었다. 길 할아버지가 어떤 커피숍에서 우연히 마일스와 이야기를 나누게 되었고 급기야 그에게 3층 빈방을 내준 뒤 얼마 지나지 않아 찍은 사진이었다. 길 할아버지와 마일스는 둘 다 재밌는 일이라면 사족을 못 쓰고 다른 사람을 너무 잘 믿는 부류였다. 로어도 이들과 수많은 밤을 함께 게임을 하고 저녁 식사 때마다 끝없이 서로를 놀려대고 장난을 치면서 처음에 품었던 의심이 사그라들고 마침내 이 집이 따뜻하고 안전하게 느껴졌다. 예전에 자신이 집에서 그런 기분을 느껴본 적이 있었던가, 기억을 더듬어 봤지만 떠오르지 않았다.

로어는 방 안을 둘러봤다. 길 할아버지가 돌아가시기 전엔 수도 없이 이 방에 들락날락했다. 약 드시라고 괴롭히느라, 할아버지 기력이 점점 쇠해졌을 땐 침대에 들고 나는 걸 도와드리느라, 또는 가끔 로어 자신의 마음이 심란할 땐 보드게임이나 차를 가지고 이 방을 찾곤 했다. 길 할아버지는 로어를 '사랑하는 아가'라고 불렀다. 그런 말은 그 누구도, 심지어 로어의 부모님조차 절대 하지 않았을 말이었다.

로어는 친가든 외가든 그 어느 쪽의 조부모도 만난 적은 없지만—모두 로어가 태어나기 수년 전에 돌아가셨다—할아버지 할머니 생각을 하는 걸 좋아했다. 부모님이 들려준 이야기를 토대로 할머니 할아버지에 대한 상상의 나래를 펼치곤 했다. 하지만 길 할아버지는 진짜였다. 사람을 짜증 나게 하는 고집불통이었지만 그래도 로어는 길 할아버지를 정말 사랑했다. 원래 계획은 몇 달만 함께 지내는 거였는데…. 할아버지의 부러진 팔다리가 다 낫고 로어도 다시 시작할 수 있을 정도로 돈을 모으면 떠나려고 했다. 하지만 뉴욕이라는 도시가 그렇듯 로어도 막상 할아버지를 혼자 남겨두고 떠날 수 없었다. 할아버지는 온화했고 똑똑했고 언제나 로어를 웃게 만들 수 있는 능력자였다. 그는 로어의 모든 방어막을 완전히 무력화하는 존재였다.

그런 그분의 방이 이게 뭔가. 어둡고 퀴퀴했다. 죄책감이 밀려왔다. 손잡이마다 각각 다른 동물들의 머리가 달린 할아버지의 지팡이 컬렉션은 다른 물건들처럼 미처 벽장에 들여놓지도 못했고, 책장을 가득 채운 수많은 학술 서적들은 두꺼운 먼지 막을 뒤집어쓰고 있었다. 브라운스톤은 길 할아버지가 마지막 남겨둔 모양 그대로 유지하려고 최대한 노력했지만, 로어는 이 방에는 지난 몇 달

동안 발을 들일 수가 없었다.

"이 집은 내가 상상했던 네 스타일하고는 완전히 다르네." 밴이 말했다. "뭐랄까 분위기가 참…."

"좋게 말할 때 뒷말은 하지 마라." 로어가 말했다.

"'웅장하다'고 하려고 했어." 그는 화려한 장식의 오크 나무 가구들을 가리키며 말했다. 가구에는 자개 장식과 함께 정교한 꽃무늬와 덩굴무늬가 새겨져 있었다. "도대체 무슨 일이 있었길래 이런 사람 집에서 일하게 된 거야?"

로어는 돌아섰다. 턱은 경직됐고 심장은 방망이질을 했다. "그렇게 궁금하면 네가 알아내 보시든가."

문을 나서는데 그의 목소리가 로어를 붙잡았다. "사실은 네가 항상 부러웠어."

로어는 그대로 얼어붙었다. "부러웠다고? 내가?" 로어는 뒤돌아 다시 밴에게 다가갔다. "찢어지게 가난했던 거? 아니면 어딜 가든 줄기차게 왕따당하고 굴욕당했던 거? 아니면 멸족에 대한 끊임없는 위협? 이 중에 뭐가 탐이 났는데?"

밴은 한 손으로 자기 의수를 잡은 채 두 손을 앞으로 모았다. 그렇게 세게 잡고 있지만 않았더라면 아주 편안한 자세로 보였을 것이다. "너는 항상 네가 누구인지, 네가 어떤 사람이 되어야 하는지 정확히 알고 있었어. 네가 너무 지독하게 원해서였을까, 모든 게 너한테는 너무 쉽게 이뤄지는 것 같았어. 그래서 나도 생각했지. 나도 너처럼 뭔가를 미친 듯이 원하는 방법을 찾아내면, 내 마음속에 깊숙이 파묻혀 있는 뭔가를 찾을 수 있지 않을까 하고. 그걸 찾으면 더 빨리 달릴 수 있고 더 세게 때릴 수 있지 않을까. 그러면 칼을 잡고 싶은 마음도 들지 않을까…."

"나는 그냥 멍청한 어린애였어." 로어가 말했다. "그냥 내가 모든 걸 다 안다고 착각했던 거야. 쥐뿔도 모르면서."

밴은 희미한 미소를 지었다. "진짜 웃긴 게 뭔 줄 알아? 내가 너를 따라잡으려고 그렇게 열심히 뛰어갔는데, 너는 내가 목숨과 바꾸고 싶을 정도로 원했던 그 한 가지를 해낸 거야. 절대 그것만은 불가능할 거라고 생각했던 일을. 넌 벗어났잖아."

로어는 짧은 숨을 들이쉬었다. 위장이 고통스럽게 쥐어짜이는 것 같았다. "나한텐 그거 말고 다른 방법이 없었으니까."

"아니, 너는 두려움 따위 몰랐기 때문에 그럴 수 있었던 거야. 그만큼 살고 싶었기 때문에." 밴이 말했다.

"나도 두려움을 알아. 내가 나 자신에 대해 아는 것보다 더 잘 알아." 로어가 말했다.

"너한테 무슨 일이 있었는지는 모르지만," 밴이 말했다. "물론 항상 궁금하긴 했지. 그래도 네가 살아 있을 거라는 사실은 조금도 의심하지 않았어."

밴은 방에 딸린 욕실로 향했다. 샤워를 하려는 거겠지. 그러자 로어도 숨 막힐 것 같은 고통의 순간에서 벗어났다.

"있잖아, 어떤 사람들은 자기가 갇혀 있는 울타리 경계에 바싹 붙어서 바깥 삶을 구경하는 것에 너무 익숙해서 가끔은 그곳에 울타리가 있다는 것조차 몰라." 밴이 말했다. "하지만 나는 그 울타리를 한 번도 잊은 적이 없어. 그냥 그 안에서 내 방식대로 사는 법을 터득했을 뿐이야. 너도…, 네 친구가 이곳에 우리랑 갇혀버리게 만들지는 마."

그의 말에 로어의 목이 죄어왔다. 로어는 얼굴로 느슨하게 흘러내린 머리카락을 손으로 쓸어 올렸다. 그저, 무슨 말을 해야 할지 몰라서.

밴은 금전적으로는 넉넉한 환경에서 자랐지만 헌터로는 단 한 번도 제대로 적응하지 못했다. 로어는 그런 기준으로 그를 판단했던 것이 미안한 마음이 들었다. 과거에도 그랬고, 지금도 약간은 그랬던 것이 미안했다. 마일스를 대하는 그의 태도가 이제는 완전히 이해가 됐다. 그리고 가슴 한구석에서는, 어릴 때 밴에게 느꼈던 것이 그녀에 대한 미움이 아니라 밴이 스스로와 그들의 세계에 대해 느낀 좌절이 아니었을까, 하는 생각이 들었다. "이번 한 번뿐이야." 로어가 마침내 대답했다. "오늘 밤만 넘기면, 마일스를 어떻게든 설득해서 내보낼 방법을 알아볼 거야."

"그래." 밴이 말했다.

하지만 밴이 욕실 문을 닫기 직전에 로어의 입에서 자기도 모르게 말이 튀어나왔다. "너도 벗어날 수 있어. 언제든 너무 늦은 때는 없어."

"나는 그냥 있기로 선택했어." 밴이 말했다. "나를 가둔 사람들을 잡기 전에는 떠나지 않을 거야."

로어가 계단을 내려가는 내내 뒤를 따르는 그의 말들이 자신의 상황을 그대로 반영하는 것 같아 마음이 더 심란했다. 다시 위층으로 올라가 로어 자신이 지난 몇 년 동안 어떤 교훈을 배웠는지 그에게 말해줄까. 그 울타리라는 것은 내 정신이 허락하는 만큼만 강해지는 거라고 말이다.

로어는 아테나에게 서약하기로 스스로 선택했다. 그녀는 자신에게서 모든 것을 빼앗아간 사람을 잡기 위해 마지막으로 한 번만 더 울타리 안으로 되돌아가기로 했다.

버려진 게 아니야, 로어는 스스로에게 말했다. *자유로워진 거야.*

로어는 마지막 계단에서 멈춰 섰다.

긴 소파에는 카스토르가 누워 있었다. 큰 키가 소파를 완전히 채우고도 소파 끝을 넘어 허공에 두 발이 매달려 있었다. 양손은 깍지를 낀 채 가슴 위에 올려놓았다. 카스토르가 규칙적으로 깊은 숨을 쉴 때마다 가슴에 놓인 손이 함께 오르락내리락했다.

그리고 아테나가 그를 지켜보며 서 있었다. 두 손은 그대로 양옆에 늘어뜨린 채. 여신의 얼굴에 드리운 것은 평소에 자주 보이던 증오의 표정이 아니었다. 그것은 로어를 더욱 두렵게 했다.

그건 호기심이었다.

"뭐 하는 거예요?" 로어가 여신에게 쏘아붙이듯 물었다.

카스토르가 눈을 뜨자, 아테나는 벽에 일렬로 깔끔하게 배열해놓은 임시 무기들 쪽으로 움직였다. 카스토르는 일어나 앉아 두 여자를 번갈아 쳐다봤다.

"싸움 준비를 하고 있지." 아테나가 부드러운 어조로 대답하며 자기가 만들어놓은 무기 중 하나를 들어 보였다. 그것이 좀 전까지 커튼 봉으로 쓰이던 막대기라는 걸 알아본 로어는 얼굴을 찡그렸다.

"이런 무기로도 싸울 수 있는 훈련을 받았는가? 너의 무능력으로 이 무기들을 욕보이는 꼴은 봐주지 않겠다."

카스토르는 여신의 질문에 콧방귀를 뀌며 손으로 얼굴을 문질렀다. "뭐든 로어가 했다 하면 무능력하게 하는 꼴을 한 번도 본 적이 없어요."

"내가 무능력할 가능성은 둘째 치고요," 로어가 말했다. "그런 물건들을 길거리에서 아무렇지도 않게 들고 다녀도 사회적으로 용인되던 시절은 아무리 적게 잡아도 천 년 전에 이미 끝났다구요."

"너는 스스로를 방어할 무기도 없이 이 성소를 떠날 수 없다." 아테나가 말했다. "우리의 운명이 서로 묶여 있는 한 허락할 수 없다. 그러니 다시 묻겠다. 이런 무기로도 싸울 수 있는 훈련을 받았는가?"

저것들은 단순한 창이 아니었다. 고대의 병사들과 수많은 위대한 전사들이 들었던 고대 그리스의 창 '도리'를 그럴싸하게 재현한 것이었다. 창 머리엔 금속 조각으로 만든 잎사귀 모양의 꼬챙이가 붙어 있었고 그것과 무게의 균형을 맞추기 위해 창 아랫부분에도 뾰족한 금속 징이 박혀 있었다. 모양이나 이음새는 조잡해도 모든 걸 고려해서 성의 있게 만든 티가 났다. 로어는 이 무기들이 일단 손에 쥐어지면 숙련된 대장장이들이 만든 여느 무기들만큼이나 견고하고 치명적일 거라는 사실에 조금의 의심도 없었다.

"네." 그녀는 마음속에서 일어나는 짜증을 섞어서 말했다. "이런 무기로 6년 이상 훈련했어요. 내가 알아서 잘 쓸게요."

로어를 바라보는 아테나의 두 눈에서 은회색빛 불꽃이 타올랐다. 그녀가 로어의 얼굴에서 무엇을 봤는지는 몰라도 만족한 것이 틀림없었다. 여신은 로어에게 무기를 건넸다.

로어는 손에 잡히는 감각과 무게를 느껴봤다. 손에 착 감기는 그 느낌이 어찌나 익숙하고 '좋은지', 이런 감정을 느끼는 자신이 싫었다.

"세공의 달인 헤파이스토스의 대장간에서 만든 것은 아니지만, 그럼에도 네 말에 책임을 다할 거라고 믿는다." 아테나가 말했다.

"이 무기를 들고 어떻게 돌아다닐 생각이지?" 카스토르가 아테나에게 받아서 문가에 세워두었던 창을 다시 들고 오며 물었다. "사람들이 물어보면 허드슨강에 창싸움을 하러 간다고 말하면 되나?"

실제로 꽤 괜찮은 아이디어였다.

"나한테 생각이 있어." 로어가 말했다. 완전히 어처구니없는 아이디어일지도 모르지만, 그래도 엄연한 작전이다. 로어는 계단을 한 번에 두 칸씩 뛰어 지하로 내려가다가 누가 있다는 걸 눈치채고 뒤로 한 걸음 휘청했다.

마일스가 양손을 엉덩이에 걸치고 상자들 사이의 비좁은 통로를 서성거리고 있었다. 숨을 죽이고 뭔가를 중얼거리고 있는 것 같았다.

"친구, 괜찮아…?" 로어가 물었다.

마일스가 몸을 획 돌리면서 쌓여 있던 플라스틱 통들이 무너질 뻔했다. "어? 뭐? 미안…, 아니 그게 아니라, 응 괜찮아."

로어는 곁눈질로 마일스를 슬쩍 보면서 마지막 계단에서 뛰어내렸다. "너 카드모스 사람 만나러 가는 거, 정말 괜찮겠어? 지금이라도 취소해도 늦지 않아."

"괜찮다니까!" 마일스는 다시 목소리를 낮췄다. "정말 괜찮아. 그리고 에반드로스가 예상하는 거랑 정반대로, 난 앞으로도 계속 괜찮을 거야."

"밴 때문에 괜히 무리하지 마." 로어가 말했다. "그래도 걔 말이 다 틀린 건 아니야. 앞으로 더 위험해질 거라는 말은 사실이야. 나한테든 밴한테든, 넌 아무것도 증명하지 않아도 돼."

"나도 알아." 마일스가 말했다. "너희한테 방해는 되지 않을게."

로어는 고개를 저었다. 목구멍이 울컥했다. "그런 말이 아니야. 내일 여기서 떠나줘. 부모님한테 가 있어. 아니면 여행을 가든가. 일단은 뉴욕을 벗어나 있어. 그렇게 하겠다고 약속해."

"한 가지는 약속할게." 마일스가 말했다. "빗자루 새 걸로 사줄게. 아니다, 두 가지 약속할게, 대걸레도 다시 사야 하니까. 아 참 그리고 너 옷장에 달 봉도 새로 사야 하네."

"그게 다야?" 로어는 우울하게 물었다.

"너한테 수시로 연락한다고 약속할게. 네가 다시 나랑 휴대폰 위치 공유 앱을 연결한다고 약속하면." 마일스가 말했다.

로어가 오만상을 찌푸렸다. "감시당하는 기분이어서 싫다고."

마일스는 오래전부터 티격태격하던 주제를 금방 다시 끄집어냈다. "다 안전을 위해서 그러는 거야. 그런데 뭐 찾으러 내려온 거야?"

"여기 이거." 로어는 대걸레에 장착하는 복슬복슬한 새 마포걸레와 노란 깃털 모양의 먼지떨이 리필이 들어 있는 통을 꺼냈다. "길 할아버지가 그렇게 못 버리게 했던 걸레 상자 혹시 못 봤어?"

"어, 그거 여기….'"

마일스는 로어를 따라 계단을 올라가면서 로어의 바지 뒷주머니에서 휴대폰을 꺼냈다. "비밀번호 불러. 위치 공유 앱을 다시 설정할 거야."

로어는 성가시다는 표정으로 마일스를 처다보면서도 번호를 알려줬다. 위층에 올라갔을 때 마일스는 휴대폰을 다시 로어에게 건네주고, 아테나와 카스토르 옆에 서서 로어가 창 한쪽 끝에 먼지떨이 리필을 씌우고 다른 쪽엔 마포걸레를 끼우는 모습을 지켜봤다.

"우리 이제…, 그게 뭐야?" 밴이 위층에서 내려오며 물었다. 로어가 창을 세워 들더니 손으로 기둥을 쓰다듬으며 말했다. "독창성이지. 이제 가볼까?"

아테나가 먼지떨이 리필을 하나 집어 코로 냄새를 맡더니 그 물건에 혓바닥을 댔다. 그러더니 역겹다는 듯 얼굴을 일그러뜨렸다. "이 물건은 대체 무슨 짐승의 털로 만든 것인가?"

"아주 큰 새요." 로어가 진지한 표정으로 대답했다.

"그러니까 우리… 청소부로 위장하자는 거야?" 카스토르가 말했다.

"양동이까지 들면 더 그럴듯할까?" 로어가 물었다. 그녀는 쭈그리고 앉아 카스토르의 창 한쪽 끝에 걸레를 여러 개 둘러맸다.

아테나가 밴에게도 창 하나를 내밀었지만 그는 고개를 저었다. 그가 무기를 거부하자 여신은 온몸으로 화난 티를 냈다.

"난 간다." 마일스가 모두에게 말했다. "그럼 몇 시간 있다 다시 만나자."

밴이 얼른 다가가 문 쪽으로 향하는 마일스를 막아섰다. "절대 망치지 마. 이 정보원을 잃으면 안 되니까." 밴이 경고했다.

"좀 비켜주시지?" 마일스가 밴을 어깨로 밀치며 그대로 지나가더니 마지막으로 한 번 더 로어를 돌아보고는 말했다. "문자 꼭 보내."

"알았어. 조심해." 로어가 대답했다.

"택시 타고 가." 밴이 마일스에게 말했다.

"택시비는 현금으로 내고?" 마일스가 곧바로 받아쳤다. "어찌나 똑똑한지 네가 설명하자마자 바로 알아들었지 뭐야."

마일스는 손을 들어 작별 인사를 하고 밖으로 나갔다.

"이제 우리는 어디로 가는 거야?" 카스토르가 로어에게 물었다.

"브로드웨이와 36번가 교차로." 로어가 대답했다. "출발하자."

다 같이 밖으로 나가 첫 번째 택시를 잡는 동안 로어는 문득 뒤돌아 브라운스톤을 다시 바라봤다. 마지막이 될 수도 있으니까.

19

오디세우스 가문은 맨해튼에 건물을 소유하고 있었다. 규모가 꽤 커서 아곤 기간 동안 가문 구성원 전체가 모일 수 있을 만한 장소였다. 로어가 그들과 지내게 된 첫해에 오디세우스에서 매입한 부동산이었다. 이제 남은 문제는 그사이 그들이 건물을 매각했으면 어쩌나 하는 것이었다.

로어와 아테나가 탄 택시가 37번가와 6번가 교차로에 다다르자마자 의문은 풀렸다. 로어는 남쪽으로 한 블록 떨어진 곳에 있는 건물로 짧은 시선을 던졌다.

로어와 아테나는 택시 기사가 백미러로 자신들을 뚫어져라 보고 있는 것을 애써 무시하며 무릎 위에 얹어놓았던 무기를 조심스럽게 밖으로 빼냈다. 두 사람이 옆 건물로 걸어가는 동안 아테나는 혹시 맞닥뜨릴 위험 요소가 없는지 주변을 열심히 탐색했다. 카스토르와 밴이 탄 택시도 곧 뒤따라 멈췄다.

오디세우스 가문의 건물인 배런 홀, 하지만 그 가문 사람들은 다른 이름으로 불렀다. 이타카 저택(이타카는 그리스신화에서 오디세우스의 고향-역주). 회색 사암 벽돌로 지어진 고대 양식의 이 유명한 건물은 바깥으로 드러난 양면 모두 코린트풍의 거대한 기둥이 줄줄이 서 있었다. 그전에는 은행이 들어서 있었지만 지난 아곤 이후로 지금까지 몇 년 동안은 대규모 이벤트 행사장으로 임대했는데, 건물의 실제 소유주를 은폐하려는 목적도 있었다.

6번가로 난 건물 입구 옆에 창문이 시커멓게 칠해진 대형 버스가 주차되어 있었다. 건물 입구와 버스 탑승구 사이를 연결하는 천막이 설치되어 있었지만 로어는 천막 통로 안에서 불빛이 왔다 갔다 하는 것을 보았다. 아마도 누군가가 버스와 건물 사이를 서둘러 지나다니는 모양이었다. 주차된 버스는 뭔가가 실릴 때마다 흔들거렸다.

카스토르가 로어 옆으로 다가와 벽에 등을 기대고 섰다.

"저 사람들 뭐 하는 거지?" 그가 물었다.

"뭘 옮기는 것 같은데? 아니면 대피하는 건가?" 로어가 추리했다.

밴이 다가왔다. "저 건물에 대해 뭐 아는 거 있어?"

"입구가 두 군데야. 하나는 6번가로, 나머지는 36번가로 나 있어. 앞쪽에 작은 창문이 몇 개 있고." 로어가 말했다. "개조되기 전엔 은행이었으니까 당연히 처음부터 보안에 신경 써서 지었겠지. 건물 중앙에 큰 홀이 있고 그 주변으로 작은 공간들이 딸려 있어. 그중에 하나가 금고실인데 오디세우스 가문이 건물을 샀을 때 거기는 대피 공간으로 바꾼다고 했어."

"몰래 건물 안을 들여다볼 방법이 있는가?" 아테나가 물었다. "에반드로스가 입구로 들어가기 전에 우리가 먼저 안을 확인해야 한다."

"지붕에서 중앙 홀을 들여다볼 수 있는 유리 천장 돔이 있어요. 하지만 바보가 아닌 이상 벌써 가려놨겠죠." 로어가 말했다. "그리고 주변을 감시해야 하니 헌터들을 올려보내 보초도 세워놨을 게 뻔하고요."

밴은 미끈한 가죽 배낭을 어깨에서 풀더니 가방 안을 뒤적여 작은 상자를 하나 꺼냈다. 그러고는 걸쇠를 당겨 상자를 열었다.

안에는 로어의 주먹만 한 새 모양의 검은색 물체가 들어 있었다. 밴은 상자를 바닥에 내려놓고 휴대폰을 꺼내 세상에서 가장 긴 암호를 입력하더니 희한한 앱을 실행했다. 그는 액정에 나타난 여러 가지 모양의 의수 사진을 아래로 쭉 내려 그중 하나를 선택했다. 그러자 그의 의수가 실제로 모양이 변형됐다. 그리고 또 다른 앱을 열었다. 휴대폰 액정에 나타난 버튼을 몇 개 더 누르자 새 모양의 기계가 윙 소리를 내며 살아나더니 자신의 상자에서 날아올랐다.

아테나는 못마땅한 표정으로 고개를 돌렸다. "그럼 그렇지. 네가 가진 게 너의 능력과 싸움 기술이 아니라… 테크놀로지 따위라는 걸 진작 알아챘어야 하는 건데. 지금은 유사 이래 인류 최악의 시대다."

"어련할까요. 신이 내려준 것이 아니면 다 형편없죠." 로어가 어이없다는 듯 눈을 굴리며 말했다. "뭐, 내가 보기엔 대단하네."

"고마워. 내가 직접 디자인한 거야." 밴이 대꾸하며 드론을 배런 홀 지붕 위로 날려 보냈다. 기기의 카메라가 켜지자 로어와 카스토르는 휴대폰에 나오는 영상을 보려고 밴에게 다가갔다.

카스토르와 가까워지자 그의 몸에서 열기가 뿜어 나오는 것이 느껴졌다. "보이는 건 세 명인데 다 마스크를 안 썼네." 로어가 말했다.

섬뜩한 전율이 로어의 등골을 훑고 내려갔다.

"희한하군. 헌터들은 겁쟁이라 얼굴을 내놓지 않는 걸로 알고 있는데." 아테나가 말했다.

"이상한 거 맞아요." 밴이 단정 짓듯 말했다.

"이상하긴 한데 별 도움은 안 되네." 로어가 말했다. "그냥 근처 다른 건물에 있는 일반 사람들에게 마스크 쓴 모습을 보이고 싶지 않은 것일 수도 있잖아…."

"혹은 오디세우스 가문의 헌터들이 아닐 가능성도 있고." 아테나가 덧붙였다.

로어가 예상한 것 중 다른 하나도 사실로 판명 났다. 오디세우스 가문은 천장의 거대한 스테인드글라스 돔을 가리기 위해 시멘트 벽으로 덮개를 만들어버렸다는 것. "저게 문인가?"

"그런 것 같네." 밴이 문처럼 보이는 쪽으로 드론을 가까이 조종하며 말했다.

시멘트 구조물에 위로 열리는 작은 출입구가 설치되어 있었다. 건물 안에서 돔을 비추는 조명 장치가 있을 테니 당연히 사람이 왔다 갔다 하는 입구도 있어야겠지. 문에는 전자 번호키가 달려 있고 폭탄을 터뜨려도 열리지 않을 것처럼 보였다.

"천장 말고 건물 안을 들여다볼 수 있는 다른 방법은 없어?" 밴이 물었다. "적외선 센서로는 안에 사람이 있다는 것만 알 수 있지, 그 사람들이 누군지까지는 알 수 없으니까."

로어는 고개를 저었다. 건물에 있는 창문이란 창문은 모조리 덮개로 보강되거나 불투명하게 조치를 취해놓았을 것이다.

"그렇다면 어쩔 수 없지." 카스토르가 말하더니 옆 건물의 유리문을 향해 성큼성큼 걸어갔다. 그가 문손잡이를 손으로 잡자 손잡이가 빛나면서 금속 자물쇠가 우그러졌다. 잡아당기니 문이 열렸다.

"카스!" 로어가 목소리를 낮춰 급하게 불러봤지만 그는 이미 건물 안으로 사라진 뒤였다.

"드디어!" 카스토르를 따라 큰 걸음으로 문을 향하는 아테나의 눈이 잔뜩 기대에 찬 빛으로 번쩍였다.

건물엔 경비원은커녕 엘리베이터도 없었다. 네 사람은 계단을 전속력으로 뛰어 올라가 마침내 꼭대기 층에 있는 어두컴컴한 방에 도달했다. 방에 들어서자마자 맞닥뜨린 형체들의 흐릿한 윤곽에 로어는 흠칫 놀랐다. 마네킹들이었다. 아, 그렇지. 이 근방은 가먼트 지구(뉴욕 맨해튼에 있는 패션 중심지-역주)였다. 로어가 예상한 대로 이 건물은 거주용 공간이 아니라 패션 스튜디오와 디자인 작업실이 들어서 있었고 일요일 저녁 시간이라 모두 비어 있는 것 같았다.

카스토르는 배런 홀의 지붕 전체가 내려다보이는 쪽 창문 아래 웅크려 앉았다.

두 건물은 한쪽 벽면이 서로 붙은 채 나란히 서 있었다. 창문을 열고 채 1미터도 안 되는 높이에서 뛰어내리기만 하면 배런 홀의 지붕이었다.

로어는 몸을 숙이고 창가 한쪽 끝으로 걸어가 밖에 있는 헌터들의 시야를 피해 벽에 기대섰다. 아테나도 로어의 반대편에 가서 서더니 꼬인 심사를 풀기라도 하듯 창에서 먼지떨이 리필을 흔들어 벗겨냈다.

"이제 어떻게 할 거야?" 로어가 바깥의 헌터들을 휙 살피며 물었다. 그들은 건물 끝에서 끝으로 왔다 갔다 하고 있었다.

"센트럴파크에서 잡기 놀이 했던 것처럼." 카스토르가 대답했다. 로어는 갑자기 떠오르는 기억에 코웃음이 나왔지만 무슨 뜻인지 이해했다. 헌터들이 서로를 보지 못하게 한 상태로 그들을 한쪽으로 몰아야 한다. "한 사람이라도 우리를 발견하고 무전을 치면 우린 끝이야."

"바람잡이로 써먹을 만한 새로운 기술 없어? 저번처럼 손에서 뭐가 나온다든가, 요상하고 신기한 뭐 그런 거?" 로어가 카스토르에게 물었다.

밴이 휴대폰에 있는 버튼 몇 개를 눌렀다.

카스토르와 로어는 눈을 돌려 창밖을 봤다. 검은 망토를 걸친 헌터들이 주변을 날아다니는 드론을 쳐다봤다. 마치 화라도 난 듯 이상한 패턴으로 날아다니며 공중에서 깐족거리는 새 모양 드론에 이끌려 그들은 한 지점으로 모여들었다.

그들 중 한 명이 이상한 광경을 보고하려고 블루투스 이어피스로 손을 뻗었지만, 미처 뭘 해보기도 전에 드론이 공중에 그대로 멈추더니 세 개의 다트를 연발로 발사했다. 그러자 헌터들은 비틀비틀 서로에게서 뒷걸음치더니 모두 쓰러졌다.

밴이 침착하게 휴대폰을 조작해서 드론을 불러들이는 사이 아테나가 밴 쪽으로 고개를 돌리며 말했다. "저 가짜 새는 여전히 반대하지만 살상력은 마음에 드는군."

"저들은 죽은 게 아니에요." 밴이 말했다. "그냥 몇 시간 정도 쓰러져 있을 거예요."

카스토르는 잠금쇠를 부러뜨리고 창문을 열었다. 밖에 있던 드론 새들이 윙윙거리며 안으로 들어와 자기들의 새장으로 복귀했다.

"그 안에 또 뭐가 있어?" 로어가 밴의 배낭을 쳐다보며 물었다.

밴은 눈썹을 치켜올리며 조그만 단검을 꺼내 보였다.

네 사람은 배런 홀 건물의 지붕으로 뛰어내려 발소리를 죽이고 움직였다. 로어는 창을 너무 꽉 움켜쥐고 있어서 손가락이 아플 지경이었다. 카스토르와 아테나가 출입구 문제를 해결하러 가는 동안 로어와 밴은 뻗어 있는 헌터들에게 다가갔다. 밴이 로어에게 케이블타이 몇 개를 건넸다.

로어는 끙끙거리며 헌터 한 명을 뒤집어 눕히고 그의 손목을 묶으려고 망토를 손목 위로 걷어 올렸다. 카드모스 가문을 상징하는 타투가 새겨져 있었다. 뱀 한 마리가 그의 팔을 휘감으며 올라가는 문양이었다.

"젠장." 그녀가 조그맣게 내뱉었다.

밴은 로어의 시선을 마주하곤 또 다른 헌터의 팔을 들어 올렸다. 모두 같은 문양의 타투가 새겨져 있었다.

이미 한 발 늦은 것이다.

"이제 들어갈 수 있어." 카스토르가 살며시 불렀다.

로어는 헌터들의 손발을 한꺼번에 다 묶은 후 일어섰다. 가슴속에서 심장이 덜컹거렸다. 문으로 다가가려는데 희미한 기계음이 들렸다. 웅웅거리는 목소리와 중간중간 끊기는 기계음. 로어는 바로 앞에 있는 헌터의 귀에서 이어피스를 빼내 깨끗이 닦은 다음 자기 귀에 끼워 넣었다. 밴도 똑같이 하고는 나머지 헌터의 이어폰도 빼서 주머니에 넣었다.

그들은 카스토르와 아테나가 기다리고 있는 출입구로 갔다. 출입구가 반쯤 구겨진 알루미늄 깡통 꼴이 되어 있는 것을 보고 로어는 그대로 얼어붙었다. 도대체, 어떻게 저럴 수 있지? 힘이 얼마나 포악할 정도로 강력하면 저 지경으로 만들 수 있는 거지….

로어의 시선이 아테나에게 쏠렸다. 여신은 단호한 표정으로 입술을 꾹 다문 채 거대한 유리 돔을 내려다보고 있었다. 중앙 홀은 엄청나게 넓고 호화로운 원형의 로비 공간이었다. 예전의 은행 창구가 있었던 자리들은 여러 개의 바(bar)로 개조되어 있었고 그중 하나는 돔 천장 바로 아래, 홀의 정중앙에 있었다. 건물 안을 휘젓고 다니는 저 수많은 카드모스 중 그 누구도 천장의 조명을 켜는 방법을 알아내지 못했는지 홀 안은 푸른색, 금색, 초록색 조명으로 세련되게 밝혀져 있었다.

무슨 상관이랴. 어차피 봐야 할 건 다 보였다.

오디세우스 사람들은 모두 손이 묶인 채 머리에는 두건을 쓰고 무릎을 꿇고 앉아 밖에 있는 버스로 끌려 나갈 차례를 기다리고 있었다. 반면 카드모스 사람들은 건물 구석구석 숨겨진 곳까지 뒤지며 오디세우스의 무기와 현금, 음식, 골동품들을 마음껏 챙겼다.

그리고 이 모든 일이 일어나는 공간의 정중앙에서 래스가 하트키퍼의 목을 움켜쥐고 있었다.

20

로어의 눈에 비친 래스는 그야말로 장대했다. 홀을 둘러싼 돌기 둥만큼이나 크고 단단해 보였다. 저기 저렇게 서서 이제 막 다른 신의 목을 부러뜨리려는 그에게서 풍기는 평정심은 소름 끼칠 정도로 무시무시했다.

"정보원이 시간을 잘못 알려줬네." 밴이 작게 말했다. 꽤 놀란 표정이었다. "아니면 막판에 갑자기 시간을 바꿨든가."

로어는 카스토르가 그녀를 안심시키듯 손을 꽉 쥘 때까지 자신이 그의 손을 잡고 있었다는 사실조차 자각하지 못했다.

"가짜 아프로디테가 어떻게 아직 살아 있는 거지?" 아테나가 조용히 물었다. "왜 진작 죽이지 않고?"

하트키퍼의 짙은 피부는 땀 때문인지 피 때문인지 번들거렸다. 언제나, 심지어 신이 되기 전에도 상당히 잘생겼던 그의 얼굴은 퉁퉁 부어올라서 거의 알아볼 수 없을 지경이었다. 다리에는 아이보

리색 로브가 둘둘 휘감겨 있었고 두 다리 모두 이상한 각도로 꺾인 채 래스의 힘 때문인지 몸을 지탱하지도 못했다. 그의 입은 아무 말도 할 수 없도록 테이프로 칭칭 봉해져 있었다. 그가 말하는 능력을 이용해 래스를 회유하지 못하도록 방지하려는 의도였다. 진주와 하늘색 보석으로 만들어진 왕관은 조각난 채 옆에 떨어져 있었다.

"굳이 힘들게 할 필요 없지 않은가." 로어가 헌터에게 훔쳐서 귀에 꽂고 있던 이어폰에서 래스의 목소리가 엄청 크게 울리며 지지직거렸다. "금고 여는 법을 말하라. 그러면 내게 무릎 꿇은 사람들만은 살려주겠다. 너에게도 새로운 시대에 나를 섬길 기회를 주겠다."

로어는 홀의 반대쪽을 살펴보기 위해 돔을 따라 둥글게 이동했다. 금고의 웅장한 은색 문은 완전히 봉쇄되어 있었다. 폭탄을 터뜨려도 열리지 않을 정도로 거의 모든 종류의 압력을 견딜 수 있게 고안된 문이었다.

"제우스의 시가 금고 안에 있는 것 같아." 로어가 말했다.

래스가 가까이 있는 카드모스 헌터 중 한 명에게 손짓하며 명령했다. "이자의 인간 자식을 찾아라. 그 아이라면 필요한 만큼 압박이 되겠지."

하트키퍼는 래스의 손을 할퀴어보려는 것 같았지만 의미 없는 시도였다.

"이올라스의 딸 이로는 어디 있는가?" 헌터가 홀 안에 붙잡혀 있는 오디세우스 사람들을 향해 물었다. "스스로를 드러내지도 못

할 정도로 비겁한 인물이라면 너희의 보호를 받을 자격도 없을 뿐만 아니라 그런 자 때문에 너희가 즉각 처형을 감수해야 할 이유도 없다."

헌터가 들고 있는 칼은 갈비뼈 사이를 뚫고 들어가 벌떡거리는 심장에 곧바로 박히도록 고안된 것이었다. 로어는 눈을 감고 기다렸다.

"내가 이로다."

로어의 눈이 다시 번쩍 뜨였다. 밴이 놀란 눈빛으로 로어를 쳐다봤지만 로어는 고개를 저었다. 이로의 목소리가 아니었다.

"내가 이로다." 또 다른 누군가가 말했다.

"내가 이로다." 세 번째 목소리가 들렸다.

래스가 하트키퍼를 바닥에 내동댕이치며 돌아섰다. 하트키퍼는 어디를 기어가는 것은 고사하고 고개조차 제대로 들어 올리지 못했다. "아이가 나타날 때까지 1분마다 다섯 명씩 죽여라. 머릿수가 모자라면 버스에 태운 놈들이라도 끌고 와서 죽여라."

"이올라스의 딸 이로는 어디 있는가?" 헌터가 다시 사람들 주위를 돌며 물었다.

몇몇은 몸이 묶인 채로 버둥거렸지만, 그들 중 한 사람이 조금의 망설임도 없이 쩌렁쩌렁한 남자 목소리로 "내가 이로다"라고 외쳤다.

그는 곧바로 죽임을 당했다. 그의 피가 대리석 바닥과 그 주변에 있던 포로 헌터들의 결연한 얼굴 위로 흩뿌려졌다.

래스는 몸을 구부려 하트키퍼의 머리를 한쪽으로 돌리더니 발로

밟아 바닥에 고정하고 남자의 처형 장면을 목격하게 했다. 그러고는 몸을 더 앞으로 숙이며 하트키퍼의 머리를 밟고 있는 발에 압력을 가했다. *"금고를 어떻게 여는지 말하라. 이 모든 사람들의 목숨을 희생시키면서까지 지켜야 할 정보도 아니잖은가. 별것도 아닌 것 때문에 저들이 기억할 너의 마지막 모습이 자신들을 죽음으로 몰고 간 징징대는 겁쟁이일 필요는 없을 텐데."*

로어의 머리가 마구 돌아갔다. 기억이 날 듯 말 듯한 뭔가가 허무하게 휘발되어버리기 전에 붙잡으려고 안간힘을 썼다. 금고와 관련해서, 금고를 대피 공간으로 개조하면서 뭔가 특이한 것이 있었는데…. 로어와 이로가 아르콘의 집무실에 몰래 들어가 대피 공간의 개조에 대한 문서와 설계도를 본 적이 있다.

"제발!" 오디세우스 헌터 한 명이 줄지어 널브러진 시체들 쪽으로 끌려 나가면서 애원했다. *"제발, 안 돼!"*

카드모스 헌터들은 조롱하듯 웃어댔다. 칼을 쥔 카드모스 헌터가 공포에 질린 청년의 목에 칼날을 들이댔다. *"새로운 신을 주인으로 받들고 싶은 지원자가 나온 건가?"*

"그렇소!" 그가 소리치며 대답했다. 주변에 있던 오디세우스 헌터들이 분노로 들썩였다. "네, 그러니까 그 아이 이로는, 금고 안에 있습니다."

카스토르가 로어를 쳐다봤다. 로어는 고개를 저어 보였다. 두려움이 엄습했다.

분명히 뭔가가 있었는데….

"애비는 안 해도 그 딸은 말해줄 생각이 있을지도 모르지." 이렇

게 말하며 래스는 바닥에 고꾸라져 있는 하트키퍼 쪽으로 되돌아 가다가 뒤를 흘깃 돌아보며 덧붙였다. *"저자도 죽여라."*

"네? 신이시여…." 비굴하게 빌던 오디세우스 헌터는 울부짖 었다.

이어피스에서 터져 나오는 그의 비명 소리에 로어는 귀가 찢어 질 것 같았다.

"내가 원래 쥐새끼들을 싫어해서 말이야." 래스가 무미건조하 게 말하며 헌터의 목에서 잘려나간 머리통을 보지 않고 고개를 돌 렸다.

그러더니 금고로 다가가 손을 올려 놀리듯 똑똑 문을 두드렸다. *"꼬마야. 그 안에 혼자 있지 말고 나오지 않으련? 혼자 살아남아 내 가 네 아빠를 난도질하고 너희 가문을 통째로 말살해버리는 꼴을 즐겁게 구경하고 싶지 않으면. 설마 그런 아이는 아니겠지? 가문의 마지막 생존자가 되는 건 아주 끔찍한 일이란다."*

한 줄기 빛처럼 기억이 로어의 뇌리를 스쳤다. 문이 하나 더 있다.

"금고에 다른 출구가 하나 더 있어." 로어가 황급히 말했다.

"확실해?" 카스토르가 물었다.

그녀는 고개를 끄덕였다. "오디세우스 가문에서 지낼 때 건물 설 계도를 봤어. 이로가 말해준 게 기억나. 다른 출구가 있으면 자기 아빠가 피신할 때 유용할 거라고. 왜냐하면 대피 공간은 보통 출입 구가 하나뿐이니까 적들도 문이 하나 더 있을 거라고는 생각하지 못할 거 아냐."

"다른 문으로 들어가는 방법은 기억나?" 밴이 물었다.

로어는 망설였지만 고개를 끄덕였다. "상점으로 연결된 터널이 있어. 39번가였던 것 같아."

"래스를 죽이고 여자아이를 구할 방법이 아직 있을 수 있다. 어쩌면 저 여자아이가 시에 대한 정보를 가지고 있을 수도 있고. 그리고 좀 더 운이 좋다면 저 가짜 신과 다른 오디세우스 후손들까지 구할 수 있을지도." 아테나가 단어를 하나하나 천천히 내뱉으며 말했다. "우리에겐 기습할 기회가 있으니 타이밍만 잘 따라준다면 우리가 승리할 수 있을 것이다."

로어는 다시 아래로 눈을 돌려 래스가 금고 문 앞에서 얼쩡거리는 모습을 바라봤다.

로어의 인생에서 그 4년 동안 이로는 완전히 신뢰하고 속마음까지 전부 털어놓은 유일한 친구였다. 마찬가지로 이로에게도 로어가 단 한 명의 진정한 친구였다. 그녀의 아빠가 새로 신이 되면서 이로의 가문 내에는 권력과 특혜를 차지하려고 다투는 사람들뿐이었으니까. 똑같이 주변의 소중한 사람들을 모두 잃은 두 친구는 조용히 슬픔의 한탄을 나누거나 각자의 비밀을 털어놓곤 했다.

이로는 항상 로어의 우상이었다. 불확실한 상황에 맞닥뜨려도 이로는 언제나 완벽하고 침착해 보였다. 로어 자신이 몸 안에 담아 두기 힘들 정도로 극심하게 오르락내리락하는 감정을 주체하기가 힘들었던 것과 정반대였다. 그 마지막 밤을 제외하곤 두 사람은 항상 서로를 지켜줬다. 로어는 자신이 오디세우스 가문에서 종살이를 하지 않을 수 있었던 유일한 이유가 이로가 로어와 함께 훈련하겠다고 끝까지 고집을 부렸기 때문이라는 사실을 알고 있었다.

이로를 남겨두고 떠난 것이 로어 평생의 가장 고통스러운 결정 중 하나였다. 그리고 이제 다시는 그렇게 하지 않을 작정이다.

이로, 로어는 마음속으로 빌었다. *제발 조금만 더 버텨줘⋯.*

21

밴은 버스에 갇혀 있는 오디세우스 헌터들을 구하러 갔다. 하지만 로어는 걱정이 됐다. 밴이 스스로를 지킬 줄 몰라서라거나 말발로 곤란한 상황에서 빠져나올 수 없어서가 아니었다. 일단 버스에 카드모스 헌터들이 얼마나 지키고 있는지도 전혀 몰랐고 그자들이 포로들을 놓치지 않기 위해 무슨 짓까지 할지 지금으로선 아무런 정보가 없었다.

제발 죽지 마라, 로어는 생각했다. *제발 죽지만 마.*

로어는 이어폰을 제대로 고쳐 꽂았다. 주파수 때문에 지지직거리다가도 중간중간 카드모스 헌터들이 새로운 상황을 주고받는 내용들이 들렸다. 주변의 다른 건물들에서 보초를 서고 있는 헌터들이었다.

"*이상 무. 길에는 특별한 움직임 없음.*"

"*여자애를 호송할 차량을 알아보라고 하셨다.*"

"제길." 로어는 중얼거리며 환하게 빛나는 휴대폰 화면을 들여다봤다. 5분 사이에 벌써 100번째 확인하는 중이다. "밴, 제발 서둘러…."

밴은 정말로 혼자 활동하는 것이 확실했다. 최첨단 드론은 갖고 다녀도 지금과 같은 상황에서 로어나 카스토르와 은밀하게 연락할 수 있는 비밀 통신 장비 같은 건 없었으니까. 결국 세 사람이 연락을 주고받기 위해 밴은 카스토르에게 그냥 대포폰 하나를 건네주고는 삼자통화만 연결해놓고 떠났다. 그리고 지금 로어는 이로를 구하기 위해 금고 반대편으로 향하는 중이었다. 카스토르는 로어보다 래스가 먼저 이로를 붙잡을 경우 공격을 날리려고 천장에서 대기하고 있었다.

"이곳이 출입구가 확실한가?" 아테나가 낮은 목소리로 물었다.

로어가 39번가 건너편에 있는 신발 수선 가게로 재빨리 시선을 던졌다. 두 사람이 눈이 빠져라 거리를 탐색한 끝에 로어의 눈이 포착해낸 상점은 진열대가 텅 비어 있었다.

맨해튼에서는 오래도록 공실로 남아 있는 상가가 드물다는 점을 고려했을 때 제대로 찍은 것 같았다. 게다가 문 옆에 붙어 있는 유적지 표시 명판 아래 대문자로 조그맣게 람다(Λ, λ, 그리스어 알파벳의 열한 번째 자모-역주)라고 쓰여 있었다. 람다는 오디세우스 가문이 사용하는 비밀 표식으로, 오디세우스를 성으로 부르는 애칭, 즉 라에르테스(오디세우스의 아버지, 그리스신화에 나오는 이타카의 왕-역주)의 아들, 라에르티데스를 뜻하는 글자였다.

이제 두 사람은 줄지어 주차된 차들 뒤에 숨어서 밴의 신호를 기다리고 있었다. 신호는 로어의 예상보다 빨리 왔다.

"*무사히 통과.*" 밴의 목소리가 불쑥 들렸다. "*버스로 접근 중.*"

로어는 짧은 숨을 들이쉬고 아테나를 쳐다보며 말했다. "이제 우리도 가요."

둘은 빠르게 길을 건너 텅 빈 상점의 양옆에 자리를 잡았다. 창문과 문은 종이로 가려져 내부를 볼 수 없었다. 아테나가 철제 방범 셔터에 달린 자물쇠를 손으로 구부려 부러뜨리는 동안 로어가 여신의 창을 들고 있었다.

셔터가 드르륵 위로 올라가고 아테나가 상점의 문손잡이를 잡아당기자 잠금이 힘없이 풀렸다.

마침내 안으로 들어서자 한 조각 남아 있던 의심마저 걷혔다. 상점 내부는 몇 가지 비상 물품과 물이 구비되어 있는 걸 빼면 텅 비어 있었다. 한눈에도 비상시를 대비해 마련해놓은 장소임을 알 수 있었다.

"이쪽이에요." 로어가 창고로 보이는 공간으로 들어가며 말했다. 창고 안에 고무 깔개로 가려놓은 비밀문을 열자 아래로 내려가는 계단이 나타났다.

아래로 내려간 로어는 터널 안을 살펴보려고 휴대폰을 들어 불빛을 비춰보았지만 그럴 필요가 없었다. 두 사람이 앞으로 나아가자 숨겨져 있던 동작 감지 센서가 작동해 일정한 거리를 두고 설치된 조명에 불이 들어왔다. 건물과 거리의 지하를 통과하는 비밀 터널의 날것 그대로의 모습이 드러났다.

"영리하군." 아테나가 감탄했다.

"정말 그런지는 두고 봐야죠." 로어가 속삭였다.

밴은 버스에 타기 전에 휴대폰의 소리를 꺼두었는지 로어에게 최신 상황을 전해온 것은 카스토르였다. "밴은… 탔어. …한 것 같아. 버스는 출발…"

중간중간 잡음이 들리더니 신호가 끊기면서 카스토르의 말소리도 들리지 않았다.

"뭐가 어떻게 된 건가?" 아테나가 긴장한 얼굴로 물었다.

"이 안에선 전화가 안 터져요." 로어가 앞으로 뛰쳐나가며 대답했다.

핸드폰 불빛이 로어의 발소리와 리듬에 맞춰 터널 안을 오르락내리락 비췄다. 약간 오르막길로 바뀌며 두 사람은 터널의 가장 깊은 곳에서 점차 빠져나가고 있었다. 정면에 조명이 몇 개 더 켜지며 거대한 은색 문이 나타났다.

문에서 몇 걸음 떨어진 곳까지 다가가자 로어의 이어피스에서 다시 툭툭 끊기는 목소리가 들렸다. 카드모스 헌터들이 자기들끼리 큰 소리로 새로운 상황을 전달하고 있었다.

"도대체 뭐가 어떻게 된 거야?"

"…36번가에서 서쪽 방향으로 갔는데…"

"…오토바이로 쫓아가…"

"키리오스, 도리언… 옥상에서 뭐 보이는 거 없나?"

약간 화가 난 듯한 목소리가 대답했다. "버스가 출발할 때까지 아무것도 못 봤어. 놈들 중 하나가 결박을 푼 게 틀림없어…"

"이 문 열 수 있어요?" 로어가 아테나에게 물으며 밴에게 다시 전화 연결을 시도했다. 신호는 여전히 잡히지 않았다. 이어피스에서 들리는 목소리조차 온통 자기들끼리 소리를 질러대서 알아들을 수가 없었다.

"이로?" 로어가 문에 대고 불러봤다. "이로, 내 말 들려? 나 로어야."

아테나는 완전히 밀폐된 문의 가장자리를 손으로 만져보더니 뒤로 물러서서 주먹을 들어 올렸다. 여신이 주먹으로 금고 문의 정중앙을 강타하자 로어는 깜짝 놀라 펄쩍 뛰었다. 여신의 손마디가 찢어지며 금속 문 위에 핏자국이 남았다. 아테나는 한 번 더 주먹을 날렸다.

"이 문은 폭탄에도 끄떡없는 문이란 말이에요. 그렇게 때린다고 박살 나지 않는다고요···." 로어는 여신을 말려보려고 했다.

하지만 아테나는 문을 박살 내려는 게 아니었다. 문 중앙이 찌그러지자 아래쪽에 작은 틈이 벌어졌고 그 사이로 여신의 손가락이 넉넉하게 들어갔다. 아테나는 온몸을 격렬하게 떨며 육중한 문을 잡아당겨 그 틈을 더 벌렸다.

"이로!" 로어가 친구를 불렀다. "어서 나와!"

하지만 금고 안에는 아무도 없었다. 이로는 이미 반대쪽 문을 열고 나간 후였다.

로어가 문 아래로 엎드려 금고 안으로 들어가는 동안 온몸에서 아드레날린이 솟구치며 심장이 터질 듯 방망이질을 해댔다. 맞은편 문 너머에 웅장한 중앙 홀이 보였다.

그리고 죽음의 장면이.

금고 밖 홀에 모여 있는 카드모스 헌터들은 자기들 눈앞에서 벌어진 광경에 정신이 팔린 나머지 로어와 아테나를 알아차리지 못했다. 래스가 헌터복 차림의 젊은 여자를 향해 귀를 기울이고 있었고 그 주변에서 카드모스 헌터들이 주먹으로 가슴을 때리며 함성을 지르고 있었다. 래스는 한 손으로 하트키퍼의 머리를 움켜잡고 다른 손으론 그의 목에 칼날을 대고 있었다.

이로는 로어가 기억하는 모습 그대로였다. 짙은 곱슬머리는 완전히 뒤로 넘겨 목덜미에 단정히 쪽을 지어놓아 얼굴과 목 여기저기 멍든 자국과 생긴 지 얼마 안 된 상처들이 그대로 보였다. 그녀의 갈색 피부는 누렇게 떠 있었고 뭔가를 말하는 듯 입술이 움직였다. 절세의 미라고 해도 손색없을 이로의 아름다운 얼굴은 경멸감으로 새파랗게 질려 있었다.

그리고 이 광경을 마지막으로 로어의 눈앞에서 모든 것이 폭발해버렸다.

카스토르가 미숙한 솜씨로 한 줄기 뜨거운 불덩이를 투척하자 유리 돔이 산산이 깨지며 유리와 쇠붙이 파편들이 홀에 모여 있던 카드모스 헌터들 위로 우수수 떨어졌다.

"안 돼!" 아테나가 사납게 소리쳤다.

물론 카스토르도 기다릴 만큼 기다렸을 것이다. 로어도 이해했다. 하지만 유리 돔을 아주 결딴내며 거세게 쏟아진 그의 공격에 아테나가 느꼈을 분노 역시 마음 한편으론 공감이 됐다. 카스토르의 공격 덕분에 이로는 구할 수 있을 것이다. 그것이야말로 로어가 간절히 원했던 게 아닌가. 하지만 그 덕분에 래스도 어두운 먼지

속으로 숨어버리겠지. 그러면 아테나는 그를 죽일 최고의 기회를 놓칠 수도 있다.

아냐, 아직 둘 다 할 수 있어. 로어는 생각했다. *최대한 빨리 움직이면 가능해….*

아테나는 머리를 낮추고 포악스러운 고함을 지르며 난장판 속으로 돌진했지만, 카스토르의 공격에서 뿜어 나오는 강력한 열기에 떠밀리듯 멈춰 설 수밖에 없었다.

아우성과 비명 소리가 사방에서 진동했다. 카드모스 헌터들은 바닥에 쓰러지고 유리와 건물의 파편에 찔렸다. 겨우 피한 놈들도 멀리 가지는 못했다. 카스토르의 공격을 받은 홀 바닥이 마치 번개가 땅에 금을 그은 것처럼 우지직 뒤틀리며 쩍 갈라지자 적들은 덫에 갇힌 꼴이 되었다. 로어는 눈을 보호하며 비틀비틀 앞으로 움직여 래스와 이로를 찾았다. 바닥의 타일과 시멘트가 함몰되면서 도망치려던 헌터들이 땅 밑으로 함께 추락해 먼지와 어둠 속으로 사라져버렸다.

"그자는 어딨지?" 아테나의 목소리가 쩌렁쩌렁 울렸다.

카드모스 헌터 네 명이 검을 치켜들고 달려들었지만 아테나가 훨씬 빨랐다. 여신은 창을 휘둘러 그들의 상체를 가차 없이 베어버렸다. 로어는 카스토르가 내뿜은 불덩이가 끓어오르며 소용돌이치듯 분출해내는 열기와 씨름했다. 희뿌연 연기 너머로 래스의 형체가 시야에 들어왔다.

헌터 한 명이 그녀를 향해 돌진해오자 로어는 그의 검을 피하기 위해 몸을 웅크렸다. 칼날이 그녀의 목을 거의 종잇장 차이로 스치는 사이 날카로운 고통이 어깨를 찌르고 지나갔다. 헌터는 다시 로어를 향해 획 돌아섰지만 갑자기 온데간데없이 사라져버렸다. 마치 뭉게뭉게 피어오른 잿빛 구름이 그를 완전히 삼켜버린 것 같았다.

하지만 로어가 사라진 헌터의 모습에 어리둥절해하던 것도 잠시, "아버지!"라고 외치는 이로의 절박한 목소리가 들렸다.

"이쪽이에요!" 로어가 아테나를 향해 외쳤다. 여신은 나머지 카드모스 헌터들을 닥치는 대로 베어버리느라 정신이 없었다. 여신의 눈빛은 이글거렸고 얼굴 전체에는 싸움의 쾌감이 깊게 드리워있었다. "이쪽에 있다고요!"

로어가 가까이 다가온 헌터의 발밑으로 창을 휘두르자 상대는 휘청거리며 카스토르가 떨어뜨린 불길 속으로 휩쓸려 들어갔다. 로어는 자욱한 연기를 잔뜩 들이마시고 컥컥 기침을 해대며 힘겹게 앞으로 나아갔다.

"이로!" 로어가 외쳤다. "이로!"

하지만 친구의 대답 대신 하트키퍼의 가쁜 목소리가 먼저 들려왔다. "보지 마라! 이로야, 보면 안…."

그 순간 이로가 울부짖었다.

로어가 그녀에게 다가갔을 땐 몸통이 두 동강 난 하트키퍼의 주검이 이로의 발밑에 쓰러져 있었다. 이로는 천천히 무릎을 꿇었다. 얼굴은 충격으로 마비된 것 같았다. 아버지의 얼굴을 향해 뻗는 그녀의 양손이 후들후들 떨렸다.

하지만 래스의 모습은 보이지 않았다.

카스토르의 힘이 약해지자 그의 공격이 휩쓸고 간 자리에는 포악한 힘이 할퀴고 지나간 흔적들이 드러났고 여기저기서 남은 불길들이 타고 있었다. 로어는 얼굴을 들어 치솟는 연기 너머로 시선을 집중하며 새까맣게 타버린 돔의 뼈대 사이로 천장 위를 살폈다. 카스토르가 공격을 멈춘 이유는 분명히 카드모스 헌터들이 천장까지 들이닥쳐 자신이 위험해졌기 때문일 것이다.

"신 살해자여, 어디 있는가?" 아테나가 주변을 둘러싼 어둠침침한 혼돈 속에서 큰 소리로 외쳤다. "비겁하게 숨어 있지 말고 일어서서 싸워라!"

로어는 이로를 팔로 휘감아 뒤로 끌어당겼다. "이로, 나야, 로어야! 일단 여기서 빠져나가야 해! 이로, 얼른 일어나서—."

하지만 이로는 어느새 로어의 팔을 뿌리치고 빠져나가 재빨리 몸을 돌려 로어를 마주 봤다. 순식간에 로어의 손에서 창을 빼앗아 로어의 목에 창끝을 들이댔다.

로어는 이로의 얼굴에서 순간적으로 충격이 가시는 걸 눈치챘다. 이로는 로어를 알아봤다.

로어의 눈을 똑바로 바라보는 이로의 몸이 떨리기 시작했다. 이로의 왼쪽 눈 밑은 멍이 들고 피부는 온통 땀과 먼지가 뒤엉킨 얼룩투성이였다. 벌겋게 충혈된 눈을 크게 뜨고 목에는 불뚝 핏대를 세우고 있는 그녀의 모습은 덫에 걸려 공포에 질린 짐승 같았다. "너 여기 오면 안 돼! 빨리 나가! 그자가 보기 전에 빨리!"

뒤쪽에서 아테나가 연기와 불씨를 가르며 빠른 속도로 두 사람을 향해 다가오더니 아무 말도 하지 않고 창 자루를 들어 이로의 뒤통수를 후려쳤다. 이로는 로어의 팔 안으로 고꾸라졌다.

"가짜 놈이 도망쳤다." 잔뜩 열 받은 표정으로 아테나가 말했다. "우리도 빠져나가야 한다. 가짜 아폴론이 자기 힘을 '통제'할 수만 있었어도 가짜 아레스 놈을 막을 수 있었을 텐데. 고의였는지는 모르겠지만 어쨌든 다 된 밥에 재를 뿌렸다."

"그런 게 아니라…." 로어가 입을 열었다.

하지만 여신은 그대로 돌아서더니 바닥에 널려 있는 시체와 파편들을 넘어 금고 쪽으로 성큼성큼 걸어갔다. 로어도 이로를 어깨에 걸치고 무릎을 펴며 일어섰다. 이로의 무게가 그대로 전해지자 로어는 고통스러운 신음을 삼켰지만, 일단 달리기 시작하자 통증이 감쪽같이 사라졌다.

로어가 막 금고 안으로 들어섰을 때 목덜미 뒤에서 뭔가 옥죄는 기분이 들었다. 로어는 천천히 몸을 돌렸다.

폐허와 짙은 연기의 소용돌이 가운데 래스가 서 있었다. 그가 로어를 향해 다가왔다. 천천히 성큼성큼, 점점 더 가까이….

로어는 손으로 벽을 더듬어 금고의 잠금장치를 찾고는 그대로 멈췄다. 자신들이 여기에 온 이유가 더 이상 기억나지 않았다. 이로의 무게도, 숨이 찬 폐가 타들어 가는 느낌도, 아무것도 느껴지지 않았다. 로어는 여신을 부르지 않았다. 썰늘한 공포의 손아귀가 그녀의 목을 움켜잡고 있어서 아무 소리도 낼 수 없었다.

래스의 뒤로는 카드모스 헌터들이 마치 그림자처럼 그의 주변으로 다시 모여들며 전열을 가다듬었다.

로어가 자신의 뒤를 따라오지 않는다는 걸 눈치챈 여신이 뒤돌아섰다. 여신은 래스를 발견한 순간 이로의 검을 뽑아 들고 온 힘을 다해 던졌다. 래스가 고개를 슬쩍 돌리자 칼은 그의 얼굴을 스치고 그대로 공기를 가르며 날아갔다.

너무 오랜 세월 동안, 아리스토스 카드모스는 로어의 마음속 미로 안에 도사리고 있는 괴물이었다. 그의 흉터 난 얼굴, 짙은 색의 거친 머릿결과 흰머리가 수북이 섞여 있는 모습을 로어는 거의 그대로 기억하고 있었다. 지금의 그는 로어의 기억 속 모습보다 젊어 보였다. 마치 불멸의 능력이 그의 나이를 몇십 년 되돌려놓은 것 같았다.

하지만 몇몇 특징은 예전 모습 그대로 남아 있었다. 낮게 드리운 두꺼운 눈썹. 진한 올리브색 피붓결. 세공된 다이아몬드처럼 각진 얼굴.

그의 몸을 둘러싸고 휘몰아치는 유리 파편들의 소용돌이를 뚫고 그의 황금빛 눈동자가 로어의 눈과 마주쳤다. 그는 빙그레 웃었다.

꼬마 아가씨, 드디어 찾았네!

로어가 벽에 있는 잠금장치를 주먹으로 때리자 금고 문이 쾅 닫혔다.

7년 전

아빠는 어디로 가는지 말해주지 않았다.

로어는 충실히 임무를 수행하듯 엄마가 자신에게 맡긴 작은 꾸러미를 단단히 들고 한 걸음 뒤에서 아빠를 쫓아갔다. 아빠는 언제나 웃는 얼굴이었는데 그날 아침은 조금도 웃지 않았다. 그날따라 아빠와 엄마는 대화도 거의 없었다. 그리고 앞서 걸어가는 아빠의 양 어깨뼈는 벌의 날개 뿌리처럼 가까이 뭉쳐 있었다. 아빠의 얼굴 표정을 보니 어디로 가는 건지 물어볼 엄두가 나지 않았다. 잘못하면 뾰족한 말에 찔릴 것 같았다. 로어는 날카로운 말에 상처 입는 게 싫었다. 아주 많이.

8월이 되자 도시의 모든 생명들이 숨김없이 밖으로 모습을 드러냈다. 로어는 인도의 갈라진 틈 사이로 힘차게 돋아난 조그만 꽃들과 풀을 밟지 않으려고 조심조심 걸었다. 길을 따라 늘어선 가로수 꼭대기에서 새들이 지저귀며 인사하자 로어도 미소로 답례했다.

이제 로어도 열 살이나 되었고 키도 더 자랐는데도 아빠의 모습은 하나도 변하지 않은 것처럼 느껴졌다. 번쩍거리는 유리 검처럼 하늘을 찌를 듯 솟아 있는 도심의 건물들 못지않게 아빠도 여전히 우람하고 강해 보였다.

로어가 아빠의 큼직한 걸음걸이를 따라잡으려고 발걸음을 서둘렀음에도 잠시 후 아빠는 걸음을 멈추고 로어를 기다려줬다. 로어가 다가서자 아빠는 한 손으로 로어의 뒤통수를 쓰다듬고는 아이의 어깨에 팔을 둘렀다. 로어는 그제야 안심이 됐다.

"말해보렴." 아빠가 가벼운 목소리로 입을 뗐다. "우리 로어의 카스토르는 잘 지내니?"

아빠의 뒤에서 내리쬐는 햇빛 때문에 아빠의 표정은 볼 수 없었다.

"걔는 *내* 카스토르가 아니라 그냥 대련 짝꿍이에요." 로어가 대답했다.

"아하." 아빠가 꾸밈없이 말했다. "아빠한테는 네 할아버지 말고 다른 훈련 짝꿍이 한 명도 없었단다. 그래서 말인데 훈련 짝꿍은 훈련하지 않을 때도 밖에서 만나서 노니? 아니면 테티스 저택 안에서만 만날 수 있는 거니?"

로어가 입안을 어찌나 세게 깨물었는지 피비린내가 느껴졌다. 로어는 테티스 저택 밖에서도 시도 때도 없이 카스토르와 만났다. 훈련이 없는 날이나 수업이 일찍 끝난 날에는 항상 둘이 함께 있었다. 그녀의 부모님도, 유모인 오스본 부인도 눈치채지 못했다.

로어는 자기 여동생들에게 고마울 따름이었다. 비록 여동생들이 로어의 소중한 담요와 버니버니 인형을 빼앗아가긴 했지만 그래도 동생들이 오스본 부인의 관심을 독차지하는 덕분에 로어는 그녀의 눈을 피해 카스토르를 만나러 나갈 수 있었다.

"이제 걔는 칼리아스 힐러랑 훈련하는 시간이 더 많아졌어요." 그 사실이 로어는 괴로웠지만 애써 괜찮은 척했다. 언젠가 카스토르는 아킬레우스 가문 최고의 힐러가 될 것이다. 하지만 그때까지는 다른 아이들과 훈련 상대가 되고 싶진 않았다. 훈련장에선 로어처럼 자기 훈련 짝꿍이 기록보관사 또는 무기제작사로 차출되어 홀로 남겨진 애들끼리 훈련 상대로 짝지어지는 경우가 종종 있었다. *생각해보니, 훈련소 밖에서 카스토르를 만나는 것도 싫진 않을 것 같아요….*

"훈련소 밖이라면, 예를 들어 지난 화요일에 센트럴파크에 갔을 때처럼 말이냐?"

로어는 발걸음을 늦췄다. 이미 머릿속은 궁색한 핑곗거리를 지어내느라 뒤죽박죽이었다. 차를 잘못 타서, 아니면 길이 공사 중이어서 다른 길로 돌아올 수밖에 없었다고 말할까….

"어허." 아빠가 말했다. "이 세상에 거짓말로 막을 수 있는 거짓말은 없단다."

로어는 입을 열었다가 그냥 다물었다.

"어른들 없이 다시는 너희들끼리만 가지 않겠다고 아빠한테 약속해라."

로어는 잔뜩 인상을 썼다가 나무라는 듯한 아빠의 눈초리에 금세 얼굴을 폈다.

"왜 안 돼요?" 로어가 어리둥절한 표정으로 물었다.

"왜냐하면 멜로라, 아빠가 그렇게 말했으니까. 그리고 안전하지 않으니까."

로어가 입을 떡 벌렸다. 안전하지 않다고? 어제 훈련 교관에게 어느 갈비뼈 사이로 칼을 찔러야 심장을 곧장 찌를 수 있는지도 배웠는데? 로어는 오늘 아침에도 욕실 거울 앞에서 그 공격 자세를 연습했다. "난 괜찮아요, 아빠. 항상 칼을 가지고 다니는 걸요?"

로어의 아빠는 '흡' 하고 짧은 숨을 들이쉬며 다시 멈춰 섰다. 아빠의 얼굴에 드리운 표정이 무슨 뜻인지 로어는 이해가 되지 않았다. 콕 집어 말하자면 두려움은 아니었다. 그보다는 오히려 로어가 날린 주먹에 복부를 강타당하고 몸을 웅크리지 않으려고 애써 참는 것 같은 표정이었다. 아빠는 꽤 오랫동안 말이 없었다.

"제가 잘못했어요…?" 아이가 조그맣게 속삭였다. 보통은 그것이 아빠가 듣고 싶어 하는 모범 대답이었다.

아빠는 정신을 다잡으려는 듯 고개를 가로젓고는 로어의 손을 다시 잡았다. "아빠가 칼은 어떻게 하라고 했지?"

"테티스 저택이랑 우리 집에서만 쓰라고요." 로어는 고분고분 대답했지만 말도 안 되는 소리였다. 모든 헌터들은 언제나, 심지어 아곤 기간이 아닐 때도 무기를 지니고 있어야 했다. 어쨌든 로어의 대답에도 아빠는 기분이 풀리지 않은 것 같았다.

아빠는 주변을 지나가는 사람들을 재빨리 획 둘러봤다. 다들 무심히 움직이거나 휴대폰을 보고 있었다. 아빠는 고대어로 말하기 시작했다. "일반 사람들은 이해하지 못하니까. 그런 무기를 가지고 다니다가 다른 사람들에게 들키면 그들이 너를 어딘가로 데려갈 수도 있어."

"나는 혼자서도 나를 지킬 수 있어요!" 로어는 참지 못하고 말을 쏟아냈다. "우리 반에서도 내가 제일 잘한단 말이에요. 교관님도 저를 스파르타인이라고 불러요…."

"멜로라, 심지어 스파르타인들조차도 다 스파르타인다웠던 건 아니다." 아빠가 말했다.

로어는 아빠의 손에서 벗어나 뒤로 물러서며 꾸러미를 품안으로 당겨 안았다. 머릿속 생각들이 마구잡이로 뒤엉켰다. "그게 무슨 말이에요?"

아빠는 바닥에 무릎을 꿇고 로어의 눈을 정면으로 마주 봤다. "항상 진실만이 살아남는 것은 아니란다. 그보다는 우리가 믿고 싶은 이야기들만 전해질 때도 있어. 전설에도 거짓이 있나. 이야기를 아름답게 만들려고, 또는 우리에게 어떻게 행동해야 하는지를 가르쳐주려고, 승자에게는 영광을 돌리고 나약한 자들에게 수치심을 주려고, 사람들은 결점이나 실수를 다듬거나 숨기기도 한단다. 물론 스파르타인들 중 그런 신화들을 몸소 보여준 사람들도 있었겠지. *아마 그랬을 거다.* 하지만 우리가 '나중에 어떻게 기억될 것이냐'는 '지금 어떻게 행동하느냐'만큼 중요하진 않단다."

로어의 심장이 주체할 수 없을 정도로 빠르게 뛰기 시작했다. 품안의 꾸러미를 너무 세게 움켜잡아 갈색 봉투가 온통 구겨졌다. "하지만 우리 전설은 진짜잖아요. 우리 조상들이랑, 신들이랑—"

"한때 그런 영웅들이 있었다 해도, 지금은 모두 사라져버렸지."

아빠가 다시 일어서며 말했다. "이제 남은 건 괴물들뿐이야. 우리 금쪽이가 항상 용감무쌍하다는 건 아빠도 알고 있다. 어떤 괴물들은 네 용기에 겁을 집어먹고 달아나기도 하겠지. 하지만 세상에는 먹잇감을 쫓아다니면서 즐거움을 찾는 더 지독한 짐승들도 있단다. 내 말 이해하니?"

로어는 대꾸하지 않았다. 가슴속에서는 분노가 물어뜯을 듯 맹렬하게 으르렁거렸다. 로어는 누구든, 무엇이든, 자신을 공격하려는 것은 다 상대해줄 자신이 있었다. 괴물들에겐 송곳니가 있었지만, 암사자들에게는 날카로운 발톱이 주어진 이유가 다 있었다.

"아빠 말 알아들었냐고 물었다." 아빠가 이번에는 좀 더 엄격하게 말했다.

"네, 아빠." 로어도 뚱하게 대답했다.

"내가 카스토르의 아빠와 아는 사이이니, 너와 카스토르가 훈련 시간 외에도 따로 만날 수 있을지 직접 상의해서 시간을 정해보마. 필요하다면 필립 아킬레우스에게 허락도 구해보고. 하지만 너도 아빠랑 약속해야 한다."

"약속할게요." 로어는 아빠에게 대답하고 소리 없이 덧붙였다. 앞으로는 안 들키게 더 조심하겠다고.

다시 출발한 두 사람은 시내를 가로질러 움직이는 수많은 사람들 틈새로 다시 섞여들었다. 5번가를 건널 때는 떼 지어 움직이는 학생들 무리에 치이지 않으려고 로어는 아빠 옆에 바짝 붙어서 걸었다. 로어는 그들을 두 번 다시 쳐다보지 않았다. 저들은 자신과 다르다.

"곧 네 동생도 테티스 저택에서 훈련받게 될 텐데, 마음에 드니?"

로어는 어깨를 으쓱했다. 로어는 왕방울만 한 눈동자에 조그만 손에는 항상 물감을 묻히고 있는 올림피아가 자기 반 친구들에게 훈련용 막대기로 맞는 모습이 상상이 되지 않았다. 그 생각을 하자 가슴속에서 다시 화가 치밀었는데 왜 그런지는 로어도 확실히 알 수 없었다.

"이번 올림피아 생일엔 뭘 할까?" 아빠가 다시 영어로 말했다. 로어는 이번에도 어깨를 으쓱했다. 자신이 줄 선물은 이미 정해져 있었다. 침대를 정리하겠다는 약속, 그리고 가을바람이 불어와 여름을 멀리 날려버릴 때까지 매일매일 머리를 땋아주겠다는 약속, 두 가지였다.

"영화 볼까요?" 로어가 모험 삼아 제안했다. 로어의 아빠는 영화를 별로 좋아하지 않는다. 하지만 어쩌면 이번엔 가능할지도….

"소풍 갈까?" 아빠도 대안을 제시했다.

"센트럴파크 동물원 어때요?" 로어가 의견을 냈다.

두 사람은 하염없이 아이디어를 주고받았고 결국 지금까지 해본 걸 몽땅 끄집어내자 절대 시도해볼 수 없는 아이디어들까지 만들어냈다.

"달 여행 갈까요?" 로어가 말했다.

"날개 달린 말들이랑 춤추기?"

로어는 손에 쥐고 있던 꾸러미를 고쳐 잡았다. 무겁진 않지만 안에서 쨍그랑거리는 소리에 궁금증이 일었다.

"어딘지는 모르지만 지금 우리가 가는 곳으로 함께 산책 가기 어때요?" 로어가 천진난만하게 제안했다.

아빠의 한쪽 입꼬리가 잠깐 씰룩거렸지만 곧 잠잠해지며 입술을 오므렸다.

"크리사페니아 무, 우리 금쪽이, 그건 안 된다." 아빠는 계속 정면을 바라보며 말했다. "그곳엔 네 동생을 데려가지 않을 거야. 거기엔 괴물이 있거든."

로어가 처음 와보는 식당이었다. 심지어 오늘은 문을 연 것 같지도 않았다. 블라인드가 처지고 문은 잠겨 있었다. 로어는 두 개의 창문 중 더 큰 쪽에 스텐실로 쓰인 이름을 슬쩍 올려다봤다. '페니키아'(그리스의 영웅 카드모스는 페니키아의 왕자-역주)

로어는 숨이 턱 막혔다.

"아무 말도 하지 말고 가만히 있거라." 아빠가 나지막이 말하며 로어의 손에서 꾸러미를 받아 들었다. "손님으로서 갖춰야 할 예절에 대해 아빠가 가르쳐준 것 기억하지? 카드모스 가문은 평화와 선의의 표시로 우리를 초대한 거란다."

로어는 반박했다. "이 사람들요? 아빠, 이들은 우리 가문을 죽—"

"멜로라." 아빠가 매섭게 로어의 말을 가로막았다. "아빠가 설마 그 모든 걸 잊었겠니? 우리 가문은 이제 우리뿐이다. 우리 다섯 식구가 전부야. 네 엄마 쪽 사람들도 다음 아곤 때는 우리를 돕지 않을 거란다. 아킬레우스나 테세우스 가문도 마찬가지일 거고. 그들은 모두 우리 페르세우스 가문의 마지막 후손이 아곤에서 영영 사라져버리는 걸 재미있게 구경만 하고 있을걸? 우리에겐 동맹이 필요하다."

로어는 말하고 싶은 걸 참으려고 코로 길게 숨을 들이쉰 다음 그대로 숨을 참았다.

"카드모스 가문의 아르콘인 아리스토스 카드모스가 내게 직접 편지를 보내 첫째 딸과 같이 방문해달라고 요청했단다. 초대를 거절하면 모욕으로 받아들일 것이 뻔하니 거절할 수가 없었구나. 무시당했을 때 하는 행태만 놓고 보면 특히 이 집안은 너그러움으로 유명한 집안은 아니니까."

참고 있던 숨이 로어의 입에서 갑자기 터져 나왔다. "하지만 아빠—"

"우리에게도 미래가 있으려면 과거는 털어버려야 한다. 아빠가 옆에 있으니까 무서워할 것 없어. 이곳에 손님으로 온 것이니 제우스께서 우리를 보호하실 거야."

지금까지 우리 가문 사람들을 보호해준 것처럼? 로어는 자기도 모르게 떠오른 심술궂은 생각에 놀랐다. 당연히 꼭 보호해주시겠지. 페르세우스 가문은 세우스가 선택한 헌터가 아닌가.

로어도 자기 가족의 처지가 다른 가문과 다르다는 것을 알고 있다. 하지만 막강한 아킬레우스 가문에 빈대 붙어서 훈련을 받는 것과 페르세우스 가문의 철천지원수인 카드모스에게 붙어 무기와 갑옷과 정보를 얻는 일은 차원이 전혀 다른 문제였다. 이렇게까지 해야 한다는 것이 정말 싫었다. 페르세우스는 카드모스와 비교도 할 수 없을 정도로 위대한 영웅이었다.

로어의 아빠가 문을 두드렸다.

문 반대편에서 고대어가 들렸다. "이곳에 온 자는 누구인가?"

"데모스테네스 페르세우스의 아들 데모스와 그의 딸 멜로라 페르세우스입니다. 카드모스 아르콘의 초대를 받고 왔습니다." 아빠가 대답했다.

안에서 잠금장치가 풀리는 소리가 들렸다. 로어는 아빠의 낡은 가죽 재킷 밑단을 움켜잡았다가 곧 다짐하듯 떨어져 꼿꼿한 자세로 섰다. 로어는 더 이상 어린애가 아니다. 그 누구의 뒤에도 숨지 않을 것이다.

문을 열어준 사람은 백발과 탄력 없는 피부가 완연히 자리 잡은 지 한참은 된 것 같은 늙은 여자였다. 두 사람이 안으로 들어오자 그녀는 다시 문을 잠갔다.

식당 안은 어두웠다. 빛이라곤 창문 가리개를 통해 스며든 희미한 햇빛뿐이었다. 내부는 로어가 밖에서 생각했던 것보다 작았다. 공간을 만들려고 테이블과 의자는 전부 식당 한쪽 끝으로 밀어 층층이 쌓아두었다. 그 안에 모여 있던 카드모스 사람들이 움직이더니 서로 틈을 벌리며 좁은 길을 만들었고 로어와 그녀의 아빠가 그 사이로 지나가는 동안 위협적으로 으르대면서 히죽히죽 웃어댔다.

로어도 쌍심지를 켜고 그들을 쏘아봤다. 상대에게 존중받기를 원한다면, 헌터는 절대 다른 헌터에게 자신의 두려움을 드러내선 안 된다.

낯익은 냄새가 진동했다. 오레가노와 마늘, 구운 고기 냄새, 기름 입힌 가죽 냄새, 사체들 따위의 냄새였다. 식당 안쪽 깊숙이 설치된 조그만 단상 위, 다른 사람들보다 높은 자리에 중년의 남자가 앉아 있었다. 그의 짙은 머리 사이사이로 흰머리가 수북이 섞여 있었다.

로어와 아빠가 가까이 다가가자 그는 자기 옥좌의 등받이로 몸을 기댔다. 튼튼하고 오래된 나무를 베어 만든 의자였다. 로어는 의자 양옆에 돌출된 여러 마리의 용 조각에서 눈을 떼지 못했다. 누구든 가까이 다가오기만 하라고 경고하는 것 같았다.

남자는 로어가 상상했던, 죽은 자들의 왕국을 관장하는 하데스의 모습 그대로였다.

남자의 발치에는 로어 또래로 보이는 남자아이가 앉아 있었다. 아이는 남자와 비슷한 차림새를 하고 있었다. 어두운 색 실크 튜닉과 어두운 색 바지, 어두운 색 부츠, 그리고 어두운 미소까지. 아이는 막 한 방 걷어차려는 개를 대하듯 자기 들창코 아래로 로어를 깔보듯 쳐다봤다.

"페르세우스의 데모스여, 환영하오. 내 초대를 수락해주어 기쁘오." 남자가 말했다.

로어는 아리스토스 카드모스 이야기를 수도 없이 들었다. 그의 죽은 부인들, 그가 아르테미스를 거의 죽일 뻔했던 일, 그가 자기 가문에서 스스로 서열을 높이고 아르콘이 되기 위해 저지른 극악무도한 만행들, 그의 얼굴에 그 모든 이야기들이 고스란히 담겨 있었다. 얼굴 곳곳에 자리 잡은 짙은 주름과 깊은 흉터 때문에 남자의 얼굴은 마치 그가 앉아 있는 옥좌와 똑같은 나무로 깎아 만든 것처럼 보였다.

로어가 알기로 아리스토스 카드모스는 아빠보다 겨우 열 살 정도 많았지만, 보아하니 그의 시커먼 영혼이 크로노스(시간의 신-역주)

도 손쓸 수 없을 만큼 빠른 속도로 남자를 안팎으로 썩어 문드러지게 한 것 같았다.

"초대를 해주신 것이 감사하지요. 이 아이는 제 딸 멜로라입니다." 로어의 아빠가 말했다.

로어는 눈을 부릅떴다.

"멜로라, 어서 오너라." 아리스토스 카드모스가 살짝 미소를 지으며 말했다.

"제 아내가 드리는 선물입니다." 아빠가 말하며 손에 들고 있던 꾸러미를 앞으로 들어 올렸다. 아리스토스가 남자아이에게 고갯짓을 하자 아이는 성가시다는 표정으로 일어나 꾸러미를 받았다. 그러곤 봉투를 열더니 그 안에 들어 있던 꿀단지 두 병을 꺼내 들었다.

꿀단지를 본 로어는 흠칫했다. 로어의 엄마는 가족이 살고 있는 건물 옥상에 벌통을 하나 두고 벌을 치면서 주말에 농산물 시장에서 꿀을 팔기도 했다. 그 꿀은 로어의 가족에겐 흐르는 금이나 마찬가지였다. 그런데 저 남자아이, 벨런이라는 놈이 그 꿀단지를 보며 돼지코를 찡그리고 있었다.

"이딴 걸로 뭘 해요?" 아이가 비웃듯 말했다. "아무 데서나 몇 달러만 주면 살 수 있는데."

로어는 피가 솟구쳐 얼굴이 뜨거워지는 게 느껴졌지만, 자신의 어깨를 붙잡고 있는 아빠 때문에 저 자식의 얼굴을 마구 할퀴어줄 수도 없었다.

"벨런, 이 녀석." 아리스토스는 아이에게 눈치를 주며 가벼운 어조로 말했지만 그의 얼굴 어디에도 꾸짖는 기색은 없었다. "선물은 무엇이건, 심지어 아무리… 하찮은 것이라도 고맙게 받아야지."

사람들 사이에서 웃음을 참는 듯한 소리가 들렸다. 로어는 자기 옆에 서 있는 아빠의 자세가 딱딱하게 굳는 걸 느꼈다. 로어의 어깨를 잡고 있는 아빠의 손에 힘이 들어갔다. 아빠는 여전히 고개를 숙이고 있었지만 로어는 아빠가 힘겹게 표정을 감추고 있다는 걸 눈치챘다.

아리스토스가 손가락을 튕기는 소리를 내며 그의 주변에 앉아 있는 여자들 중 한 명에게 신호하자 그녀가 대답이라도 하듯 그에게 고개 숙여 인사하곤 오래된 병 하나를 가지고 앞으로 나왔다.

"내가 가장 좋아하는 마데이라 와인이오. 200년도 넘게 숙성된 술이지." 아르콘이 말했다.

로어의 아빠가 병을 받아오라는 듯 로어를 앞으로 살짝 밀었다. 로어는 살그머니 앞으로 다가오는 여자를 가만히 내려다봤다. 여자의 몸은 온통 근육과 힘줄로 실룩거렸다. 여자의 눈가엔 검은 아이라인이 칠해져 있었고, 그곳에 있는 다른 여자들과 로어 또래의 소녀들도 모두 똑같이 눈 주위가 시커멨다. 그 때문에 그들의 눈이 더 반짝거리는 것 같았다.

이들은 카드모스의 리에나, 여사자들이다. 로어는 그녀에게서 병을 받아 들었다.

"과분한 선물이군요. 가족을 대신해 감사를 표합니다." 로어의 아빠가 답례했지만 어조는 딱딱했다.

"아차차, 물론 이건, 선물이 아니라 우리가 오늘 이곳에서 상의할 비즈니스를 위해서 내가 보이는 성의의 표시로 받아주시오."

"비즈니스… 라고요?" 로어의 아빠가 되물었다.

"당연하지. 순수하게 비즈니스 목적이 아니라면, 대체 무슨 이유로 한 남자가 자존심까지 버리면서 자기 가문을 거의 멸족시킨 자들의 소굴에 발을 들이겠는가?" 남자가 말했다.

로어는 씩씩 숨을 몰아쉬었지만 그녀의 아빠는 평정을 잃지 않았다. "그러게요, 어째서였을까요."

"당신이 이집 저집 돌아다니며 거지처럼 그들에게 도움과 안위를 구걸한다는 소문은 들었소. 당신이 줄 수 있는 기회를 그들이 알아보지도 못하다니 얼마나 안타까운 일인가." 아리스토스가 말했다.

"동맹 말입니까?" 로어의 아빠가 주변에서 수군거리며 경멸하듯 웃는 소리를 무시하고 물었다.

"동맹?" 아리스토스는 앉은 채로 몸을 앞으로 기울이며 고개를 한쪽으로 갸웃했다. "아니지, 데모스. 내가 그대에게 한 가지 제안을 하겠소. 제안이 성사되면 그대의 미래가 바뀔 것이오."

"그런 일이 인간의 힘으로 가능하다면 말이겠죠." 로어의 아빠가 차갑게 대답했다.

"나는 우리 가문에 페르세우스의 고결한 피를 받아들이고 싶어서 그대에게 딸을 데려오라고 요청한 것이오. 혼인의 형식으로 그대의 딸을 사고 싶소."

로어의 두개골 속에서 맥박이 천둥 치듯 쿵쾅거렸고 양쪽 관자놀이가 욱신거렸다.

그녀의 아빠는 벨런을 바라봤다. 소년은 입고 있는 튜닉 앞자락에 콧물을 문질러 닦고 있었다. "보시다시피 아이들은 벌써부터 미래를 결정하기엔 너무 어리고…."

"우리 미래는 태어나면서부터 결정되는 것이오." 아리스토스 카드모스가 말했다. "그 정도는 이미 잘 알고 있을 텐데."

"저는 그렇게까지 확신하지는 않습니다. 저는 우리가 어떤 사람이 될지는 스스로 선택하는 거라고 믿습니다." 로어의 아빠가 대답했다.

"그렇다면 그대는 모이라이(운명의 여신-역주)에게 맞서겠다는 건가?" 아르콘이 물었다. "어쩌면 그것이 지난 세월 동안 당신이 저지른 실수였나 보군. 나는 아이 때부터 나 자신의 운명을 알아봤소. 조상 대대로 성취해온 수많은 업적과 찬란한 클레오스를 목격하며 나 역시 그런 운명을 타고났다는 것을 깨달았지."

"본인은 그랬으면서 당신의 어린 서자의 운명은 대신 결정해주기로 했나 보군요. 벨런이 해야 할 청혼까지 대신 해주면서요?" 로어의 아빠가 말했다.

그의 모욕적인 말에 당황한 카드모스인들은 저마다 무기를 철커덕거리며 위협적으로 으르댔다. 벨런은 슬그머니 뒷걸음질을 쳤다. 아이의 얼굴은 수치심과 분노로 벌겋게 달아올랐다. 하지만 카드모스의 아르콘이 다시 입을 열었을 때, 로어의 아빠를 포함한 모두가 침묵 속으로 빠져들었다.

"벨런의 짝으로 들이려는 게 아니오. 내 부인으로 맞을 것이오."

로어는 손가락에 힘이 쭉 빠졌다. 손에 들고 있던 병이 바닥에 떨어져 산산조각 나기 전에 재빨리 붙잡을 수 있었던 것은 순전히 몸에 밴 반사신경 덕분이었다. 로어는 고개를 돌려 아빠를 올려다봤다. 로어의 눈동자엔 제발 저 남자의 뱀 같은 혀에서 소름 끼치는 말이 더 튀어나오기 전에 당장 이곳을 떠나자는 간절한 눈빛이 담겨 있었다.

"이 아이는 겨우 열 살이오." 그녀의 아빠가 말했다. "당신은 이 아이보다 반세기나 더 살았고, 당신의 다른 부인들도⋯."

장내가 한차례 술렁거렸다. 사납게 으르대는 이들, 주먹으로 가슴을 두드리는 이들도 있었지만 로어가 주목한 사람은 바로 아르콘이었다. 그에게 진정한 후계자를 단 한 명도 남겨주지 않고 모두 지하세계로 먼저 떠나버린 여섯 명의 부인에 대한 이야기가 나오자 그의 얼굴에 벼락이라도 칠 것 같은 표정이 스쳤던 것이다.

"고대 관습에 따라 아이가 열두 살이 될 때까지 기다렸다가 결혼식을 올릴 것이오. 그리고 물론 아이가 첫 피를 흘리기 전까진 동침하지 않을 것이오." 아리스토스는 계속 말을 이었지만 로어를 쳐다보지 않았다. "그리고 그때까지는 아이가 '올바르게' 자라도록 이곳에서 나의 보살핌을 받으며 교육받을 것이오."

"싫어요!" 로어가 부르짖었다. 아빠가 로어의 어깨를 세게 움켜쥐며 제지했다.

"부디 아이를 용서하시오. 아이가 아직 철이 없습니다." 로어의 아빠가 겨우 말을 꺼냈다. "아주⋯ 너그러운 제안이군요. 하지만 멜로라는 이미 아킬레우스 가문에서 헌터 훈련을 시작했습니다."

"도대체 왜?" 아리스토스가 물었다. "아이의 운명이 이미 정해져 있다는 것을 어차피 당신도 뻔히 알고 있으면서 왜 굳이 쓸데없는 짓을 하는 거지?”

"나는 그렇게 생각하지 않습니다. 이 아이는 나의 후계—"

"아니, 절대 그럴 수 없을 텐데? 페르세우스, 지금 당신한테 딸이 모두 몇 명이나 있더라? 아들은 하나도 없고? 그대의 이름을 후대에 전할 자식이 없지 않은가. 이 아이에게도 카드모스의 아르콘을 바로 곁에서 섬기는 것만큼 좋은 제안은 없을 것이오. 당신도 인정할 수밖에 없을 텐데."

로어의 몸속에서 울분이 복받쳐 올랐다.

"데모스, 현명하게 처신하시오. 다른 가문에 떠넘길 수 있는 딸자식들이 아직도 둘이나 더 있지 않소. 딸린 입을 하나라도 줄이면 당신도 숨 쉬기가 좀 편해질 텐데. 이 아이 몫으로는 두둑하게 챙겨주겠소."

로어의 귀에 어딘가에서 희미하게 으르렁대는 소리가 들렸다. 하지만 그 소리가 자신에게서 나오는 소리라는 걸 깨닫기 직전, 놀랍게도 그녀의 아빠가 헛웃음을 터뜨렸다.

"정말 나를 그 정도로 바보로 생각한 거요? 당신이 이 아이에게 그런 제안을 하는 진짜 이유를 내가 모를 줄 압니까?"

식당 안은 다시 침묵에 휩싸였다. 아리스토스 카드모스는 앞으로 몸을 내밀며 무릎에 팔꿈치를 올리고 어디 말해보라는 듯 한쪽 눈을 치켜떴다.

"치가 떨리도록 짜증 나겠지. 당신 아버지와 그 아버지와 그 아버지가 그랬던 것처럼." 로어의 아빠가 말을 이었다. "그렇게 대단한 유산을 수중에 가지고 있으면서도 그저 장식용으로밖에 쓸 수 없다니. 당신이 들었을 땐 그게 얼마나 무겁던가? 아니, 혹시 그걸 들어 올릴 수는 있었소? *내 딸자식들이* 들 수 있는 것처럼 당신도 그 누구의 도움도 받지 않고 들 수 있던가요?"

아르콘의 두 눈에서 불길이 일고 표정이 어두워졌다.

"그런 그대는 얼마나 치가 떨리게 짜증이 날까? 당신네가 잃어버린 그 대단한 유산이 바로 당신 발밑에, 겨우 한 층만 내려가면 있으니." 아리스토스가 말했다. "기다리고, 또 기다리고, 언젠가 당신네가 되찾아주기를 하염없이 기다리면서 말이지."

로어의 가슴속에서 뭔가 뜨거운 것이 차오르면서 순간 눈앞이 시뻘겋게 번쩍했다. 아이기스 이야기다. 아테나가 들고 다녔던 제우스의 방패 아이기스. 아곤이 시작될 당시 제우스가 로어의 가문에 하사했던 유산. 카드모스 가문이 페르세우스 가문에서 훔쳐 간 그 물건. 그것이, '*여기*' 있다.

"혹시 그것이 당신을 부르진 않는가?" 아리스토스가 궁금한 듯 물었다. "혹시 소리 같은 것이 들리는가? 지금 이 순간에도? 아니면 혹시, 돼지들마냥 살육당한 자네 조상들의 통곡 소리는 들리는가?"

"내게 들리는 것은 당신 목소리에 담긴 절박함뿐이오." 로어의 아빠가 차분히 대답했다. "하지만 내 딸들은 그 물건을 휘두를 수 있는 자식을 당신에게는 절대로 낳아주지 않을 거요."

아르콘이 자리에서 완전히 일어서자 그의 얼굴이 단상에 드리운 어둠과 합쳐졌다. "그것을 사용하기 위해 굳이 너희 열등한 것들과 피를 섞을 필요는 없지."

"절대 흔쾌히 넘겨받는 일도 없을 것이오. 우리가 죽게 된다면,

방패도 우리와 함께 사라져버릴 것이고. 당신은 참 운도 없군요. 하필이면 마지막 살아남은 페르세우스가 가장 고집 센 인간들이라니."

아리스토스는 천천히 단상 아래로 내려왔다. 그의 팔에는 뱀 가죽 모양의 타투가 새겨져 있었다. 아르콘이 가슴 앞으로 팔짱을 끼자 굵은 핏줄들이 불거졌다. "정말 그런가? 말해보라, 아이야. 네가 원하는 것이 무엇이냐?"

로어는 아빠를 흘깃 보고 아빠가 하는 대로 정면을 똑바로 응시하면서 아르콘에게 눈길도 주지 않았다.

"네가 그런 누추한 곳에 살고 있다니 정말 상상조차 할 수 없구나. 가장 강력한 가문의 한 사람이 되어 황금과 보석과 실크를 마음껏 몸에 두르고 살고 싶지 않느냐?" 아리스토스가 물었다.

아빠는 로어에게 아무 말도 하지 말라고 당부했다. 그러니까, 아무 말도 하지 말아야 한다는 건 알고 있었다. 바로 지금 이 순간에도. 하지만 주체가 안 되는 걸 어쩌란 말인가. 가슴속에 품고 있던 자부심이 밖으로 터져 나오고 말았다.

"난 리에나가 될 거예요. 내 이름은 전설이 될 거예요."

카드모스들의 비웃음 소리가 사방에서 로어를 옥죄는 것 같았지만 아리스토스 카드모스의 얼굴에 드리운 조롱의 미소가 더 싫었다. 온몸이 당장이라도 활활 타버릴 것 같았다. 아빠가 여전히 그녀의 어깨를 붙잡고 있었지만 더 이상 아무 감각도 없었다. 이 순간 느껴지는 것이라곤 터질 듯 쿵쾅거리는 자신의 심장박동뿐이었다.

"네가? 리에나가 되겠다고? 나한테도 리에나가 많단다. 보이지?

다들 너보다 더 용감하고 빠르고 강하지—"

로어는 가슴속에 쌓이고 쌓인 공기를 한꺼번에 내뿜듯 비명을 내지르며 손에 들고 있던 병을 자기 옆에 있는 돌기둥에 후려쳤다. 마치 피처럼, 와인이 바닥을 온통 적시자 현기증이 날 정도로 달짝지근한 향이 공기 중에 퍼졌다. 순간 로어는 깨진 병의 모가지를 단검처럼 움켜쥐고 바로 앞에 있는 어린 여사자를 향해 달려들었다. 시커멓게 칠한 상대 여자아이의 눈이 휘둥그레졌지만 로어가 더 빨랐다. 로어가 더 강했다!

로어가 여자아이의 목을 뚫어버리기 전에 아빠의 손이 로어의 손목을 먼저 낚아채 뒤로 확 잡아당겼다. 그 순간 로어가 아빠의 표정 너머에서 본 것은 다른 무엇도 아닌 공포 그 자체였다. 가슴이 덜컹 내려앉았다. 그런데 왜 울고 싶은 거지? 스스로도 이유를 알 수 없는 로어는 머릿속이 혼란스러웠다.

아빠는 로어를 여사자에게서, 로어 주변으로 몰려든 카드모스 사람들에게서 멀리 끌어당겼다. 아빠의 목소리에서 묻어난 것은 공포 그 자체였다. 로어는 아빠의 그런 목소리를 한 번도 들어본 적이 없다.

"제발, 아직 어린애입니다. 자기 성질을 아직 다스릴 줄 모르는 것뿐입니다. 절대 모욕하려는 뜻은 없었습니다. 필요하다면 이 아이를 제대로 가르치지 못한 내가 처벌을 받겠습니다."

두 사람을 둘러싼 카드모스들이 마치 올가미를 조이듯 점점 더 가까이 모여들었다. 누군가가 로어의 땋아 내린 머리를 움켜쥐고 사납게 잡아당겼다. 사람들이 로어의 등을 공격하는 동안 로어는 아빠의 셔츠를 움켜쥐고 등허리에 얼굴을 묻었다.

그녀의 아빠가 사람들을 로어에게서 밀쳐냈다. 어딘가에서 나타난 채찍이 그의 팔을 때리자 곧바로 피가 맺혔다.

"그만해." 로어는 속삭였다. "제발 그만…."

아르콘의 명령 소리에 식당 안은 곧 조용해졌고, 사람들의 공격도 멈췄다.

"*모두 나가라.*"

카드모스들은 그의 명령에 복종했다. 로어도 그랬어야 했다. 일사불란하게 식당 밖으로 향하는 저들은 자기들의 지도자에게 자부심을 선사했고, 식당 안에 남은 로어는 자기 아빠에게 치욕을 안겼다. 로어는 크세니아, 즉 초대받은 손님의 예법을 알고 있었다. 그리고 그녀는 방금 신성한 무언가를 깨뜨렸다.

카드모스들이 모두 밖으로 나가자 아리스토스 카드모스는 두 사람 주위를 돌기 시작했다. 뒷짐을 쥐고 움직이는 그의 걸음걸이는 느리고 무거웠다.

"제 딸의 행동을 사과드립니다." 로어의 아빠가 다시 말했다. "아르콘이 보시기에 합당한 수준으로 보상을 하겠습니다."

"내가 원하는 건 단 한 가지요. 내가 불같은 여자들을 좋아하기 망정이지." 그가 가까이 다가서며 덧붙였다. "그리고, *끄*기 어려운 불일수록 더 좋아하고 말이야."

아르콘은 아빠의 셔츠 주머니에 봉투를 하나 찔러 넣었다. "이것이 내가 이 아이 몫으로 제안하는 대가요. 아곤이 끝날 때까지 답을 주시오."

336

그녀의 아빠는 무뚝뚝하게 고개를 한 번 끄덕이고는 문으로 향했다. 아빠가 로어의 손을 꼭 움켜쥐고 있어서 로어도 순순히 아빠를 따를 수밖에 없었다. 남자가 두 사람을 향해 마지막으로 말할 때도 로어는 감히 뒤돌아보지 못했다.

"이것이 그 아이의 미래요. 이 세계에서 아이에게 이보다 더 나은 일은 없을 것이오. 내가 반드시 그렇게 만들 거니까. 좋은 쪽으로든 나쁜 쪽으로든."

그의 부하 뱀들 몇 명이 밖에 아직 남아 있었다. 그들은 로어와 그녀의 아빠를 사납게 위협하면서 침까지 뱉었다. 로어는 굴욕감에 심장을 찌르는 듯한 고통과 함께 몸이 한없이 작아지는 기분이었지만 자신이 아빠를 치욕스럽게 만들었다는 사실에 비하면 아무것도 아니었다.

나는 앞으로 절대 클레오스를 달성하지 못할 거야. 이런 생각이 들자 목이 메이고 눈이 따가웠다. *나는 이제 아무것도 되지 못할 거야.*

거의 20분을 그냥 걷기만 하다가 마침내 아빠가 속도를 늦췄다. 아빠는 아무 말도 하지 않고 무릎을 꿇더니 로어를 거세게 껴안았다.

"잘못했어요." 로어는 아빠의 어깨에 얼굴을 묻으며 작은 소리로 말했다. "죄송해요, 아빠…."

아빠는 로어가 어렸을 때 해주었던 것처럼 그녀를 공중으로 들어 올려 끌어안더니, 그렇게 집까지 로어를 안고 갔다.

22

금고 문이 쾅 닫혔다.

아테나가 로어 쪽으로 돌아섰다. 분노로 이글거리는 표정이었다.

"도대체 왜?" 여신이 화를 냈다. "우리 적이 저기, 바로 앞에 있
는데!"

로어는 써늘한 공포의 손아귀가 아직도 자신의 목을 움켜쥐고
있는 것 같은 압박감에도 간신히 몇 마디 내뱉을 수 있었다. "시간
이 너무 지체됐고… 저쪽의 수도 너무 많고… 카스토르도….."

밖에서 무언가로 금고 문을 두드리는지 귀가 먹먹할 정도의 굉
음과 함께 문이 진동했다. 그 소리에 아테나는 몸을 곤추세우며 최
대한 분노를 삭이고 자신이 할 수 있는 한 가장 덜 험악하게 말했
다. "겁쟁이처럼 후퇴할 거면 지금 당장 하는 게 좋겠다."

로어는 고개를 돌려 덜컹거리는 문을 잠시 바라봤다. 어떻게 하
고 싶은지 자신의 마음을 종잡을 수 없었다.

어쩌면 자신들에게 여전히 가능성이 있을 수도 있다. 지금 여기서 래스를 죽이고 이 악몽을 끝낼 수 있을지도 모른다.

이로가 신음하며 로어의 어깨 위에서 꿈틀거렸다.

로어는 입에 차오른 신물을 삼켰다. 심장은 여전히 전속력으로 쿵쾅거렸다. 안 돼. 너무 위험해. 일단은 카스토르를 돕고 이로를 안전한 곳으로 옮기는 게 우선이다.

"가요." 로어가 여신에게 말했다.

아테나가 금고 문을 다시 구부려 제자리로 맞춰놓았는데도 카드모스들이 반대편에서 쿵쿵 문을 두드리는 소리가 세 사람이 지하 통로를 빠져나가는 내내 뒤따라왔다. 마치 심장박동처럼 두 번씩 때리는 소리, 쿠쿵, 쿠쿵. 그 소리가 로어의 머릿속에 있던 모든 생각을 밀어내는 것 같았다. 그리고 마침내 로어는 그 소리가 자신에게 전하는 메시지라는 것을 알았다.

쿠―쿵.

이미―늦었어.

이미―늦었어.

세 사람이 텅 빈 신발 수선 가게로 다시 돌아오자마자 로어의 휴대폰이 진동했다. 모르는 번호로 온 문자였다.

'무사함.'

로어는 곧 발신인이 누구인지 깨달았다. 마침내 한시름 놓이자 긴장도 풀렸다. 로어도 답장을 보냈다. **'우리도 무사함. 밴이 말한 장소에서 만나.'**

"카스토르도 괜찮대요." 로어가 아테나에게 전했다. 여신은 가게

문 쪽으로 살며시 다가가 유리에 씌워놓은 갈색 종이의 한쪽 귀퉁이를 벗겨내고 바깥을 살피며 돌아다니는 헌터들이 없는지 확인했다.

"그것참 아깝게 됐군." 아테나가 불평하듯 말했다. "그자는 우리의 훌륭한 작전을 망친 것에 대해 일단 해명해야 할 것이다."

로어는 이로를 고쳐 들며 무게중심을 잡았다. 로어가 자신보다 키가 큰 이로를 들고 옮기는 것이 어색해 보였다.

"이번엔…," 로어가 입을 열었다. "그냥 일이 잘 안 풀린 것뿐이에요."

아테나가 로어에게 눈을 부릅뜨며 말했다. "너는 아까 왜 철문을 닫아버렸지? 우리 목적에 대한 믿음이 흔들린 것인가?"

로어는 고개를 저었다. "아니에요. 그냥 그자가…, 우리에게 위험 요소가 너무 많았어요. 우리 쪽에 승산이 있을까 말까 한 상황만 되었어도 모험을 걸어봤을 테지만, 아까는 아예 승산이 없어 보였어요. 있을까 말까 한 거랑 아예 없는 거랑은 비슷해 보여도 사실은 천지 차이니까요."

여신의 표정은 전혀 누그러지지 않았다. 단지 뭔가를 곰곰이 생각하는 표정으로 로어를 유심히 살필 뿐이었다. 여신이 다시 입을 뗐을 때, 그녀의 목소리는 차분하면서도 신중했다. "그가 두려웠나?"

"그게 아니라, 나는—."

"네 두려움은 그에게 양분이 될 것이다. 그에게 쾌락을 줄 것이다. 그걸 허락하지 마라. 앞으로 엿새 동안은 그자 역시 너처럼 인간의 몸이다. 네 의지가 다시 흔들릴 때, 그가 네게서 빼앗아간 것을 생각하라. 그에겐 힘이 있지만 너에겐 정당성이 있다. 그리고 심지어 그런 모든 것들이 다 너를 버린다 해도 이것 한 가지만 기억하라. 내가 너와 함께할 것이고, 나는 네가 실패하도록 내버려두지 않을 것이다."

로어는 뭐라도 대답할 말을 찾아보려고 애썼다. 하지만 그녀를 향해 다가오는 래스를 본 순간, 그자가 자신을 알아본 순간, 의심의 파도가 들이닥쳐 그동안 로어가 부여잡고 있었던 믿음을 순식간에 엉망으로 헤집어놓았다. 물론 그의 죽음을 바라는 마음이 덜한 것은 절대 아니었다. 단지 불현듯 그자를 끝장내는 대신 아곤이 로어에게 요구하는 대가가 무엇인지 너무나 실체적으로 깨닫게 된 것뿐이었다.

아냐, 다시 떠날 수 있을 거야, 로어는 스스로에게 말했다. *내가 직접 죽이는 건 아니잖아. 이건 시작이 아니라 끝이야.*

"다른 사람들을 만나러 가야 해요. 밖은 문제없어요?" 로어가 여신에게 물었다.

"그렇다. 아이는 내가 데리고 가겠다." 여신이 대답했다.

로어에게 이로를 넘겨받은 여신은 어둠 속으로 발을 내디뎠다.

로어는 바깥 풍경이 눈에 익을 때까지 잠시 주춤거리며, 두려워하지 않는다는 것이 어떤 느낌인지 기억해보려고 애썼다.

따로 흩어지기 전에 밴이 알려준 주소를 찾아 북쪽으로 약 스무 블록쯤 올라갔다. 막상 도착해보니 헬스키친에 있는 세탁소였다.

로어와 여신이 옆문을 찾아 들어가는데 환기구에서 나온 열기가 온몸을 덮쳤다. 세제 냄새로 진동하는 공기에 숨이 막힐 것 같았다.

안으로 들어서자마자 로어는 형광등 불빛에 눈을 깜박거렸지만 아테나는 친숙한 목소리가 들리는 쪽으로 이미 방향을 틀고 있었다.

마일스가 세탁소의 비좁은 사무실 안에서 책상에 몸을 기댄 채 함께 있는 백발의 노부인과 한국말로 이야기를 나누고 있었다. 그렇게 한참을 생글거리던 그의 얼굴은 로어와 아테나의 모습을 보는 순간 어두워졌다.

"어떻게 된 거야? 다른 사람들은 왜 안 왔어? 이 여자는 누구야? 왜 이렇게 늦었어?" 마일스가 물었다.

"제일 궁금한 게 뭐야?" 로어가 피곤한 말투로 물었다.

사무실에 있던 노부인은 한숨을 내쉬며 의자에서 일어서더니 선사 시대에 나온 것 같은 컴퓨터의 모니터를 끄고 책상 서랍에서 가방을 꺼내며 말했다. "오늘은 이만 문 닫고 들어가야겠네. 에반드로스한테 돈은 금고에 넣어두고 이번엔 지폐를 좀 골고루 섞어서 달라고 전해주게."

주인 할머니가 잰걸음으로 사라지고 채 몇 초도 되지 않아 빨래방 앞에 있는 조명이 흐려졌다. 하지만 그녀가 밖으로 나가 문을 완전히 잠근 후에도 세탁기 몇 대는 여전히 돌아가고 있었다.

"대단해서. 어딜 가든 붙임성 하나는 끝내주네." 로어가 마일스에게 말하는 동안 아테나는 이로를 의자에 내려놓고 비켜섰다. 로어가 이로의 맥박을 확인하고 그녀를 깨워보려 했지만 반응이 없었다.

"정확히, 어느 정도의 강도로 이 아이를 때린 거예요?" 로어가 여신에게 물었다. 이로가 의식을 잃은 지도 거의 20분이 되어가고 있었다.

"아까 그 노인은 누구지?" 아테나가 로어의 질문은 완전히 무시하며 마일스에게 물었다.

"정 할머니요." 마일스가 대답했다. "완전 다정한 분이에요. 내 타투를 보니 자기 손자가 생각난다나." 마일스는 심호흡을 한 번 하고는 축 늘어져 있는 이로를 고갯짓으로 가리키며 물었다. "근데 진짜로, 이 사람은 누구야?"

"오디세우스 가문의 이로야. 하트키퍼의 딸." 로어가 대답했다.

마일스가 비통한 표정을 지었다. "왠지 갔던 일이 잘 안 된 것 같네?"

"결론만 말하면?" 로어가 뒤쪽 벽에 등을 기대며 말했다. 이로를 메고 다니느라 힘들었던 몸이 평소의 균형을 되찾으려는지 후들후들 떨렸다. "래스는 아직 살아 있고, 하트키퍼는 죽었고, 이로가 새로운 시의 내용이나 은닉장소를 알고 있다는 보장은 없고."

옆문이 삐걱거리며 열렸다. 로어가 미처 숨을 들이쉬기도 전에 아테나가 자기 창을 들고 사무실 밖으로 나가 새 방문객의 목에 창을 들이댔다.

밴은 양손을 위로 올렸다. "다들 왔어요?"

아테나는 무기를 내리고 밴이 지나갈 수 있도록 길을 비켰다. "가짜 아폴론은 아직 안 왔다."

그 사실에 밴은 로어보다는 걱정이 덜 되는 눈치였다. 그는 안으로 들어오다가 문가에 멈추더니 마일스의 모습을 찬찬히 살펴봤다. 입술을 굳게 다문 채 마일스의 표정을 살피기만 할 뿐 아무 말도 하지 않았다.

"응, 나 살아 있는 거 맞아." 마일스는 평소답지 않게 냉소적인 투로 말하더니 발밑에 놓아두었던 평범한 검정 배낭을 집어 약간 버거운 듯 밴에게 떠밀었다. 가방의 무게에 밴의 팔이 살짝 휘청했다.

"네 스파이는 정말 친절한 사람이더라." 마일스가 계속 말했다. "나를 족보 없는 쓰레기라고 딱 두 번밖에 안 불렀거든. 그래도 너보다는 족보 없는 나랑 거래하는 게 더 좋대."

"아마도 네가 아니라 내가, 자기 목숨이 걸린 치욕적인 약점을 쥐고 있어서 그런 거겠지." 밴이 말했다.

"아, 그리고 정 할머니가 돈 달라고 했어. 지폐 단위를 골고루 섞어서 달래. 네가 훌륭한 비즈니스 파트너라고도 하셨는데 그거야 뭐 무슨 뜻인지는 모르겠고." 마일스가 밴에게 전했다.

"그건, 그분이 보고 들은 것을 까마득히 잊어버리게 만들 수 있는 비용이 얼마인지 내가 잘 안다는 뜻이지." 밴이 말했다.

밴은 가방의 지퍼를 열더니 그 안에 들어 있는 것들을 비좁은 사무실 바닥에 한꺼번에 쏟아냈다. 100달러짜리와 20달러짜리 지폐 뭉치가 서른 개도 훨씬 넘게 타일 바닥에 쏟아지는 걸 보고 로어는 깜짝 놀라 펄쩍 뛰었다. 밴은 지폐 뭉치들과 함께 가방에서 미끄러져 나오는 노트북 컴퓨터를 손으로 잡았다.

로어는 지폐 뭉치 하나에 슬쩍 발을 올려 자기 쪽으로 몰래 끌어당겼다.

"시도는 좋았다만, 이번 주 아곤에서 살아남으려면 이 돈이 필요해." 밴이 로어에게 핀잔을 주고는 두 뭉치를 집어 들더니 책상 밑 금고에 넣으며 마일스에게 물었다. "중간에 무슨 문제는 없었고?"

"딴 건 없었는데, 내가 노래방에서 꼭 그 방이어야 한다고 고집을 부리다가 막상 휘트니 휴스턴 노래 딱 한 곡만 부르고 나오니까 몇 사람이 이상하게 쳐다보긴 하더라고." 마일스가 대답했다.

마일스의 어조에서 어떤 생기 같은 것이 느껴졌다. 들떠 있다고 해야 하나? 마치 난생처음 부모님 말을 어긴 아이가 안 들키고 무사히 빠져나와 잔뜩 신이 난 모습 같았다. 눈은 밝게 빛나다 못해 자신이 그 일을 해냈다는 생각으로 잔뜩 흥분해 있었고 마일스가 신날 때면 항상 그렇듯 두 뺨은 빨갛게 물들어 있었다.

돈뭉치를 정리하던 밴의 손이 멈추고 목소리는 비난 섞인 어조로 바뀌었다. "3천 달러 정도 비는 것 같은데, 오는 길에 너무 신나서 뭐라도 산 건가?"

"그럼, 임무를 수행하느라 수고한 나에게 맛있는 식사 대접 좀 했지." 마일스도 지지 않고 쏘아붙였다. "내가 무슨 도둑인 줄 알아? 네 스파이가 괜찮은 정보가 더 있다고 돈을 더 달라고 했어."

"그래서 그냥 돈을 줬다고?" 밴이 따졌다. "심지어 나한테 먼저 확인해보지도 않고? 그자가 너한테 사기를 친 게 확실—"

"네가 알아낸 정보는 카드모스 가문이 유령회사 명의로 센트럴 파크 남쪽에 새 건물을 매입했다는 소문이 사실인지 확인하는 것뿐이었지." 마일스는 계속 말했다. "하지만 오늘 내가 새로 얻어낸 정보는 뉴디오니소스인 레블러가 지난 아곤 때부터 래스랑 연합해서 카드모스 가문과 함께 활동해왔다는 사실이야. 그런데 레블러가 이번 아곤 초반에 갑자기 잠적해서 아직도 나타나지 않고 있대. 그래서 래스가 레블러 뒤를 쫓고 있는 중이고.”

로어의 입이 떡 벌어졌다. 심지어 아테나도 이 정보에 약간은 당황한 듯 보였다.

“그러니까 말해보시지. 어느 쪽이 지금 우리한테 더 쓸모 있는 정보인지.” 마일스가 의기양양하게 말했다.

밴이 일어섰다. 하지만 마일스는 전혀 물러서지도, 심지어 밴의 독기 어린 시선을 피하지도 않았다.

“이건 게임이 아니야. 누가 이기고 지는 것도 없을 뿐만 아니라 여기엔 너를 지켜줄 게임 규칙 같은 것도 없어.” 밴이 말했다.

“그런 건 나도 알아.” 마일스가 말했지만 로어는 자기 친구를 잘 안다. 그녀는 마일스의 저 표정을 잘 안다. 성취감과 열의로 한껏 들떠 있는 표정을.

밴이 옳았다. 마일스는 이 모든 걸 지나칠 정도로 즐기고 있었다.

그때 옆문이 다시, 이번에는 좀 더 세차게 열렸다.

카스토르다, 로어는 미끄러지듯 아테나를 지나갔다.

카스토르는 한 손으로 벽을 짚으며 몸을 수그렸다. 얼굴은 온통 지친 기색이었다.

로어는 그에게 다가가 그의 눈을 마주 보려고 몸을 낮췄다. 날카롭게 각진 왼쪽 광대뼈 위에 상처가 약간 난 것 말고는 그럭저럭 괜찮아 보였다. 로어의 얼굴을 보자 카스토르의 얼굴에서 긴장감이 풀렸다.

"괜찮은 거야? 뭐가 어떻게 된 거야?" 로어가 물었다.

카스토르는 얼굴의 땀을 어깨에 문질러 닦았다. 하지만 이미 흠뻑 젖은 카스토르의 셔츠는 몸에 찰싹 달라붙어 가슴과 팔의 근육이 그대로 드러났다. "놈들을 따돌리는 게 생각보다 오래 걸려서—"

카스토르는 갑자기 말을 멈추고 벌떡 몸을 세우며 로어의 팔꿈치를 붙잡았다. 아주 살짝 움직였는데도 로어의 어깨가 움찔하며 찌르는 듯한 통증이 쑤시고 지나갔다. 따뜻한 피가 어깨에서 가슴 쪽으로 흘러내렸다. 로어는 약간 현기증을 느끼며 비틀거렸다.

카스토르는 배달을 기다리는 세탁물 가방 하나를 그냥 뜯어서 열어젖히더니 내용물을 파헤쳐 수건을 하나 꺼냈다. "어쩌다 이렇게 된 거야?"

"공격을 제때 피하지 못하는 바람에." 로어는 카스토르의 얼굴에 집중하려고 안간힘을 쓰며 간신히 대답했다.

"뭔데? 오, 이런 젠장." 마일스가 금세 피투성이가 된 수건을 보더니 웩웩거리기 시작했다. "로어 너 혹시—"

"가짜 놈아, 당장 그녀를 치료하라." 아테나가 명령했다.

"아니." 로어가 물러서며 말했다. "먼저 이로부터, 일단 이로를 깨워야 해."

"네가 과다출혈로 죽는 꼴을 손 놓고 보고만 있으라는 거야?" 카스토르가 격분한 목소리로 말했다.

로어는 수건으로 어깨를 누르며 카스토르에게서 더 멀리 물러났다. "이로 먼저."

카스토르는 아테나를 밀치듯 지나쳐 사무실로 들어갔다. 로어는 카스토르의 파워에서 나오는 불빛이 어두운 통로까지 새어 나오는 걸 보고서야 사무실 안으로 들어갔다. 마일스가 카드모스 첩자와 만나서 들은 정보를 전달하는 동안 카스토르는 고개를 끄덕이며 빠른 속도로 이로를 치료했다.

"가능한 빨리 이곳에서 떠나야 해. 래스와 카드모스 일당이 우리를 계속 추격하고 있다면 잡히는 건 시간문제야." 밴이 말했다.

"그보다는 잠깐 숨 좀 돌리면서 앞으로 어떻게 할지 생각 좀 해 보자." 로어가 말했다.

"일단 레블러가 무엇 때문에 갑자기 그렇게 겁을 집어먹고 래스와의 동맹까지 깨버렸는지부터 알아보자." 카스토르가 말했다. 한 손으로는 이로의 뒤통수를 조심스럽게 감싸 안고 있었다. 하지만 카스토르가 치료하는데도 이로는 깨어날 징후가 전혀 없었다.

"헤르메스가 죽어서 그런 게 아닐까?" 밴이 말했다.

카스토르가 한숨을 내쉬며 말했다. "충분히 그럴 수 있겠네."

"왜 그런 건데?" 마일스가 물었다.

"레블러랑 헤르메스는 아주 오랫동안 연인 사이였거든." 로어가 설명하며 다치지 않은 어깨를 문가에 기댔다. "잠깐잠깐 아곤이 진행될 때만 빼고는 둘이 꼭 붙어 다녀서 아주 깨가 쏟아졌지. 만날 파티하고, 세계 곳곳으로 여행도 다니고, 박물관마다 돌아다니면서 고대 유물을 감상하고. 들리는 소문으로는 그 와중에 둘이서 유물 몇 점을 훔쳤다고도 하더라고." 로어가 아테나 쪽을 흘깃 보며 말했다. "당신도 지난 몇 년 동안 헤르메스의 존재를 감지할 수 없었다고 말했잖아요. 혹시 래스랑 관련이 있는 걸까요?"

"헤르메스는 절대로 가짜 아레스 놈과의 동맹에 합의했을 리가 없다. 그보다는 오히려 가짜 디오니소스가 래스에게 붙은 것 때문에 둘의 관계가 틀어졌고 그 결과 헤르메스는 어쩔 수 없이 평소 은신처에서 멀리 떨어진 새로운 대피 장소를 구해야 했을 거라는 게 더 가능성이 있어 보이는군." 아테나가 대답했다.

"하지만 다 쓸데없는 짓이었네요. 결국 목숨을 잃었으니. 두 잉꼬 커플 사이에 무슨 일이 있었든, 래스가 레블러를 쫓고 있는 게 사실이라면 우리가 먼저 찾아내야 해요. 기존 계획을 다시 활용해서 덫 놓기 작전을 재탕하면 될 것 같은데요?" 로어가 말했다.

"맞다." 아테나가 이미 같은 생각을 하고 있었는지 바로 대답했다. "가짜 아레스는 자기를 배신한 가짜 디오니소스를 절대 살려두지 않을 것이다."

"뉴디오니소스가 우리를 돕지 않는다면요." 밴이 말했다.

"꼭 자발적 협조를 받아야 할 필요도 없지. 우리가 그곳에 있다는 것도, 자신이 미끼라는 것도 그자가 굳이 알아야 하는 건 아니니까. 가짜 아레스가 도착해서 우리 덫에 걸린 다음에야 상관없지만." 아테나가 말했다.

"래스가 우리 계획을 전혀 예상도 못 하고 있다는 게 확실해? 완전히 기습 공격이라는 거지?" 카스토르가 지적했다.

"응…." 로어가 느릿느릿 대답했다. "모를 것 같은데? 지금 이 계획은 모르겠지. 우리가 자기를 쫓고 있다는 건 이제 눈치챘겠지만,

레블러에 대해 알아냈다는 사실까지는 모를 거야. 레블러가 동맹을 깨고 도망갔다는 정보 말이야. 심지어 밴도 사방에 그렇게 정보원들이 많은데도 그 둘이 동맹 관계였다는 걸 지금까지 모르고 있었잖아."

메신저는 이 이야기가 다시 들춰진 것이 영 껄끄러운 표정이었다.

"그렇다고 해도 대체 우리가 어떻게 먼저 레블러를 찾지? 래스는 분명 수백 명의 헌터를 풀어서 수색하고 있을 텐데?" 마일스가 말했다.

카스토르가 밴 쪽을 뒤돌아보며 뭔가 질문이 담긴 듯한 눈빛을 던졌다. 하지만 밴은 대답이라도 하듯 고개를 가로저을 뿐 아무 말도 하지 않았다.

"내가 모르는 뭔가가 있는 거야?" 로어가 카스토르와 밴을 번갈아 쳐다보며 물었다. 어깨에 댄 수건이 점점 무거워지고, 로어의 머리도 함께 무거워졌다. 로어는 이제 선 채로 버티려고 문틀에 한쪽 머리를 기댔다.

"그게 더 빠르지 않을까?" 카스토르가 밴에게 물었다.

"영영 안 될 수도 있어. 너무 늦을 거야." 밴이 대답했다.

밴은 배낭을 카스토르 쪽으로 밀더니 그 안에서 노트북 컴퓨터를 꺼냈다. 하지만 전원을 연결하거나 컴퓨터를 켜는 게 아니라 조그마한 스크루드라이버로 컴퓨터 바닥을 떼어냈다.

마일스와 로어 둘 다 궁금한 눈으로 가까이 몸을 숙였다. 밴은 배터리 밑에서 조그만 은색 물건을 꺼내 카스토르의 대포폰에 꽂왔다.

"이건 카드모스 가문이 쓰는 추적 프로그램의 복사본이야." 장치가 실행되길 기다리는 동안 밴이 설명했다. "그들이 다른 가문 사람들이나 신들을 목격할 때마다 이 프로그램을 사용해서 업데이트를 해. 혹시 그사이 레블러에 대해 뭐라도 포스팅된 것이 없나 확인해볼 거야. 하지만 너무 오래 접속하면 카드모스의 메신저나 누구에게든 들킬 수 있어."

"가짜 디오니소스에 대해선 그 밖에 더 알고 있는 것이 있는가?" 아테나가 물었다.

"다들 아는 것 말고는 거의 없어요." 밴이 대답했다. "약 백 년 전에 신으로 승격했죠. 인간일 때의 이름은 이아손 헤라클레스였고, 헤라클레스 가문의 아르콘이었던 이아손 1세의 아들이고요. 그는 신이 되자마자 자신에 대한 정보를 모두 없앴어요. 다른 가문들이 자신을 추적하지 못하게 자기 가문 사람들을 전부 죽이고 가문의 모든 기록들을 파괴해버렸죠."

마일스는 진심으로 충격받은 얼굴이었다. "전부 다? 자기 가족들을 다 죽였다고?"

"응, 전부 다. 역사상 헤라클레스 가문의 자멸적 학살만큼 기괴하게 뒤틀린 사건도 없었지." 로어가 말했다.

"그렇긴 하지만 본성 자체가 잔악하기로 소문난 그 가문에 딱 어울리긴 했지. 그들은 자기 조상들의 가장 나쁜 특성까지도 찬양했으니까. 헤라클레스 가문이 그만큼 오래 살아남았던 것도 어떻게 보면 아주 놀라운 일이야." 밴이 덧붙였다.

"레블러는 새로운 신치고는 꽤 오래 살아남았어. 아마도 근친 살해로 그를 처벌할 수 있는 사람이 혈족 중에 아무도 남아 있지 않았던 것이 그에게는 효과가 있었던 모양이야." 카스토르가 말했다.

"물론 그런 이유도 있지만, 레블러는 역대 뉴디오니소스 중 가장 일을 안 벌린 축이야. 그러니까 비즈니스 쪽을 털어서 그를 추적하는 것 자체가 거의 불가능했지. 포도주 사업도 안 하고, 새로운 환각물질 개발에도 관심 없고, 종교 쪽이든 아니든 사이비 같은 것도 안 만들고⋯. 솔직히 그가 우리를 보고 어떤 반응을 보일지 도무지 짐작이 안 가. 그러니까 모든 가능성을 열어놓고 대비를 해야 해. 그리고 꼭 기억해. 그는 우리를 환각 상태나 발작 상태에 빠뜨리는 능력이 있어. 헌터들을 따돌리려고 그들의 정신 속에 환영을 일으키는 걸로 유명해." 밴이 말했다.

"밴, 혹시 레블러 사진 같은 거 있어? 나는 한 번도 본 적이 없어." 로어가 말했다.

카드모스 추적 프로그램이 아직도 돌아가고 있는 동안 밴은 자기 휴대폰에서 오래된 신문기사에 실린 흐릿한 사진 이미지를 하나 찾아내 보여줬다. 옛날 스타일의 정장을 입은 남자가 조끼 주머니에 손을 찔러 넣고 있는 모습이었다. 그의 둥근 얼굴은 어마어마한 콧수염에 반쯤 가려져 있었고, 무표정한 얼굴로 두 개의 볼링 레인 사이에서 포즈를 취하고 있었다.

"이거 사람이야? 아니면 콧수염 난 퍼그가 양복 입고 있는 건가?" 마일스가 조심스럽게 물었다.

밴의 반응에 로어도 놀랐지만 밴 자신은 더 놀란 것 같았다. 마일스의 질문에 갑자기 웃음이 터진 것이다. 하지만 밴은 재빨리 정색을 하며 얼굴에서 웃음기를 완전히 지워버리려는 듯 입술을 꼭 다물었다.

"소문으로는 원래 건축가였대. 인간이었을 때 여기 뉴욕에서 살았다는데 그걸 뒷받침하는 증거는 아무것도 없어. 말했다시피 그에 대한 정보가 거의 없어." 밴이 말했다.

"그래도 한 가지는 확실하네. 사진 속 배경이 '프릭 컬렉션'이라는 거." 마일스가 말했다.

로어는 남자의 얼굴을 살펴보는 데만 집중한 나머지 그를 둘러싼 배경에는 거의 신경조차 쓰지 않고 있었다. "프— 뭐라고?"

"프릭 컬렉션!" 마일스가 다시 말했다. 마일스는 놀라워하는 밴의 표정을 보더니 아주 신나 죽겠다는 얼굴로 눈을 휘둥그레 떴다. "몰랐단 말이야? 리얼리?"

"영리하군." 아테나가 말했다. "다시 한 번 말하지만, 이 인간이 보유한 도시의 지식이 너희 모두를 합한 것보다 훨씬 낫군."

"어떻게 확신하지?" 밴이 날카로운 어조로 물었다.

"볼링장 모양이랑 기둥끼리 연결된 아치형, 그리고 천장에 장식된 벌집 모양을 보고 알았지." 마일스는 너무 뻐기는 것처럼 들리지 않으려고 애쓰면서 말했다. 밴이 완전히 말문이 막힌 표정으로 휴대폰 이미지에서 천장을 확대하자 마일스가 말을 이었다. "프릭 컬렉션이 맞아. 옛날엔 프릭이라는 사람이 소유했던 오래된 저택이었어. 이 사람이 당시에 사업으로 쓸어 담은 돈으로 예술 작품들을 많이 사들였는데, 나중에 그가 죽고 난 다음에 미술관으로 개조

됐어. 볼링장은 건물 지하에 있고. 돈 내기를 해도 좋아. 만약 레블러가 진짜 건축가였다면 내 생각엔 이 저택 건축에도 관여했을 거라고 봐."

"넌 대체 이런 걸 어떻게 다 아는 건데?" 로어가 물었다.

"너도 알 수 있었어. 지난달에 너한테 같이 가보자고 했잖아." 마일스가 콕 집어 지적했다. "내가 인턴십 하는 데서 공짜 입장권 받았다고 한 거 기억 안 나? 그때 네가 뭐라고 대답했더라? '진정한 뉴요커는 관광놀이 같은 건 하지 않아'라고 했지, 아마?"

"어머, 전혀 나답지 않은 말이네." 로어가 분하다는 듯 말했다.

"정말 *완전히* 너다운 말이다." 카스토르가 말했다. "네가 만날 '오리지널' 뉴요커들은 절대 베이글을 구워 먹지 않는다고 열심히 주장하던 거랑 똑같네."

로어는 경악했다. "짐승들이나 베이글을 구워 먹지!"

"다 아무 의미 없는 정보야." 밴이 끼어들었다. "그가 백 년 전쯤 그곳에서 사진을 찍었다는 사실이 지금 쓸모 있으리라는 보장은 없지."

"확실히 쓸모 있다." 아테나가 말했다. "그 장소는 이번 개곤이 시작된 장소와 가깝다. 가짜 디오니소스에게 익숙한 장소라는 건 말할 것도 없고."

"아마 안전하게 숨어 있을 만한 장소라고 생각했을 수도 있어요. 어쩌면 이미 떠났을 수도 있지만 그래도 한번 조사해볼 필요는 있겠어요." 로어가 마무리했다.

"잠깐, 제일 좋은 소식이 하나 더 남았어." 마일스가 극적인 효과를 주려는지 잠시 말을 멈췄다.

로어가 궁금한 표정으로 쳐다보자 마일스는 빙그레 웃으며 다시 입을 열었다.

"그 미술관 내부 수리 때문에 2주 전부터 휴관이야. 내년 1월까지는 개관하지 않을 거야." 마일스가 말했다.

"와, 대박. 아무래도 거기부터 찾아보는 게 맞는 것 같아." 로어가 말했다.

"동감." 마일스가 말했다.

"그래도 난 카드모스 프로그램을 확인해봐야겠어. 한 가지 직감에만 의존할 순 없으니까." 밴이 심드렁하게 말했다.

"좋아." 카스토르가 말했다. "네가 그걸 확인하는 동안…, 얘도 몇 분이면 깨어날 거야." 카스토르는 조심스럽게 이로를 내려놨다.

그러고는 로어 쪽으로 돌아서 눈썹을 치켜올리며 신호를 보냈다. 로어는 수건으로 어깨를 더 세게 압박하며 복도를 따라 허접한 직원 화장실까지 가는 내내 순순히 카스토르의 부축을 받았다. 그래야 카스토르의 마음이 조금이라도 편할 테니까.

"서둘러." 밴이 두 사람 등 뒤에 대고 외쳤다. "10분 정도밖에 시간이 없어. 얼른 떠나야 해."

래스가, 우리를 먼저 찾지 못한다면 말이지. 로어는 생각했다.

23

다른 누군가에게 보살핌을 받는다는 것이 어떤 느낌인지 그동안 거의 잊고 살았다.

오히려 지난 몇 년 동안 길버트 할아버지를 돌보며 지내다 보니 어느새 그 역할에 익숙해져 있었다. 그랬던 자신이 이렇게 다른 이의 보살핌을 받고 있자니 자꾸만 거부감이 들고 어색했다. 하지만 이런 불편한 마음은 3년 전 처음 만났던 날 길 할아버지가 했던 말을 기억 속에서 끄집어냈다.

3년 전 그날 로어는 오디세우스 가문을 떠나 밤낮을 가리지 않고 끊임없이 걸었다. 어떻게든 마르세유까지 가서 사람들에게 구걸해 돈을 모아 다시 미국으로 돌아와 새 삶을 시작하는 것이 로어의 계획이었다. 일단 미국으로 돌아올 수만 있다면, 서류상의 가짜 신분으로라도 최소한 공부나 뭐라도 다시 시작할 수 있을 것 같았다. 그렇게 거리를 헤매다 로어는 어느 도시 변두리에서 길 할아버지를 만났다. 당시 여든일곱이었던 길 할아버지는 강도를 만나 거의 반죽음이 되도록 폭행을 당하고 팔다리가 부러진 채 길바닥에 쓰러져 있었다. 번화한 곳이 아니라 꽤 오랫동안 소리를 지르느라 목도 다 쉬어 있었다.

그 모습을 발견하고 로어는 완전히 격분했다. 자신도 잔뜩 지치고 두려운 처지였지만 로어는 모른 척하지 않았다. 그녀는 길 할아버지를 등에 업고 가장 가까운 병원으로 데려갔다. 하지만 어쩐지 병원에 할아버지를 그냥 두고 떠날 수가 없었다. *이런 일을 당하고 얼마나 힘드실까.* 로어는 그분을 혼자 남겨두고 싶지 않았다. 그래서 손녀인 척 서류를 작성해 할아버지를 입원시키고, 그곳에 남아 할아버지의 이야기까지 열심히 들어줬다. 길 할아버지는 뉴욕에서 온 독신의 노교수로, 이번 여행이 자기 일생의 마지막 해외여행이라고 했다. 의사가 먼저 할아버지의 상처를 꿰매고 로어의 얼굴 상처까지 치료하기 시작했을 땐 로어도 완전히 마음을 굳힌 상태였다.

길 할아버지는 로어의 세계에 속한 사람도 아니었고 할아버지의 세계에서도 혼자였다. 로어는 순수하게 비즈니스 목적으로 할아버지에게 뉴욕으로 함께 돌아가 휠체어에서 일어날 수 있을 때까지만 간병인으로 일하면 안 되겠냐는 제안을 던졌다. 하지만 할아버지는 영 내키지 않는지 눈에 띌 정도로 심각하게 고민하는 모습이었다. 로어는 거절당해도 실망하지 않겠노라 단단히 마음먹고 있었다. 그런데 할아버지는 결국 마음을 바꾸었다. 로어는 할아버지가 퇴원하던 날 왜 마음을 바꾸었냐고 물어봤다. '누구의 도움도 필요 없다고 믿으며 살아왔다면, 그럴수록 남의 도움을 그냥 받는 게 더 용기 있는 행동이라고' 할아버지는 대답했다.

로어는 그 말을 지금까지 마음속에 담아두었다가, 카스토르의 부축을 받으며 세탁소의 허름한 화장실로 가는 내내 가슴속에 맴도는 불편함을 마지막 한 조각까지 떨쳐버렸다.

카스토르는 화장실의 낮은 천장 때문에 몸을 잔뜩 숙였다. 그의 목젖이 위아래로 깔딱거리는 모습, 로어를 받쳐주면서 엉덩이 어디쯤 손을 대야 할지 망설이는 모습을 보고 있자니 로어는 머릿속 생각들이 다 하찮아졌다. 그냥 마음이 훈훈해졌다.

정말로, 눈부시게 아름답다, 로어는 다시 생각했다. 그가 변한 모습뿐만 아니라, 그의 모든 것이 부인할 수 없을 정도로 여전히 카스토르다웠다.

카스토르는 재빠른 동작으로 로어를 들어 올려 세면대 위 좁은 모서리 끝에 걸터앉혔다. 뉴욕에 있는 수많은 화장실이 그렇듯 이곳도 불편하기 짝이 없었다. 아마도 화장실에서 쓸데없이 오래 있지 말라는 뜻이겠지.

"와, 엄청 터프하셔." 로어가 말했다.

카스토르는 로어를 안심시키는 듯한 표정을 지어 보이며 로어의 상처에서 수건을 떼고, 상처를 건드리지 않게 조심조심 로어의 셔츠 깃을 밖으로 젖혀 상처를 살펴봤다. "우리 여기서는 외상성 부상에만 집중할 수 있을까?"

그는 걱정 가득한 얼굴로 아주 진지하게 상처를 살폈다. 그런 카스토르의 모습을 보니 옛날 생각이 났다. 두 사람이 대련을 마칠 때마다 카스토르는 로어가 괜찮다는 걸 스스로에게 안심시키려는 듯 로어를 가만히 쳐다보곤 했다.

"진정하세요, 훈남 아저씨, 외상이라고 할 만한 것도 없어. 부상이라기보다 내가 멍청했던 거지."

카스토르는 고개를 저으며 말했다. "진짜 맹세하는데 내가 아는 사람 중에 이런 상황에서도 시비를 걸 만한 사람은 너밖에 없어."

"왜 그런 줄 알아? 너랑은 다르게 나는 멀티태스킹이 되니까." 로어는 윙크를 날리며 대꾸했다. "의사 선생님, 제 병의 예후가 어떤가요? 저, 과연 살 수 있을까요?"

하지만 로어는 자신의 그 말이 카스토르에게 어떻게 들릴지 불현듯 깨달았다. "앗, 미안 카스, 정말 미안해. 내 방정맞은 입도 미안."

카스토르는 로어의 말을 대수롭지 않게 넘기는 것 같았지만, 로어는 자신의 말 때문에 뭔가가 가라앉았다는 것을 느꼈다.

"상처를 다 볼 수 있게 셔츠 좀 찢어도 될까?"

로어는 고개를 끄덕이고 그가 셔츠 깃에서 어깨선까지 조심스럽게 천을 찢는 동안 몸을 움츠렸다. 그제야 로어는 들쑥날쑥 거칠게 찢어진 깊은 상처를 온전히 다 볼 수 있었다. 작은 유리 조각 몇 개가 근육에 박혀 있었다. 그리 긴 인생을 살진 않았지만 그래도 지금까지 소름 끼치는 상처라면 남부럽지 않게 봐왔다고 자부하는데도, 이 상처는 로어의 속을 뒤집어놓았다.

브래지어 어깨끈이 조금 얇은 상처 표면에 들러붙어 있었다. 카스토르의 손이 그 위에서 머뭇거렸다. 그의 손에서 나오는 열기가 로어의 번들거리는 피부 위로 퍼졌다. 출혈은 잦아들었지만 오한은 피부 밑에서 점점 깊숙이 파고들었다.

로어가 침을 삼키며 고개를 끄덕이자 카스토르는 어깨끈을 잘랐다. 그의 눈은 흔들림 없이 로어의 눈을 바라보고 있었다.

"이제 아프지도 않아. 좋은 징후 아닌가?" 로어가 말했다.

"좋은 거랑 정반대 징후야." 카스토르가 긴장한 목소리로 대답했다. "대체 누가 이런 거야?"

"알아서 뭐 하려고? 복수라도 해주게?" 로어는 고개를 숙여 상처를 보려고 했다. "그렇게 안 좋아? 겉으로만 봐선 그렇게 나빠 보이지 않는데."

"너 쇼크 온 것 같아. 누구 짓이야? 중간에 먼지랑 연기가 너무 자욱해서 너를 놓쳤거든."

"나도 잘 모르겠어." 로어가 인정했다.

그 순간 카스토르는 가장 큰 유리 파편을 잡아 뽑았다. 뜨겁게 찌르는 고통에 로어는 비명조차 지르지 못했다. 아니 숨이라도 들이쉬어야 비명이라도 나오지. 심지어 카스토르가 나머지 파편들을 제거할 때도 마찬가지였다.

하지만 그다음 순간 그가 손으로 피가 철철 흐르는 상처 위를 세게 압박했다. 로어는 날카롭게 타들어 가는 듯한 열기를 느꼈지만, 그 뜨거움조차도 곧 가라앉으며 몽롱한 온기로 변했다.

"이런 젠장할…" 로어가 겨우 몇 마디 내뱉었다.

"말은 하지 말고, 숨만 쉬어봐." 카스토르가 말했다.

"미리… 말 좀 해주고… 뽑지." 로어가 말했다.

"그랬으면 네 근육이 긴장해서 유리 조각을 빼기가 더 힘들었을걸? 그래도 내가 칼리아스 힐러한테 배운 것 중에 몇 가지는 기억하고 있어서 다행이다."

물론 로어도 카스토르의 말이 맞는다는 건 알고 있다. 하지만 그렇다고 몇 분 동안 열 받지 말라는 법은 없으니까.

"숨 쉬어봐." 카스토르가 말했다.

로어는 카스토르가 시키는 대로 했다. 숨을 한 번 들이쉴 때마다 카스토르의 파워가 로어의 찢어진 살가죽을 다시 하나하나 꿰매는 느낌이었다. 그의 힘은 거의 사람을 몽롱하게 하는 효과가 있었다. 로어의 몸과 마음을 휘휘 감싸고 부드럽게 어루만지는 것 같았다.

카스토르가 한 손으로 로어의 손을 잡았다. 로어는 눈을 감고 뒤에 있는 거울에 머리를 기대면서도 카스토르의 손을 놓지 않았다. 지금 이대로 시간이 멈췄으면. 카스토르의 손이라도 잡고 있어야, 뭔가 실체가 있는 것을 붙잡고 있어야 그의 힘이 자신의 정신을 무방비로 흐트러뜨리는 걸 막을 수 있을 것 같았다.

"설마 나였어? 내가 너를 이렇게 만든 거야?" 카스토르가 조용히 물었다.

로어는 억지로 눈을 떴다. 카스토르의 눈동자에서 황금빛이 소용돌이치자 이 우중충하고 어두운 화장실에서 그의 눈이 한층 더 빛나 보였다.

"내가 내 힘을 제대로 통제하지 못해서 널 다치게 만든 거야?" 그가 다시 물었다.

"아니야, 카드모스 헌터가 그런 거야."

로어가 대답했지만, 카스토르는 그 말을 완전히 믿는 것 같진 않았다. 로어는 카스토르가 다시 자기와 시선을 맞출 때까지 그의 손을 꽉 움켜쥐며 끌어당겼다.

"그 힘이라는 거 완전히 새로운 기술이잖아. 신기술을 섭렵하려면 원래 연습을 많이 해야 하는 거 아냐?"

카스토르가 치료에 집중하는 사이 그의 엄지손가락이 로어의 쇄골을 무심코 어루만지며 그 자리에 환하고 따뜻한 흔적 같은 것을 남겼다. 로어는 카스토르의 손길에 빠져들었다.

"나도 그렇게 간단한 일이었으면 좋겠어. 이걸 대체 어떻게 설명해야 할지 모르겠지만…, 다시 몸을 되찾은 이후로 계속 느끼는 건데, 몸의 감각에 완전히 적응이 안 돼. 머리와 몸이 따로 노는 느낌이야. 뭔가 둘 사이에 연결이 끊어진 것처럼."

"그런 얘기를 왜 진작 하지 않았어?" 로어가 물었다.

"네가 헷갈리게 하니까." 카스토르가 무덤덤하게 말했다. "예전부터 항상 그랬어. 너한테 뭐든지 다 말하고 싶다가도, 그랬다간 네가 날 약하게 볼까 봐 겁나고."

로어는 그의 손목을 붙잡고 말했다. "난 그렇게 생각한 적 한 번도 없어."

"나도 알아. 하지만 아주 오랫동안 내가 약했던 건 사실이잖아. 물론 그 누구의 잘못도, 그 무엇 탓도 아니고 그냥 내 몸이 그랬던 것뿐이지만. 강하거나 약하거나, 우리가 될 수 있는 것이 그 두 가지뿐이라는 게 난 너무 싫었어. '강한가, 약한가'가 아니라 내가 살아온 삶을 기준으로 평가받고 싶었는데."

그가 살아온 삶이라. 신이 되지 않았다면 아마도 무자비한 단명으로 끝나 버렸을 삶 말이지. 카스토르가 뭔가 하고 싶은 말을 꺼내지 못하고 있다는 느낌이 들었다. 이야기가 마치 그의 살갗 바로 밑에서 부글부글 끓어오르며 빨리 입 밖으로 튀어나가기만을 간절히 기다리고 있는 것 같았다.

"카스토르." 로어가 그를 부드럽게 불렀다. "아폴론은 어떻게 죽인 거야?"

카스토르가 침을 꿀꺽 삼키는 바람에 그의 목젖이 세차게 튕겼다. 마치 자기 자신과 싸움을 벌이고 있는 것 같았다. 로어는 이 질문을 하고 약간 후회됐다. 그동안 둘 사이에 수없이 많은 것이 변하긴 했지만 그래도 카스토르가 로어에게 처음으로 거짓말을 한다면 과연 자신이 용납할 수 있을지 로어는 확신이 들지 않았다.

"나도 몰라."

로어가 눈을 번쩍 떴다. "뭐라고?"

카스토르는 마치 누가 들을까 봐 걱정이라도 되는 듯 문 쪽을 흘끗 쳐다보고 말했다. "정말 몰라. 무슨 일이 있었는지 전혀 기억이 안 나."

로어는 자기도 모르게 입을 떡 벌렸다가 곧 다물었다.

"내 말이 그 말이야." 찜찜한 말투였다. "그때 내 방엔 감시 카메라도 없었어. 밴이 알려줬는데 아폴론이 테티스 저택으로 들어왔을 땐 다른 감시 카메라들도 다 고장 나 있었대. 그 일이 있었을 때 난 방에 혼자 있었고."

"밴도 알아?" 로어가 물었다. 설사 그렇다 해도 로어가 기분 나빠

할 이유는 없지만 그래도 기분이 나빴다.

"밴은 기억상실에 대해선 몰라. 그 녀석도 내가 말 안 하니까 여기저기 쑤시고 다니면서 자기 나름대로 알아내려고 애쓰는 것 같긴 하던데, 그래도 난 그냥…."

"그래서 아르테미스랑 얘기해보려고 했던 거구나?" 로어는 마침내 모든 게 이해되었다. "아르테미스가 뭔가 알고 있을 거라고 생각한 거야?"

카스토르는 고개를 끄덕였다. "아폴론과 아르테미스가 어느 정도로 연결되어 있는지, 또는 아르테미스가 혹시 그 장면을 목격했는지는 나도 모르겠지만. 어쨌든 아테나는 아무것도 모르는 것 같던데, 혹시 아르테미스가 아폴론이 죽는 장면을 목격했다면 그 얘기를 아테나에게 전했을까?"

"아르테미스는 이번 아곤이 시작되고 5분도 안 돼서 아테나를 공격했어. 그러니까 일단은 자매간의 우애 따위엔 기대를 걸지 않는 편이 좋을 듯싶다." 로어가 말했다.

카스토르의 얼굴에 작은 미소가 스쳤다. 로어는 그의 손을 다시 힘주어 잡았다.

"어쨌든 꼭 알아내야 해, 반드시. 안 그러면 난…. 뭔가 이유가 있으니까 이런 일이 일어난 거겠지? 나한테 이런 힘이 생긴 데에는 분명 무슨 의미가 있을 거야. 그래야 해."

카스토르의 말 속에서 소리 없이 울리는 간절함이 느껴지자 로어의 가슴속에서도 묵직한 무언가가 뚫고 나오는 것 같았다.

"나는 운명의 여신 따위는 이제 믿지 않아. 하지만 너는 믿어." 로어가 말했다. "그날 무슨 일이 있었든 너였기 때문에, 그런 일이 일어난 걸 거야. 그게 뭐였든 우리가 밝혀내자. 반드시 알아내겠다고 내가 약속할게. 나만 믿어."

카스토르는 고개를 끄덕였다.

치료가 마무리되면서 카스토르의 손길에서 나오던 열기도 잦아들었다. 하지만 카스토르도 로어도 서로에게서 물러나지 않았다. 카스토르는 작은 수건을 하나 적셔서 핑크빛 새살이 돋아난 로어의 맨살에서 핏자국을 닦아냈다. 부드럽고 조심스러운 카스토르의 손길이 스칠 때마다 로어는 가슴이 미어졌다. 로어는 카스토르가 더 가까이 다가올 수 있게 다리를 넓히고 눈을 감았다.

"이제, 정말 괜찮아?" 카스토르가 물었다.

로어의 어깨선을 가볍게 어루만지며 올라온 카스토르의 긴 손가락이 로어의 한쪽 뺨을 감쌌다. 그는 로어의 얼굴에 난 오래된 긴 흉터를 부드럽게 어루만졌다. 카스토르가 로어의 머리와 목덜미 뼈 사이의 움푹 팬 부위에 손을 대자 목 주위에 뭉쳐 있던 근육의 긴장이 풀렸다.

"나 그 사람을 봤어." 로어가 웅얼거렸다. "다시는 이 세계로 돌아오지 않겠다고 다짐했는데. 이제 다시는 내 의지가 아닌 무언가에 떠밀려서 내 손으로 누군가를 죽이거나 죽일 수밖에 없는 상황에 놓이지 않겠다고 그렇게 굳은 결심을 했는데. 그래서 나 대신 아테나가 그자를 죽이면 다시 깔끔하게 빠져나갈 수 있을 줄 알았어. 하지만… 계속 이런 식으로 할 수 있을까? 양쪽에 한 발씩 담그고 있는 거 말이야."

"빠져나갈 수 있어. 절대 그 사람들이 끌고 가는 대로 끌려가지 마. 이 안에서 너를 기다리고 있는 건 어두운 그림자뿐이야."

로어는 그 어둠 속에서 순식간에 길을 잃을 수 있다는 사실을 알았다. 그리고 손바닥 뒤집듯 자신도 어느새 그 어둠을 원하게 될 것이라는 사실도.

심지어 지금도 로어는 자신의 손이 래스의 목을 움켜쥐고 그의 눈동자에서 힘의 불꽃이 서서히 꺼질 때까지 목을 조르는 장면을 상상할 수 있었다. 또는 자신의 칼날이 번쩍거리며 그의 가슴을 찌르고 또 찌르고 찌르는 장면을. 그런 상상에도 속이 울렁거리거나 역겹다는 생각조차 들지 않았다.

오히려 더 간절해질 뿐.

로어는 카스토르의 가슴에 머리를 기댔다. 그의 인간 몸속에서 박동하는 힘찬 심장 소리가 들렸다.

"나는 이 세계를 신앙처럼 받들었어. 이 세계가 내게 약속한 그 모든 것들, 정말 미치도록 갖고 싶었는데." 로어가 말했다.

"나도 알아. 근데 난 네가 아곤에서 승리하는 건 한 번도 생각해 본 적 없어. 나는 네가 그걸 부숴버릴 거라고 생각했어." 카스토르가 말했다.

그 말에 고개를 든 로어는 그게 무슨 말이냐는 듯 이마를 찌푸리며 그를 바라봤다. 하지만 로어가 물어보기도 전에 밖에서 요란하게 우당탕거리는 소리가 조용한 공기를 먼저 가르고 뒤이어 사나운 비명 소리가 들렸다.

드디어 이로가 깨어난 것이다.

24

로어가 다시 사무실로 돌아갔을 때 이로는 한쪽 팔로 마일스의 목을 휘어잡고 다른 손으로는 편지 개봉용 칼끝으로 마일스의 목을 지나가는 경동맥을 찌를 듯 누르고 있었다.

밴은 양손을 앞으로 내민 채 낮은 목소리로 이로를 진정시키는 중이었다. 그 와중에도 이로는 마일스를 끌고 문 쪽으로 움직였다. 아테나는 사무실 한쪽 모퉁이에서 팔짱을 낀 채 이 모든 것을 지켜보고 있었다. 이 모든 사태를 재미있어하는 눈치였지만 그래도 손만 뻗으면 닿을 곳에 창이 세워져 있었다.

"이로, 안 돼!" 로어가 이로의 손에서 칼을 쳐내며 외쳤다. 그사이 마일스는 이로의 팔에서 벗어나 엉금엉금 기다시피 도망갔다. "이로, 내 말 좀 들어봐…."

로어는 이로를 껴안아 팔을 움직이지 못하게 하려고 했지만 이로는 언제나 로어보다 빨랐고 게다가 더 날카로운 본능적 감각을 갖고 있었다. 친구의 얼굴에서는 로어를 알아보는 낌새가 보이지 않았다. 이로는 책장에서 두꺼운 파일철을 하나 꺼내 카스토르를 향해 던졌다.

카스토르가 옆으로 휙 비키자 파일철은 그대로 날아가 뒤에 있는 벽에 부딪혔다. 카스토르는 어쩔 줄 모르는 표정으로 눈만 크게 뜬 채 로어를 바라봤다.

그제야 로어를 발견한 이로는 그녀에게 달려들었다. 로어를 공격하려는 것이 아니라 그곳에 있는 나머지 모두에게서 로어를 보호하려는 움직임이었다. "멜로라, 빨리 여기서 빠져나가!"

"이봐! 그거 정 할머니 물건이라고!" 마일스가 소리쳤다.

그 말에 이로는 갑자기 허를 찔린 듯 당황한 표정으로 마일스의 얼굴을 바라보며 말했다. "내가… 뭐라고?"

로어는 이로가 놀란 틈을 타 그녀의 보호막에서 벗어나 이로가 다시 제정신을 찾기 전에 두 팔로 친구를 감싸 안았다.

"이것 좀 놔봐! 너 얼른 여기서 나가야 해!" 이로가 이를 바득바득 갈며 말했다. 그러면서도 로어의 팔을 뿌리치려고 온몸을 버둥거렸다. 이로가 아주 드물게 목소리를 높일 때만 튀어나오는 희미한 프랑스 억양이 섞여 있었다.

"그만 좀—" 로어는 이로를 제압하며 함께 바닥으로 쾅 쓰러졌다. "—해! 아무도 아무 데로 안 갈 거야. 여긴 안전해. '나' 안전하다고!"

"이로." 밴이 두 사람 옆에 쭈그려 앉으며 말했다. "이쪽은 카스토르 아킬레우스야. 아테나처럼 카스토르도 래스를 죽이기 위해 우리와 함께 힘을 합치고 있어. 아까 너희 가문의 근거지에서 카스토르가 자기 힘을 사용해 네가 도망칠 수 있게 도왔어. 카스토르를 포함해서 우리 중 누구도 너를 해치지 않아."

이로는 몸을 비틀어 로어에게서 빠져나가더니 몸을 일으켜 로어를 쳐다봤다. 이로의 삐뚜름한 검정색 헌터 로브 틈으로 몸을 감싸고 있는 얇은 갑옷이 드러났다. 밴이 방금 말한 내용을 완전히 이해하는 데 시간이 좀 걸리는 듯했다. "카스토르 아킬레우스는 죽었어. 로어 네가 직접 그렇게 말했잖아. 아니면 그것도 거짓말이었던 거야?"

"그건 너희 가문 사람들이 나한테 말해준 거였잖아." 로어가 바닥에서 일어나 앉으며 말했다. 그때를 다시 기억하자 로어는 구역질이 날 것 같았다. 당시 그 소식을 전해줬던 오디세우스 가문의 아르콘은 얼굴 가득 싱글벙글 흐뭇한 표정을 지으며 로어에게 얼굴을 들이대고 말했다. 앞으로 죽여야 할 아킬레우스 놈이 하나 줄었군.

"너도 아킬레우스 가문이 어떻게 되었는지는 알지? 래스를 반대하는 사람들끼리 모두 뭉쳐야 해. 그렇지 않으면 그자가 우리 모두를 이 세계에서 사라지게 할 테니까." 밴이 다시 이로에게 말했다.

"저건 카스토르가 아니야. 저 사람은 네 친구가 아니라고." 이로가 말을 내뱉었다.

"아니, 내 친구 카스토르 맞아." 로어가 카스토르 곁으로 다가서며 말했다. "하트키퍼가 네 아빠였던 것처럼 얘도 내 친구 카스토르야."

"아니야, 그분은…" 이로가 적당한 말을 찾으며 더듬거렸다. "그분은 나의 주군이야. 나의 신이었고 우리의 보호자였어. 그분은….”

“그는 네 아빠였어.” 로어가 되풀이했다.

이로의 아빠는 수년 동안 오디세우스 가문의 아르콘이었다가 지난 아곤 때 뉴아프로디테로 승격했고, 로어가 오디세우스 가문에서 함께 살게 된 건 그 이후의 일이었다. 그렇긴 해도 뉴아프로디테가 자기 가문 사람들 앞에 인간 육신의 모습을 드러내는 걸 로어가 직접 목격한 적은 없다. 감히 알현을 허락받지 못했으니까.

이로와 오디세우스 가문 사람들 몇 명에게 주워들은 이야기를 종합해보면, 그는 엄격하긴 했어도 자기 외동딸에게 무정한 부모는 아니었다.

그 가문에서 항상 문제가 되었던 것은, 가문이 어떤 결정을 내려야 할 때는 정서적인 상황조차 논리를 최우선 원칙으로 앞세운다는 점이었다. 하지만 이로는 그런 부류가 아니었다. 적어도 모든 면에서 그렇지는 않았다. 로어가 오디세우스 가문으로 피하기 전에, 두 사람이 만난 건 딱 한 번뿐이었다. 그런데도 이로는 마치 두 사람이 요람에서부터 알고 지낸 사이처럼 로어를 대해줬다. 몇 개월 먼저 태어났다고, 자신이 언니마냥 로어에게 으레 그렇게 해줘야 한다고 생각한 것 같았다.

오디세우스 가문에서 지내기 시작한 첫 몇 주 동안 로어는 가족의 죽음으로 완전히 멘붕에 빠져 있었다. 그 기간에 로어가 살아남을 수 있었던 것은 오로지 이로가 아주 다정한 방식으로 로어가 살아남을 수밖에 없도록 만들었기 때문이다. 이로는 로어가 반드시 음식을 먹게 만들었고, 로어가 악몽을 꾸다가 비명을 지르며 깰 때면 밤새도록 이야기를 나눴다. 항상 로어가 이로의 곁에 꼭 붙어 다닐 수 있게 해주었다. 로어가 이로를 우러러본 것은 그녀의 강인함이나 싸움 능력 때문이 아니었다. 물론 그런 것도 존경했지만, 더 중요한 것은 이로의 측은지심이었다. 심지어 어떻게든 그런 감정 따위를 없애려고 노력하는 오디세우스 가문에서 말이다.

"애는 이해하지 못할 거야. 이해하고 싶은 마음도 없는 것 같고." 카스토르가 말했다.

"네가 남의 속을 어떻게 알아?" 이로가 격분하며 말했다. "어디 가까이 와서 내가 네 정체를 얼마나 잘 알고 있는지 알아보시지 그래? 아폴론 살해자. 한번 말해봐. 아폴론을 잡으려고 덫을 놓으면서 너 스스로 영리하다고 우쭐거렸지? 겁쟁이처럼 멀찌감치에서 그를 죽이고 너희 아르콘 대신 네가 그의 힘을 훔쳐내니까 좋았어?"

방에 있는 모든 사람들의 눈이 한꺼번에 카스토르에게 쏠렸다. 그의 얼굴은 아침 해가 떠오르는 하늘처럼 시뻘게졌다. 처음에는 충격이, 그리고 곧 부정, 마지막으로 간절한 표정이 떠올랐다.

그리고 그 간절함을 담아 카스토르가 물었다. "그 이야기를 누구한테 들었지? *누구야?*"

이로는 승리의 표정을 지으며 대답했다. "역시 사실이었군. 네 승격엔 그 어떤 명예도 없어."

"그건…." 로어는 두 사람을 번갈아 쳐다보며 입을 열었지만 더 이상 말을 이을 수 없었다. 이로의 얼굴엔 노골적인 적대감이, 카스토르의 얼굴엔 갑작스러운 의혹의 표정이 드리웠다. "그건 논리적으로 말이 안 돼. 그때 카스토르는 완전히 앓아누워 있었단 말이야."

카스토르는 거친 숨을 크게 내쉬었다. 그때를 기억하는지 양손을 움켜쥐고 있었다.

"헛소문의 진원지에서 나오는 말을 어떻게 믿어? 오디세우스 가문은 항상 자기들이 실패해놓고 다른 데로 관심을 돌리려고 남들 험담과 거짓을 퍼뜨리는 집안이잖아." 밴이 말했다.

"저 아이의 말이 진실이 아니라면, 네가 직접 말하면 되겠군." 아테나가 카스토르에게 말했다.

"나는 당신한테 어떤 말도 할 이유가 없어요." 카스토르가 대답했다. "오디세우스 가문이 진실을 왜곡하고 싶다면 그냥 하라고 해요. 어차피 나는 명예 따위 가져본 적도 없고, 지금은 그런 것에 신경 쓸 여유도 없으니까."

"당신들은, 명예 따위 없을지 몰라도," 이로가 두 명의 신을 번갈아 보며 말했다. "나는 멜로라가 하지 못한 것을 해내겠어. 반드시 우리 오디세우스 가문이 당신들 목숨을 차지해서, 돌아가신 우리 주군님이 빼앗긴 클레오스를 되찾고 말 테다."

아테나는 코웃음을 쳤지만 로어는 이로의 한마디 한마디에 숨이 막혔다.

이로의 말 속에서 자신의 목소리가 들렸다.

부모님의 목소리와 예전에 자신을 가르쳤던 교관들의 목소리가 들렸다. 로어가 수십 번을 읽었던 고대 서적에서 똑같은 이야기를 들었다. 아무리 완벽한 논리를 갖다 대도 그동안 심리적으로 철저하게 길들여진 열일곱 살 소녀의 정신을 뚫고 들어갈 수는 없을 것이다.

"네 눈에 그자의 모습이 있군." 아테나가 감정 없이 말했다.

"그 입에 내 아버, 하트키퍼의 이름을 올리지 마라." 이로가 경고하듯 말했다.

"그자 얘기를 하는 것이 아니라, 많은 모습을 가진 인간의 이야기다." 아테나가 말했다.

긴 침묵이 뒤를 이었다.

그리고 마침내 로어가 입을 열어 밴이 좀 전에 했던 말을 되풀이했다. "우리는 래스를 죽일 거야. 여기 있는 누구도 너를 해치지 않아. 우리가 오늘 이타카 저택에 찾아갔던 건 래스가 너희 가문을 공격하기 전에 너희 아빠와 너희 가문에 휴전을 요청하기 위해서였어. 하지만 우리가 너무 늦었지."

이로가 숨을 헐떡이자 그녀의 목에 있는 힘줄이 불끈거렸다.

"버스에 타고 있었던 오디세우스 헌터들은 모두 무사해." 밴이 그녀에게 말했다. "버스를 통째로 탈취했거든. 비록 우리 가문의 헌터들 대부분은 구하지 못했지만. 우리 가문 아르콘은 이미 죽었고 그의 자리를 물려받고 싶어 하는 사람조차 없어. 하지만 너희는 최소한 네가 살아남았으니 네 가족을 다시 이끌 수 있잖아."

"나는 아르콘이 될 수 없어." 이로가 쏘아붙였다.

"왜 안 돼?" 로어가 따지듯 물었다.

"여자는 가문의 아르콘이 될 수 없어. 하지만 살아남은 사람들이 있다면…, 나는 그들에게 돌아가야 해."

이로는 그때까지 잔뜩 긴장해 있던 자세를 조금 풀었다. 로어는 이로의 마음이 조금 열렸다는 걸 알 수 있었다.

"네가 래스에게 무슨 말을 했는지 알고 싶어." 로어가 말했다. "혹시 고대 시에 관한 이야기였어? 시의 새로운 버전 말이야."

이로는 일어서더니 양발을 바닥에 딱 붙이고 양손은 주먹을 쥔 채, 마치 곧 뛰쳐나갈 것처럼, 아니면 싸우고 싶은 것처럼, 하지만 이성이 가만히 있으라고 붙잡기라도 한 듯 잠자코 서 있었다.

"나하고만 얘기할래? 너랑 나 둘이서만?" 로어가 물었다.

망설이는 이로의 모습에 로어는 상처를 받았다.

"우리는 항상 뭐든 얘기했잖아. 이제 그 정도로 내가 미운 거야?" 로어가 차분히 말했다.

이로는 정색을 하고 말했다. "널 미워하는 게 아니야."

그때 밴의 휴대폰이 울리며 팽팽하던 긴장감이 깨졌다. 밴은 짙은 눈동자로 이로를 흘깃 쳐다보고는 단어를 신중하게 골라가며 말했다. "레블러가 목격된 정황은 없는데, 로어 네가 관심 있을 만한 새로운 카테고리가 하나 추가되었어."

그는 휴대폰 화면을 로어 쪽으로 들어 올렸다.

"젠장 뭐야?" 로어는 믿을 수 없다는 표정으로 밴의 손에서 휴대폰을 낚아챘다.

'멜로라 페르세우스'가 레블러의 이름 바로 아래에 추가되어 있었다. 그리고 그 아래에 카스토르의 이름이 있었다. 로어가 자기 이름을 클릭하자 맨해튼의 지도가 펼쳐지며 그 위로 반짝거리는 핀 모양들이 여기저기 나타났다. 로어가 목격된 장소를 표시한 핀들이었다. 격투장 바로 근처에 있는 식당이나 테티스 저택 부근처럼 소름 끼칠 정도로 정확한 것도 몇 개 있었다. 하지만 로어가 한 번도 발을 들여본 적 없는 맨해튼 남쪽에도 핀들이 여러 개 흩뿌려져 있었다.

로어는 땀으로 흥건히 젖은 손을 감추려고 휴대전화를 들지 않은 손을 청바지에 대고 눌렀다. 귀에서 다시 이명이 커졌다. 무슨 말이라도 해야 하는데 아무 말도 나오지 않았다.

"이런 명령을 내릴 사람은 래스밖에 없어. 이렇게 많은 단서가 업데이트되는 걸 보면 래스가 너를 수색하라고 헌터들을 엄청 많이 풀었나 보네." 밴이 말했다.

로어는 휴대폰을 다시 밴에게 돌려주며 힘겹게 숨을 들이쉬었다. "페르세우스 가문을 완전히 몰살시키려던 그자의 계획에서 내가 빠져나왔으니 자존심에 상처를 입었겠지. 그 상처를 대충 뭉개고 넘어가지는 않을 모양이네."

"절대, 그러지 않을 거야." 카스토르가 조용히 말했다.

로어에 대한 걱정이 다시 엄습하자 카스토르의 눈동자가 애틋하게 변했다. 로어는 카스토르가 그 엄청난 힘을 얻고 겉으로 보기에도 저렇게 몸이 강해졌는데도 로어 자신이 내리는 선택에 따라 여전히 예전의 소년 카스토르로 되돌아가는 게 정말 싫었다. 카스토르는 로어라는 걱정거리가 아니더라도 이번 주에 감당해야 할 일들이 이미 차고 넘쳤다.

"그러니까 우리가 그놈을 먼저 잡아야지." 로어가 말했다.

아테나가 고개를 끄덕이며 동의했다. "아무렴."

"레블러를 찾으러 갈 거면 지금 출발해야 해." 밴이 말했다. 그는 일어서더니 재빨리 나머지 돈을 나눠서 한 묶음은 자기 가죽 배낭 속에 넣어 카스토르에게 건네주고 나머지 묶음은 마일스가 가져왔던 무늬 없는 가방에 넣었다. "나는 일단 남아 있는 아킬레우스 헌터들부터 추슬러서 그 사람들한테 음식이랑 생필품 좀 갖다주고, 나중에 너희가 있는 쪽으로 합류할게."

"혹시 오디세우스 가문한테도—" 마일스가 말을 꺼냈다.

"아니." 밴이 칼로 자르듯 대답했다. 로어는 애원하는 표정으로 밴을 바라봤지만, 그는 일부러 모른 척했다. 그는 그 누구에게도 아킬레우스 헌터들이 숨어 있는 장소를 알려줄 생각도, 오디세우스 가문에게 도움을 제안할 생각도 전혀 없어 보였다. 로어는 지금 같은 시기에 자신이 뭘 바란 건가 싶은 생각도 들었다.

로어는 아킬레우스 헌터들이 숨어 있는 창고 위치를 알려달라고 어떻게든 밴을 설득해보려고 그의 뒤를 따라 문을 나섰는데 금세 이로가 자신의 뒤를 따라 나오고 있었다. 이로는 문밖으로 나와 양팔로 자기 몸을 감쌌다.

로어는 어둠 속으로 사라지는 밴을 지켜보며 그래도 불러 세워볼까 생각하고 있는데 이로가 먼저 말을 꺼냈다.

"사람들이 그러는데 저거 쟤네 아빠가 그런 거래."

"쟤네 아빠가 뭘?" 로어가 이로 쪽으로 몸을 돌리며 물었다.

"손 말이야." 이로가 대답했다. "그냥 나도 들은 얘긴데, 자기 자식이 도무지 싸우기도 싫어하고 잘 싸우지도 못하는 게 너무 수치스러워서 쟤네 아빠가 에반드로스의 손목을 잘라서 싸우지 않아도 되는 '명예로운' 핑계를 만들어준 거래."

로어는 기겁하며 말했다. "설마. 설마. 설마 그럴 리가."

"내 생각엔 에반드로스가 자기 혼자 그런 것 같아." 이로가 사려 깊은 표정을 지으며 말했다. "나약해서가 아니라 오히려 강해서, 자신의 길을 스스로 결정하겠다는 의지 말이야."

이로의 말에 로어는 그녀를 설득할 수 있을지도 모른다는 한 줄기 희망의 빛을 보았다. 어렸을 때 배웠던 대로 에반드로스의 행동을 겁쟁이라고 무시하는 게 아니라 오히려 용기 있는 행동으로 받아들일 수 있다면 이로의 마음 한구석에 로어가 움직일 수 있는 여지가 있을지도 몰랐다.

"그런데도 이 사냥놀이, 밴에게 자기 의지에 반하는 싸움을 강요한 이 가문들, 그런 것이 네가 믿는 세계야? 너는 이런 세계에 그토록 충성심을 느끼는 거야?" 로어가 물었다.

"완벽한 세상이란 없어. 신도, 인간도, 헌터도." 이로가 말했다. "나는 우리에게 주어진 신의 목적을 믿어. 명예, 클레오스를 믿어. 그리고 우리가 절대 파멸하지 않을 거라고 믿어. 너는 너 자신이 잘못된 길로 빠지는 꼴을 그냥 방치했지만 나는 여전히 그런 것들을 믿어."

"내가 왜 떠났는지 너도 알잖아." 로어가 말했다. "그자가 어떤 자인지 다들 알고 있었잖아. 그런데도 누구도 아무 말도 해주지 않았어. 그런 자를 가장 높은 자리로 떠받든 너희 가문에는 도대체 무슨 명예가 있는데? 거기 무슨 클레오스가 있다는 거야?"

이로는 고개를 숙였다. "떠나지 말지 그랬어. 내가 우리 가문 사람들에게서 널 보호해줬을 거야."

"너 하나로는 안 됐을 거야." 로어가 말했다.

"난 그렇게 생각 안 해." 이로가 나직이 말했다.

"생각하는 건 자유지만, 그런다고 진실이 되는 건 아니야." 로어가 말했다. "내가 그런 짓을 저질렀는데도 너희 가문 사람들이 정말 나를 살려뒀을 거라고 말할 수 있어?"

"그들이 너한테 어떻게 했을지는 나도 모르겠어. 우리도 그날 일에 대해선 자세히 이야기하지 않았어. 그냥 끔찍한 사고가 있었다고만 말하고 넘어갔으니까."

당연히 그랬겠지. 로어는 씁쓸한 생각이 들었다. 사실을 있는 그대로 말했다면 죽은 자에겐 치욕이 되었을 것이다. 오디세우스 가문의 진정한 괴물이 미로에 갇혀 있거나 멀리 추방당한 것이 아니라 바로 자기들 사이에서 아무런 방해도 받지 않고 유유자적 지내고 있었다는 사실을 인정하는 꼴이 되었을 테니까.

"내가 우리의 적인 신들과 힘을 합치는 것이 너한테는 잘못된 일처럼 느껴진다는 거 알아." 로어가 말했다. "하지만 프로메테우스를 봐. 우리 인간에게 불을 가져다주었잖아. 심지어 그것 때문에 자신이 어떤 대가를 치르게 될지를 알면서도 그 일을 했어. 사람은 누구나 어느 시점이 되면 스스로 무엇이 옳은 일인지 선택해야 해. 그리고 선택했으면 그 결과가 어떻게 되든 행동을 해야 해."

이로가 로어의 옆에서 불규칙한 호흡을 이어갔다. "하지만 우리는 불을 품고 다닐 수 있는 존재들이 아니잖아."

"이로, 난 내 가족을 모두 잃었어. 너마저 잃고 싶지 않아. 우리랑 같이 있자. *우리를 도와줘.*"

이로는 두 눈을 감고 한참을 조용히 있다가 다시 말했다. "이제 나도 가족을 모두 잃었네…."

"너희 엄마도? 돌아가셨어? 확인된 거야?" 로어가 물었다.

이로의 엄마 도르카 아줌마는 오디세우스 저택에서 마치 유령처럼 애매모호한 존재였다. 그나마도 로어가 그곳에 도착하고 며칠 있다가 아줌마는 자취를 감췄다. 이로를 제외하곤 그 누구도 그 문제에 대해 궁금해하지도, 아는 척하지도 않으려 했다. 그 후로 몇 달이 지난 후에야 이로와 로어는 어떤 답이든 찾고 싶은 마음에 자물쇠를 따고 도르카 아줌마의 방에 들어갔다. 그리고 두 아이는 아줌마의 텅 빈 보석함 속에서 종이 한 장을 발견했다. 그 종이엔 단어 하나가 적혀 있었다.

마크호메(μάχομαι). 나는 전쟁을 일으킨다.

"나는 너희랑 같이 레블러를 찾으러 갈 수 없어." 이로가 말했다. 이로의 억양 때문에 그녀의 말은 두루뭉술하게 흘러가다가 마지막엔 속삭임으로 빨려 들어가는 것 같았다. "일단 우리 가문을 먼저 챙겨야 하니까. 하지만 우리가 갚아야 할 빚이 있다는 거 알아. 심지어 나도 이 사실은 인정해. 너희의 도움이 없었다면 우리 가문은 단 한 명도 살아남지 못했을 거야."

이로는 두 손을 앞으로 쥐고 서 있었다. 로어는 다시 물어보고 싶은 걸 꾹 참으며 기다렸다.

"네가 아까 물어본 그 시 말이야." 이로가 다시 입을 열었다. "다른 버전이 있어. 제우스가 올림피아에서 처음으로 아곤 개시 명령을 내리면서 헌터들에게 공포한 완성본이야.”

로어의 놀란 입이 떡 벌어졌다. “너도 그 내용에 대해 아는 거야? 완성본 말이야.”

하지만 이로가 고개를 가로젓자 가슴속에 있는 심장이 돌처럼 굳어버리는 것 같았다.

“우리 기록보관사가 수백 년 전 쓰인 편지를 발견했어. 알프스에 있는 안전 금고에 넣어놓고 그동안 잊어버리고 있었지.” 이로가 계속 말했다. “너희 조상이 우리 조상에게 보낸 편지였어.”

“그런 시가 있다는 걸 알려주는 내용이었어?” 로어가 다그치듯 물었다.

“그 시를 어디서 찾을 수 있는지 적힌 편지였어. 로어, 그 편지엔 시의 완성본이 아이기스에 새겨 있다고 적혀 있었어.”

로어는 뒷걸음질쳤다. 믿을 수 없는 이야기에 머릿속이 까매지고 귀에서는 이명이 찌를 듯 아우성쳤다. 마치 로어 자신이 여기에, 이 순간에 도달하기 위해 계속 달려온 것 같은 느낌이었다. “설마, 그럴 리가 없어. 그랬다면… 내가 그걸 몰랐을 리가 없는데. 우리 아빠가 알고 있었을 텐데. 내가 그것을….”

자신의 눈으로 직접 봤을 수도 있었다.

하지만 정말 그럴 수 있었을까? 일분일초가 급했던 그 짧은 시간에 과연 자신이 그것에 눈이나 돌릴 수 있었을까?

“혹시 래스는 그 시의 내용을 알아?” 로어가 물었다. 카드모스 가문은 수십 년 동안이나 아이기스를 보유하고 있었다. 분명히 그 방패의 비밀을 파헤치기 위해 방패를 샅샅이 살펴봤을 게 뻔했다.

"아닌 것 같아." 이로가 대답했다. "편지에는 시의 글자들이 숨겨져 있거나 어떤 방법으로 위조되어 있다고 했어. 래스의 헌터 몇 명이 편지 원본이 보관되어 있던 우리 가문의 기록보관소를 습격하면서 우연히 알게 된 거야."

"그렇다면 아까는 왜 래스가 너를 그렇게 찾았던 거야?" 로어가 물었다. "너한테 얻어낼 정보가 뭐가 있다고?"

이로의 얼굴이 창백해졌다. "그자의 헌터가 편지만 찾아낸 게 아니야. 그곳엔 우리가 너를 보호하고 있었던 때의 기록들도 있었거든."

"설마." 로어가 숨을 내쉬듯 나직이 말했다.

"래스는 너의 행방을 알고 싶어 했어." 이로가 말했다. "아무래도 그자는 네가 그 방패에 새겨진 시를 읽을 수 있다고 생각하나 봐. 아니면 대체 무슨 술수를 꾸미고 있는지는 모르겠지만 뭔가를 완수하기 위해서 반드시 네가 필요하든가."

25

로어 일행은 두 명씩 짝을 지어 각각 다른 방향에서 접근하기로 계획을 짜고 프릭 컬렉션 미술관으로 향했다. 로어는 마음의 평정을 유지하려고 애썼지만 이미 반쯤 넋이 나간 정신 줄을 붙잡고 있는 것만으로도 벅찰 지경이었다.

미술관에서 북동쪽으로 몇 블록 떨어진 곳에 택시를 세우고 아테나가 먼저 밖으로 나가자 여신에게 창을 건네줬다. 세탁소에서 남의 세탁물에 있던 베갯잇을 훔쳐 창 양쪽 끝을 가려놓긴 했지만 그래도 택시 기사는 의심스러운 눈초리로 막대기를 쳐다봤다. 하지만 택시비를 못 받을까 걱정되는 모양인지 다행히 별말은 하지 않았다.

"이쪽이에요." 로어는 인도를 따라 걸음을 재촉하며 말했다. 하지만 아테나가 곧바로 뒤따라오지 않는 것을 눈치채고 뒤를 돌아봤다.

여신은 세인트 장바티스트 성당 계단 앞에 서 있었다. 깊은 밤의 짙은 보랏빛 어둠 속에서 여신의 회색 눈동자가 이글거렸다. 성당은 고대 그리스 양식의 페디먼트(고대 그리스 건축에서 건물 입구 상부의 삼각형 박공 부분-역주)와 기둥들, 르네상스 양식의 종탑과 돔 지붕들, 그리고 기독교 천사들의 조각상까지, 건물 자체가 역사의 흐름을 고스란히 보여주는 전형 같다는 생각이 로어의 머릿속을 스쳤다. 언제나 앞으로 나아가기만 하는 역사, 그리고 그때마다 하나의 문명이 다음 문명에게 집어삼켜 사그라지는 모습이 성당에 그대로 그려진 것 같았다.

"뭐 느껴지는 게 있어요?" 로어가 물었다. "아니면 누가 있는 것 같아요?"

여신은 고개를 저었다.

"그런 게 아니면," 로어가 천천히 입을 뗐다. "왜 그렇게 저 건물을 맨손으로 갈기갈기 부숴버리고 싶은 표정으로 보고 있어요?"

아테나는 로어와 눈높이를 맞추며 마치 목이라도 벨 것 같은 날카로운 눈빛으로 쳐다봤다. "이 신의 숭배자들이 헬레네스 문명을 파괴하고 우리의 조각상과 성소, 신전을 모조리 더럽히고 우리에 대한 사람들의 믿음을 짓밟아버렸는데, 그런 신의 신전을 달리 어떤 표정으로 봐줘야 하는 거지?"

"뭐, 틀린 말은 아니네요." 로어가 말했다.

아테나가 마지막으로 한 번 더 성당을 흘낏 보고는 말했다. "하지만 이 신은 우리가 결국 하지 못한 것을 해냈다. 심지어 죽으면서도. 이 신은 사람들이 자신을 두려워하게 만들었지. 그리고 그 두려움을 이용해 사람들의 마음을 휘어잡았다."

"그럴 수도 있죠. 하지만 그건 '두려움'을 해석하는 관점 중 하나일 뿐이에요. 어떤 사람들은 신을 두려워하는 게 아니라 존경하고 그 힘을 경외하는 것이니까요."

"너는 분노를 느끼지 않는가? 네 원래의 삶을 잃을 뻔하지 않았는가."

"아뇨, 좋아요. 오히려 속이 다 시원해요. 정말 끔찍한 삶이거든요. 제발 빨리 좀 끝났으면 좋겠어요."

순간 진심으로 놀란 표정이 여신의 얼굴을 스쳤다. 그녀는 무슨 말을 하려다가 곧 마음을 바꾼 표정이었지만 그와 상관없이 목소리에는 속마음이 배어 나왔다.

"네가 타고난 권리를 부정하지 마라. 너는 그냥 한낱 인간이 아니다. 나는 네가 싸우는 모습을 봤다. 네 안의 전사는 여전히 숨 쉬고 있다. 네가 아무리 그를 침묵시키려 해도, 영광을 갈망하는 맹렬함을 억누르려 해도 소용없다."

내 이름은 전설이 될 것이다.

자기 스스로 그렇게 선언했던 기억이, 그 선언의 원동력이 되었던 한심한 신념들이 떠오르자, 로어는 속이 매슥거렸다. 그 꿈을 마지막으로 생각해본 것도 벌써 오래전이었다. 그런데 그것이 지금 그녀의 머릿속을 헤집고 지나간 것이다. 그 방패의 날. 황금빛 날개. 검의 날에 비치던 눈동자가.

다 꺼져버려. 전부 다.

"운명의 여신은—" 아테나가 다시 시작했다.

로어는 머리를 저었다. "운명의 여신은 지금 이 모든 일과 아무런 상관도 없어요. 나는 내가 아닌 다른 무엇이 내 운명을 결정하는 건 인정 못 해요."

"네가 운명의 여신을 부정한다고, 그들도 너를 부정하는 건 아니지. 그들과 맞선다고 앞으로 네게 닥쳐올 일들을 피할 수는 없을 것이다. 오히려 일의 순리를 더 재촉할 뿐이지."

"그거야 당신 생각이고요." 로어가 말했다. "하지만 그렇게 말하는 걸 보니 당신도 자신이 언제든 특혜에서 쫓겨나 인간들에게 사냥당할 운명이라는 걸 인정한다는 뜻이겠네요? 지금까지 인간의 문명 시대는 결국 다 종말을 맞았죠. 이번 시대는 아직 진행 중이긴 하지만. 그러니 신들의 시대라고 끝나지 말란 법은 없잖아요?"

"신들의 시대는 영원하다." 아테나가 창을 집어 들며 말했다. 언젠가는 로어도 여신의 저 눈동자에 익숙해질 날이 올까? 자신의 방어막을 완전히 꿰뚫어버리는 것 같은 저 눈빛에? "어쩌면 내가 추방될 운명이었는지도 모르지. 하지만 그것은 내가 아버지에게 다시 한 번 나 자신을 입증할 기회를 주기 위함일 것이다."

뭐, 생각은 자유이니까.

로어가 다시 남쪽을 향해 출발하자 아테나도 뒤를 따랐다. 로어는 걸음을 재촉했다. "멜로라, 용기를 내라. 만약 래스가 시의 비밀을 푸는 열쇠를 네가 쥐고 있다고 믿는다면, 우리는 이번 사냥에서 살아남을 수 있다. 그자는 너를 죽일 수 없을 것이다. 페르세우스의 마지막 후예인 네가 죽으면 그 비밀도 이 세상에서 완전히 사라져버릴 테니까."

"정말 참, 위로되는 말이네요." 로어가 중얼거렸다.

하지만 그 사실을 떠올리자 온몸에 전율이 일었다. 이제 타이드 브링어까지 죽었으니 로어가 정말로 마지막 남은 페르세우스인이 었다.

이로가 연락할 전화번호 하나만 남기고 떠난 뒤 로어는 시의 완성본이 아이기스에 새겨져 있다는 사실을 모두에게 알렸다. 물론 이런저런 질문이 쏟아진 것은 말할 것도 없다. 로어가 대답하고 싶지 않은 질문들이.

"나는 아직도, 가짜 아레스 놈이 내 아버지의 방패를 갖고 있다는 생각만 하면…." 아테나가 먼저 포문을 열었다. 표정이 잔뜩 어두워져 있었다. "너희 가문이 좀 더 강했더라면, 더 영리했더라면, 그것을 잃지 않았을 텐데."

로어의 가슴속에서 울화가 치밀었다. 너무 순식간이라 억누를 새도 없었다. "우리가 잃어버린 게 아니에요. 도둑맞은 거죠. 다른 것들도 전부 다요."

"지금 생각해보니 그것 때문에 그자가 가짜 포세이돈을 죽이지 않은 것이로군." 아테나가 말했다. "가짜 포세이돈도 너희 가문의 일원이었으니 어쩌면 그녀가 방패에 있는 시를 해독할 수 있을 거라고 믿었을지도."

아테나의 말을 들으며 로어는 입안을 세차게 깨물었다. 피의 비린 맛이 입안에 진동했다. "나도 그렇게 생각해요."

하지만 진실은, 이로가 본 것이 사실은 훨씬 큰 악몽의 아주 작은 조각에 지나지 않았다는 점이다. 로어는 그 시가 방패에 새겨져 있다는 사실을 아테나에게 알려주고 싶지 않았지만, 한편으론 얘기하는 것이 좋은 기회라는 생각도 들었다. 여신이 그 시가 래스의 손에 있고 그가 이미 아곤을 벗어날 수 있는 열쇠를 갖고 있다고 믿는다면, 여신에게 래스를 뒤쫓을 명분과 집중력을 주기에 그것만큼 좋은 것이 있을까.

물론 래스가 죽어버린 다음에 일어나는 일을 처리하는 것은 골치 아프겠지. 래스가 처음부터 아이기스를 갖고 있지 않았다는 사실을 아테나가 알게 된다면 말이지.

하지만 그건 미래의 문제다. 로어는 오늘 하루 중 처음으로 마음의 평화를 느꼈다. 래스든 아테나든 그 누구도 방패를 손에 넣지 못할 것이고, 방패에 숨겨진 비밀을 차지하지 못할 것이라는 사실에 최소한 일종의 안도감이 느껴졌다.

아테나는 로어의 표정을 걱정으로 잘못 이해한 모양이다. "멜로라, 너 자신을 너무 괴롭히지 마라. 그자가 너를 찾고 있다는 사실은 우리에게 이득이다. 그자가 너를 찾는 순간 그자를 맞이할 것은 내 무기가 될 테니까."

"잘됐네요. 엄청나게 기대됩니다." 로어가 말했다.

"하지만 내가 참을 수 없는 것은," 아테나가 말을 이었다. 그녀의 말에는 칼 같은 날이 서 있었다. "네 조상들이 방패에 글자 따위를 새겨서 아이기스의 완벽성을 훼손했다는 사실이다. 내 아버지의 방패를 더럽혀놓고도 그분의 축복을 구하며 기도하고 제사를 지냈다니…. 아버지가 너희 가문을 보호하지 않은 게 놀랍지도 않군."

"우리는 신들의 보호 따위 필요 없었어요." 로어가 이를 악다물고 말했다.

아테나가 로어에게 찌를 듯한 시선을 날렸다. "네가 어둠의 진정한 맛을 보게 될 날이 닥치면 우리를 기억하겠지. 하지만 이 세상이 지금처럼만 꾸준히 흘러가면 과연 너에게 대답해줄 이가 남아있을지 모르겠군."

"우리가 당신들을 기억할 거라고, 대체 누가 그래요?" 로어가 쏘아붙이듯 대꾸했다.

여신은 로어의 말에 대답하지 않았다.

"당신은 이 도시나 다른 어떤 것에도 관심 없잖아요." 로어는 스스로도 자제가 안 되는지 계속 날 선 말을 쏟아냈다. "당신에게 중요한 건 오로지 힘뿐이잖아요."

로어는 자신의 수많은 모습을 싫어했지만, 그중에서도 특히 다혈질 성격을 제일 싫어했다. 자기 가슴에서 조그만 불씨가 삽시간에 타올라 주변에 있는 사람들까지 모조리 태워버리곤 했다.

"저기, 그러니까." 로어는 걸음을 늦추며 다시 입을 열었다. "내 말은 그런 뜻이 아니라—"

하지만 로어가 미처 돌아볼 새도 없이 날카로운 무언가가 등 아래, 로어의 신장이 있는 부위를 지그시 눌렀다. 로어는 어깨 너머로 뒤를 돌아봤다.

미노타우로스 마스크가 그녀를 마주 보고 있었다.

로어는 창을 바로잡으며 들어 올렸다.

"아니 아니, 그러지 않는 게 좋을걸." 그가 경고했다. "허튼짓은 꿈도 꾸지 마라. 그냥 무기를 버리고 순순히 나와 함께 가는 게 네

신상에 좋을 거다."

로어는 주변을 둘러봤지만, 아테나의 모습은 온데간데없었다.

"신들과 손을 잡다니." 헌터가 그녀에게 가까이 다가서며 말했다. "네가 배신자가 되리라는 걸 진작 알았어야 했는데." 그러고는 곧 어조를 바꿔서 누군가, 다른 사람에게 말하기 시작했다. 아마 이어 피스에 대고 말하는 거겠지. "그렇다. 내가 그 아이를 찾았다고 그분께 전해라—"

로어는 순간 왼쪽으로 몸을 기울였다. 그 때문에 헌터의 칼날이 로어의 피부를 살짝 그었지만, 덕분에 로어도 뒤로 창을 찌를 공간을 확보했다. 로어는 창을 휘둘렀다. 베갯잇으로 덮어놓은 창끝이 헌터의 마스크를 후려치자 끈이 끊어지면서 땅에 내동댕이쳐졌다.

"이 나쁜 년이!" 헌터가 사납게 소리쳤다.

로어는 그를 찌르려고 창을 다시 내밀었지만 헌터가 검으로 내리치자 나무 막대기가 둘로 쪼개져 버렸다. 헌터가 다시 검을 찌르며 달려들자 로어는 그의 반경에서 벗어나 몸을 앞으로 돌렸다. 결국 로어의 창끝에 달린 조리용 칼끝이 베갯잇을 뚫고 나와 그의 숨통을 누르는 지경에 이르러서야 헌터는 움직임을 멈췄다.

호흡을 할 때마다 로어의 온몸이 들썩거렸다. 아주 살짝만 더 찔러 넣어 이 싸움을 완전히 끝내 버리고 싶다는 욕망으로 양팔이 잔뜩 긴장됐다.

"아까 할 수 있었을 때 날 죽였어야 했어." 로어가 나직이 속삭였다.

"죽이면 안 되거든." 헌터가 말했다. 그의 말에선 사람을 불안하게 만드는 흥분감이 묻어났다.

헌터는 왼쪽으로 몸을 돌리며 엄청난 힘으로 로어의 가슴을 걸어찼고 로어는 인도로 나가떨어졌다. 손에 쥐고 있던 창 반쪽도 튕겨 나가 근처에 주차된 자동차 아래로 굴러갔다.

순식간에 헌터가 로어 위로 올라타 단검으로 그녀의 어깨를 노렸다. 로어는 한쪽 팔로 단검을 막으며 그를 떨쳐버리려고 몸부림을 쳤다. 창 머리를 찾으려고 바닥을 마구 휘젓던 로어의 손에 무언가 다른 것이 잡혔다.

로어는 부서진 시멘트 조각으로 헌터의 머리통 한쪽을 후려쳐 그를 옆으로 떼어냈다. 그러고는 돌덩이로 다시 그의 얼굴을 내리치고 순식간에 피로 가득 찬 그의 입이 피를 토하는 기분 좋은 소리를 들었다. 헌터는 로어에게서 벗어나려고 필사적으로 등을 밀며 움직였다.

로어는 시멘트 덩어리를 다시 들어 올리고 그의 관자놀이에 초점을 맞추며 눈을 가늘게 떴다. 마음속에서 올림피아의 작은 노래 소리가 울렸다. 천 번은 넘게 들었던 그 말을 끝없이 되풀이하면서…. *죽이거나 죽거나… 죽이거나 죽거나… 죽이거나 죽거나…*.

로어는 그에게서 몸을 일으켰다. 바닥에 대자로 뻗은 헌터의 얼굴은 이제 피범벅이 되었다. 기도가 막혔는지 헌터는 숨을 쉬려고 안간힘을 쓰며 헐떡거렸다.

하마터면 죽여버릴 수도 있었어. 수많은 얼음 바늘이 로어의 살갖을 찔러대면서 갑자기 몸속의 피가 차가워지는 것 같았다. 로어는 몸서리쳤다.

그 모든 일을 겪고도… 그동안 길 할아버지한테 그 모든 도움을 받아놓고도….

그때 두 사람 옆에서 누군가가 그늘을 벗어내듯 모습을 드러냈다. 아테나였다.

"그자는, 절대 멜로라를 잡을 수 없을 것이다." 아테나가 말했다.

여신은 헌터의 눈에 비친 마지막 세상이었다.

여신이 그의 갈비뼈 사이에 창 머리를 찔러 넣자 헌터의 어린 몸이 마지막으로 꿈틀거렸다. 여신이 다시 창을 뽑아내는 순간, 그것을 물고 놓아주지 않으려는 듯 그의 근육이 내지른 질퍼덩한 '철퍽' 소리는 더 섬뜩했다. 헌터의 눈이 번쩍 뜨였다. 무슨 말을 하려고 입을 벌리자 그의 입에서 피가 솟구쳐 나왔다.

아테나는 헌터를 끌어다가 근처 건물 벽에 기대어놓았다. 여신은 헌터의 검정 로브로 그의 입에서 흘러나오는 피를 닦아내고 몸을 감싸 상처 부위를 가렸다.

"하데스 님을 만나거든" 아테나가 몸을 숙여 헌터의 귀에 대고 말했다. "테세우스의 나머지 후예들도 곧 너를 따라 지하세계로 내려갈 거라고 전해라. 네가 오늘 그들 모두를 욕보였으니."

로어는 양쪽 팔을 꼭 감싸 안은 채 시선을 아래로 떨궜다.

"눈을 피하지 마라." 아테나가 로어에게 말했다. "너는 겁쟁이가 아니다."

당연히 로어는 겁쟁이가 아니다. 하지만 그 순간만큼은 신들의 내면에 있는 텅 빈 공간, 인간들에게는 인간성으로 채워져 있는 바로 그 자리, 아테나의 그 텅 빈 공간이 부러울 지경이었다.

아테나는 헌터에게 빼앗은 단검을 로어에게 건네주고 부러진 창 조각들을 주워 들더니 조리용 칼이 붙어 있는 쪽은 남겨두고 나머지 조각은 갈가리 쪼개진 나뭇조각들과 함께 근처 배수로에 던져버렸다.

"미안해요." 로어가 작은 소리로 말했다. 이번 주만큼은, 자신의 삶이 온전히 자신만의 것이 아니었다.

"아곤에는 용서 따위 없다." 아테나가 말했다. "오로지 생존, 그리고 반드시 완수해야 할 과업만 있을 뿐."

26

막상 프릭 컬렉션에 도착하고 보니 로어가 아는 건물이었다. 심지어 수시로 봤던 건물이다. 70번가와 71번가 사이에 넓게 펼쳐진 크고 멋진 건물 앞을 그렇게 자주 지나다니면서도, 단 한 번도 잠깐 멈춰 서서 살펴볼 생각조차 해본 적이 없다. 이 도시는 내가 찾을 때만 비로소 눈에 보이는 그런 곳이다.

공사 때문에 건물 주변에 쳐놓은 울타리의 자물쇠가 부서져 있었다. 로어가 울타리 문을 그대로 밀어 열자 약 1미터쯤 앞에 별 특징 없는 미술관 입구가 드러났다. 그리고 그 앞 계단에 마일스가 웅크리고 앉아 있었다. 로어와 아테나가 들어서는 소리에 마일스는 고개를 들었다. 얼굴이 하얗게 질려 있었다.

"마일스, 너 괜찮은 거야?" 로어가 물었다.

마일스는 물병을 품안에 꼭 껴안고 있었다. "카스토르가 시키는 대로 그냥 밖에 있었어야 했는데…."

로어의 뒤에 있던 아테나도 긴장한 채 옆으로 움직였다.

미술관의 나무 출입구 양쪽 유리로 내부가 들여다보였다. 로어는 두 명의 경비원이 등을 보인 채 의자에 앉아 있는 광경에 기겁했다. 그 경비원들 사이에 카스토르가 서 있었다. 그의 심각한 표정에 로어는 가슴이 철렁 내려앉았다.

로어가 문을 열자마자 냄새가 코를 찔렀다. 퀴퀴한 공기와 썩은 내, 그리고 피 냄새였다. 온몸의 털이 쭈뼛 섰다.

"마일스, 넌 그냥 밖에서 밴을 기다릴래?" 로어가 제안하듯 말했다.

마일스는 고개를 저었다. "밴은 안 올 거야. 집에서 만나자고 카스토르한테 문자 보냈대."

"그럼 다시 미술관 안으로 들어갈 것도 없이 그냥 밴한테 가는 게 어때?" 로어가 말했다.

"아니야." 마일스가 겨우 말을 내뱉었다. "나 감당할 수 있어. 굳이 딴 데 안 가도 돼."

"네가 뭐든 '감당'해야 하는 거 내가 싫어서 그래." 로어가 말했다.

하지만 마일스는 로어를 그대로 지나쳐 안으로 향했다.

로어와 아테나도 안으로 들어갔다. 앞장선 로어는 자기 뒤를 따르는 여신의 빠르고 얕은 호흡을 느꼈다. 여신은 오른쪽에 있는 경비원에게 다가갔다. 젊은 여자 경비원의 머리는 로어의 머리처럼 등 뒤로 땋아 내렸고, 머리를 벽에 기대고 있는 모습은 그냥 곤히 잠들어 있는 것처럼 보였다.

하지만 카스토르 옆으로 가서 서자 적나라한 실상이 그대로 드러났다.

그녀의 목이 너무 깊이 베여 쩍 벌어진 살 사이로 허연 척추뼈가 보였다. 너무 순식간에 벌어진 일이라 고통 없이 죽었겠지. 하지만 참혹한 죽음이었다. 아마 비명조차 지르지 못했을 것이다.

다른 경비원은 얼굴을 잔뜩 얻어맞아서 곤죽이 되어 있었다. 하지만 그것이 얼마나 고통스러웠든 검이 그의 심장을 뚫고 지나가는 순간 모든 고통이 사라졌을 것이다.

"리에나 짓일까?" 카스토르가 추리했다. "카드모스 가문에서 또 우리를 앞질렀나 봐."

"아니면 궁지에 몰린 신의 작품일 수도." 로어가 말했다.

어느 쪽이 더 나쁜 건지는 로어도 알 수 없었다.

안으로 더 들어가니 시체가 네 구 더 있었다. 한 명은 경찰이었고 나머지 세 명은 모두 제복 차림의 경비원들이었다. 범인은 이들을 정원이 있는 안뜰로 끌어다가 마른 분수대 주변에 괴기스러운 모양으로 배열해놓았다. 생명력을 잃은 그들의 눈동자는 모두 돔 유리 천장 너머 하늘을 향해 있었다. 다른 곳에는 핏자국이나 싸움의 흔적도 없었고 경비소의 모니터 화면엔 같은 장면이 반복 재생되는 것 같았다.

그렇다는 건, 이들을 죽인 범인이 신보다는 헌터들일 가능성이 상당히 크다는 뜻이다.

마일스는 근처에 서 있는 기둥 하나에 몸을 기대며 양팔로 자기 몸을 끌어안았다.

그래, 마일스도 이 정도 봤으면 느끼는 바가 있겠지. 로어는 생각했다. 아마 가문 따위에 속하지 않은 인간이라도 아곤의 영역에 잘못 끼어들었다간 가차 없이 죽임을 당한다는 걸 이제는 마일스도 제대로 확인했을 것이다.

"이 사람들 전부…" 마일스는 눈앞에 보이는 소규모 학살의 현장을 묘사하기 위해 좀 더 순화된 표현을 찾으려고 고민하는 것 같았다. "…칼로 베어졌네. 헌터들은 총은 안 써?"

"쓰는 사람들도 있긴 해." 로어가 대답하며 마일스의 어깨를 가볍게 어루만졌다. "총은 보통 경쟁 가문의 헌터들을 죽일 때 쓰고, 신을 죽일 때는 화살이나 검을 써."

"왜?" 마일스가 물었다.

"제우스가 올림피아에서 한 말을 곧이곧대로 받아들여서 그래." 로어가 대답했다. "*너희의 용맹한 검을 신의 피로 물들여라. 그러면 그 신의 지위와 불사의 능력을 너희에게 상으로 내릴 것이다*, 라고 했거든. 그러니 당연히 아무도 다른 무기를 써볼 시도조차 하지 못했어. 신을 죽이고도 그 능력을 놓쳐버리면 얼마나 억울하겠어. 그런 모험을 할 사람은 없지."

이미 자물쇠가 부서진 입구를 임시로라도 막기 위해 아테나가 경비원의 곤봉을 문고리에 걸쳤다.

"이 사람들의 상태를 보아하니 죽은 지 몇 시간밖에 안 된 것 같아." 로어가 말하자 카스토르도 고개를 끄덕였다. 희생자들이 흘린 피가 공기 중에 산화되면서 점점 짙어지고 있었지만, 이들에게 들러붙은 희미한 죽음의 냄새만 빼면 눈에 띄는 부패의 흔적은 아직 없었다. 사후경직도 아직 시작되지 않은 것 같았다.

마일스는 놀람 반 공포 반의 표정으로 로어를 쳐다봤다.

"미술관 직원도 아니고 공사장 인부도 아니고… 분명 야간 경비원들일 거야." 로어가 말했다. "그러니까 가족이든 누구든 아직 이들을 찾으러 온 사람이 아무도 없는 거겠지?"

"레블러가 이 모든 짓을 저지를 만한 인물일까?" 카스토르가 경악스러운 표정으로 물었다. "그것도 혼자서?"

"가능하다. 그자가 이렇게 오랫동안 살아남은 것이 온화한 성품 때문은 아니니까." 아테나가 창을 집어 들며 대답했다.

"만남이 참 기대되네." 마일스가 울상을 지으며 말했다. "근데 아무래도 그 만남을 빨리 서두르는 게 좋을 것 같아. 경비원 교대 시간이 되기 전에."

로어와 일행은 밖에서 보이지 않도록 의자에 앉혀져 있던 경비원과 의자를 입구에서 멀리 옮기고 의자에 묻은 자기들의 지문도 닦았다. 카스토르는 입구 자물쇠를 녹여서 문을 봉쇄했다. 어쨌든 마일스의 말이 옳았다. 서성거리면서 시간을 낭비할수록 시체에 둘러싸인 채 사람들에게 발각될 여지만 높아진다.

이 학살의 범인이 카드모스의 헌터들이라면 분명 해가 뜨기 전에 이 현장을 청소할 인부들을 보낼 것이다. 아이러니하게도 로어는 제발 그들이 그러길 바랐다. 로어나 다른 사람들은 공공기관 시스템에 DNA나 지문 정보가 등록되어 있지 않겠지만 마일스는 달랐다. 마일스는 시스템에 등록되어 있을 가능성도 있고 범죄 현장과의 연관성도 쉽게 드러날 수 있었다.

"가짜는 계속 입구를 지켜라." 아테나가 카스토르에게 말하더니 시선을 돌려 로어에게도 말했다. "너와 나는 건물 아래에서 위로 훑어 올라간다."

카스토르는 여신에게 따지고 싶은 얼굴이었지만 금방 단념했다. "좋아요. 하지만 혹시라도 그자를 발견하면 절대 먼저 다가가지 말아요. 일단 레블러가 어떤 상태인지 먼저 파악해야 어떻게 미끼로 활용할지 결정할 수 있을 테니까."

아테나가 냉담한 웃음을 지으며 대답했다. "내가 누군 줄 알고 감히 나에게 전략을 가르치는 건가?"

"마일스, 너는 우리랑 가자." 로어가 말했다. "그런데 아래층으로는 어떻게 내려가지?"

아래층도 위층만큼이나 어둠침침하고 조용했다. 로어는 한 손으로 벽을 더듬으며 걸음을 옮겼다. 비상구 표시등에서 나오는 불빛이 없었다면 아래층 복도는 완벽한 칠흑의 어둠이었을 것이다.

로어는 바지 뒷주머니에서 휴대폰을 꺼내 손전등 앱을 켰다. 로어를 선두로 세 사람은 긴 복도로 연결된 두 개의 전시관 중 첫 번째 전시관으로 들어섰다. 내부 개조 공사를 하느라 그림과 안내서 따위는 전부 다른 곳으로 치워놓았는지 전시관 안은 텅 빈 벽과 조그만 안내용 명판들뿐이었다.

아래층 전시관들과 그 사이를 연결하는 통로들 바깥쪽에는 공간을 안내하는 표지판 같은 것은 아예 없고 그냥 사무실처럼 보이는 공간으로 이어지는 문만 몇 개 있었다.

그리고 그 여러 개의 문은 누군가 강제로 발로 찬 것처럼 열려 있었다.

아테나는 창을 곧 날려버릴 것 같은 자세로 들어 올리고 문 하나를 옆으로 밀었다. 로어는 마일스에게 뒤로 멀리 떨어져 있으라는 손짓을 했다. 로어의 휴대폰 불빛이 사무실과 창고 안을 훑었다. 둘 다 마구 파헤쳐진 것 같았다. 보관용 상자들과 종이들이 마구잡이로 여기저기 흐트러져 있었다.

세 사람은 부서진 가구들의 흔적을 따라 방 깊숙이 들어갔다. 운송용 나무 상자들은 박살이 난 채 열려 있었고 그 안에 들어 있는 그림들은 갈가리 찢겨 있었다. 도자기나 시계 같은 것들도 산산이 부서져 있었다.

셋은 그 유명한 볼링장을 지나쳐 계속 나아갔다. 그리고 마침내 로어 앞에 표지판이 붙은 방이 나타났다.

미술품 보관실이었다.

쾅! 공기를 가르는 굉음에 로어는 놀라서 펄쩍 뛰었다. 소리가 한 번 더 울렸다. 그리고 또 한 번. 유리가 깨졌다. 그리고 어떤 목소리가 짜증이 잔뜩 섞인 비명을 거칠게 내질렀다.

로어는 조금 전 죽은 헌터에게서 빼앗아 허벅지에 천으로 묶어 놓았던 단검을 꺼내 들었다. 그리고 휴대폰은 플래시를 끄고 마일스에게 건넸다. 로어가 손가락으로 입술을 눌러 보이자 마일스는 알아들었다는 듯 고개를 끄덕였지만, 멀리 떨어져 있으라는 손짓은 무시했다. 로어는 팔꿈치로 보관실 문을 밀었다.

그림은 전부 앞뒤로 밀고 당길 수 있게 만든 얇은 철제 울타리 벽에 걸려 있었다. 마치 도서관 책장들처럼 뒤로 겹겹이 늘어선 철제 벽들 너머 왼쪽으로 어두운 통로가 이어졌다. 로어는 모퉁이에 머리를 대고 있다가 또 한 번 깨부수는 소리에 얼른 머리를 뗐다.

마일스는 로어에게 불안한 눈초리를 보냈지만 아테나는 고개만 까딱하며 로어에게 계속 나아가라고 재촉했다.

로어는 통로 맨 끝에 있는 방에 다다랐다. 방문은 약간 열려 있었다. 벽 쪽으로 몸을 바싹 붙이니 내부에 도사리고 있는 것의 정체가 문틈으로 살짝 들여다보였다.

거구의 남자가 상자며 시계, 작은 조각상 같은 것들이 가득 놓여 있는 선반장 사이를 오가며 방 안 여기저기를 미친 듯이 돌아다니고 있었다. 남자가 휘두르는 분노의 팔놀림을 간신히 피한 석조 흉상들과 청동 조각상들이 방 한가운데 있는 연단에서 꺼풀 없는 눈으로 남자를 지켜보고 있었다.

남자는 가까이 있는 선반에서 상자를 하나 끌어다가 한바탕 쿵 소리를 내며 바닥에 내동댕이쳤다. 그러더니 순식간에 산산이 쪼개진 상자로 단숨에 달려들어 충전재 속의 내용물을 마구 뒤지기 시작했다. 남자가 상자 속에서 깨진 도자기 조각들을 옆으로 차버리자 조각들이 바닥에 널려 있는 포장재 무더기와 유리 파편들 사이로 미끄러지듯 쓸려갔다.

이아손 헤라클레스. 새로운 신은 아직도 하늘색 튜닉과 샌들 차림이었다. 옷이고 신발이고 온갖 잡풀과 거무튀튀한 먼지가 들러붙어 꾀죄죄하기가 이루 말할 수 없었다.

사진 속의 이아손은 몸은 그럭저럭 탄탄해 보여도 머리가 슬슬 벗어지며 여기저기 나이의 흔적이 드러난 중년의 남자였다. 하지만 지금 이 남자, 이 새로운 신은 햇볕에 달궈진 사암 조각처럼 보였다. 레블러는 아테나처럼 어두운 금발과 짙은 올리브색 피부를 갖고 있었다. 물론 말라붙은 핏자국과 먼지로 온통 뒤덮여 있긴 했지만.

그는 손을 뻗어 선반에 올려둔 위스키병을 집어 들더니 그 독한 액체를 벌컥벌컥 목구멍으로 한참을 들이부었다. 그러곤 병을 거꾸로 뒤집어서 남은 술을 전부 자기 허벅지의 깊은 상처 위로 쏟아부었다. 고통을 이기려는 듯 한동안 콘크리트 벽을 주먹으로 때리며 괴성을 지르고 사납게 울부짖더니 고통이 사그라들자 몸부림도 잠잠해졌다.

아테나 뒤로 바짝 붙은 로어는 뒤도 안 돌아보고 마일스의 셔츠를 붙잡아 뒤로 밀었다. 뒤로 뻗은 로어의 손끝은 복도 쪽, 안전한 곳을 가리키고 있었다.

그리고 이 결정적인 순간을 기다렸다는 듯 마일스의 주머니에서 귀를 찢을 듯한 휴대폰 벨 소리가 울렸다.

"젠장!" 마일스는 허둥지둥 휴대폰을 꺼내 액정에 뜬 버튼을 눌렀다. 그러자 휴대폰에서 마일스의 어머니 목소리가 흘러나왔다. *"마일스, 엄마가 물어볼 게 있어서ㅡ"*

로어가 마일스를 쳐다봤다.

마일스는 전화를 끊고 휴대폰을 무음으로 전환해 가슴팍에 갖다 대고는 간신히 숨을 내쉬었다.

그사이 보관실 문은 바로 앞에서 쾅 닫히고 그 울림 소리마저 사라지자 공포의 적막이 뒤를 이었다. 로어는 단검을 단단히 그러쥐고 귀의 온 신경을 벽에 집중해 레블러의 움직임을 살폈지만 아무 소리도 들리지 않았다.

대체 어디 있는 거지? 로어의 인중에 땀방울이 맺혔다. *대체 저 안에서 어디로 간 거야?*

그 순간 벽에서 석고 덩어리와 시멘트 파편들이 폭발하듯 터져 나와 로어의 오른쪽을 때렸다. 머리를 때린 충격 때문에 로어는 순간적으로 정신이 멍멍했다. 그 타격으로 잠깐 몸이 튕겨 나가는가 싶더니 곧바로 울퉁불퉁한 구멍으로 튀어나온 손이 로어를 잡아채 목을 거세게 조였다.

27

로어는 자기 목을 조르고 있는 손을 마구 할퀴었다. 머릿속은 마구 쿵쾅거리고, 공기를 가득 채운 먼지 때문에 눈앞에 뵈는 것도 없었다.

남자의 손이 점점 더 세게 조여오자 로어의 시야도 어두워지기 시작했다. 척추뼈까지 조여들어 금방이라도 부러질 것 같았다. 로어가 막무가내로 휘둘러댄 단검이 마침내 레블러의 팔뚝에 박혔다. 남자가 고통으로 울부짖는 틈에 약간 느슨해진 그의 손아귀에서 간신히 목을 뺀 로어는 무릎으로 바닥을 짚고 몸을 앞으로 굴려 멀리 피했다. 기침이 마구 터져 나왔다.

레블러는 다시 벽 안쪽으로 손을 거둬들였다. 팔이 튀어나온 구멍으로 방의 나머지 부분이 보였다. 뚫린 모양을 보아하니 정확히 로어가 귀를 대고 서 있던 바로 그 위치였다.

로어의 얼굴이 일그러졌다. *어쩌 나는 하는 일마다 이 모양이냐.*

아테나가 매섭게 쏘아보며 로어를 옆으로 밀치고는 맨손과 창으로 구멍 주위를 깨부쉈다. 이제 벽에 뚫린 구멍은 사람이 지나갈 정도가 되었다.

"레블러! 당신을 죽이러 온 게 아니에요!" 로어가 먼지 삼킨 목으로 간신히 말을 내뱉었다. 목소리가 갈라졌다. 그에 대한 대답으로 짐승처럼 으르렁거리는 소리가 들려왔다. 방 안에서는 장식장들이 넘어지면서 고막을 찢는 요란한 마찰음이 들려왔다.

아테나는 구멍 난 벽 가장자리에서 벽돌을 하나 더 뜯어내더니 구멍으로 몸을 밀어 넣어 보관실 안으로 들어갔다. 로어도 허겁지겁 뒤따라 들어가며 초토화된 벽 사이로 마일스를 향해 외쳤다. "가서 카스토르 데려와!"

하지만 마일스의 대답은 기다리지 않고 안으로 들어섰다.

"천하에 징글맞은 어신님이 드디어 납셨네! 언젠가 네년이 나를 찾으러 올 줄 알았지." 레블러가 이를 갈며 두 사람을 향해 으르댔다. 레블러는 아테나에게 밀려 코너에 몰린 상황이었고 자신을 방어할 무기라고는 자기 팔뚝에서 뽑아낸 로어의 단검과 방패로 사용할 나무 상자 뚜껑뿐이었다.

그가 증오감에 휩싸여 치를 떠는 동안 아테나는 돌처럼 굳은 얼굴로 지켜보고만 있었다.

"우리는 당신을 죽이러 온 게 아니에요." 로어가 아까 했던 말을 반복하며 양손을 들어 올려 무기가 없음을 보여주고 그를 진정시키려 했다.

"하지만 내가 그 계획을 수정할 수는 있지." 아테나가 냉랭하게 말했다.

레블러의 얼굴이 분노와 혐오로 뒤틀리듯 일그러졌다. 그는 술에 잔뜩 취한 채 두려움과 자기 보호 본능이 뒤범벅되어 만신창이가 되어 있었다. 레블러가 위층에 있는 여섯 명의 무고한 인간들을 잔혹하게 죽이지만 않았더라면 로어의 마음속에 남아 있는 일말의 동정심이 조금 흔들렸을 정도로 비참한 꼬락서니였다.

"난 멜로라 페르세우스예요." 로어가 말했다.

레블러는 음침한 웃음을 내뱉었다. "빌어먹을, 그럼 그렇지. 어쩐지 이번 시즌이 초장부터 엿 같더라니."

로어는 레블러의 그런 반응에 어떻게 대꾸해야 할지 몰라서 그냥 할 말을 계속 이었다. "당신에게 간청합니다. 페르세우스 혈통 중에서 가장 위대한 영광과 명성에 빛나는 강력한 헤라클레스의 후예, 이아손—"(헤라클레스는 제우스와 알크메네의 아들이지만 당시 알크메네는 페르세우스의 손자인 암피트리온의 아내였으므로 헤라클레스는 명목상 페르세우스의 후손이다.-역주)

"멍청한 애송이 같으니, 그따위 헛소리가 나한테 통할 것 같아?" 레블러가 잔뜩 성질을 냈다. "그깟 핏줄 따위 개나 줘! 설사 중요하다 치자. 하지만 아곤이라는 것이 생기기도 전에 벌써 페르세우스의 에우리스테우스가 헤라클레스의 핏줄을 모조리 죽여버리려고 하지 않았던가?"

"알았어요." 로어가 간신히 대꾸했다. 그런 어두운 역사도 있었다는 걸 잊고 있었다. "그 말도 일리는 있네요. 아무튼 우리가 여기에 온 건 당신과 얘기를 좀 하려는 것뿐이에요."

"네놈이 굳이 싸우고 싶다면 말리진 않겠지만. 어떤 식으로든 네놈한테서 대답은 들을 거니까." 아테나가 말했다.

"네년하고 사냥에 미친 네 사이코 여동생이 활개를 치고 다니면서 새로운 신들의 머리통을 모으러 다닌다는 걸 내가 모를 줄 알아?" 레블러가 사납게 내질렀다. "어디 해볼 테면 해보시지! 기꺼이 상대해주지."

"당신 말이 정말로 사실이라면, 여신이 지금 뉴아폴론과 함께 움직이고 있는 건 어떻게 설명하죠?" 로어가 말했다.

레블러가 단검을 로어 쪽으로 겨눴다. "개소리!"

"거짓말이 아니에요." 뒤에서 카스토르의 목소리가 대답했다. 벽에 난 구멍으로 들어온 카스토르는 로어를 한 번 쳐다보고 곧 레블러에게 시선을 돌렸다.

"그렇다면 이 방에서 최고로 멍청한 놈은 바로 네놈이군." 레블러가 말하며 앞으로 한 걸음 휘청거렸다. "네놈들의 계획이 무엇이건, 이년은 이미 열 수나 앞서 있을걸? 너희 둘, 너희는 죽었다 깨어나도 몰라. 이년에 대해서 *그가* 내게 해준 이야기만 해도 벌써—"

'*그*', *헤르메스다.* 로어는 짐작했다.

"그건 그렇다 치고," 카스토르가 로어 옆으로 다가서며 말했다. "지금 새로운 신들을 죽이고 있는 건 여신이 아니라 래스예요."

레블러가 경멸스럽다는 듯 코웃음을 쳤다.

"래스는 헤르메스만 죽인 게 아니에요." 카스토르가 말을 이었다. "타이드브링어와 하트키퍼도 해치웠고 나 역시 공격을 받았어요.

우리는 그자를 막으려는—"

"내가! 내가 그자를 죽일 거야." 레블러가 점점 사색이 되어가는 자기 얼굴에서 땀을 닦아내며 으르렁댔다. "딴 놈이 아니라 내가 할 거란 말이다. 어떤 쥐새끼 같은 놈이든 내 앞길을 방해하면 모조리 죽여줄 테다."

"래스가 당신을 먼저 잡으면 다 소용없겠죠." 로어가 말했다.

"내가 그것도 모를까 봐?" 레블러가 비아냥거리며 말했다. "그자에게서 도망치면 대가를 치러야 한다는 건 나도 이미 알고 있었어."

"헤르메스는—" 로어가 다시 입을 열었다.

"그 이름을 함부로 들먹이지 마!" 그가 사납게 소리쳤다. "감히 네가! 어떻게 네가!"

"내가라뇨?" 로어가 강세를 주어 되물었다. *대체 나한테 왜 이러는 거야?*

레블러는 손등으로 입술을 훔치기만 하고 더 이상 말은 하지 않았다.

"당신은 혼자잖아요." 로어가 그에게 일깨워줬다. "그리고 도움도 필요하고요. 이 지하실에서 과다출혈로 죽어버리면 무슨 의미가 있어요? 그럼 이 모든 게 다 무슨 소용이냐고요!"

"나는 가짜 아폴론과 동맹을 맺었다." 아테나가 말했다. "그 동맹을 임시로 네놈에게까지 확대해줄 수 있다. 물론 네놈이 래스를 유인하는 도구 역할을 하기로 합의한다면 말이지."

"미끼가 되라고? 내가 그새 미끼 따위로 전락한 건가?" 레블러는 어이없는 웃음을 지으며 고개를 저었다. 등 뒤의 벽에 기대지 않으면 똑바로 서 있을 수도 없는 지경이었다. 저 사람은 자기 목소리가 저렇게 희미하고 애처롭게 들린다는 걸 과연 알고 있을까? 레블러의 다리 상처는 로어가 칼로 찌른 팔의 상처보다 훨씬 더 험악했다. 벌써 곪기 시작해서 상처 주변이 빨갛게 부어올랐다.

"차라리 내 배에 칼을 쑤셔서 그냥 죽여버리지? 이 어이없는 존재의 코미디를 끝내란 말이다. 이건, 이 모든 건, 이 헛짓거리들 전부 다, 아무 의미 없어. 그렇게 위대하다던 아폴론도 알고 있지 않았나. 그는 이미 알고 *있었다*."

"그게 무슨 말이에요?" 카스토르가 놀라움과 궁금증을 숨기지 못하고 물었다. "아폴론의 죽음에 대해 아는 게 있어요?"

레블러의 가슴에서 모든 공기가 사라져버리기라도 한 것처럼 그의 상체가 앞으로 고꾸라지더니 벽에 기댄 채 그대로 주저앉았다.

"나는 아무것도 몰라." 레블러가 말했다. 광란과 술기운이 잦아들고 한꺼번에 피로가 몰려온 모양이었다. "그나마 아는 거라곤 이놈의 사냥이 끝이 없다는 것과, 아무리 대단한 신이라도 감당하기에는 한계가 있다는 정도지."

카스토르는 천천히 그에게 다가가 레블러의 축 처진 손에서 단검을 빼앗아 로어에게 건넸다. 그러더니 레블러에게는 가당치도 않을 동정 어린 눈길로 그를 바라봤다.

"여기서는 뭘 하고 있었지?" 아테나가 물었다. 무참히 깨지고 부서진 채 주변에 널려 있는 그림과 예술 작품들을 둘러보는 여신의 얼굴에 질색한 표정이 역력했다. "여기서 무엇을 그렇게 열심히 찾고 있었던 거지?"

"그가 나한테 뭘 남긴 줄 알았어. 어딘가에 숨겨놓았다고 생각했지." 레블러가 아테나와 로어를 번갈아 보며 대답했다.

로어의 호흡이 들쑥날쑥했다. 단검을 쥐지 않은 손은 주먹을 쥐고 있었다.

"지난 아곤 이후로 당신은 왜 래스와 연합하기로 한 거죠?" 로어가 다그치듯 물었다. "왜 헤르메스랑 갈라선 거예요?"

새로운 신은 대답이 없었다. 로어는 아까 레블러에게 공격당하면서 시멘트 파편이 베고 지나간 자기 옆머리를 손으로 문지르며 카스토르 쪽으로 확신 없는 시선을 보냈다. 카스토르는 레블러 앞에 쭈그려 앉았다.

"우리 쪽에 있는 그 누구도 죽이지 않겠다고 맹세해요. 그리고 우리 질문에 대답도 하고요. 그러면 내가 상처를 치료해줄게요." 카스토르가 말했다.

레블러는 비웃듯 코웃음을 쳤다.

그걸 보자마자 로어는 욱하는 성질이 치밀었지만, 카스토르의 차분하고 이성적인 어조는 조금도 흐트러지지 않았다. "이아손, 당신이 두 다리로 뛰어서 헌터들에게서 도망칠 수만 있다면 당신의 생존 가능성도 좀 더 높아지겠죠. 우리를 돕는다면 그 가능성은 훨씬 커질 테고요."

레블러는 자신의 인간 이름이 불리자 고개를 들었다. 분노로 코가 벌름거렸다. 로어는 그가 분명히 거부할 거라고 믿어 의심치 않았다. 이코르, 힘, 끝없는 폭력성 같은 것들이 그에게 혹시라도 남아 있었을 마지막 인간성까지 모두 도려내 버렸을 테니까. 하지만 그의 얼굴에서 광포한 표정이 점차 사라졌다.

"이제야 임시 동맹의 합리성을 이해한 건가." 아테나가 눈치챘다. "어쩌면 네놈도 한 번은 더 살아남을 수도 있겠군."

레블러가 아테나에게 비아냥거리며 말했다. "끝까지 의기양양하시군."

"그럼 합의된 건가요?" 카스토르가 확인차 다시 물었다.

레블러의 얼굴엔 더 이상 배짱을 튕길 여유도 없어 보였다. 그는 카스토르를 마주 보더니 모두를 둘러봤다. 그가 혹시 자신에게 다른 옵션은 없는지 미친 듯이 머리를 굴리는 소리가 로어의 귀에까지 들리는 것 같았다.

마침내 그는 입을 열었다. "질문은 딱 두 가지만 대답하겠다. 하지만 네놈들이 래스를 죽이는 데는 협조 안 해. 젠장맞을 네놈들 미끼 노릇도 절대 안 할 거야."

아테나가 서늘하고 무거운 손을 로어의 어깨에 얹었다. 그 감각에 로어의 머릿속 생각과 분노가 그대로 얼어붙었다. "두 가지 대답만 들어도 충분할 거다."

"인간들 따위와 짝짜꿍이 되다니." 레블러가 아테나에게 말했다. 히죽거리는 미소 때문에 그의 완벽한 얼굴이 다시 흉측하게 일그러졌다. "그 옛날 위대했던 분이 어쩌다 이렇게 불쌍한 신세가 되셨을까. 한때 인간 문명을 다스렸던 존재가 이제는 세월과 함께 빛바랜 옛날얘기 속 주인공으로 전락하다니. 이 인간들의 하찮은 심장 소리가 들릴 때마다 그걸 얼마나 갈가리 찢어버리고 싶을까."

아테나가 한 발을 거칠게 내딛자 바닥에 있던 시멘트가 부서졌다.

"*아무렴 그렇지. 본성이 어디 가겠나.*" 레블러가 잔뜩 빈정댔다.

"나 같으면 당장 입 닥치겠어요. 그냥 여신이 당신을 죽여버리기 전에." 로어가 냉정하게 말했다. "여신이야 항상 그랬다 쳐요. 하지만 한때 인간이었던 당신이야말로, 아곤과는 아무 상관 없는 인간들을 여섯 명이나 살해하는 게 아무렇지도 않았나 보죠?"

레블러는 천천히 일어섰다. 그는 어리둥절한 표정으로 미간을 찌푸렸다.

"대체 무슨 헛소리야? 난 개곤 이후로는 아무도 죽이지 않았는데?" 그가 말했다. "이 건물에서 살인이 벌어졌다면 그 사람들을 찌른 건 내 칼이 아니다."

28

카스토르가 레블러의 다리를 웬만큼 치료했는지 레블러는 이제 자기 두 발로 그럭저럭 걸어서 보관실 밖으로 나갈 수 있었다. 그는 여섯 명의 시체를 자기 눈으로 확인하고 싶어 안달하면서도 위층까지 가는 동안 다른 누구의 부축을 받는 것은 죽기보다 싫은 모양이었다.

아테나가 맨 앞에서 걸으며 어두침침한 복도와 방들을 확인했다. 로어가 맨 뒤에 섰다. 로어는 자기 앞에서 걸어가는 사람들의 어두운 형체를 눈으로 열심히 훑으며 한 손은 다시 허벅지에 묶어 둔 단검에서 떼지 않았다.

계단 근처에서 마일스가 자기 양팔을 껴안고 서서 그들을 맞았다.

'괜찮아?' 로어가 입 모양으로 마일스에게 물었다.

마일스는 고개를 끄덕였지만, 얼굴은 창백했다.

"가짜 놈." 아테나가 저음의 목소리로 레블러를 불렀다. "어떻게 범인들이 네놈을 발견하지 못했지? 그리고 네놈은 어떻게 범인들의 정체를 전혀 모를 수가 있지?"

로어도 바로 그것을 궁금해하고 있던 차였다. 그들이 헌터들이었다면 질문은 하나, 대체 어느 가문의 헌터들이었을까?

"나는 위층이 잠잠해지고 경비원들이 순찰을 끝마칠 때까지 나무 상자 속에 숨어 있었을 뿐이야. *이런 염병!*" 레블러는 다친 다리의 힘이 풀리는 바람에 휘청거렸다. 카스토르가 얼른 손을 뻗어 붙잡으려 했지만 레블러는 사나운 소리를 내지르며 온몸을 비틀어 카스토르의 손을 피했다.

"완전히 치료해줄게요." 카스토르가 다시 설득했다. "당신이 황송할 정도로 너그럽게 약속한 대답을 다 해주기도 전에 죽거나 기절하지 않았으면 하는데요."

"그럼 얼른 질문하든가, 멍청한 자식." 레블러가 다시 몸을 한껏 높이 세우며 말했다. 그의 눈이 번쩍거렸다. "그래야 나도 꼴도 보기 싫은 네놈들과 끝장을 내지."

카스토르가 동요한 기색 없이 레블러를 다시 바라봤다. 하지만 그 역시 로어와 같은 이유로 아무 말도 하지 못하고 있었다. 잘못된 질문을 했다간 두 번밖에 없는 소중한 기회 중 하나를 날려버릴 테니까.

심지어 아테나도 마음속으로 무슨 전략을 짜고 있는 건지 정신이 딴 데 팔려 있는 것 같았다. 여신의 자세가 어찌나 경직되어 있는지 로어는 레블러가 비열한 말을 한마디라도 더 내뱉었다가 아테나의 창이 그의 내장 속을 뚫어버리는 불상사가 생길까 봐 조마조마했다.

"뭐 그렇다면, 내가 시작할게요." 마일스가 말했다. 로어가 마일스를 막으려고 입을 뗐지만 이미 늦어버렸다. "당신은 왜 헤르메스와 반대로 래스에게 협조한 거예요?"

"그의 비전이 장래성이 있다고 생각했으니까." 레블러가 곧바로 대답했다. "헤르메스는 래스를 좋아하지도, 믿지도 않았지만."

래스가 자기 경쟁자들을 다 죽여버리고 시를 찾아다니는 것 외에 다른 어떤 비전이 있다는 건지 로어가 막 질문을 하려는 찰나, 마일스가 다시 말했다.

"진짜 상처가 컸겠네요. 헤르메스가 당신을 멍청이 취급하고 당신한테 등을 돌린 거나 마찬가지니까. 당신은 분명 래스가 자기의 적들을 다 죽일 계획이라는 걸 알고 있었을 거예요. 헤르메스도 포함해서요. 그런데도 계속 래스와 함께하다가 개곤이 되어서야 그에게서 도망쳤죠. 헤르메스가 죽은 다음에요. 그러니까 추리를 해보자면 당신과 래스의 원래 계약서에는 헤르메스를 살려준다는 내용이 있었을 것 같네요."

심지어 어둠 속에서도 로어는 레블러의 윗입술이 위로 말려 올라가 이를 드러내는 모습을 볼 수 있었다.

"그리고 헤르메스가 이곳에, 당신에게 상당한 의미가 있는 '이곳'에 무언가를 숨겨놓았다고 그렇게까지 확신하는 걸 보니," 마일스가 말을 이었다. "당신은 아곤 시작 전에 헤르메스와 연락도 했고 지난 세월 동안 헤르메스가 어디서 뭘 하고 있었는지도 알고 있었다는 거겠죠. 그가 당신한테 무언가를 남겼고 당신을 완전히 버린 것도 아니라고, 당신 혼자만 꿈꾸고 있는 게 아니라면요. 물론 그럴 가능성도 충분히 있지만."

"그는 나를 버린 게 아니야!" 앞으로 달려드는 레블러를 카스토르가 손으로 막았다. 로어는 마일스의 팔을 잡아끌어 자기 뒤에 세웠다. 하지만 로어는 마일스의 꿍꿍이를 금세 눈치챘다. 마일스는 이런저런 가설을 찔러보며 대답을 얻고 있었다. 직접적인 질문을 하지 않으면서.

로어는 혀를 쯧쯧 찼다. "그러니까 결국 헤르메스는 당신하고 엮이기 싫었던 거네요. 아무것도 남기지 않고. 아마 작별 인사도 안 했을 테고요."

레블러는 이번엔 로어를 향해 돌진했다. "이 멍청한―!"

카스토르가 이번엔 벽 쪽으로 그를 세차게 밀쳤다. 카스토르는 레블러의 목을 팔뚝으로 누르며 말했다. "로어에게 손끝 하나 대지 마."

아테나가 두 신 사이에 창을 휘둘러 카스토르를 레블러에게서 떼어냈다. "그 정도만 하지."

하지만 여신 역시 마일스와 로어의 속셈을 알아챘다. 여신이 로어에게 살짝 웃어 보이자 자기도 모르게 뿌듯한 전율이 로어의 등골을 타고 내려갔다.

헤르메스는 감쪽같이 사라졌다. 하지만 래스를 피해 숨은 것만은 아니었을 것이다. 아마도 다른 무언가를 숨기기 위해서였겠지. 그리고 그 무언가를 레블러는 헤르메스가 자신에게 남겨주고 갔을 거라고 생각했다. 그것이 무엇이든 찾아서 사용하라고.

로어가 래스의 계획이 무엇인지 자세히 물어보려는데 이번엔 아테나가 치고 나왔다.

"이 모든 것에 멜로라가 어떤 연관이 있지?"

"잠깐, 뭐라고요?" 로어가 말했다.

아테나가 손을 들어 로어의 입을 막았다.

레블러의 눈에는 저항의 빛이 가득했지만, 그는 어쩔 수 없이 입을 열었다. 이제 그의 어조는 차분해졌다. "네놈들은 다들 멍청해. 래스는 벌써 수십 년 전부터 계획을 세웠어. 아곤을 끝낼 계획 말이야. 그리고 이제 마지막 한 가지만 차지하면 그 모든 계획이 순조롭게 굴러갈 수 있지."

"새로운 버전의 시요. 우리도 알아요." 로어가 대답했다.

새로운 신은 망설이듯 입을 꽉 다물었다.

"아까는 아곤에 대해 그렇게 비관적이더니, 정작 속마음은 그렇게까지 절망적이진 않은 것 같군." 아테나가 말했다. "그렇지 않았다면 이미 스스로 목숨을 끊었거나 네 목숨을 대신 끊어줄 인간들이라도 불러들였을 텐데 말이지. 네놈은 살고 싶다. 난 알 수 있다. 그 간절함, 네 몸속을 다시 한 번 뜨겁게 불태워 줄 이코르를 느끼고 싶은 욕망 말이다."

레블러는 아테나를 노려봤지만, 부정은 하지 않았다.

"너는 우리에게 듣기 좋은 대답만 했다. 하지만 내 질문에는 아직 답하지 않았다." 아테나가 말했다. "이 모든 것에서 멜로라 페르세우스의 몫은 무엇이지?"

"네년도 이미 알고 있지 않나?" 레블러가 아테나에게 물었다.

"질문에 대답이나 해요." 카스토르가 말했다.

레블러는 발밑으로 핏덩이를 뱉어냈다. "좋아. 래스는 나한테 한 가지 일을 시켰어. 딱 한 가지 임무였지. 그리고 너희 무뇌충 거머리들이 묻기 전에 미리 말하자면 나는 래스의 나머지 계획이 뭔지는 모른다. 나는 그저 이 망할 놈의 세상에서 가장 깊은 틈바구니를 찾아내 그것이 뒤집혀서 세상을 뒤엎어버리는 꼴을 내 눈으로 보고 싶었을 뿐이니까."

"아직도 질문에 대한 답은 아닌데." 카스토르가 이번에는 좀 더 경고조로 말했다.

"나는 약속을 했어. 너희 얼간이들 때문에 그 약속을 깰 순 없다." 레블러가 말했다. "여자애, 너한테만 말해줄 수 있다. 래스도 그건 허락했으니까. 알고 싶으면 나를 따라오고 싫으면 말고. 난 상관 없어."

레블러는 몸을 돌리더니 비틀거리며 계단을 올라갔다. 로어는 다른 사람들을 빙 둘러봤다. 그들의 표정엔 걱정과 어리둥절함이 뒤섞여 있었다.

"우리는 적당히 거리를 두고 있겠다. 너무 멀지 않은 곳에." 아테나가 말했다.

로어는 레블러를 따라갔다. 다른 사람들도 뒤따라 올라왔지만, 계단 꼭대기에 다다르자 그곳에서 대기했다.

레블러는 내부 정원의 한가운데 있는 분수대에 도착하자 걸음을 멈추더니 로어에게 가까이 다가오라고 했다. 그는 속을 알 수 없는 표정을 지으며 그곳에 있는 시체들을 살펴봤다.

로어는 그에게 질문하는 자기 목소리에서 간절함이 묻어나는 걸 느꼈다. "이게 다 무슨 일이에요?"

"래스가 내게 시킨 단 한 가지는 바로 너를 찾는 것이었다." 그는 단도직입적으로 말했다. "그는 네가 아이기스를 갖고 있다고 생각하지. 그리고 그것을 되찾기 위해 무슨 짓이든, 정말 무슨 짓이든 할 거야."

로어의 시야 가장자리에서 검은 점들이 불어나기 시작했다. 오싹함에 손끝이 무감각해졌다. 물론 로어가 전혀 예상치 못한 것이 아니었는데도 아까 이로와 대화를 나누면서 마음속에 심어진 두려움의 씨앗이 마침내 싹을 틔웠다.

"대체 왜요?" 로어가 겨우 입을 뗐다. "그건 카드모스 가문에서 가지고 있는데—"

"나한테 거짓말해봤자 소용없어." 레블러는 로어를 향해 몸을 돌렸다. 그의 얼굴에 드리운 표정이 적대감인지 동정심인지 로어는 분간이 되지 않았다. "너는 그자에게 치욕을 안겼어. 그의 가문 사람들 모두가 진실을 알고 있다. 물론 그 사실을 다른 가문 사람들에게 절대 누설하진 않겠지. 아리스토스 카드모스가 어린 여자애한테 한 방 먹다니 말이야. 하지만 그 물건 때문에 너도 골치 좀 썩고 있을 텐데. 그렇지 않나?"

로어는 말문이 막혀 고개만 가로저었다.

"나는 널 찾아냈다." 레블러가 말했다. "아주 지랄같이 개고생을 하면서 찾고 있었는데 막판에 어이없게 풀려버린 거야. 왠지 알아? 나는 그 친구도 찾고 있었거든. 근데 그 친구가 너를 벌써 찾아냈더라고."

"그 친구라니, 대체 무슨 소리예요?" 로어는 숨을 들이쉬었다. "누가 나를 찾았다는 거예요?"

"헤르메스." 레블러가 대답했다. "헤르메스가 '사라졌던' 그 세월 동안 그가 어디에 있었는지는 너도 알아. 네가 가장 잘 알지. 왜냐하면, 그는 너랑 같이 있었으니까."

로어 I

초판 1쇄 인쇄 2022년 2월 15일
초판 1쇄 발행 2022년 2월 25일

지은이 알렉산드라 브라켄
옮긴이 최재은
펴낸이 이범상
펴낸곳 (주)비전비엔피 · 이덴슬리벨

기획편집 이경원 차재호 김승희 김연희 고연경 박성아 최유진 황서연 김태은 박승연
디자인 최원영 이상재 한우리
마케팅 이성호 최은석 전상미 백지혜
전자책 김성화 김희정 이병준
관리 이다정

주소 우)04034 서울시 마포구 잔다리로7길 12 (서교동)
전화 02)338-2411 | **팩스** 02)338-2413
홈페이지 www.visionbp.co.kr
인스타그램 www.instagram.com/visioncorea
포스트 post.naver.com/visioncorea
이메일 visioncorea@naver.com
원고투고 editor@visionbp.co.kr

등록번호 제2009-000096

ISBN 979-11-91937-13-8 04840
      979-11-91937-12-1 04840 (Set)

도서에 대한 소식과 콘텐츠를
받아보고 싶으신가요?